KB092531

天才小毒妃

천재소독비 14

ⓒ지에모 2019

초판1쇄 인쇄	2019년 9월 10일
초판2쇄 발행	2020년 12월 8일

지은이	지에모 芥沫
옮긴이	전정은 · 홍지연

펴낸이	박대일
편집	이문영 · 박지해 · 임유리 · 신지연 · 이지영
마케팅	임유미 · 손태석
디자인	박현주
일러스트레이션	우나영

펴낸곳	파란미디어
출판등록	2004년 9월 14일 제313-2004-00214호

주소	03992 서울시 마포구 동교로23길 14 국제빌딩 6층
전화	02.3141.5589 영업부 070.4616.2012 편집부
팩스	02.3141.5590
전자우편	paranbook@gmail.com
카페	http://cafe.naver.com/paranmedia
페이스북	http://www.facebook.com/paranbook

ISBN	978-89-6371-694-7(04820)
	978-89-6371-656-5(전26권)

천재소독비

14

天才小毒妃

지에모 지음 · 전정은 · 홍지연 옮김

파란

차례

혼담, 또 소란 발생

누군가 단목요와 결탁했다고?

용비야의 말에 모든 사람이 깜짝 놀랐다.

내내 말이 없던 당자진이 벌떡 일어났다.

"당문 사람이냐?"

"그럼 본 왕의 수하겠습니까?"

용비야가 반문했다.

"이게 어찌 된 일이냐?"

사실 당자진도 처음에는 용비야가 단목요와 혼인하길 바랐다. 그러면 천산 세력도 확실하게 손에 넣고, 서주국의 힘도 빌릴 수 있었다.

하지만 바람은 그저 바람일 뿐, 지금 상황에서는 자신들과 단목요가 확실한 적대 관계임을 그도 잘 알았다.

초서풍이 앞뒤 상황을 설명하자 당자진과 당 부인 모두 깜짝 놀랐다.

두 사람은 문중 사람보다 용비야의 요수 별원 사람을 더 믿었다. 결코, 그리고 감히 단목요와 결탁해 정보를 흘릴 자들이 아니었다.

용비야는 아주 지독하고 엄하게 부하를 훈육했기 때문이었다. 당문 쪽이야말로 사람도 많고 비밀이 새어나가기 쉬웠다.

다만…….

"요수 별원 위치를 아는 사람은 많지 않은데!"

당 부인이 생각에 잠긴 듯 말했다.

"아는 사람을 싹 다 가둬서 하나씩 심문하면, 못 찾을 리 없어!"

당리는 혀끝으로 입가를 훔치며 눈을 가늘게 뜨고 위험한 기운을 뿜어냈다.

"감히 단목요와 결탁하다니, 죽고 싶어 환장한 거 아냐?"

"그래, 하나씩 심문하자. 그걸 써서……, 그 뭐라더라…….."

당 부인이 떠올리지 못하자 한운석이 살짝 알려 주었다.

"쥐…….."

"그래! 쥐를 써서! 바로 그거야."

당 부인은 아주 기뻐하며, 한운석에게 눈빛으로 '너도 알지'라고 말했다.

"쥐를 이용해 심문하면 반드시 알아낼 수 있을 거야!"

여 이모는 한쪽에 서서 모처럼 입을 꼭 다물고 조용히 있었다.

"이건 큰일이다! 사람을 잘못 죽이는 한이 있어도, 놓쳐서는 안 돼! 우리 당문은 절대 배신자를 용납할 수 없다!"

당자진은 무서운 표정을 짓고 엄숙하게 말했다.

"의여, 이 일은 네게 맡길 테니 너는 여기 남아라. 너와 초서풍이 자세히 조사해서, 그게 누구든지 절대 가만히 놔두지 마라!"

여 이모는 당 부인과 함께 혼담을 꺼내러 가고 싶었다. 하지만 눈앞에 벌어진 일로 마음이 불안해 거절할 수 없었다.

"여 이모, 무슨 문제라도 있습니까?"

용비야가 물었다.

"아니! 무슨 문제가 있겠니?"

여 이모는 서둘러 입을 열었다.

"당리의 혼사도 큰일이지만, 이건 더 큰일이지. 이 일은 내게 맡기고, 안심하고 떠나세요!"

"초서풍, 잘 협조해라! 진전이 있거든 즉각 보고해야 한다."

용비야가 냉담한 말투로 분부했다.

"소인, 명을 받들겠습니다!"

초서풍이 공손하게 명을 받았다.

용비야의 말투와 태도는 모두 좋지 못했지만, 이 일은 당자진도 손윗사람이라고 해서 뭐라 할 수 없었다. 배신자 때문에 큰 손해를 입지 않았기에 망정이지, 그렇지 않았다면 그는 문주로서 책임을 피할 수 없었다.

그날 밤, 용비야는 당리의 원락에 머물렀다. 당리는 혼담을 청하러 가기 전날 밤이라 너무 긴장되어서 형인 용비야와 마음을 툭 터놓고 이야기를 해야겠다고 했다.

한운석은 당 부인의 처소에 머물렀다. 당 부인은 혼담을 청하러 가기 전날 밤이라 너무 흥분되어서 함께 의논할 사람이 필요하다고 했다.

여 이모는 밤새 배신자 찾는 일로 초서풍에게 붙들려 제대로 쉴 수 없었다.

다음 날 새벽, 한운석과 용비야는 당문에서 특별 제작한 인피면구人皮面具(사람의 얼굴 가죽을 가공해서 만든 가면)를 썼다. 한운석은 당 부인의 시녀로, 용비야는 시위로 위장해 당 부인의 좌우에 섰다. 아무리 봐도 잘 어울리는 한 쌍이었다.

단순히 혼담을 꺼내러 가는 행렬인데도 그 기세가 대단했다. 당문의 대문 앞에 쫙 늘어선 모습은 한운석이 출가할 때 의장대와는 비교도 할 수 없었다.

맨 앞에는 네 명의 시위가 길을 열었고, 그 뒤로 당리가 커다란 말을 타고 따라갔다. 그다음에는 당 부인의 마차가 있었는데, 한운석은 당 부인과 함께 마차에 탔고, 용비야는 말을 타고 마차 옆을 지켰다. 그 뒤에는 매파와 산명선생이 탄 마차가 따라왔다. 예물은 맨 뒤에 있었는데, 열 가지 암기 외에도 열 수레 가득 금은보화가 실려 있었다.

당 부인은 원래 두 수레 정도만 준비해 성의 표시나 할 생각이었는데, 한운석의 이 말을 듣고 마음을 바꾸었다.

'운공상인협회는 돈이 부족하지 않지만, 우리 당문도 돈이 아쉽진 않아요.'

다른 사람은 몰라도, 당 부인은 즉각 그 뜻을 알아차렸다. 그녀는 문주 부인으로서 복잡한 절차를 다 생략하고 직접 사람을 시켜 곳간에서 수레 여덟 대를 더 꺼내 왔다.

모든 준비를 마치고 이제 출발하려고 하는데, 여 이모가 허겁지겁 산에서 내려왔다.

"잠깐 기다려요!"

당 부인은 마차 가리개를 걷어 내다보며 언짢게 말했다.

"길시가 되었는데 뭘 기다려요? 할 말이 있으면 다녀와서 이야기해요."

"예물은 두 수레 아니었어요? 왜 열 수레가 되었죠?"

여 이모가 물었다.

당 부인은 자기 주머니에 은자가 얼마 있는지 모를 정도로 돈 관리를 잘 못했다. 진짜 경제권을 갖고 있는 사람은 여 이모였다.

"다녀와서 이야기해요. 길시를 놓치면 안 돼요!"

당 부인이 불쾌한 어조로 말했다.

"혼담을 꺼내러 가는 것뿐인데, 무슨 길시를 봐요. 예물은 또 왜 이렇게 많아요. 모르는 사람이 보면 우리가 그 여자를 소중하게 여기는 줄 알잖아요. 두 수레 정도로 성의 표시만 하면 충분한데!"

여 이모는 돈에 있어 아주 인색했다.

한운석은 여 이모처럼 굴기 싫어서 마차 안에서 눈을 감고 정신을 수양했다.

"나한테 아들은 하나뿐이고, 당문 후계자도 하나뿐이에요. 그런데 아들의 혼사가 초라해서야 되겠어요! 이 예물은 당문의 체면이자 당리의 체면이니 절대 잃을 수 없어요! 그냥 이렇게 해요! 여봐라, 출발해라!"

당부인이 과감하게 말했다.

"새언니, 이 일에 대해 이야기를 다 끝냈잖아요?"

여 이모가 다급하게 말했다.

한운석과 용비야가 오기 전, 그녀는 당 부인과 하루종일 이 일에 대해 논의했다. 혼담을 청하는 것부터 혼례 당일과 혼례 이후, 심지어 나중에 아이를 낳는 일까지 어떻게 영정을 괴롭힐지 모두 이야기를 끝냈었다. 그녀는 당 부인에게 많은 묘책을 이야기해 주었고, 당 부인은 모두 다 받아들였다.

이제 혼담을 청하러 가는 길에 갑자기 마음을 바꾸다니? 어젯밤 한운석은 대체 당 부인과 무슨 이야기를 나눈 거야?

"이야기를 끝내도 바꿀 수 있죠."

당 부인이 소리를 낮추고 말했다.

"당리 일에 개입하지 말고, 어서 그 배신자를 색출해요. 안 그러면 내 마음이 놓이질 않아요."

당 부인은 말을 끝내고 바로 가리개를 내렸다. 마차 행렬이 떠나는 모습을 멍하니 바라보는 여 이모의 마음은 더 불안해졌다.

사소한 일들에서 당 부인과 마음이 안 맞을 때가 있었지만, 그래도 큰일을 이야기할 때 당 부인은 대체로 여 이모의 말을 들었다. 그런데 이번 예물에 대해서 당 부인은 그녀에게 한마디도 해 주지 않았다.

언니 당의완이 세상을 떠난 후 그녀는 언니를 대신해 미접몽을 추적했지만, 당문의 다른 일에는 발언권이 없었다. 어쨌든 안주인은 새언니였기 때문이었다.

나중에 당 부인이 너무 게을러 관리를 잘 못하자, 그녀가 당 부인을 돕게 되었다. 돕다 보니 점점 더 많은 권력을 쥐었고, 심지어 당문의 재정 권한까지 그녀 손에 들어왔다.

여 이모는 당문과 동진 제국을 위해 전심을 다했으나, 그녀에게도 사심은 있었다! 너무 오래 권력을 쥐고 있다 보니, 권력을 잃게 되는 날이 올까 두려워졌다. 그녀는 이미 당문의 이인자로, 당자진 다음가는 지위에 올라섰다. 삼인자, 사인자로 전락하고 싶지 않았다!

원래 그녀의 경계 대상은 당리의 부인이었다. 나중에 작은부인이 그녀 자리를 차지하고 당 부인 대신 집안을 관리하게되는 게 두려웠다. 당리와 영정의 혼사가 확정되자, 그녀는 남몰래 한숨을 돌렸다. 영정은 앞으로 영원히 당 부인의 신임을받지 못할 게 분명했다.

다만, 한운석이 이렇게 끼어들 줄은 생각도 못 했다!

보아하니 공적으로든 사적으로든 어서 빨리 한운석을 없앨방법을 생각해 내야 했다!

한운석 일행이 길을 떠난 지 사흘이 되자 운공상인협회에서길 안내자를 보냈고, 북쪽으로 며칠을 달린 끝에 어느 대협곡에 도착했다.

북쪽으로 갈수록 눈은 더욱 두껍게 쌓여갔다.

남쪽 지역은 초목이 무성하고 꽃이 흐드러지다 못해 곧 여름이 될 것만 같았는데, 북쪽, 특히나 산간지대는 아직도 꽃샘추위로 날이 쌀쌀했고, 이제 막 눈이 녹기 시작했다.

산골짜기로 들어가기 전, 안내자가 걸음을 멈추고 휘파람을불어 흑의를 입은 시종들을 불러냈다.

"이건 무슨 뜻이지?"

당리가 경계하며 말했다.

"당 소주, 이상하게 생각하지 마십시오. 말을 끌고 가려고 온 자들입니다. 송구하지만 모든 분의 눈을 가리겠습니다. 반 시진이면 만상당萬商堂에 도착합니다."

안내자가 공손하게 말했다.

산골짜기로 들어가는 길을 공개하지 않겠다는 건가? 하지만 오늘 혼담은 부차적인 이유고 길을 알아내는 게 진짜 목적인데!

"만약 본 도령이 싫다면?"

당리가 싸늘하게 물었다.

커다란 말 위에 올라탄 당리가 차가운 눈빛으로 흘겼다. 눈처럼 하얀 옷을 입은 모습은 신선 같았지만, 그 표정은 학식도 재주도 없는 부잣집 아들 같았다. 안내자는 정말 이해가 되지 않았다. 정 회장은 어쩌다 눈이 멀어서 이런 사람에게 반하신 걸까?

하지만 안내자는 앞으로 집안의 사위 될 사람을 소홀히 대접할 수 없었다.

"당 소주, 노여움을 푸십시오. 이 규칙은 여러분께만 적용되는 게 아니라 운공상인협회의 규칙입니다. 만상당 사람 외에는 아무리 같은 편이라 해도 반드시 눈을 가리고 들어가야 합니다. 이해해 주십시오."

"이 산골짜기는 얼마나 큰 거야? 반 시진이나 가야 해?"

당리는 귀찮아 죽겠다는 표정으로 말했지만, 사실은 탐색 중이었다.

안내자도 똑똑한 자였다.

"다니기 어려운 산길이라 천천히 조심해서 걷다 보니 그렇습니다."

"그럼 빨리 움직이면 반 시진이나 갈 필요는 없겠군?"

당리가 다시 물었다.

안내자는 대놓고 말을 돌렸다.

"당 소주, 서둘러 골짜기 안으로 들어가시지요. 정 회장님과 다른 분들이 기다리고 계십니다."

"그 여자가 그렇게 급하대?"

당리가 하하 소리 내어 크게 웃으며 조롱했다.

안내자는 분노했다. 정 회장처럼 좋은 여자가 어쩌다 이런 개똥같은 남자를 만나서, 이런 모욕을 당하다니! 안내자는 분노를 참지 못할 뻔했지만 결국 감정을 잘 다스린 후, 그의 말을 못 들은 척하며 인내심을 갖고 권했다.

"당 소주, 가시죠."

"그럼 가지 뭐! 여봐라, 출발하자!"

당리는 일부러 눈을 가리지 않고 넘어가려 했다. 용비야는 뒤에서 안내자의 말 한마디 한마디를 곱씹었고, 한운석과 당부인은 마차 안에서 몰래 웃고 있었다.

당리의 연기가 얼마나 실감 났던지, 두 사람도 한 대 때려 주고 싶을 정도였다.

더는 참을 수 없었던 안내자는 흑의 시종들을 한일자로 줄 세워 마차 행렬 앞을 가로막았다.

"당 소주, 자당께서 두 집안이 만날 길시를 받아 오셨다고 들었습니다. 계속 시간을 끌면 길시를 놓칠까 두려우니, 눈을 가리고 소인을 따라 들어가시지요."

안내자가 심각하게 말했다.

"어머니가 받아 온 길시까지는 아직 한 시진이 남았다. 방금 들어가는 데 반 시진 걸린다고 하지 않았느냐? 뭐가 그리 급해? 여기서 반 시진 정도 쉬고 나서 들어가도 늦지 않을 것 같은데!"

당리는 말하면서 큰 손을 휘저었다.

"여봐라. 여기서 좀 쉬자. 본 도령에게 술을 가져와라."

대체 가겠다는 건가, 안 가겠다는 건가?

안내자는 이 사람들을 모조리 내쫓고 싶었다. 일찌감치 쫓아 버리면, 당리 같은 이런 세상 물정 모르는 도령에게 정 회장이 시집가지 않아도 될 것 같았다.

하지만 그에게는 결정권이 없었다. 게다가 이들이 만상당에 도착하지 못해 위에서 책임을 물으면, 그건 다 그의 탓이었다.

그는 우선 사람을 보내 이곳 상황을 정 회장에게 알린 뒤, 분노를 다스리며 인내심을 갖고 당리를 설득했다.

그런데 아무리 설득해도 당리는 눈을 감고는 절대 들어가지 않겠다고 고집부렸다.

안 그래도 기분이 엉망인 영정은 이 소식을 듣고 완전히 폭발해 버렸다.

16

"오든지 말든지 마음대로 하라고 해, 재촉할 필요 없다! 얼마나 시간을 끌 수 있을지, 누가 누구에게 사정하게 될지 도리어 궁금하구나!"

그녀가 차갑게 명령했다.

곧은 심지 없이 혼인할 수 있나

영정의 명령을 듣자 안내자는 그나마 분이 풀리는 것 같았다. 그는 설득을 멈추고 웃으며 말했다.

"그럼 당 소주와 일행께서는 이곳에서 잠시 쉬고 계십시오. 피곤이 풀리시면 출발하지요."

그는 말을 마친 후 근처 바위에 가서 앉았다. 시간을 끌 테면 끌어보라는 태도였다.

이런…….

당리는 입술을 실룩거렸다. 사실 그는 시간 끄는 건 개의치 않았다. 용비야와 한운석이 초씨 집안 두 노인을 구출해야 하는 게 문제였다.

당리는 용비야를 돌아봤다. 이제는 두 사람에게 맡겨야 했다.

용비야는 안내자의 말 속에서 많은 정보를 캐낼 수 없었다. 그는 지형을 숙지하고자 진작부터 사람을 붙여 뒤따라오게 했다. 하지만 대협곡 내부는 상황 파악이 되지 않아서, 괜히 따라 들어갔다가 소란을 일으킬까 걱정됐다.

일단 운공상인협회 사람이 경계하게 되면, 초씨 집안 두 노인의 구출은 어려워졌다.

그래서 반드시 가장 보수적인 방식을 선택해야 했다.

용비야가 가볍게 기침하자 한운석이 당 부인을 부축해 마차에서 내렸다. 그녀는 그 와중에도 남몰래 그에게 눈을 깜빡이는 걸 잊지 않았다. 그러자 용비야의 입가가 소리 없이 휘어져 올라갔다. 다른 얼굴로 변장해도 이 여자의 눈 깜빡이는 모습은 여전히 매력적이었다.

어머니와 한운석이 다가오는 것을 보고 당리는 연극을 계속했다.

그는 얼른 말에서 내려 큰 소리로 말했다.

"어머니, 바람이 심하게 부는데, 왜 마차에서 나오셨습니까? 얼른 들어가세요! 푹 쉬고 계세요. 잠시 후에 며느리가 직접 어머니를 맞으러 오게 하겠습니다!"

당 부인은 매섭게 당리를 노려본 후, 그를 무시하며 안내자 쪽으로 걸어갔다.

안내자는 황급히 몸을 일으켰다.

"당 부인."

"여보게, 우식愚息(자기 아들을 낮추어 이르는 말)이 아직 철이 없어서 그러니, 내 체면을 봐서라도 저 아이와 똑같이 굴지 말아 주게."

당 부인이 진지하게 말했다.

안내자는 과분한 대우에 깜짝 놀라 의아해했다. 그러자 당 부인은 빠른 손놀림으로 그의 허리춤에 커다란 금덩이를 집어넣었다.

"방금 일은 없었던 셈 치고, 여기저기 떠들지 말아 주게. 어서 눈가리개를 가져오게나. 빨리 골짜기에 들어가야 시간에 늦지 않을 걸세."

안내자는 허리춤의 금덩이를 더듬어 보았다. 무게가 꽤 나가는 것 같았다. 그는 속으로 냉소를 지었다. 당 도령은 체면을 따지지 않아도, 당 부인은 체면에 신경 쓰는구나! 오늘 당리가 이곳에서 시간을 지체했다는 이야기가 밖으로 퍼지면, 체면을 잃는 것은 당문 쪽이었다.

"부인, 말씀이 지나치십니다! 별일도 아니었습니다. 다 쉬셨으면 출발하시지요."

안내자가 바로 한 발 물러섰다.

당리는 이 모든 장면을 눈여겨봤다. 이유는 모르지만, 저건 문제 있는 금덩이가 틀림없었다. 어머니는 성격상 좀 더 기다리다가 돌아가 버릴 분이었다. 한운석은 정말 대단한 여자였다. 겨우 며칠 사이에 어머니를 사로잡다니? 어머니를 사로잡았다면, 아버지는 문제도 안 되잖아?

당리는 문득 자신이 이렇게 생각해서는 안 된다고 느꼈다. 한운석은 그의 부인이 아니니, 그의 어머니와 아버지를 사로잡아도 별 소용이 없었다. 용비야의 보호 아래 있으면, 당문의 그 누구도 감히 그녀를 괴롭힐 수 없었다.

"아직 안 가고 뭘 하느냐! 시간을 놓치기만 해 봐라, 돌아가서 이 어미가 너를 가만두지 않을 것이다!"

당 부인은 지나가면서 호되게 야단쳤다.

당리는 풀이 죽은 채, 흑의 시종이 눈을 가리게 두며 한마디도 하지 못했다.

당리의 풀 죽은 모습에 안내자는 냉소를 금치 못했다. 그는 목소리를 낮춰 곁에 있는 사람에게 분부했다.

"정 회장님께 알려라. 당 도령은 당 부인 앞에서 설설 기며 무서워했고, 당 부인은 길시를 놓치지 않으려고 먼저 들어가겠다고 나섰다고 보고해라."

당리가 당 부인을 무서워한다고?

마차로 돌아오는 당 부인은 가슴이 벌렁거렸다. 당리를 모질게 대한 건 이번이 처음이라, 자꾸만 마음이 약해졌다. 당리가 태어난 후 지금까지 그녀는 아들에게 큰 소리 한 번 낸 적 없었다.

그녀의 지극한 아들 사랑은 아버지의 질투를 부를 정도였다.

당리 일행이 모두 눈을 가리자, 흑의 시종들이 말을 끌며 인도했다. 안내자는 남몰래 허리춤의 금덩이를 꺼내 대충 무게를 짐작한 후, 아주 만족해하며 소매 안에 숨겼다.

그는 죽을 때까지 이 금덩이 때문에 목숨을 잃었다는 사실을 알지 못했다.

말발굽 소리와 마차 바퀴 소리가 울려 퍼지면서 길고 긴 혼담 행렬이 대협곡 안으로 사라졌다. 마차 안에도 흑의 시종이 지키고 있어, 한운석과 당 부인은 잠시 동안 말할 수 없었다.

두 사람은 오는 내내 대화가 끊이지 않았고 밤낮으로 이야기를 나누었다. 사람 사이의 인연은 따로 있는 것 같았다. 한운석은 당 부인의 성격이 좋았고, 당 부인은 한운석의 성정이 마음에 들었다.

당 부인은 속으로 한운석이 용비야의 정비만 아니었다면,

당리가 이 며느릿감을 놓치게 놔두지 않았을 거라 생각했다.

반 시진 정도 지나자 마차가 멈추었다. 흑의 시종은 두 사람의 눈가리개를 벗겨 준 뒤 물러갔다.

한운석이 마차 가리개를 걷어 보니 거대한 정원에 도착해 있었다. 강남매해만큼이나 큰 정원이었다. 대협곡 속에 정원을 만든 걸까?

정면에 보이는 대전은 웅장하면서도 눈부시게 화려했고, 그 기세는 황실 궁전과 비교해도 손색이 없었다.

금실로 짠 부드러운 장포를 걸친 노인이 궁전 앞에 서 있다가 당리가 말에서 내리는 모습을 보고 천천히 걸어왔다. 당리는 의심이 솟아났다. 고상한 옷차림에 비범한 분위기의 이 노인은…… 누구지?

안내자가 황급히 앞으로 나가 소개했다.

"어르신, 이분이 당문 후계자 당리 소주이십니다."

"당 소주, 이분은 정 회장님의 아버님이시자 운공상인협회 노회장이십니다."

영정의 아버지? 적족의 족장?

당리는 복잡한 눈빛을 반짝이며 서둘러 읍을 하고 인사했다.

"뵙게 되어 영광입니다."

이런 자리에 영정의 어머니가 아닌 아버지가 오다니, 어머니는 돌아가신 것 같았다. 하지만 당리는 별로 관심도 없었고 더 묻지도 않았다.

한운석이 당 부인을 모시고 다가오자 노회장은 품위 있게 부인을 맞았다.

"당 부인이시겠군요?"

"그렇습니다. 구양 노회장님, 뵙게 되어 영광입니다."

당 부인도 정중하게 인사했다.

잠시 서로 인사말을 주고받은 뒤, 구양 노회장은 당 부인과 다른 사람들을 대전 안으로 안내했다. 한운석은 당 부인과 함께 들어갔으나 용비야는 입구에 서 있었다.

노회장은 안으로 들어가려다가 용비야가 입구에 서 있는 모습을 보고 웃으며 말했다.

"함께 들어가지. 이곳은 경비가 삼엄하니 안심하게."

"이것은 당문의 규율이니 입구에 서 있게 두셔도 됩니다."

당 부인이 설명했다.

노회장도 더는 말하지 않고 대전 안으로 들어갔다. 한운석은 맨 마지막에 들어가면서 특별히 안내자 쪽을 흘끗 보았는데, 안내자는 벌써 곁에서 사라진 뒤였다.

영정을 만나게 될 줄 알았는데, 대전 안에는 시녀 외에 아무도 없었다.

혼인처럼 큰일은 부모의 명과 중매인의 말로 이루어지니, 당사자인 영정이 함께 자리하는 것은 적절치 못했다. 그러나 이번 혼사는 특별했고, 영정의 성격과 기질을 생각하면 모습을 드러내지 않는 게 도리어 이상했다.

당리는 사방을 둘러봐도 상대가 보이지 않자, 도리어 조금 섭섭함을 느꼈다. 오늘은 혼담을 꺼내러 온 날이라 그는 얼굴만 비추면 되었고, 따로 말할 수는 없어서 옆에 조용히 앉아 있었다.

당 부인과 구양 노회장은 정중하게 의례적인 인사를 나누다가, 한참 후에야 영정의 사주팔자를 받아 산명선생에게 그 자리에서 궁합을 보게 했다.

물론 미리 준비시켜 둔 산명선생은 어떤 사주팔자를 받든 모두가 만족하는 결과를 말해 줄 예정이었다.

한운석은 영정의 나이가 고작 열아홉 살이라는 사실에 놀랐다. 당리보다 세 살이나 어리잖아! 영정 나이가 꽤 되는 줄 알았는데. 이렇게 어린 아가씨가 운공상인협회를 관리하다니, 정말 보통이 아니었다! 각종 복잡한 관계는 둘째 치고, 당리처럼 종일 썩어빠진 정신 상태로 사는 금수저가 영정을 부인으로 맞다니, 정말 횡재한 일이었다.

그녀는 남몰래 당리에게 비웃는 눈빛을 보내려 했으나, 당리는 멍하니 넋을 놓고 있었다.

"이달 28일이 딱 길일입니다. 단 반드시 오시午時 전에 대문을 넘어야 합니다. 오시가 지나면 불길합니다!"

산명선생은 수염을 어루만지며 진지하게 말했다.

고대에는 한 달이 28일로, 28일이란 곧 말일이었다.

노회장과 당 부인 모두 고개를 끄덕이며 동의했다.

산명선생이 또 꺼려야 할 상세한 부분들을 설명했고, 두 사람은 그 말을 경청하며 반 시진 정도 이야기를 나누었다. 모든 것이 순조롭게 진행되었다.

마지막에 당 부인이 매파에게 눈짓을 보냈다. 당 부인이 대놓고 할 수 없는 말들은 매파의 몫이었다.

매파와 구양 노회장은 양가의 풍속 차이에 대해 이야기하다가 결국 예물에 대한 말을 꺼냈다.

"구양 노회장님, 당문에서 당문 암기 열 가지와 금은보화 열 수레를 예물로 준비했습니다."

매파는 보물 상자를 두드리며 웃음 지었다.

"당문은 소인이 본 중에 가장 통 큰 시댁입니다. 열 가지 암기는 물론이요, 금은보화가 열 수레라니요. 운공대륙에서 그야말로 으뜸입니다! 당문이 정말 성심성의껏 준비했답니다! 이게 다 정 회장님의 복입니다!"

이때 한쪽에 숨어서 몰래 보고 있던 영정의 얼굴에 업신여기는 표정이 서렸다. 금은보화 열 수레는 통 큰 예물이긴 했지만, 그래도 그녀는 탐탁지 않았다!

그녀가 가진 재물이며, 매년 운공상인협회에 벌어다 주는 돈이 어디 이 열 수레의 백 배, 천 배에 그치겠는가?

그녀는 당문 암기 쪽에 더 관심이 있었다. 큰오라버니가 특별히 당부한 물건이기 때문이었다.

구양 노회장은 일어나서 금은보화를 하나씩 살펴보았다. 마지막으로 그의 시선은 암기가 들어 있는 상자에 머물렀다. 매파가 얼른 상자를 열자, 큰 상자 안에 작은 상자 열 개가 들어 있었다.

매파는 상자를 하나씩 열며 소개했다. 마지막 하나가 바로 폭우이화침이었다.

"이건 당문에서 둘째가는 보물로, 도련님께서 계속 보관하고 계셨습니다. 이제 이 폭우이화침을 예물로 드리는 것은 당리 도련님의 곧은 심지를 보여드리는 셈입니다."

"심지가 곧군."

구양 노회장은 그제야 걱정하던 마음을 내려놓을 수 있었다.

그는 사실 영정의 수하였다. 영정이 그에게 연극을 시키면서 분부한 것은 하나였다. 반드시 폭우이화침을 확인해라. 그렇지 않으면 이 혼사는 무효다.

"곧은 심지 없이도 영정과 혼인할 수 있나요?"

당리는 갑자기 건들거리며 웃기 시작했다. 모르는 사람은 그저 그가 경박하다고 생각하겠지만, 사정을 잘 아는 당 부인과 한운석은 단번에 당리의 말에 뼈가 있음을 알아챘다.

폭우이화침은 이미 그가 다 써 버렸다. 지금 남아 있는 건 빈 껍데기일 뿐, 속에 심지가 없는 상태였다.

구양 노회장은 웃으며 당리의 말에 대답하지 않았지만, 영정은 견딜 수 없었다.

이미 이 남자에게 무시당해 왔던 영정은 그 말을 듣자 더는 참지 못하고 당리 쪽을 바라보았다. 당리의 앉은 자세며 표정에 이제는 그 말투까지 더해지니 거의 폭발할 것 같았다.

안내자에게 상황을 보고받았을 때는 그래도 참을 수 있었다. 하지만 이제 직접 이 남자의 진면목을 확인하니 더는 참으려야 참을 수 없었다. 대체 처음에 내 눈이…… 어쩜 그렇게 삐었던 거지!

이 남자가 입고 있는 하얀 옷 말고 어디에 신선의 자태가 보이는가? 우아한 분위기는 어디 있고?

어떻게 저 남자와 1년이나 마주할 수 있을까? 그것도 당문 안에서!

영정은 결국 참지 못하고 나와 쌀쌀맞게 물었다.

"당리, 내가 안 된다고 하면, 나와 혼인하지 않을 건가요?"

만져 봐, 내 뜨거운 마음을

처음 만났을 때와 같았다.

흰 비단으로 된 남자 옷에 머리를 하나로 질끈 묶은 그녀는 여자들이 하는 번잡한 머리 장신구 하나 없이 깔끔했다. 얼핏 보면 호방하고 소탈한 부잣집 공자였지만, 제대로 보면 단번에 여자임을 알 수 있었다. 뚜렷한 이목구비에 화장기 없는 얼굴은 순수하고 깨끗했다.

한운석은 처음 영정을 보았는데, 듣던 것보다 실물이 훨씬 나았다. 그녀는 문득 영정이 여성스럽게 화장하고, 새빨간 혼례복에 화관을 쓰고 시집가는 모습이 너무너무 보고 싶어졌다.

분명 아름다울 거야!

그러나 한운석은 영정에서 풍기는 진중하고 노련한 기운을 무시할 수 없었다. 보면 볼수록 영정과 영승이 정말 닮았다는 생각이 들었다.

그녀가 두 사람의 관계를 알기 때문일까, 아니면 두 남매가 실제로 너무 닮은 것일까.

당 부인도 며느릿감을 처음 보고는 목소리를 낮추어 말했다.

"외모는 얼추 리아와 어울리는구나."

한운석은 소리 내지 않고 몰래 웃었다.

두 사람이 영정을 관찰하는 동안 영정은 그들을 공기처럼 취급했다. 그녀는 오로지 당리만 바라보며 성큼성큼 그에게 다가갔다.

당리는 이 여자를 보자 그날 밤의 장면들이 하나하나 머릿속에 떠올라 귀뿌리가 화끈거렸다.

영정이 앞에 서자 당리는 그제야 정신을 차렸다. 일어서고 싶었지만 영정이 너무 가까이 서 있는 바람에 제자리에서 꼼짝도 할 수 없었다.

이게 뭐 하는 거지? 사람을 너무 깔보는 거 아냐!

당 부인이 도저히 가만있을 수 없어 입을 떼려 하자, 한운석이 그녀의 어깨를 잡으며 진정시켰다.

당리도 만만한 사람은 아니었다. 그는 앉은 자리에서 손으로 머리를 받치며 고개를 들었다. 그리고 눈썹을 치키고 영정을 바라보며 경박하게 웃었다.

"오랜만이야, 나 보고 싶었어?"

소매 안에 있는 영정의 손은 점점 주먹으로 변해갔다. 하마터면 그를 한 대 칠 뻔했지만 다행히 참아냈다. 그녀는 업신여기는 눈빛으로 그를 내려다보며 차갑게 물었다.

"내 질문에 대답하지 않았어요."

당리는 재미있다는 듯이 물었다.

"본 도령의 심지가 어떤지 알고 싶어?"

그는 한 손을 가슴에 얹고, 영정을 향해 다른 한 손을 까딱이며 사악하게 웃었다.

"만져 봐, 뜨겁다니까!"

정적이 흐르는 가운데, 그곳에 있는 모든 사람이 영정이 주먹을 우드득 쥐는 소리를 들을 수 있었다. 당 부인은 아들이 여자 희롱하기에 능하다는 사실을 처음으로 깨달았다! 한운석은 입술을 실룩이며 당리를 어찌해야 할지 몰랐다.

오늘 길을 알아내려던 목적은 이미 달성했으니, 당리는 더 이상 연극을 이어갈 필요가 없었다! 빨리 이야기를 끝내고 돌아가 혼례를 준비하는 게 맞는 도리였다.

앞으로 영정을 희롱할 날은 많고 많았다. 그런데 왜 하필 영정의 근거지에서 행패를 부리는 걸까?

"좋아요!"

영정이 웃으며 몸을 아래로 기울였다. 그녀는 한 손을 당리가 앉은 의자 손잡이에 얹고, 나머지 한 손을 그의 가슴 쪽으로 뻗었다.

당리는 순간 멍해졌다. 모두가 보는 앞에서 이 여자가 이렇게 대담하게 나올 줄 몰랐다!

당리는 자기 손을 가슴에 딱 붙이고 움직이지 않았다.

영정은 그의 손은 건드리지도 않았다. 옷섶 안쪽으로 손을 집어넣은 뒤 조금씩 안쪽으로 더듬어 들어가면서 당리 손을 조금씩 밀쳐냈다. 당리는 온몸이 경직되었고, 긴장한 나머지 손을 풀어 버렸다.

영정의 손은 곧 정확하게 그의 가슴 위치를 찾아냈다. 가슴을 살짝 누르는 그녀의 얼굴에 냉혹함이 묻어났다.

순간, 주변 모든 사람이 경계에 들어갔다. 한운석처럼 무공을 할 줄 모르는 사람조차 깜짝 놀랄 정도였다. 영정이 당리를 죽이려 든다면 순식간에 해치울 수 있는 상황이었다.

그런데 당리는 조금의 위기감도 없었다. 그는 멍하니 영정을 바라보면서 그녀 몸에서 풍겨 나오는 좋은 향기를 맡고 있었다. 그날 밤에는 자세히 보지 못했는데, 오늘 이렇게 가까이서 본 그녀는 정말 아름다웠다.

한운석이 당 부인을 살짝 밀자 당 부인이 서둘러 외쳤다.

"당리, 무례하게 굴지 마라!"

대체 이건 누구를 향한 꾸짖음일까?

당리는 그제야 정신을 차리고 황급히 영정의 손을 떨쳐 내며 그녀를 밀어냈다.

"장난이에요, 정아도 상관없지?"

정아?

부모님이 일찍 돌아가신 후, 일족 어른도 그녀를 정아라고 부른 적이 없었다. 그런데 당리가 무슨 자격으로 그렇게 부른단 말인가?

영정의 눈빛에 혐오감이 스쳤으나 표정은 되려 웃고 있었다.

"장난이었군요. 그럼 나를 신부로 맞는 당신의 마음은 차갑다는 거네요?"

당리는 순간 말문이 막혀 대답할 말을 찾지 못했다.

영정은 소리 내 웃기 시작했다.

"농담이에요. 당 소주도 상관없죠?"

"그럼!"

당리는 별로 따지고 싶지 않았다. 당문에 시집오기만 하면 내가 가만두나 봐라.

"허허, 영정, 무례하게 굴지 마라! 어서 당 부인께 인사드리지 않고 뭘 하느냐?"

구양 노회장이 결국 입을 열었다.

영정은 얼른 돌아서서 당 부인에게 큰절을 올렸다. 화통하고 대범하며, 공손하면서도 비굴하지 않은 모습이었다.

"일어나라. 이쪽으로 와 보렴."

당 부인은 속에서 부글부글 끓어오르는 화를 참으면서, 아주 친절한 태도로 영정의 손을 잡아끌며 그녀를 살폈다.

"정말 타고난 미인이구나! 취화翠花야, 그렇지?"

취화?

한운석은 자신을 부르는 줄도 모를 뻔했다.

"그럼요! 작은부인과 도련님은 정말 너무 잘 어울리는 한 쌍이세요!"

한운석은 변조한 목소리로 말했다. 매파도 다가와 칭찬했다. 영정은 그저 미소만 지을 뿐 아무 말도 하지 않았다.

혼담과 관련된 이야기는 대부분 잘 끝이 났다. 당 부인은 더는 앉아 있고 싶지 않아 한담 몇 마디 나눈 뒤 일어나 작별을 고했다.

영정은 문밖까지 나와 배웅하지 않았다. 당리는 입구에 서서 돌아보며 애정 넘치는 목소리로 말했다.

"정아, 내가 신부로 맞으러 올 때까지 잘 기다리고 있어!"

밖에 보이는 먼 산은 검게 물들어 있었고, 그 가운데 당리는 하얀 빛처럼 두드러졌다. 한 폭의 수묵화 속에 새겨진 그의 부드러운 웃음은 영정의 머릿속에도 깊이 새겨졌다.

이 모습은 영정의 평생 당리에 대한 가장 인상적인 기억으로 남았다.

일행이 떠나자 영정은 예물을 하나씩 점검하기 시작했다. 폭우이화침을 꺼내 살펴보았지만, 아무리 보아도 사용 방법을 가늠할 수 없었다. 직접 기관을 작동시키는 것인지 다른 방법이 있는 건지 알 수 없었다.

기관을 작동시켜 보고 싶었지만, 감히 그러지 못했다. 폭우이화침의 침은 수량이 한정되어 있고, 한 번 쓰면 다시는 쓸 수 없다는 걸 알기 때문이었다.

이것은 영승이 원한 물건이니 더는 건드리지 않기로 했다.

그녀는 다른 암기도 살펴보았지만, 전부 뭐가 뭔지 알 수 없었다.

"여봐라, 이것들을 모두 족장님께 보내라. 조심해서 다뤄야 한다. 잘못되면…… 너희 목이 날아간다!"

그녀는 금은보화 열 수레도 하나씩 살폈다. 한 수레에 열 상자가 들었으니, 열 수레면 백 상자였다. 예물의 가치가 대충 가늠이 되었다.

"아가씨, 당문은 정말 손이 크네요! 그 매파 말이 맞아요. 이건 분명 천하에 으뜸가는 예물이에요!"

하녀가 웃으며 말했다.

영정이 정색하고 노려보자 하녀는 곧 입을 다물었다. 하지만 영정은 자신도 모르게 입꼬리가 올라갔다. 당문이 암기 말고 다른 예물은 보내지 않을 줄 알았는데, 이렇게 많이 준비해서 올 줄은 몰랐다.

예물은 시댁의 체면이기도 하지만, 결국 시댁이 그녀를 얼마나 중요하게 생각하는지 보여 주기도 했다.

그녀와 당리의 혼사는 특수했고, 영정이 성정이 강인하다고는 하나, 그래도 그녀의 마음속에는 연약한 소녀가 존재했다. 어쨌든 평생 한 번 있는 혼사가 아닌가.

예물 상자를 쓰다듬던 영정은 문득 긴장되기 시작했다.

정말…… 내가 시집을 가는구나!

이때, 영락이 나와서 웃으며 말했다.

"누님, 예물이 어마어마하네요. 운공상인협회에서는 혼수를 어떻게 준비할까요?"

"말했지. 내 일에 관여하지 말라고! 꺼져!"

영정이 가장 미워하는 사람은 당리가 아니라 영락이었!

"귀띔해 주러 온 거예요. 당 부인은 혼수를 준비할 필요가 없다고 했어요. 당문은 누님을 데리고 살 만큼 여유가 있다고요!"

영락이 말했다.

"당문에서 예물을 이렇게 많이 보낸 걸 보니, 돈이 많긴 많은가 봐요! 누님의 시어머니 참 대단한데요!"

그 말을 듣자, 영정은 혼수를 제대로 준비해 가지 않으면 시어머니가 자신을 가만두지 않을 것을 알아챘다!

"여봐라, 운공 무기상 목록을 가져와라!"

영정이 차갑게 말했다.

영락은 깜짝 놀랐다.

"뭘 하려고요?"

"상관 마! 헛소리를 계속하면 가만두지 않겠다!"

영정이 쌀쌀맞게 경고했다.

"영정 누님, 경고하는데, 무기상을 당문에게 주면 큰형님이 가만있지 않을 거예요!"

영락이 정색하고 말했다.

"주기는 누가 줘? 예물은 운공상인협회가 받았고, 내가 가져가는 혼수는 내 것이다! 당문 암기는 지금까지 밖으로 유출된 적이 없으니, 이건 기회야!"

영정은 잘하면 당문의 작은 암기와 무기들을 가지고 크게 장사할 수 있을지도 모른다고 생각했다!

"그건…… 정말 좋은 생각인데요!"

영락은 그녀의 뜻을 알아챘다.

당 부인과 다른 일행은 협곡을 떠난 뒤 얼마 지나지 않아 방향을 바꾸어 미행을 따돌렸다. 용비야와 당리도 마차 안에 앉아 있었다.

"영정 성격에 혼수로 금은보화를 준비하지는 않을 거예요. 돈이 아니라면 운공상인협회에서 가장 가치 있는 건 상점이에요. 각 업종에서 산업 사슬이 완벽하잖아요."

한운석이 진지하게 분석했다.

"영정이 당문에 그냥 시집올 리 없어요. 분명 당문에서 뭔가를 챙기려고 할 텐데, 그렇다면 당문 암기밖에 없으니, 우선 무기상을 선택할 거예요!"

"혼수는 그 여자가 관리할 테니 위험하겠군. 당문이 손해 보지 않게 조심해야겠어!"

당리가 진지하게 말했다.

운공대륙에 화약과 무기가 없는 것은 아니지만 그래 봤자 소수였다. 전쟁은 결국 무기 싸움이니, 무기상은 아주 민감한 업계였다. 영정이 절대 바보처럼 굴 리 없었다.

용비야는 당리 어깨를 두드리며 차갑게 말했다.

"이제 네 사람이니, 그녀의 물건을 손에 넣지 못할 리 있느냐?"

그 말은 중책을 당리에게 맡긴다는 뜻이었다. 당리는 무거운 압박을 느끼며 한운석을 바라보았다.

"형수, 정말 그래?"

"내 것이 진왕 전하 것이고, 진왕 전하 것이 내 것이니, 결국 내 것은 내 것이에요!"

한운석이 웃으며 말했다.

용비야가 그 말에 토를 달지 않자 당리는 한숨을 쉬며 힘이 쪽 빠진 채 한쪽에 기댔다. 그는 정말 고민이 되었다. 어떻게 해야 영정을 자신의 여자로 만들 수 있을까?

며칠 후면 이제 그의 자유롭던 시절도 끝이었다!

"운석, 그 금덩이는……."

당 부인이 걱정스럽게 물었다.

"안심하세요. 그 금덩이는 탐로석探路石이에요. 적어도 우리를 그 대전 입구까지 안내해 줄 거예요."

한운석의 그 금덩이에는 현묘한 계책이 숨겨져 있었다. 이달 마지막 날, 당리가 신부를 맞으러 올 때, 그녀와 용비야는 사람을 구하러 올 것이다!

우선 요 며칠 동안은 큰일을 처리해야 했다. 바로 당문의 배신자를 찾는 일이었다!

당문에 돌아오자마자 용비야는 초서풍과 여 이모를 불러 조사 상황에 대해 들었다.

"아직 심문해야 할 사람이 열 명 정도 남았습니다. 다른 사람들은 혐의를 벗었습니다."

초서풍이 사실대로 대답했다.

"그 열 명을 심문해도 찾아내지 못하면?"

용비야가 차갑게 물었다.

초서풍은 곤란해하며 말했다.

"소인은 당문 내부 상황을 다 알지 못합니다. 아무래도 여 이모께서 계책을 내주셔야 할 듯합니다."

"우선 심문하고 다시 이야기하자. 배신자는 분명 그 열 명 중에 하나야. 쥐를 이용한 심문이 부족하다면, 다른 걸로 바꿔 보자꾸나. 죽음이 두렵지 않을 자가 있겠니! 감히 당문을 배신한 자에게는 죽음뿐이야!"

전에 침묵하던 모습과 달리, 여 이모는 다시 예전의 독하고 모진 모습으로 돌아와 있었다.

용비야는 복잡한 눈빛을 반짝이며 차갑게 말했다.

"남은 자들을 다 끌고 와라. 본 왕이 직접 심문하겠다!"

배신자의 정체

용비야가 직접 심문을?

여 이모의 얼굴에 복잡한 빛이 스쳤다. 그녀는 다급하게 말했다.

"그건 좋지 못한 것 같은데? 너와 한운석은 한동안 모습을 드러내지 않는 게 좋겠다. 배신자가 너와 당문의 관계까지 밝힐 수도 있잖니."

그 말을 하자마자 여 이모는 조금 후회되는 듯 괴로운 표정이 되었다.

한운석이 바로 물었다.

"안 그래도 그 부분이 계속 이상했어요. 단목요는 아직도 전하와 당문 관계는 모르고, 요수 별원 위치만 알고 있어요. 배신자는 어떻게 단목요와 손을 잡았을까요? 왜 요수 별원 위치만 알려 주고 다른 건 하나도 말하지 않았을까요?"

단목요의 평소 성격이나 사고방식을 생각할 때, 용비야와 당문의 관계를 알았다면 진작 위협하며 달려들었지, 지금까지 가만있을 리 없었다.

용비야는 끝이 보이지 않을 정도로 깊고 차가운 눈빛으로 여 이모를 바라보았다. 당자진은 수염을 만지며 생각에 잠긴 듯한 표정이 되었다.

"의여, 네가 말하지 않았다면 나도 그 부분을 놓칠 뻔했다."

"확실히 이상해요."

여 이모는 잠시 생각했다가 다시 말을 이었다.

"이 일이 너무 수상하기 때문에 비야는 아무래도 조심하는 게 좋겠다는 거예요. 당리의 혼사 날짜가 다가오는데, 이럴 때 골치 아픈 일이라도 생기면 혼사 치르기도 힘들어져요."

"본 왕이 의심 가는 자를 순순히 놓아줄 거라 생각합니까?"

용비야가 차갑게 반문했다. 마치 여 이모에게 하는 말 같았다.

여 이모가 억지로 입꼬리를 끌어 올리며 보기 안쓰럽게 웃음 지었다.

"어쩌면 배신자는 당문 사람이 아니라서 당문과 진왕부의 관계를 모를 수도 있잖니?"

"맞아요! 어쩌면 우리가 처음부터 잘못 생각했을 수도 있어요!"

당리가 진지하게 말했다.

"그럼 본 왕의 수하를 의심하는 겁니까?"

용비야가 차갑게 물었다.

"당신 수하도 우리와 당문 관계를 잘 아는데 의심할 게 뭐 있어요?"

한운석이 반문했다.

"지금까지 비밀로 해 오던 요수 별원의 위치를 단목요가 우연히 알고 찾아왔을 리 없어요! 게다가 시기까지 딱 맞춰서 온 걸요. 우리가 당문을 출발해서 도착했을 때 그 여자도 그곳에

와 있었다고요! 당문 사람이 제일 의심스러워요!"

"정말 이상한 일이야!"

당 부인이 중얼거렸다.

"배신자가 요수 별원 위치만 알려 주고, 다른 목적은 없었다고? 이게 어찌 된 상황이냐?"

"적의가 있었던 건 아닌 듯해요. 아마도 용비야가 단목요의 치료를 돕게 만들고 싶었던 것 같아요."

한운석이 차갑게 말했다.

모든 사람이 그녀의 말에 가시가 돋쳐 있음을 느낄 수 있었다. 설마 속으로 의심하는 사람이 있는 걸까? 다들 어리둥절해 서로 얼굴만 쳐다보며 미묘한 분위기가 되었다.

당자진은 한참 동안 깊이 생각하다가 여 이모 쪽을 보았다. 그의 눈동자에 복잡한 빛이 스치면서 뭔가 의심하는 듯했으나, 곧 자신의 의심을 부정했다.

"우선 심문한 후 다시 이야기하자! 당문 사람이라면 도망칠 수 없다!"

그가 진지하게 말했다.

"여봐라! 감옥에 있는 자들을 모조리 고문실로 데려가라!"

여 이모는 더는 반대하지 않았다.

한운석도 함께 고문실로 갔다. 그녀는 가는 동안 말없이 용비야가 어떻게 용의자들을 취조할지 생각하고 있었다.

사실 용비야도 그녀와 마찬가지로 따로 의심하는 사람이 있었고, 갇힌 사람들이 무고할 가능성이 높다는 사실을 알고 있었다.

고문을 한다면 용비야는 쥐를 이용하지는 않을 것이다. 쥐보다 더 잔인한 게 뭐가 있을까? 요참, 효수, 거열, 아니면 생매장, 곤장, 톱질형?

한운석은 그가 평생 동안 손에 피를 묻히며 살 것을 알고 있었다. 하지만 그래도 무고한 사람의 피는 적게, 되도록 적게 흘리기를 바랐다.

아주 중대한 일이었기 때문에 당 부인과 당리도 함께 왔다.

당문의 고문실은 지옥을 방불케 했다. 어두컴컴한 방 안에는 각양각색의 형구가 셀 수 없을 정도로 많이 걸려 있었다. 대부분 한운석은 알지도 못했고, 어떻게 쓰이는지 상상도 할 수 없는 형구였다.

용의자는 열 명 정도, 남녀노소가 섞여 있었다. 용의자들은 꽁꽁 묶인 채 구석에 웅크리고 있었는데, 용비야 일행이 들어서자 벽 안쪽 구석으로 더 깊이 들어갔다.

그런데 갑자기 열서너 살 정도 되어 보이는 소년이 벌떡 일어나더니, 두려운 기색 없이 그들을 똑바로 쳐다보며 말했다.

"진왕 전하, 억울합니다! 우리는 억울해요! 우리를 죽이시면, 당문 제자들이 크게 실망할 겁니다!"

다들 깜짝 놀랐다. 감히 일어나 억울함을 호소하는 자가 있다니. 그것도 어린 소년이 아닌가? 자신이 가장 먼저 끌려 나가 취조당할 게 두렵지 않은 걸까?

"무엄하다! 여봐라, 저놈의 입을 막아라!"

여 이모가 차갑게 명령했다.

그런데 용비야가 저지했다.

"저자를 풀어 주고 이리로 데려와라."

그는 고문관 자리로 가서 앉았다. 흑의 경장 차림은 어두컴컴한 방 안에 녹아들었고, 차가운 옆얼굴이 언뜻언뜻 보이면서 화내지 않고도 위엄을 드러냈다. 그 기세에 흥분했던 소년도 입을 다물고 더는 말하지 못했다.

"풀어 줘?"

여 이모가 믿을 수 없다는 듯 말했다.

"하라는 대로 하지 않고 뭘 하느냐?"

당자진이 언짢아하며 말했다.

여 이모는 직접 그 소년을 풀어 주었다. 하지만 소년은 겁에 질려 감히 앞으로 나서지 못했다. 여 이모가 그를 밀어내자 하마터면 용비야 발 앞에 고꾸라질 뻔했다.

"요수 별원의 위치를 아는 자는 이제 너희만 남았다. 너희의 억울함을 어떻게 증명하겠느냐?"

용비야가 차갑게 물었다.

소년은 고개를 떨구고 침묵했다.

"억울함을 증명해 낼 수 없다면, 본 왕의 무정함을 탓하지 마라!"

용비야는 모처럼 참을성을 갖고 다시 말했다.

"당문 제자를 실망시키는 게 당문을 팔아넘기는 것보다 낫지 않겠느냐?"

일단 그와 당문의 관계가 폭로되면, 그의 일만 그르치는 게 아니라 당문에게도 큰 문제였다!

소년은 두 손을 꽉 움켜쥐고 뭔가 망설이는 듯했다.

이 모습을 유심히 지켜보던 한운석이 진지하게 말했다.

"진왕이 계실 때 하고 싶은 말을 해 보아라. 지금이 아니면 기회는 없다!"

소년은 한운석을 보고 바로 무릎을 꿇었다.

"진왕 전하, 왕비마마, 당문에는 우리 말고 여기 계신 분들도 요수 별원의 위치를 알고 있습니다."

그 말에 현장이 순식간에 얼어붙었다!

자리에 있는 용비야, 한운석, 당자진, 당 부인, 당리와 여 이모, 초서풍 이 일곱 사람은 확실히 요수 별원의 위치를 알고 있었다.

이 소년의 말은 아주 흥미로웠다!

"무슨 뜻이냐? 진왕이 설마 자기 자신을 팔아넘긴단 말이냐?"

여 이모는 말과 동시에 손을 들어 소년을 한 대 치려고 했다. 그때 한운석이 얼른 앞으로 나와 여 이모의 손을 잡고 분노한 목소리로 물었다.

"아직 제대로 묻지도 않았는데 때리다니요? 때려서 자백을 받으려고요?"

여 이모는 한운석의 손을 홱 뿌리치며 차갑게 말했다.

"저게 무슨 말이냐? 교활한 궤변을 늘어놓는 걸 보니, 저 녀석이 가장 의심스럽다!"

"틀린 말도 아니잖아요? 저 아이는 진왕만 지목한 게 아니라 우리 모두를 말하는 거예요! 진왕은 자신을 팔아넘기지 않겠지만, 우리들은……."

한운석이 말을 다 하기도 전에 여 이모가 냉소를 지으며 말했다.

"오라버니, 새언니, 이것 좀 보세요! 한운석이 이제 우리까지 의심하네요!"

"운석은 그런 뜻으로 한 말이 아니겠지요."

당 부인은 한운석 편은 들었지만 소년 편은 들지 않았다. 그녀는 도도하게 소년을 훑으며 말했다.

"감히 교활한 궤변을 늘어놓다니. 여봐라, 저놈의 따귀부터 때려라!"

"잠깐만요!"

한운석이 막으며 입을 열려는 순간, 당 부인이 불쾌한 어조로 말했다.

"운석, 나까지 의심하는 것은 아니겠지?"

한운석은 어떻게 대답해야 할까?

그녀는 여 의모를 의심하고 있었다!

하지만 증거가 없는 것을 어쩌나? 말만으로는 증거가 될 수 없었다.

"새언니까지 의심한다면 나와 오라버니도 의심을 받겠네요. 아, 그렇지, 당리까지!"

여 이모는 일부러 유감스럽다는 표정을 지었다.

용비야가 내내 말이 없었던 것도 이 때문이었다. 말만으로는 증거가 될 수 없고 도리어 상대의 경계만 살 수 있었다.

한운석은 총명했으나, 그녀의 사사로운 자애심이 어리석은 선택을 이끌었다.

"운석은 이자들이 진심으로 죄를 인정하고 승복하게 만들고 싶은 겁니다."

용비야가 말했다.

한운석은 고개를 끄덕이며, 자신이 너무 충동적이었음을 깨달았다.

"배신자를 아직 찾지도 못했는데, 어떻게 진심으로 승복하게 만든단 말이냐?"

여 이모가 무시하듯 말했다.

용비야는 못 들은 척하며 냉랭한 어조로 소년에게 물었다.

"네 이름이 무엇이냐?"

"공희孔曦입니다."

소년이 답했다.

"가족은 어떻게 되느냐?"

용비야가 다시 물었다.

뭘 하려는 거지?

여 이모는 눈살을 찌푸린 채 불안감에 휩싸였다. 한운석과 당리는 용비야의 생각을 짐작하지 못하고 궁금해했다.

"부모님은 돌아가셨고, 할머니 한 분만 계십니다."

공희가 사실대로 대답했다.

"나이는?"

용비야가 다시 물었다.

"이레 후면 쉰셋이 되십니다."

할머니를 이야기할 때 공희의 눈동자가 반짝였다. 벌써 며칠이나 집에 돌아가지 못했으니, 할머니가 그를 보고 싶어 하실 게 분명했다.

여기까지 듣자 한운석은 용비야의 뜻을 알아챘지만, 불쌍한 소년은 아직도 모르고 있었다.

용비야는 더 묻지 않고 차갑게 명령했다.

"여봐라, 공희의 할머니를 데려와라."

깜짝 놀란 공희는 용비야에 대한 두려움도 잊고 분노하며 물었다.

"뭘 하려는 겁니까?"

용비야는 대답하지 않았다. 그는 눈을 내리깔고 기다란 손가락으로 의자의 팔걸이를 가볍게 두드렸다. 톡, 톡, 톡. 두드릴 때마다 손가락이 사람들의 마음을 두드리는 듯하여 모두 안절부절못했다.

여 이모는 안색이 창백해졌다.

"비야, 노인네를 불러서 뭘 하려는 거냐? 이곳 상황을 더 많은 사람에게 알리겠다는 거냐?"

용비야가 상대해 주지 않자, 여 이모의 얼굴은 더 심하게 구겨졌다.

"됐다, 됐어, 이 아이는 우선 가둬라! 다른 사람부터 심문하자."

여 이모가 다시 말했다.

용비야는 여전히 그녀를 신경 쓰지 않았다. 여 이모는 시종에게 눈짓을 보냈으나, 용비야가 그곳에 앉아서 아무 말도 하지 않는 이상 당자진도 멋대로 결정할 수 없었다.

조용한 방 안에서 소년은 고개를 떨군 채 갈수록 안절부절못하면서 두 손을 더욱 꽉 쥐었다.

갑자기 그가 고개를 들더니 큰 소리로 말했다.

"저예요! 제가 단목요와 결탁했어요! 진왕 전하, 할머니는 놓아주세요. 다 인정할게요!"

"……."

"할머니만 풀어 주세요. 할머니가 여기 오시지 않게, 할머니는 모르게 해 주세요! 그럼 뭐든지 다 말할게요!"

공희는 공포와 눈물을 억지로 참고 있었다. 말하면서도 입술은 바들바들 떨렸다.

고문으로 억지 자백을 받은 건 아니었지만, 그것과 무엇이 다르단 말인가?

한운석은 이 소년이 배신자가 아니라고 확신했다! 또 용비야가 소년의 말을 이렇게 쉽사리 믿을 리 없다고 생각했다.

용비야, 대체 뭘 하려는 거야?

공희는 용비야가 믿지 않을까 두려워하며 변명을 늘어놓았다.

"진왕 전하, 정말로 제가 단목요와 결탁했어요! 저, 저는 정보를 딱 하나만 팔았어요. 요수 별원 위치만 알려 줬고, 다른 건 아무것도 말하지 않았어요!"

"그 여자와 어떻게 연락했지?"

한운석이 물었다.

"그 여자가 암시장에 진왕이 요수군에서 머무는 곳을 알고 싶다는 소식을 뿌려서 제가……."

공희가 말을 다 하기도 전에 여 이모가 화내며 꾸짖었다.

"잘하는 짓이다. 감히 멋대로 암시장에서 거래를 해? 네 이놈, 암시장에서 당문 암기도 몰래 판 게 아니냐?"

공희는 침묵으로 사실을 인정했다.

암시장에서 암기를 몰래 팔다가 우연히 단목요가 뿌린 소식을 알게 되어, 그 김에 한몫 챙기려고 했다? 그리고 당문의 비밀은 폭로하지 않았다고?

듣다 보니 정말 그럴듯했다!

한운석은 다시 여 이모 쪽을 바라보았다. 공희가 방금 한 말과 여 이모의 태도를 생각해 보면, 저 소년은 여 이모가 준비해 둔 희생양 같지 않았다!

설마 저 아이가 진짜 배신자라고?

이때, 시종이 공희의 할머니를 데리고 왔다…….

여 이모, 당신일까

시종이 할머니를 데려오자 공희는 바로 울음을 터뜨렸다.

노인은 쉰 살이 좀 넘었지만 실제 나이보다 더 들어 보였고, 손발이 말을 듣지 않아 부축을 받고 걸어야 했다.

노인은 용비야와 한운석을 몰랐고, 당문 문주 일행도 본 적이 없었다. 그녀는 들어오자마자 방 안 가득 걸린 형구들을 보고 깜짝 놀랐다.

그녀는 황급히 무릎을 꿇고 한운석 일행 쪽을 향해 소리쳤다.

"문주 어른, 살려 주십시오! 목숨만 살려 주십시오! 아희가 무슨 잘못을 저질렀나요? 한 번만 용서해 주십시오, 이렇게 빌겠습니다! 머리 조아려 사죄드립니다."

그녀는 정말 머리를 조아렸는데, 바닥에 머리를 조아릴 때마다 큰 소리가 났다!

"할머니! 할머니! 저 여기, 여기 있어요!"

"……"

"할머니, 저는 괜찮아요! 돌아가세요, 할머니, 어서 돌아가세요! 내일 집으로 갈 테니, 먼저 돌아가 계세요!"

공희는 울며 소리치다가 용비야의 발아래로 달려들어 머리를 연신 조아리며 애걸했다.

"진왕 전하, 우리 할머니를 풀어 주세요! 할머니는 죄가 없어요, 아무것도 모르세요! 진왕 전하, 할머니는 이런 고생을 못 견디세요. 제발 풀어 주세요! 제가 인정할게요, 무슨 죄든 다 제가 인정할게요."

아무리 애원해도 용비야가 꿈쩍도 하지 않자, 공희는 한운석에게 애원했다.

"왕비마마, 관대하시고 너그러우신 왕비마마, 다 제가 저지른 일이에요, 할머니는 아무 상관도 없어요! 어서 데려가 주세요, 네?"

"아희, 대체 무슨 일을 저지른 거냐! 할머니가 넘어가는 꼴을 보려는 게야? 할머니가 가고 나면, 누가 너를 구해 주겠니?"

할머니가 가고 나면, 누가 너를 구해 주겠니?

그 말에 한운석은 마음이 울컥했다. 이 노인은 자기가 정말 손자를 구할 수 있다고 생각하는 걸까? 정말이지 너무 순진했다. 하지만 노인의 말은 틀리지 않았다. 이 방에서 할머니 외에 누가 진심으로 이 소년을 사랑하고 보호하려 할까?

"여봐라, 노인을 끌고 나가라!"

여 이모가 입을 뗐다.

"비야, 저 아이가 다 자백했으니 노인네는 괴롭히지 마라. 나이도 지긋해서 고생을 견디지 못한다."

그러나 여전히 감히 나서는 사람이 없었다.

여 이모가 직접 다가가자, 용비야가 입을 열었다.

"당문의 규율을 잊었습니까? 배반한 자는 구족을 멸한다!"

이것은 당문의 규율이 아니라 동진 황족의 규율이었다. 오랫동안 아무도 언급하지 않았던 규율이었다.

여 이모는 멍한 표정으로 공 할머니가 머리를 조아리며 진왕에게 한 걸음씩 다가가는 모습을 바라보았다. 그녀의 얼굴은 백지장처럼 창백했다.

"할머니, 오지 마세요!"

공희가 달려들었지만 할머니는 그를 밀쳐냈다. 할머니는 주인 자리에 앉은 용비야를 당문 문주로 착각했다. 그녀는 무릎을 꿇고 한 걸음 움직일 때마다 머리를 조아리며 다가왔다.

"문주 어른, 우리 공씨 집안은 이제 이 아이 하나 남았습니다. 이 아이의 목숨을 가져가시려거든, 이 늙은이부터 죽이십시오. 아희가 무슨 잘못을 저질렀는지 몰라도, 잘못했다고 하시면 저 아이가 잘못한 거지요! 다 이 늙은이가 잘못 가르친 탓입니다. 이 늙은이가……, 늙은이가…….."

할머니는 말하다가 갑자기 통곡하기 시작했다.

"이 늙은이가 저 아이의 부모를 볼 낯이 없습니다!"

공희도 곁에 앉아 펑펑 울고 있었다.

할머니는 갑자기 고개를 쳐들고 바닥에 머리를 세차게 내리찧었다. 공희는 깜짝 놀라 할머니를 붙들고 흐느껴 울었다.

"안 돼요! 안 돼요!"

"……."

"할머니, 전 잘못 없어요! 아희는 잘못하지 않았어요! 아희는 배신자가 아니에요! 아니라고요!"

"……."

"엉엉, 할머니! 아희는 협박을 받았어요! 아희가 잘못했어요."

그 말을 듣는 순간, 현장에 있던 모든 사람이 깜짝 놀랐다. 용비야는 바로 이 말을 기다리고 있었다! 그는 소년이 일어난 순간부터 의심스러웠다.

그가 몸을 바로 하고 말하려는 순간, 갑자기 공희가 다리에서 칼날을 뽑아 들고 자신의 가슴에 세차게 내리꽂았다.

너무 갑작스럽게 일어난 일이었다. 용비야가 재빨리 암기 표창을 날렸으나 막지 못했다.

"진왕 전하, 제발……, 제발…… 할머니를 풀어 주세요."

공희는 이 말을 하고 할머니 품에서 쓰러졌다. 가슴에는 피가 철철 흘렀다.

"살려야 해요!"

한운석이 고함치며 앞을 가로막은 사람들을 서둘러 밀쳐 냈다. 그녀는 먼저 공희가 목숨을 부지할 수 있게 환약을 먹인 뒤 지혈을 시작했다. 그러나 상처가 너무 깊어 공희의 호흡은 갈수록 약해졌다.

"버텨야 해! 반드시 공정하게 판결해 줄게! 꼭 버텨야 한다!"

한운석은 다급해진 나머지 손까지 떨렸다. 사실 그녀는 살리지 못할 것을 알았다. 칼이 심장에 정확하게, 그것도 아주 깊이 꽂혔기 때문이었다. 그러나 포기하고 싶지 않았다. 여 이모는 그녀 다음으로 달려와 공희의 코에 손을 대 호흡을 확인한 뒤 사망을 선고했다.

"숨이 끊어졌다. 살릴 필요 없어."

그녀의 목소리는 얼음처럼 차가웠다.

한운석은 믿을 수 없었지만, 사실이었다.

할머니는 품 안에 있는 손자를 바라보았다. 다물어지지 않는 입술은 바들바들 떨렸고, 울고 싶어도 울음이 나오지 않았다. 얼마나 비통한 심정일까? 그녀는 손자를 꼭 껴안고 울음도 터뜨리지 못한 채 그대로 혼절해 버렸다.

한쪽에 있던 죄수들은 다들 제 코가 석 자임에도 동정 어린 눈빛으로 아이를 바라보았다.

그리고 한운석은 이 모든 장면을 보고 있었다!

"초서풍!"

용비야가 격노했다.

"누가 가둔 것이냐? 이렇게 큰 칼날을 어떻게 지금까지 숨길 수 있었지?"

모든 용의자는 감옥에 들어올 때 반드시 몸수색을 받아야 했다.

"소인이 직접 수색했습니다. 이 아이는 특별히 유의해서 살폈습니다만, 그때는 이 칼날이 없었습니다."

초서풍이 확신에 차서 말했다.

초서풍이 하는 일이라면 용비야도 안심이었다. 하지만 지금은 모든 사람이 다리에서 칼날을 꺼내는 모습을 두 눈으로 똑똑히 보았다.

"그럼 자백하라고 위협한 그 사람이 주었겠네요!"

한운석이 차갑게 말했다.

진상은 너무 명백했다. 공희는 배신자가 아니었다. 진짜 배신자는 공희를 매수해 이런 연극을 벌이게 하면서 죄를 떠넘겼다!

방금 용비야가 기지를 발휘해 할머니를 데려오지 않았다면, 진상이 드러나지 못했을지도 몰랐다. 용비야가 마음이 약해져서 할머니를 놔주었다면, 공희는 진상을 밝히지 않았을 것이다!

공희는 죽기 전 용비야에게 할머니를 지켜 달라고 부탁했다. 그렇다면 배신자가 노인의 목숨을 가지고 공희를 위협한 게 분명했다. 그는 스스로 목숨을 끊으면서도 진범을 밝히지 않았다. 소년은 진범에 대해 두려움을 느꼈고, 진범에게 약점을 잡혔을 가능성이 높았다.

당자진은 놀라움을 금치 못했다.

"철저히 조사해라! 요 며칠 동안 공희와 접촉했던 자는 모조리 감옥에 집어넣어!"

"맞아요! 한 명도 빠뜨려서는 안 돼요!"

여 의모는 의분에 차서 동조했다.

한운석은 여 이모를 바라보며 차갑게 말했다.

"이 아이가 억울하게 죽어서는 안 돼요! 전에 고문받은 자들의 고문도 헛되게 할 수 없어요! 배신자를 찾아내면, 천 배, 백 배로 갚아 줘야 해요!"

여 이모는 바로 눈을 피했지만 한운석은 끝까지 물고 늘어졌다.

"여 이모, 그렇지 않나요?"

"당연하지."

여 이모도 즉각 대답했다.

"오라버니, 새언니, 이 일은 반드시 끝까지 조사해서 공 할머니에게도 설명해 줘야 해요! 무고하게 고생한 제자들에게도 설명해야 하고요!"

당자진은 분노에 차서 말도 나오지 않았다. 당문을 다스린 이래 이런 일은 처음이었다. 당 부인은 할머니의 모습을 차마 눈 뜨고 볼 수 없었다.

"여봐라, 어서 공 할머니를 데려가서 잘 돌봐 주어라!"

그녀는 어쩔 수 없다는 듯 탄식했다.

"저 아이는 사람을 시켜서 잘 묻어 줍시다."

저토록 어린 목숨이 이렇게 사라지다니.

한운석은 가슴이 너무도 답답해 뭔가 말하고 싶었지만, 용비야의 눈빛이 그녀를 막았다.

용비야는 더 이상 말하지 않았다. 그는 초서풍을 이곳에 남겨 두고 계속 여 이모를 돕게 한 후, 한운석을 데리고 나갔다.

그들이 나가자 당자진은 일이 있다는 핑계로 여 이모를 데리고 나갔다.

가는 길 내내 여 이모는 침묵했다. 당자진은 몇 번이나 뭔가 말하려다가 관두었다. 결국 서재에 도착해 문을 잠근 후에야 그는 입을 열었다.

당자진은 아주 대놓고 질문했다.

"의여, 너냐?"

여 이모는 믿을 수 없다는 표정으로 말했다.

"큰오라버니, 무슨 뜻이에요?"

"네가 요수 별원의 위치를 단목요에게 알렸느냐?"

당자진은 차가운 얼굴로 정색하고 물었다.

한운석의 말대로 배신자는 당문과 진왕부의 관계는 말하지 않고 오직 요수 별원의 위치만 알려 주었다. 즉 배신자는 단목요를 끌어내 용비야를 곤란하게 만들고 싶었던 것뿐이었다.

여 이모 외에 누가 이런 일을 하겠는가? 여 이모는 늘 용비야와 한운석을 떼놓고 싶어 안달이었고, 단목요는 최적의 방해꾼이었다!

여 이모가 계속 고개를 젓자 당자진은 바짝 다가와 차가운 목소리로 물었다.

"이곳에는 너와 나, 둘뿐이다. 그래도 말하지 않겠느냐? 네가 말하지 않으면 내가 어떻게 너를 보호하겠느냐?"

"내······, 내가 뭘 말해요!"

여 이모가 화를 냈다.

"네가 잘 알겠지!"

당자진도 노기 가득한 얼굴로 말했다.

"오라버니, 절 의심하는 거예요? 제가 배신자라고 의심하는 거예요? 내······, 내가 당문을 배신했다고요?"

여 이모는 연이어 반문했다.

"이건 당문을 배신한 것과는 상관없는 일이다. 이것만 말해라. 요수 별원의 위치를 네가 말했느냐?"

당자진이 진지하게 물었다.

"아니요!"

여 이모는 망설임 없이 대답했다.

"네가 아니면 누구란 말이냐?"

당자진이 다시 물었다.

"내……, 내가 어떻게 알아요? 나한테 물으면, 나는 누구한테 물어야 하나요?"

여 이모는 당자진을 바라보며 억울한 얼굴로 말했다.

"오라버니, 어떻게 나를 의심할 수 있어요. 나는……, 난 그럼 죽는 게 나아요!"

당자진은 한숨을 쉬며 자리에 앉았다. 그는 여 이모를 의심했지만 증거는 없었다. 여 이모에게 물어본 것도 떠보기 위해서였다.

여 이모는 확실히 의심스러웠다. 하지만 여 이모도 당문 제자를 위협해 죄를 덮어씌울 만큼 악질은 아니었다. 방금 그렇게까지 떠보았는데 여 이모가 인정하지 않는 걸 보니, 정말 여 이모가 아닌 건가?

그렇다면 대체 누구지?

"오라버니, 아직도 날 의심하나요?"

여 이모가 다시 물었다.

"그럼 넌 누구 같으냐?"

당자진의 말투가 누그러졌다.

"누구인지 알았다면, 오늘 같은 이런 일이 일어났겠어요?"

여 이모가 성을 내며 반문했다.

"그래, 그래. 나도 그저 농담한 것뿐이다."

당자진이 변명했다.

"농담이요? 내 명성을 갖고 농담이라니요?"

여 이모가 평소처럼 지나치게 이치를 따지고 들었다. 그 모습에 당자진은 그녀가 배신자가 아니라고 더욱 확신했다.

"어서 배신자를 찾아내라. 이건 예삿일이 아니다."

당자진이 다시 말했다.

여 이모는 속으로 한숨을 돌렸다.

"알아요! 제가 더 급하다고요! 배신자를 찾아내지 못하면 내일 비야가 나까지 의심할지도 몰라요! 내일 삼도 암시장에 가서 단목요가 정말 암시장에 그런 소식을 뿌렸는지 조사해 볼게요!"

당자진은 마음이 답답하고 심란했다. 그는 찌푸린 얼굴로 손을 내저으며 그녀에게 물러가라고 했다.

당리의 혼사도 이 일만큼 골치 아프지는 않았다!

이때, 용비야도 한운석과 밀담을 나누고 있었다.

"분명히 그 사람이에요, 바로 그 사람이라고요! 내기도 할 수 있어요!"

한운석은 화가 나서 미칠 것 같았다.

"그 어린아이의 죽음을 헛되게 할 수 없어요! 자신 있으면 직접 나하고 싸우면 되지, 뒤에서 이런 짓을 벌이다니요, 대체 자기가 뭔데?"

용비야가 그녀의 어깨를 감쌌다. 한운석이 씩씩거리며 입을 떼려는데, 용비야가 그녀의 입을 막으며 말했다.

"내게 계략이 있는데, 들어 보겠느냐?"

한운석은 바로 고개를 끄덕였다. 당연하지! 어쨌든 그녀에게는 증거를 찾을 방법이 없었다.

비열하게 유인하기

용비야에게 무슨 좋은 계략이 있을까?

그는 간단하게 설명했다.

"뱀을 굴 밖으로 유인하는 거다!"

한운석은 순간 눈을 반짝였다.

"알겠어요!"

뱀을 굴 밖으로 꾀어내 본 모습을 드러내게 하는 유인책은 여러 가지가 있었다. 용비야의 방법은 아주 잔인하겠지만, 여 이모 같은 사람을 상대할 때 한운석은 용비야보다 더 잔혹해졌다!

"당신이 할래요, 아니면 내가 할까요?"

한운석이 재미있다는 듯 물었다.

용비야가 차갑게 대답했다.

"당자진이 한다."

용비야나 한운석이 나서면 진범을 끌어내도 당자진이 믿지 않을 수 있었다. 믿는다고 해도 여 이모의 죄를 벗겨 줄 가능성이 높았다.

하지만 당자진이 직접 나선다면 결과는 달라졌다.

"기발하군요!"

어둡던 한운석의 마음이 드디어 밝아졌다. 그녀는 눈을 가늘게 뜨며 말했다.

"하지만……."

"하지만?"

용비야는 이보다 더 좋은 방법을 생각해 낼 수 없었다. 그런데 한운석이 서늘하게 말했다.

"당자진보다는 당 부인이 적당하겠어요."

용비야는 웃으며 고개를 설레설레 저었다. 한운석이야말로 가장 기발했다!

당 부인이 직접 진범을 잡아낸다면, 당자진은 당 부인의 성격 때문에라도 여 이모를 감싸 줄 수 없었다.

정말 여 이모가 배신자라면, 이번에는 절대 빠져나갈 수 없었다.

"이 일은 내가 기회를 봐서 당 부인에게 말할게요. 암시장 쪽은 초서풍에게 가서 조사하라고 해요."

한운석이 진지하게 말했다.

용비야는 고개를 끄덕였다. 그는 여 이모가 가장 의심스럽기는 했지만, 그래도 혹시나 하는 마음을 품고 있었다. 배신자가 여 이모는 아니길 바랐다.

여 이모의 신분을 생각할 때, 그녀가 수단 방법 가리지 않고 적과 결탁한다면 간담이 서늘한 일이 아닐 수 없었다!

두 사람이 자세한 계획을 이야기하고 있을 때 당리가 들어왔다. 두 사람은 약속이라도 한 듯 대화를 멈췄다.

당리는 들어오자마자 진지하게 말했다.

"형, 그 아이의 죽음을 헛되게 할 수 없어!"

"의심스러운 사람이 있어요?"

한운석이 떠보듯 물었다.

당리는 난처해졌다. 의심이 가는 대상이 있긴 했지만, 아무리 생각해도 말이 되지 않았다. 그는 예삿일이 아님을 알기에 함부로 말할 수 없었다.

"너무 이상한 일이라 나도 말하기 어렵네."

"앞으로 열흘 후에 치를 혼례나 잘 준비해라. 이 일은 걱정할 필요 없다."

용비야가 말했다.

"하지만 형, 이건 사소한 일이 아니야. 이 일은……."

당리가 말하는데 용비야가 끊고 들어왔다.

"네 일도 사소하지 않다. 본 왕이 네게 허락한 시간은 1년이다. 그 안에 운공상인협회 무기상을 손에 넣지 못하면 알아서 해라."

당리는 완전히 어이없어하며 말했다.

"어떻게 영정의 혼수가 무기상이라고 확신해?"

한운석이 아주 진지하게 물었다.

"내기할래요?"

당리는 입을 몇 번이고 실룩이다가 결국 관두자고 생각했다. 내기에서 한운석을 이기는 건 영정을 굴복시키는 일보다 훨씬 어려웠다.

운공상인협회의 무기상을 손에 넣는 방법은 하나뿐이었다. 바로 영정을 자기 사람으로 만드는 것이었다.

한운석은 당리의 어깨를 두드리며 말했다.

"잘해 봐요! 혼례를 열심히 준비하면, 영정이 감동해서 당신을 정말 사랑하게 될지도 모르잖아요."

"형수, 어쩌다 형을 사랑하게 됐어?"

당리가 진지하게 물었다.

"당신 형이 나를 먼저 사랑한 거 아니었어요?"

한운석이 반문했다.

이런 쓸데없는 잡담에서 당리는 이겨 낼 재간이 없었다. 그는 더는 이곳에 있을 수 없어 조용히 돌아섰다. 그가 밖으로 나가자 한운석도 바로 나가려고 했다.

"당 부인에게 가 봐야겠어요!"

그런데 그녀가 한 걸음 내딛자마자 용비야의 커다란 손이 그녀의 어깨를 잡았다. 아무 말도 하지 않고, 그저 붙잡고 있었다. 세게 붙잡은 것도 아니었는데, 그녀는 앞으로 나갈 수 없었다.

그가 왜 이러는지 한운석은 잘 알았다. 그녀는 그를 등지고 선 채, 눈을 내리깔고 소리도 내지 못했다.

잠시 후, 용비야가 다른 한 손으로 그녀의 귓불을 부드럽게 어루만지며 물었다.

"왜 붉어졌느냐?"

사실 그녀의 귀뿌리는 그가 붙잡았을 때부터 붉어져 있었다.

겁이 난 한운석은 조심스레 고개를 돌려 그의 손가락을 피했다. 그러자 용비야가 한 걸음 더 다가와 두 손으로 그녀의 가냘픈 허리를 안았고, 잘생긴 얼굴을 갖다 대며 그녀의 귀에 살짝 입 맞추었다.

"맞다. 본 왕이 먼저 너를 사랑했다."

그는 말하자마자 그녀를 놓아주었지만, 그녀는 제자리에 멍하니 서 있었다. 그의 품 안이, 그의 입맞춤이 너무 따스했기 때문일까, 그녀의 얼굴이 뜨겁게 달아올랐다.

강인한 성품의 그녀는 늘 이 남자 때문에 얼굴이 붉어졌다!

에잇, 정말!

한운석은 더는 남아 있을 수 없어 서둘러 도망쳤다. 당 부인에게 갈 생각은 무슨, 아까부터 도망치고 싶었다!

용비야는 그녀를 잡지 않고, 황급히 도망치는 뒷모습을 재미있다는 듯 감상했다. 볼수록 기분이 좋아졌다.

미접몽보다 더 수수께끼 같은 여자였다. 그녀는 말 한마디로도 그에게 깜짝 놀랄 즐거움을 안겨 주었기 때문에, 영원히 싫증나지 않을 것 같았다.

비밀 시위가 기척도 없이 나타났다.

"전하, 고칠소로부터 답이 왔습니다."

"어찌 되었느냐?"

그는 다시 냉혹하고 엄숙한 모습으로 돌아왔다.

"목령아와 아직 합의를 이루지 못해 시간이 더 필요하다고 합니다."

비밀 시위가 사실대로 대답했다.

용비야는 의성 능 대장로와 연심부인의 일에 대해 물었었다. 그는 고칠소에게 열흘의 시간을 주었는데, 이미 기한을 넘겨

버렸다.

한운석이 목령아를 챙기지 않았다면, 고칠소에게 이렇게 인내심을 발휘하지 않았을 것이다.

"이달 마지막 날까지 해결하지 못하면 본 왕과 다시 이야기할 필요 없다고 전해라."

그는 냉랭하게 분부했다.

약성 장로회는 그의 수중에 있었다. 고칠소가 목씨 집안 일로 연심부인을 매수하려면, 반드시 자신을 통해야 했다. 이 정도 이야기했으면 고칠소도 알아들을 것이다.

"명을 받들겠습니다!"

명령을 이해한 시위는 보고를 이어갔다.

"고 의원 쪽은 모든 것이 계획대로 진행되고 있습니다. 고 의원은 사람을 구해 내기만 하면, 초천은이 전하의 계획에 완전히 따를 거라고 장담했습니다."

용비야는 고칠소보다 고북월 쪽이 훨씬 마음이 놓였다.

"이달 마지막 날이라고 전해라."

용비야는 잠시 망설이다가 한마디를 덧붙였다.

"시간에 관해서는 동쪽에 있는 그자에게도 알리라고 해라."

이 말은 비밀 시위도 이해하지 못했다.

"예, 그대로 전하겠습니다."

이달 마지막 날인 3월 28일, 바로 당리의 혼렛날에 용비야는 뭘 하려는 걸까? 답은 얼마 후면 알 수 있다.

조용하던 당문은 당 부인의 뜻에 따라 당리의 혼사 준비가 이어지면서 시끌벅적해지기 시작했다.

배신자 일은 많은 사람을 놀라게 하지 않고, 암암리에 여 이모와 초서풍이 계속 조사하고 있었다. 당자진은 아들 혼사 준비로 바쁜 와중에도 배신자 사안에 깊은 관심을 기울였다.

하지만 며칠이 지나도록 진전이 없었다.

어느 날, 당 부인이 당자진과 혼인 연회에 나올 음식들을 확정하자마자 한운석이 찾아왔다.

"당신은 가서 일 보세요. 난 한운석과 방금 도착한 비단들을 봐야겠어요. 리아에게 옷을 몇 벌 더 지어 주려고요."

당 부인은 원망 섞인 어조로 말했다.

"아, 이제 며느리가 들어오면 이런 일은 어미인 내가 걱정하지 않아도 되겠군요."

당자진은 공처가 기질이 다분한 사람이었다. 하지만 한운석 앞에서는 괜히 무게를 잡고 엄숙하게 고개를 끄덕인 후 돌아섰다.

한운석은 이런 남자가 제일 우스웠다. 부인이 무서우면 무서운 거지, 그게 무슨 창피한 일이라고 저렇게 허세를 부리는지. 차라리 대범하게 인정하면 존경받을 텐데.

당자진이 나가자 당 부인은 한운석을 자리에 앉혔다.

"말해 보렴, 무슨 일로 날 찾아온 거니?"

"초서풍이 며칠 동안 조사하다가 드디어 암시장에서 확실한 정보를 얻어 냈어요. 단목요는 삼도 암시장에서 현상금을 건 적이 없어요. 공희가 했던 말은 다 거짓이었어요."

한운석은 단도직입적으로 말했다.

당 부인은 한운석이 이런 이야기를 하러 온 거라고는 생각도 못 했다.

"그렇다면 배신자는 우리 주의를 삼도 암시장으로 돌리려 했단 말이냐?"

"맞아요. 삼도 암시장 규율은 부인도 잘 아시잖아요. 그곳을 조사하기란 아주 힘이 드니까요."

한운석이 담담하게 말했다.

"정말 비열하구나! 그럼 이제 우리는 어쩌면 좋니?"

당 부인이 초조하게 물었다.

"더 비열한 방법을 써야죠."

한운석이 진지하게 말했다.

"하지만 그러려면 부인의 도움이 필요해요!"

"나?"

당 부인이 영문을 몰라 하자 한운석이 가까이 다가가 목소리를 낮추고 귓속말을 했다.

"이미 다 준비해 두었답니다. 배신자 이름으로 단목요에게 내일 밤 자시, 당문 산기슭에 있는 고산정孤山亭에서 만나자고 서신을 보내 두었어요."

당 부인은 더욱 영문을 알 수 없었다.

"무슨 말이니. 배신자가 누군지 안단 말이냐?"

"의심스러운 사람이 있어서 그 이름으로 약속을 잡았어요."

한운석이 아주 간사하게 웃었다.

"그게 누군데?"

당 부인이 긴장하기 시작했다.

"비밀이에요. 내일 밤 가 보시면 알게 돼요."

한운석은 일부러 이야기하지 않고 애를 태웠다. 여 이모와 그녀 사이에 있었던 갈등에 대해 당 부인은 전혀 알지 못했다.

"대체 누구란 말이냐?"

당 부인은 아주 궁금해했다.

"여 이모와 초서풍도 다 알고 있니? 자진과 비야에게도 말했어?"

"부인, 아무것도 묻지 마시고 이번 한 번만 저를 믿어 주시면 안 될까요?"

한운석이 진지하게 말했다.

당 부인은 잠시 망설이다가 고개를 끄덕였다.

"알았다. 그럼 너는 단목요가 올 거라고 확신하는 게냐?"

"진왕의 모든 거처의 지도를 가지고 유인하는데 오지 않겠어요?"

한운석이 웃으며 말했다.

"반드시 와요."

단목요가 와도 의심스러운 자가 배신자라고 어떻게 증명할 수 있지? 당 부인은 어리둥절했지만 내일 밤에 가면 다 알게 되리라 생각했다.

한운석, 이 여자가 하는 일은 절대적으로 안심이었다.

다음 날 밤, 한운석과 당 부인은 일찌감치 고산정 주변에 잠복하며 자시가 되기를 기다렸다.

컴컴한 밤중에 바람이 강하게 불었다. 고산정에 있는 등롱이 바람에 흔들리면서, 주변에 어른거리는 그림자를 만들어 내 스산한 분위기를 조성했다.

차 한 잔 마실 시간이 지나면 자시였다.

당 부인은 참지 못하고 작은 목소리로 물었다.

"단목요가 정말 올까?"

"와요."

한운석은 확신했다. 용비야의 모든 거처 지도는 그녀 자신도 갖고 싶은 물건이었다. 하물며 단목요는 어떻겠는가?

무슨 일이 있어도 단목요는 반드시 온다고 여자의 육감이 말해 주었다.

"운석, 만약 추측이 틀려서 너희가 생각하는 그 용의자가 배신자가 아니라면, 잘못된 이름으로 단목요에게 서신을 보낸 것이니 단목요는 함정이라 생각하고 오지 않을 거다!"

당 부인이 진지하게 말했다.

"내기하실래요?"

한운석이 물었다.

"뭘 걸겠니?"

당 부인은 내기 같은 일을 아주 좋아했다.

말을 하려는 순간, 한 시녀가 다급한 표정으로 풀숲 작은 길에서 걸어 나왔다. 당 부인은 한눈에 여 이모 원락에 있는 시녀임을 알아보았다.

"아니……."

당 부인은 깜짝 놀랐다.

"너희가 의심하는 사람이 바로……."

"쉿. 시간이 됐어요."

한운석은 당 부인을 살짝 누르며 함께 풀숲 안에 숨었다.

자시가 되었다!

그녀가 미리 준비해 둔 시녀도 등장했다. 단목요는 과연 올까?

과연 결과는

자시가 되었다!

산속에서 부는 밤바람은 유달리 차가웠다. 고산정에 서 있는 시녀는 목을 움츠린 채 덜덜 떨고 있었다. 정자 주변에는 바람에 흔들리는 들풀 외에 아무것도 보이지 않았다.

한참을 기다려도 단목요는 오지 않았지만, 시녀는 한운석의 명령 없이는 떠날 수 없었다.

"오지 않을 거다."

당 부인이 작게 말했다.

한운석은 어둑한 앞쪽 오솔길을 바라보며 확신에 차서 말했다.

"와요, 반드시 와요. 우리 의심이 틀렸다고 해도, 그 여자는 반드시 와요."

"어떻게 그렇게 확신하니?"

당 부인은 이해할 수 없었다. 한운석을 신뢰하지 않았다면, 지금쯤 벌써 발길을 돌렸을 것이다.

"당 부인, 누군가를 좋아한 적이 있나요?"

한운석이 물었다.

"좋아하지도 않는데 시집을 갔겠니?"

당 부인이 웃었다.

"좋아하는 사람이 생기면 그의 전부가 알고 싶어져요! 전부!"

한운석이 힘주어 말하자, 당 부인 마음속에 오랫동안 잠들어 있던 소녀의 마음이 깨어나는 듯했다. 당 부인은 잔잔한 감동을 느끼며 말했다.

"그렇지!"

"그러니까, 단옥요는 반드시 와요!"

한운석이 진지하게 말했다.

투명하게 반짝이는 그녀의 눈동자를 바라보면서 당 부인은 문득 묻고 싶었다. 이 놀라운 능력을 가진 여자는 용비야를 얼마나 좋아할까? 용비야에 대해 얼마나 알고 있을까?

하지만 당 부인은 결국 묻지 못했다. 이 여자와 용비야의 일에 그녀는 관여할 수 없었다.

한참 후, 당 부인이 중얼거리듯 물었다.

"운석, 그럼 사랑하게 되면? 한 사람을 사랑하면 그의 전부를 모른 척해 줄 수 있을까?"

한운석은 고개를 저었다.

"당 부인, 사랑은 이기적이에요. 사랑하는 사람이 생기면, 그의 전부가 되고 싶어져요. 지나온 과거는 전혀 중요하지 않아요. 그렇지 않나요?"

당 부인은 한운석을 보면서 갑자기 할 말을 찾지 못해 고개만 끄덕였다. 당 부인은 점점 더 이 여자가 좋아졌다.

얼마나 솔직한가!

사랑은 이기적이라서 소유하고 싶고, 혼자만 누리고 싶다.

하지만 그걸 인정할 수 있는 사람이 얼마나 될까?

자진이나 의여가 이 말을 들었다면, 무슨 방법을 써서라도 한운석을 비야에게서 떼어내려 하겠지! 어떻게 여자 하나가 비야의 전부가 될 수 있을까?

그녀가 전설적인 인물이라 해도 비야의 전부는 될 수 없었다! 비야에게 과거는 아주 중요했기 때문에 모른 척할 수도 없었다.

"운석, 사랑은 상대의 뜻을 이뤄 주는 것이기도 해."

당 부인이 담담하게 말했다.

"아뇨. 적어도 전 아니에요!"

한운석이 고집을 부렸다.

당 부인이 설득하려는 순간, 가까이 있는 수풀이 바스락거렸다. 두 여자는 바로 경계에 들어갔다. 곧 어둠 속에서 익숙한 누군가가 걸어 나왔다. 바로 단목요였다!

한운석은 또 내기에서 이겼다. 단목요가 정말 왔다!

그녀는 한 걸음씩 고산정 쪽으로 다가갔다. 희미한 등불에도 그녀의 창백한 안색이 여실히 드러났다. 아직 내상이 다 회복되지 못한 것 같았다.

그녀는 사부에게 여러 번 서신을 보내어 사형에게 치료를 받게 해 달라고 고집을 부렸다. 하지만 사부는 사형도 다쳐서 그녀를 도울 수 없다고 했다. 그리고 강호의 다른 고수를 그녀에게 소개해 주었다.

그녀는 고집을 부리며 기다리겠다고 했다. 사형의 내상이 회복될 때까지 기다릴 수 있었다!

시녀를 보자 단목요의 눈동자가 복잡하게 반짝였다. 그녀는 아무 말도 하지 않았다.

"단목 공주님이시지요?"

시녀가 공손하게 물었다.

"본 공주와 만나기로 한 자는 네가 아니다! 당의여는?"

단목요가 오만하게 그녀를 훑어보며 말했다.

아주 익숙한 듯한 말투였다!

당 부인은 긴장해서 소리 낼 뻔했지만, 한운석이 눈빛으로 막았다. 단목요가 부상은 입었어도 경계심은 남아 있었기 때문에, 주변 작은 소리에도 민감하게 반응할 수 있었다.

"공주님, 주인께서는 잠시 일이 있어 나오지 못하시고, 저를 통해 물건을 보내셨습니다."

시녀가 대답했다.

"물건은?"

단목요는 초조해졌다.

"주인께서는 지난 빚 계산이 끝나지 않았으니 우선 그것부터 청산해야 한다고 하셨습니다."

시녀가 대답했다.

여기까지 듣자 긴장한 사람은 당 부인만이 아니었다. 한운석도 신경이 곤두섰다. 그녀가 굴에서 끌어내리던 뱀은 배신자가 아니라 단목요였다!

한운석은 단목요의 입에서 나오는 말로 자신이 의심하던 사람이 바로 배신자임을 증명하려 했다!

그래서 단목요가 이제부터 할 말은 아주 중요했다. 긴장된 순간이 다가왔다!

"지난 빚? 본 공주가 빚이라도 졌단 말이냐?"

단목요가 차갑게 반문했다.

당 부인은 자신도 모르게 한운석의 손을 움켜쥐며 질문이 담긴 눈빛으로 그녀를 바라보았다. 마치 이렇게 묻고 있는 듯했다.

'의여일까? 의여가 어떻게 이럴 수 있지?'

한운석은 그녀에게 긍정의 눈빛을 보냈다.

당부인은 한운석의 손이 부서질 정도로 꽉 움켜쥐었다. 하지만 지금 한운석은 아픈 것도 잊은 채 기다리고 있었다. 그녀는 단목요가 직접 모든 것을 인정하고, 당 부인이 직접 모든 것을 듣게 되기를 기다렸다.

여 이모가 그녀와 용비야 앞에서 잘못을 인정하는 것까지 욕심내지 않았다. 다만 여 이모가 공 할머니 앞에서 머리를 조아리고, 공희의 무덤 앞에서 참회하기를 원했다!

"바로 전의 그 일 말입니다. 공주님, 벌써 잊으신 것은 아니겠지요?"

시녀가 다시 떠보듯 물었다.

단목요가 냉소를 지었다.

"전의 일이라면, 빚을 받아야 할 건 본 공주일 텐데! 본 공주의 상처가 결코 가볍지 않으니 말이다. 다른 조건은 이야기할 것 없다. 물건만 내놓으면, 지난 빚은 다 청산해 주겠다."

"공주님, 그게 어쩌다가 난 상처입니까? 다 아시면서, 다치지 않으셨다면 어떻게 진왕에게 치료를 받으러 찾아가셨겠습니까?"

시녀가 비웃으며 말했다.

진상이 밝혀지기 직전이었다!

언제부터인가 한운석도 당 부인의 손을 꼭 잡고 있었다. 두 사람은 한마디도 놓치지 않고 들으려고 온 신경을 집중했다.

그런데, 단목요가 갑자기 화를 냈다.

"무슨 뜻이냐?"

"무슨 뜻인지는 공주님께서 잘 아시지 않습니까. 이곳에 아무도 없으니 솔직히 이야기하시지요. 공주님께서 지도를 갖고 싶으시면, 주인님의 부탁을 하나 들어주셔야 합니다."

시녀가 다시 말했다.

단목요가 차갑게 말했다.

"본 공주는 네가 무슨 말을 하는지 모르겠구나? 당의여가 본 공주를 다치게 한 빚을 그리 쉽게 청산해 줄 수는 없다! 가서 전해라. 기회를 주는 것이니, 지도를 내놓으면 지난 빚은 다 청산해 주겠다고 말이다. 그렇지 않으면 본 공주의 단전을 다치게 했으니, 몇 배로 갚아 줄 것이다!"

여기까지 듣자 당 부인은 어리둥절해졌고, 한운석은 깜짝 놀랐다. 어떻게 이럴 수가?

시녀는 단념하지 않고 계속 말했다.

"공주님은 일부러 다치셨고 주인께서는 그저 맞춰 주신 것뿐인데 어떻게 그런……."

말이 끝나기도 전에 단목요가 성난 목소리로 말했다.

"무슨 허튼소리를 하는 게냐? 너는…… 정말 당의여의 시녀가 맞느냐?"

시녀는 깜짝 놀라 순간 뭐라고 해야 할지 몰랐다.

"내가 원하는 물건은? 가져오지 않은 것이지?"

단목요는 음험한 표정으로 다가왔다.

한운석은 안되겠다 싶어 얼른 옆쪽으로 암기를 쏘았다. 그 소리에 단목요는 주변을 살피며 더는 남아 있으려 하지 않았다.

"당의여에게 지도를 내가 있는 곳으로 보내라고 전해라. 그렇지 않으면…… 결과를 알아서 감당해야 할 것이다!"

그녀는 경고를 남긴 뒤 바로 뒤돌아 떠났다.

시녀는 사레가 들릴 정도로 놀라 돌 의자 위에 털썩 주저앉았다. 온몸이 뻣뻣해진 상태였다.

당 부인과 한운석은 몸을 일으켜 서로의 얼굴만 쳐다보았다.

당 부인은 눈을 찌푸리며 한참 동안 말이 없다가 입을 열었다.

"운석, 어떻게……, 어떻게 의여를 의심할 수 있니? 성격이 좋지 않고 심술을 부리기는 해도, 절대 당문을 배신하고 비야를 팔아넘길 사람은 아니다! 그건 내 목숨을 걸고 장담한다!"

한운석은 얼이 빠진 채 당 부인이 뭐라고 하는지 제대로 듣지 못했다.

그녀는 이 결과를 믿을 수 없었다. 분명 어딘가 잘못되었다.

"운석, 말을 좀 해 보렴!"

한운석의 표정을 본 당 부인은 초조해졌다.

"아직도 의여를 의심하는 거니? 방금 너도 다 들었잖니? 이 일은 없던 일로 해 주마, 너는 저 시녀에게 잘 일러 입단속을 확실히 해야 한다. 만일 의여가 이 일을 알게 되면…… 당문은 더 소란스러워질 게야."

한운석은 계속 고개를 저었다. 대체 어디서 잘못되었는지 알 수 없었다. 이 시녀는 용비야가 여 이모의 원락에 심어 둔 자라서 확실히 믿을 수 있었다.

설마 단목요가 뭔가 이상한 점을 눈치채고 연극을 한 건가?

하지만 여기까지 온 단목요가 뭘 눈치챌 수 있을까. 방금 대화 중 시녀는 아무 정보도 흘리지 않았다.

"운석, 돌아가자. 돌아가서 다시 이야기하자!"

당 부인은 그녀를 데려가려고 했다.

"부인, 먼저 돌아가세요. 저는 잠시 혼자 있고 싶어요."

한운석이 담담하게 말했다.

"아직도 의여를 의심하는 거니?"

당 부인이 화를 냈다.

"운석, 네가 의여를 싫어하는 건 알고 있다. 하지만 이런 일은 함부로 덮어씌워서는 안 돼. 대체 왜 의심하는 거냐?"

한운석이 뭐라고 설명해야 할까?

방금 시험 결과는 확실하게 나왔다.

"제가 공연한 걱정을 했어요. 당 부인, 이 일은 용서해 주세요."

한운석이 담담하게 말했다.

그제야 당 부인은 한숨을 돌렸다.

"네 애타는 마음은 잘 안다. 우선 돌아가자."

산으로 돌아온 후, 당 부인은 한운석에게 몇 마디를 더 당부한 후에야 안심하고 돌아갔다. 그녀가 떠나자 용비야가 나타났다.

"내가 틀렸나요?"

한운석이 담담하게 물었다.

"아마 그럴지도."

용비야가 답했다.

"하지만……."

한운석은 자신의 판단이 틀렸다고 믿지 않았다. 그녀는 직감만 의지한 게 아니라, 근거도 충분했다.

"어쩌면 공희 일은…… 우리가 너무 경솔하게 나선 걸지도 모른다."

한운석을 바라보는 용비야의 눈빛은 아주 복잡했다.

일단 성급하게 건드려 경계만 샀으니, 앞으로 진상을 밝히기는 더 어려워졌다.

하지만 공희 일은 경솔하더라도 나설 수밖에 없었다. 그렇지 않았다면 공희는 죽는 한이 있어도 단서를 남기지 않았을 것이고, 그럼 공희의 자백으로 사건은 끝났을 것이다.

결국 용비야가 결정을 내렸다.

"우선 잠시 멈추고 때를 기다리자."

한운석은 달갑지 않았지만, 그 방법밖에 없었다. 계속 조사하다간 상대를 더욱 경계하게 만들 뿐이었다. 어쩌면 잠시 덮어 두었다가 한참 후에 다시 조사하면, 지금보다 수월할 수도 있었다.

용비야는 한운석을 처소로 데려다준 후, 안으로 들어가지 않고 문 앞에 섰다.

당문에 와 있는 동안 그녀는 그의 전용 원락에 머물렀다. 그는 매일 밤 당리에게 갔기 때문에, 이렇게 늦은 시간에 그녀를 바래다주는 건 드문 일이었다.

한운석은 그를 바라보면서 천천히 문을 닫았다. 문득, 뭔가 말할 수 없는 감정이 안에서 솟아났다. 낮에는 함께하다가 밤에는 각자 문을 닫고 헤어지다니, 마치 서로 다른 세계에 있는 것 같았다.

방문이 거의 다 닫힐 무렵, 한운석이 갑자기 멈추고 말했다.

"안 가요?"

용비야는 담담하게 말했다.

"안심해라. 본 왕은 네 판단을 믿는다. 그녀는 도망칠 수 없을 거다."

"그래요!"

한운석도 그의 약속을 믿었다.

"상대 계략을 거꾸로 이용해요."

그녀는 내일 초서풍에게 연극을 시켜 배신자가 안전하다고 느끼게 할 것이다. 한동안은 의기양양하게 두어야지. 나중에

이자까지 쳐서 다 갚아 줄 테다!

"문을 닫아라."

용비야가 담담하게 말했다.

"먼저 가세요."

한운석이 웃었다.

"자, 착하지, 먼저 문을 닫아라."

용비야가 부드러운 목소리로 말했다.

"먼저 가라니까요!"

한운석이 고집을 부렸다.

진왕의 대작전

문을 먼저 닫아야 하나 아니면 먼저 가야 하나?

한운석과 용비야, 마음이 넓은 두 사람은 이런 사소한 일로 씨름하기 시작했다.

물론 그래 봤자 한두 마디면 끝날 일이었다.

"먼저 가세요."

한운석의 두 번째 말에 용비야는 바로 뒤돌아 떠났다.

한운석은 잠시 멍해져서 뭔가 말을 하려다 말았다. 그녀는 더 보지 않고 과감하게 문을 닫았다. 그러나 닫힌 문 뒤에 선 채 머리를 문에 대고 꼼짝도 하지 않았다.

그녀는 오늘 밤, 산에서 당 부인과 나눈 대화를 떠올렸다. '사랑', 그리고 '전부'에 대해서.

"용비야, 당신이 가지 않으면 얼마나 좋을까?"

그녀는 자기 자신에게조차 들리지 않을 정도로 작게 중얼거렸다.

사실 용비야는 가지 않았다!

뒤에서 문이 닫히는 소리가 들리자, 그는 곧 걸음을 멈추었다. 그리고 발끝을 살짝 굴러 나는 새처럼 가볍게 하늘 위로 날아올라, 한운석이 머무는 처소 지붕 위로 조용히 착지했다.

최근 밤마다 그는 당리에게 가지 않고, 직접 한운석 주변을 지키고 있었다.

어쨌든 이곳은 당문이었다!

그의 수하에 있는 큰 세력들은 다 그가 전권을 장악하고 있으나, 당문만은 예외였다.

지위로 논하자면 당문은 백리 장군부 아래였고, 세력을 논하자면 당문은 중남도독부만 못했다. 무공을 따지자면 당문은 유각과 고원의 비밀 시위대를 따라올 수 없었다.

백리 장군부에서는 감히 그에게 반대할 자가 없었고, 중남도독부는 오직 그의 결정만을 따랐다. 유각과 고원의 비밀 시위들은 당문 출신이 아니라 그가 다년간 천산 제자 중에서 선발한 자들이었기 때문에 모두 목숨을 걸고 충성을 다했다.

그러나 잘 알려지지 않은 당문과의 혈연관계가 늘 그의 발목을 잡았다. 당자진과 다른 사람들은 그의 수하이면서 집안 어른이었고, 모후가 나라 재건의 대업을 부탁한 사람들이기도 했다.

아무튼 당문은 완전히 그의 손안에 있지 않았다.

용비야는 두 팔을 머리 뒤로 두르고 천천히 지붕 위에 누워, 별이 뜬 하늘을 바라보았다. 그 심오한 눈동자는 별이 반짝이는 하늘보다 더 신비로워 가늠할 수 없었다.

잠시 후, 초서풍이 찾아왔다. 초서풍은 오자마자 소리를 낮추어 보고했다.

"전하, 공 할머니 쪽을 다 조사했고, 모든 준비를 마쳤습니다."

"음. 이제 날이 밝아 오니 뱀도 곧 동굴에서 나오겠군."

용비야의 목소리는 이날 밤의 바람처럼 살을 에듯 차가웠다.

사실 그가 말한 뱀을 굴 밖으로 유인하는 방법은 한운석이 이해한 것과 달랐다. 한운석은 단목요를 유인하려 했지만 그는 단목요를 다시 보고 싶지 않았다. 그가 유인하려 했던 대상은 바로 여 이모였다.

"전하, 왕비마마는 오늘 밤…… 실패하셨지요?"

초서풍이 참지 못하고 물었다.

"여자로서 사사로운 인정에 휘둘릴 수밖에 없을 테니, 원하는 대로 두었다."

용비야가 담담하게 말했다.

"왕비마마는 마음이 여린 분이 아니신데, 어린아이 앞에서는 마음이 약해지십니다. 전에 소소옥에게도 그러셨잖습니까."

왕비마마는 어리석지는 않지만 진왕 전하만큼 냉정하지 못해 공희의 죽음 앞에서 충동적으로 움직였다. 사실 공희 사건은 이미 상대의 경계를 샀다. 여 이모처럼 신중한 사람은 단목요에게 이 사건을 알렸을 게 분명했다. 이런 상황에서 다시 단목요를 시험하는 것은 의미가 없었다. 공희 쪽에서부터 손대는 게 가장 지혜로운 선택이었다!

용비야가 공 할머니를 데려왔음에도 공희는 죽음을 불사하고 진짜 배신자의 정체를 털어놓지 않았다. 배신자가 공 할머니만이 아니라 아직 밝혀지지 않은 다른 것으로도 공희를 위협했다는 뜻이었다.

이것이 바로 공희가 남긴 가장 가치 있는 단서였고, 사건 해결의 핵심이었다.

초서풍은 혼잣말을 중얼대고 있었다. 그러고 보니 왕비마마께서 내 아래 비밀 시위를 많이 구해 주셨지. 진왕부에 있을 때 잘못한 비밀 시위를 위해 사정해 준 적도 많으셨어!

마음이 여리신 게 아니라 선한 분이야.

초서풍의 중얼거림을 들은 건지 안 들은 건지, 용비야가 차갑게 말했다.

"실패한 게 다행이다. 배신자가 아주 안심하고 있을 테니."

"그렇습니다! 왕비마마의 이번 작전도 헛되지 않았습니다! 여 이모는 분명 득의양양해 하고 있을 게 분명합니다!"

초서풍이 웃으며 말했다.

용비야는 몸을 일으켜 고요한 주변 풍경과 길게 늘어진 산맥을 둘러보며 생각에 잠긴 듯 입을 열었다.

"당의여……."

초서풍은 살짝 놀랐다. 전하가 직접 여 이모의 이름을 부른 것은 처음이었다. 그는 전하가 이번에 모진 마음을 먹고 당문을 처리하러 왔음을 알고 있었다. 하지만 처리하더라도 여 이모와 당자진을 어떻게 하진 않으시겠지?

어쨌든 이 두 사람은 전하의 친외삼촌이고 친이모였다!

"전하, 당씨 사람은 그래도 다르니, 심사숙고하셔야 합니다!"

초서풍이 일깨워 주지 않을 수 없었다.

사실 왕비마마가 나타나기 전까지 당 문주, 여 이모와 전하 사이에는 아무 갈등이 없었다. 혈연관계는 차치하고, 동진 황족에 대한 당문의 충심은 백리 장군부에게 지지 않았다.

여 이모가 이번에 멋대로 굴기는 했어도, 중요한 비밀은 하나도 폭로하지 않았다. 요수 별원 위치만 알려 줬을 뿐이었다. 그녀의 목적은 왕비마마였다.

결국은 왕비마마의 출신에 대해 안심할 수 없다는 뜻이었다!

용비야는 냉소를 지으며 말했다.

"그럼, 다르지! 그들은 본 왕의 포부가 얼마나 큰지 모른다."

한운석 때문이 아니더라도 용비야는 진작 당문을 장악하려 했다. 당자진과 여 이모의 마음은 동진 제국만 수용할 수 있을 뿐이었다. 그들은 백리원륭만큼 그를 이해하지 못했다.

뜻이 다르고 마음이 다르니, 함께 일을 도모할 가치가 없었다!

초서풍은 알 듯 모를 듯하여 탄식했다.

"전하, 어쨌든 당 소주의 혼례를 망치시면 안 됩니다."

"걱정 마라. 이 형이 큰 선물을 줄 생각이니!"

용비야가 차갑게 말했다.

당리의 혼롓날까지 일주일이 남았다. 늘 고요하던 당문은 날이 갈수록 시끌벅적해졌다.

당 부인은 훌륭한 사람이라 다시는 그날 밤 일을 언급하지 않았다. 한운석은 용비야의 '잠시 멈추고 때를 기다리자'는 말대로 더는 따지지 않았다. 그리고 온 정성을 다해 당 부인의 혼례 준비를 도왔다.

여 이모는 얼마 전까지 침묵하던 모습과 달리, 더 자주 찾아와서 당리 일에 관심을 보였다. 안타깝게도 당 부인은 그녀의 의견을 하나도 받아 주지 않았다.

이날 한운석이 당 부인과 장소를 어떻게 꾸밀지 의논하고 있을 때 여 이모가 또 찾아왔다.

한운석은 복잡하게 많은 곳을 다 꾸미지 말고 신방에만 신경 쓰자는 의견을 냈다.

"다른 곳은 건드리지 말고 신방만 꾸미세요. 먼저 영정을 실망시켰다가, 면사포를 벗는 순간 깜짝 놀라게 해 주는 거예요!"

한운석이 진지하게 말했다.

당 부인은 곰곰이 생각하며 칭찬했다.

"먼저 눌러 준 뒤에 기를 펴주는 방법이군, 아주 훌륭하구나!"

당리는 한쪽에서 듣고 고개를 끄덕이며 전혀 반대하지 않았다.

"이게 뭐 하는 거죠? 설마 영정에게 잘 보이려는 건가요?"

여 이모는 냉소를 지으며 안으로 들어왔다.

"잘 보이려는 거예요."

당 부인이 웃으며 답했다. 그녀는 전혀 달갑지 않았지만, 당리가 하루빨리 무기상을 손에 넣기 위해 영정의 마음을 사로잡도록 한운석과 온갖 방법을 생각해 내야 했다.

"새언니, 영씨 집안 사람 말에 미혹되기라도 했어요? 어째서 영정에게 잘 보여야 해요? 이미 당리 때문에 충분히 망신살이 뻗쳤잖아요?"

여 이모가 언짢게 물었다.

여 이모의 말 속 가시는 한운석을 찌르고 있었지만 한운석은 말없이 차만 마셨다.

"무슨 말이에요!"

당 부인이 언짢아하며 말했다.

"어머니, 여 이모는 지금 어머니보고 어리석다고 욕하는 거예요. 잘 속아 넘어간다고!"

말참견에 빠질 당리가 아니었다.

여 이모는 당리의 머리를 때리며 말했다.

"이 녀석, 버르장머리 없이 제멋대로 구는구나!"

"어머니, 여 이모가 또 어머니를 욕했어요, 자식 교육을 제대로 안 시켰다고요."

당리는 큭큭 웃으며 농담조로 여 이모를 헐뜯었다.

"뭐라고!"

여 이모가 또 때리려고 하자, 당 부인이 그녀의 손을 잡았다.

"경솔하게 굴지 말아요. 이러다 다치면 어쩌려고요? 당리 말버릇을 모르는 것도 아니잖아요! 대체 몇 번을 말해요, 왜 자꾸 손아랫사람이랑 승강이를 벌여요?"

여 이모는 손을 놓을 수밖에 없었다. 당리는 그녀에게 보란 듯이 혀를 내밀며, 우리 어머니가 감싸 주는데 날 어쩔 거냐는 태도를 보였다. 그 모습에 화가 난 여 이모는 얼굴이 굳어졌다.

그녀는 한운석 맞은편에 앉아 진지하게 물었다.

"새언니, 정말 영정 그 여자를 데리고 살 생각은 아니겠죠?"

"비밀이에요!"

당 부인이 비밀스럽게 말했다.

"어머, 내가 언제부터 남이 되었어요?"

여 이모가 말도 안 된다는 듯 자조하기 시작했다. 그녀는 한운석을 곁눈질하며 다시 말했다.

"아니지, 난 이제 남보다 못하네요."

한운석은 여전히 침묵했다. 당리가 가만히 있을 수 없어 입을 열려는데 당 부인이 갑자기 탁자를 쾅 하고 내리쳤다.

여 이모는 물론 한운석과 당리도 깜짝 놀랐다.

모든 사람이 침묵했다. 여 이모는 골이 나면서도 조금은 두려웠다. 그런데 화난 줄 알았던 당 부인이 뜻밖의 말을 했다.

"어머, 깜빡하고 있었네!"

여 이모가 한숨 돌리고 있는데, 당 부인이 또 말했다.

"의여, 계속 묻고 싶었는데 배신자 조사는 어떻게 됐어요? 이건 정말 큰일이니 가능하면 당리 혼례 전에 찾아 주면 좋겠어요. 의여와 초서풍 두 사람 다 날 실망시키지 말아요."

"아……, 아직은 진전이 없어요. 최선을 다할게요."

여 이모가 대답했다.

"최선이라니, 무슨 뜻이에요?"

당 부인이 기분 나빠하며 말했다.

"찾아낼 수 없다는 말은 하지 말아요!"

"일이 조금 까다롭게 되었어요. 나중에 자세히 말해 줄게요. 난 일이 있어서 이만."

여 이모는 더는 그곳에 있고 싶지 않았다. 그녀는 이 화제가 나오는 게 싫었다. 입구에 이르자 여 이모는 한운석 쪽으로 고개를 돌렸다. 한운석은 당 부인과 무슨 이야기를 나누고 있는 건지, 웃으며 말하고 있었다.

그녀는 방금 자신이 웃음거리가 된 것 같았다. 말끝마다 한운석을 도발했지만, 한운석은 새언니와 당리의 보호를 받으며 전혀 동요하지 않았다.

저 계집애가 능력이 있어서 새언니의 신뢰까지 얻었을까. 그저 비야가 마음에 들어 하니 받아 준 거겠지!

여 이모는 당리 혼례가 끝나면, 내력이 불분명한 저 계집애를 어떻게 처리할지 당자진과 잘 이야기해야겠다고 생각했다.

여 이모가 자기 원락에 도착하자마자 초서풍이 찾아왔다.

"여 이모, 어서요! 일이 생겼습니다!"

"무슨 일?"

여 이모가 다급하게 물었다.

"단서를 찾았습니다! 공희의 정인을 찾았습니다!"

초서풍이 목소리를 낮추고 말했다.

순간 여 이모의 눈에 당황하는 빛이 스쳤으나 금방 냉정함을 되찾았다. 전혀 당황할 필요가 없었다!

배신자는 바로 그녀였다!

하지만 공희가 죽은 후 진상을 아는 사람은 단목요뿐이었다. 그녀는 공희를 심문한 직후 바로 단목요에게 연락했다. 용비야와 한운석이 어떤 계책을 마련했든지, 단목요는 절대 걸려들 수 없었다.

단목요는 그날 밤 고산정에서 일어난 일을 그녀에게 다 말해 주었다. 여 이모는 그날의 시험 이후 용비야와 한운석도 단념하고 더는 그녀를 의심하지 않을 거라 믿었다.

이제 공희의 정인을 찾아내서 뭘 어쩐단 말인가? 공희의 정인은 마침방磨針坊의 금슬錦瑟이라는 계집아이로, 아무것도 몰랐다!

그녀는 두렵지 않았다!

진정한 유인책

여 이모는 단목요만 자신을 배신하지 않으면, 세상 누구도 진상을 알 수 없다고 굳게 믿었다!

사실 공희의 폭로는 생각지 못한 일이었다. 그만큼 그녀의 계획은 빈틈이 없었다.

그녀는 단목요와 서로 이익이 되는 거래를 했을 뿐, 당문을 배신하지 않았다. 심지어 그녀의 선택은 당문에게도 유익했다.

단목요는 당리가 혼인에서 도망친 일에 대해 심하게 책임을 묻지 않고, 창구자 앞에서 당문을 위해 좋은 말을 해 주기로 약속했다. 여 이모는 단목요에게 일부러 부상을 입고 용비야를 찾아가 상처를 치료받으라는 계책을 내주었다.

단목요는 그녀의 방법을 아주 마음에 들어 했다. 그리고 아직까지도 용비야와 당문의 연관성에 대해 알지 못했다.

그녀는 요수 별원 위치를 알려 준 사실이 발각되지 않을 줄 알았다. 용비야와 한운석이 이런 자세한 부분까지 주의를 기울일 줄은 몰랐다.

용비야가 당문에 돌아오자마자 배신자에 대해 언급했으니, 이 일은 반드시 매듭지어야 했다. 즉 죄를 떠넘길 사람이 필요하단 소리였다.

그래서 그녀는 공희를 찾아냈다.

그녀는 공희에게 공 할머니와 그의 정인, 마침방의 금슬을 잘 보살펴 주겠다고 약조했다. 말이 보살펴 주겠다는 거지, 실상은 협박이었다.

여 이모는 용비야가 직접 심문할 것을 예상하고, 공희에게 연극을 벌이게 했다. 그런데 용비야가 공희의 할머니를 데려오는 바람에 공희가 목숨을 끊으며 단서를 남길 줄은 몰랐다.

이 단서는 공희의 정인, 금슬이었다.

하지만 그녀가 위협한 것은 공희였지 금슬은 아니었다. 금슬은 공 할머니처럼 아무것도 몰랐다.

"공희에게 정인이 있었나?"

여 이모는 일부러 의심스러운 척했다.

"아이고! 얼마나 오랫동안 찾았는지 모릅니다!"

초서풍은 탄식한 뒤 아주 진지하게 말했다.

"여 이모, 공희는 목숨을 끊으면서도 배신자를 밝히지 않았습니다. 배신자에게 또 다른 약점을 잡힌 게 분명했습니다. 그래서 전하께서 공희 쪽을 철저히 조사하고 어떤 단서도 놓치지 말라고 분부를 내리셨습니다! 저는 공희와 공 할머니가 서로 의지하며 살았고 다른 친척은 없다는 걸 알게 되었지요. 그리고 그는 아주 내성적인 아이라 친구도 별로 없었습니다……."

초서풍은 여기까지 말한 뒤 일부러 말을 멈췄다.

"여 이모, 배신자가 사람 하나 잘 고르지 않았습니까? 공희 같은 아이야말로 희생양으로 딱이지요, 그렇지 않습니까?"

"정말 그렇군."

여 이모는 태연하게 말했다.

"흐흐, 이 파렴치한 배신자가 사람은 잘 고르지만, 이 초서풍도 호락호락하지 않거든요! 공희의 정인은 마침방에서 일하는 금슬이라는 소녀인데, 공희와 좋게 지낸 지 2, 3년 정도 되었답니다. 잘 숨기고 만나서 아는 사람이 거의 없었습니다. 공 할머니도 몰랐다니까요!"

초서풍이 웃었다.

욕을 먹은 여 이모는 기분이 언짢아도 참을 수밖에 없었다.

"너는 어떻게 찾아냈느냐?"

"다 방법이 있습니다! 배신자가 찾아낼 수 있는 사람이면 저도 당연히 찾아낼 수 있습니다!"

초서풍이 다시 말했다.

여 이모는 짜증이 났다.

"그 아이는? 심문했느냐?"

"아직 심문 전입니다. 방금 감옥에 가두었습니다. 진왕 전하와 당 문주를 모셔와 함께 심문하는 게 어떨까요?"

초서풍이 물었다.

"그 아이를 심문할 필요가 있을까?"

여 이모가 싸늘하게 물었다.

"배신자는 공희를 협박했으니, 그 아이는 진상을 모를 수도 있다."

"알 수도 있고, 모를 수도 있지요."

초서풍이 진지하게 말했다.

"배신자가 금슬과 직접 접촉할 만큼 어리석진 않을 것 같은데? 정체를 아는 사람이 늘어날수록 더 위험해질 테니까."

여 이모가 또 말했다.

초서풍이 웃었다.

"배신자는 당연히 정체를 드러낼 만큼 어리석지 않겠지만, 공희는 비밀을 누설했을 수 있습니다."

여 이모는 속으로 냉소를 지었다.

당문의 큰 비밀을 폭로하지는 않았지만, 단목요와 결탁한 것은 어쨌든 큰 죄였다. 그런 만큼 그녀는 조심하고 또 조심하며, 조금의 빈틈도 남기지 않았다.

그녀는 공희가 감옥에 갇힌 뒤에 그 아이를 선택했다. 금슬과 만날 기회도 없었다. 그런데 금슬이 어떻게 진상을 알겠는가?

초서풍은 아주 유능한 사람이지만, 아무리 조사하고 심문해 봤자 다 헛수고였다!

초서풍이 금슬이라는 단서를 그녀에게 다 말해 주는 것을 보며, 여 이모는 용비야가 정말 자신을 의심하지 않는다고 생각했다.

그녀는 크게 깨달은 척하며 말했다.

"그렇구나. 왜 그 생각을 못 했을까!"

"이제 이 단서만 남았습니다!"

초서풍이 개탄하면서, 여 이모가 보는 앞에서 시종을 불러 진왕과 당 문주에게 알리라고 명했다.

"여 이모, 먼저 가서 함께 기다리시지요."

여 이모는 흔쾌히 동의했다. 두 사람은 감옥으로 가는 내내 이 사건에 대해 이야기했다.

초서풍의 말은 다 별로 중요하지도 않은 내용이었다. 여 이모는 호기심이 동해 물었다.

"공희의 정인에 대해 어떻게 알게 되었느냐?"

여 이모도 공희를 추궁하다가 알게 된 사실이었다.

"흐흐."

초서풍은 웃으며 비밀스러운 표정을 지었다.

"어디서 뜸을 들이느냐?"

여 이모가 불쾌한 어조로 물었다.

초서풍은 음흉하게 웃었다.

"저도 그렇게 대단한 능력은 없습니다. 밀고자가 있었습니다."

"누가!"

여 이모는 긴장하며 물었다.

"어떻게 된 일이냐?"

"전에 공희 옆방에 갇혔던 할멈이 말해 주었습니다. 며칠 동안 밤에 암기 발사 장치 소리를 들었다고 하더군요. 그래서 공희가 갇혀 있던 옥방을 조사하다가 이걸 발견했습니다."

초서풍은 말하면서 손가락을 내밀었다. 검지에 암기 발사 장치가 끼워져 있었다. 파괴력은 대단치 않으나 쉽게 숨길 수 있는 당문 암기 중 하나였다.

"이게 뭘 말해 준단 말이냐?"

여 이모는 궁금해 죽을 것 같았다.

"마침방에서 이런 장난감 같은 물건을 만들어 내긴 하지만, 당문 제자 중 이걸 갖고 노는 자는 많다. 공희가 갖고 있는 것도 이상하지 않아."

"옥방에 갇힌 공희가 이런 걸 갖고 놀 기분이었을까요?"

초서풍이 반문했다.

여 이모는 경계심이 발동해 초서풍을 말없이 바라봤다.

초서풍은 더 비밀스럽게 웃었다. 그는 작은 종이를 꺼내 암기 발사 장치에 놓은 뒤, 가볍게 튕겨 냈다. 종잇조각은 높이 날아갔다.

여 이모는 소스라치게 놀랐다. 자세히 묻기도 전에, 초서풍이 종잇조각을 주워 여 이모에게 보여 주었다. 청아하고 수려한 글씨체가 보였다. 금슬이 공희에게 쓴 것으로, 안심하라며, 그녀가 공 할머니를 잘 돌봐 드리겠다는 내용이 적혀 있었다.

여 이모는 걸음을 멈추었다. 순간, 등줄기에 식은땀이 흘렀다!

"이 암기 발사 장치는 옥방에서 찾아냈고, 이 쪽지는 옥방 창가에서 찾아냈습니다. 제 생각이 맞다면 금슬이 옥방 밖에서 공희에게 쪽지를 보냈는데, 제대로 쏘지 못해서 창턱에 맞은 것 같습니다."

초서풍의 탄식이 이어졌다.

"그 할멈이 아니었으면 10년이 지나도 이 쪽지를 발견하지 못했을 겁니다."

여 이모는 거의 제대로 서 있기도 힘들었다.

냉정함을 유지하고 싶었지만, 도저히 그럴 수 없었다. 백지가 된 머릿속에는 하나의 생각만 떠올랐다. 죽여서 입을 막아야 해!

초서풍이 용비야와 당자진을 데려와 금슬을 심문하기 전에, 반드시 금슬을 죽여야 했다! 그렇지 않으면…….

공희의 행동도 뜻밖이었지만, 금슬의 쪽지가 발견된 것은 정말 예상치 못한 뜻밖의 상황이었다! 공희가 금슬에게 몰래 소식을 전했다니, 금슬이 이렇게 말한 걸 보면 공희가 금슬에게 사실을 밝힌 게 분명했다!

안 돼!

그녀는 이런 뜻밖의 상황을 절대 허락할 수 없었다.

"말하고 보니 정말 이상합니다. 우리는 그때 특수임무라는 명목으로 사람들을 가두었잖습니까. 금슬은 어떻게 옥방을 찾아갔을까요?"

초서풍이 진지하게 물었다.

그 말에 여 이모도 그 문제를 생각하게 되었다.

하지만 문제를 언급한 사람이 초서풍이었기 때문에, 여 이모는 초서풍을 의심하지 않았다. 쪽지 때문에 너무 당황스러운 나머지 제대로 생각할 겨를이 없었다. 지금 그녀의 머릿속은 어떻게 해야 초서풍을 붙들고 시간을 끌 수 있을까, 그 생각뿐이었다.

잠시 걷다가 그녀가 결국 입을 뗐다.

"초서풍, 공 할머니를 데려와라. 그 노인에게도 이 일을 알려야지. 감정이 격해지지 않게, 잘 위로해 드리면서 오도록 해라."

초서풍은 냉소 어린 눈빛을 반짝인 후, 거절 의사를 밝혔다.

"저는 말솜씨가 없어서 위로할 줄 모릅니다."

여 이모는 그를 흘기며 말했다.

"내가 가마."

"그럼 저는 왕비마마를 모셔오겠습니다. 이제 이 일도 끝이군요! 배신자를 잡아내서, 흐흐……."

초서풍의 표정이 잔인하게 변했다.

그 모습을 본 여 이모는 온몸이 서늘해졌다. 초서풍이 그녀보다 먼저 갔기에 망정이지, 아니었으면 정말 다리에 힘이 풀려 서 있지도 못할 뻔했다.

그가 나가자 여 이모는 겨우 숨을 돌렸다. 감옥에 사람을 보내서 금슬을 죽이려다가, 곧 생각을 바꾸고 직접 가기로 했다.

이 일을 아는 사람이 더 늘어나서는 안 되니, 직접 나설 수밖에 없었다!

우선 사람을 죽여서 진상을 숨기는 게 가장 중요했다. 그녀가 의심받을지 여부는 이미 중요하지 않았다. 증거가 없다면, 천하 모든 사람이 그녀를 의심한다고 해도 용비야와 한운석이 그녀를 어찌하겠는가?

여 이모는 즉시 결단을 내리고 샛길로 빠져 옥방 후원으로 들어갔다.

감옥에 아주 익숙한 여 이모는 가볍게 옥졸을 피해 금슬을 가둬 놓은 독방을 찾아냈다.

삼면이 돌 벽으로 된 옥방은 철창으로 닫혀 있었다. 공희와 비슷한 나이의 금슬은 구석에 몸을 웅크린 채, 소리 죽여 훌쩍

이느라 여 이모가 문 앞에 서 있는 것도 몰랐다.

시간이 얼마 남지 않았다. 여 이모가 차갑게 말했다.

"얘, 이리로 오너라."

금슬은 깜짝 놀라 여 이모 쪽을 돌아보았다. 금슬은 어리둥절한 표정으로 벌벌 떨며 그녀를 바라보다가 도리어 안쪽으로 들어갔다.

"이리 오라니까 뭘 하고 있느냐!"

여 이모는 거의 무너지기 일보 직전이라 인내심이 바닥을 쳤다.

"누……, 누, 누구세요?"

금슬이 울음을 터뜨렸다.

여 이모는 침 하나만 쏘아도 이 소녀를 죽일 수 있었다. 하지만 아직 그 정도의 이성은 남아 있었다. 암기를 써서 단서를 남길 수는 없었다.

그녀는 당황스러움과 초조함, 분노를 억누른 채 참을성을 갖고 말했다.

"네가 금슬이겠구나. 가까이 오너라, 공희가 어떻게 죽었는지 알려 주마."

"공희가 죽었다고요!"

금슬이 대경실색했다.

금슬은 공희가 특수임무를 맡아 비밀 암기 제작에 참여해야 해서 며칠 동안 떠나 있어야 한다는 사실만 알고, 내내 기다리고 있었다. 공 할머니에게 여러 번 물어보고 싶었지만 그러지 못했다.

그녀와 공희의 관계는 공 할머니도 몰랐기 때문에 경솔하게 굴 수 없었다. 그녀는 묵묵히 기다리기만 했다.

그런데 어젯밤에 갑자기 이곳에 끌려왔고, 무시무시한 시위가 그녀에게 누가 찾아오거든 반드시 말을 많이 해야 한다고 경고했다. 그녀는 너무 놀랐고, 자신이 무슨 잘못을 저지른 것인지 도무지 알 수 없었다.

그녀는 공희 일과 지금 이 상황을 전혀 연관 짓지 못했다. 그런데……, 그런데 눈앞에 있는 이 무서운 부인이 공희가…… 죽었다고 말했다!

금슬은 두려움도 내려놓고 바로 달려왔다.

"뭐라고요? 뭐라고 했어요?"

여 이모는 바로 이 순간을 기다렸다. 그녀는 재빨리 한 손으로 금슬의 목을 움켜쥐고 다른 한 손으로 금슬의 입을 막았다. 금슬은 너무 놀라 온 힘을 다해 버둥거렸지만 소용없었다.

여 이모는 음험한 눈빛을 발하며 금슬을 철창에 내리누르고 입을 틀어막은 뒤, 팔에 힘을 주어 그녀의 목을 졸랐다.

금슬의 눈동자가 커지고 숨을 쉴 수 없어 질식하기 직전, 바로 그때, 한쪽에서 표창 하나가 날아와 여 이모의 손을 쳤다!

깜짝 놀란 여 이모의 손에 힘이 풀렸다. 그 표창을 본 순간, 그녀는 찬 숨을 들이켰다!

그녀가 뒤돌아보았을 때, 그곳에는…….

본 태자를 배신했다

땅에 떨어진 표창을 본 여 이모는 누가 왔는지 알아챘다. 하지만 그녀는 믿고 싶지도, 감히 믿을 수도 없었다!

그러나 그녀는 뒤돌아보며 현실을 직면할 수밖에 없었다!

그녀를 향해 다가온 사람은 바로 당문의 문주, 그녀의 친오라버니인 당자진이었다!

당자진 한 사람만 있었다면, 그렇게 최악의 상황은 아니었을지도 몰랐다. 문제는 당자진 바로 뒤에서 걸어오는 용비야였다. 당자진보다 머리 하나는 더 큰 키의 건장한 체구에서는 오만함이 느껴졌고, 그가 입은 흑의 경장은 감옥 속 어두움과 혼연일체를 이루었다. 어둠 속에서 한 걸음씩 걸어 나올 때마다 용비야의 냉철한 얼굴도 천천히 모습을 드러냈다.

얼음장처럼 차디찬 침묵, 피도 눈물도 없을 것 같은 분위기! 어둠의 신이 걸어오는 듯, 지옥에서 온 사자가 나타난 듯, 그는 성내지 않고도 위엄을 드러냈다!

여 이모는 그가 커 가는 모습을 지켜봐 왔다. 비밀스러운 주종 관계가 깔려 있긴 했어도, 어려서부터 지금까지 여 이모는 그를 아랫사람으로, 아이처럼 대해 왔다.

그런데 지금 여 이모는 처음으로 비야가 더 이상 자신을 여이모라고 부르던 예전의 어린아이가 아님을 깨달았다. 더 이상

당문의 외조카도 아니었고, 훈계할 수 있는 아랫사람은 더더욱 아니었다.

황족의 혈통은 속일 수 없었다. 제왕의 기운이 드러나자 여 이모는 멍하니 그를 바라보았다. 처음으로 용비야에게 경외감을 느꼈다!

곧 당자진과 용비야가 여 이모 앞에 다가왔고, 초서풍도 용비야 뒤에 섰다.

여 이모는 여전히 멍하니 바라보고 있었다. 너무 놀란 금슬은 숨을 몰아쉬며 급히 물러서다 발이 접질려 넘어졌다. 그 순간, 여 이모는 겨우 정신을 차렸다.

"다들…… 오셨군요. 나, 나는, 방금……."

여 이모는 대충 상황을 짐작했지만, 그렇다고 여러 생각을 할 수 없었다.

그녀는 침착함을 유지하려 애쓰며, 최선을 다해 좀 전의 행동을 설명했다.

"공 할머니가…… 자고 있어서, 내가 먼저 왔어요. 몇 마디 묻지도 않았는데 이 계집이……."

뭐라고 설명해야 좋을까. 당자진과 용비야는 차가운 눈빛으로 그녀를 보며 다음 말을 기다렸다.

"이 계집이 아무것도 모른다고 자꾸 우겨서, 위협하려고 했던 것뿐입니다."

여 이모는 간신히 제대로 말을 맺었다.

당자진은 용비야가 입을 열기를 기다렸다. 용비야는 말없이 입가에 비웃음을 머금었고, 당자진의 안색은 점점 일그러져 먹구름이 가득 낀 흐린 날씨처럼 곧 폭풍우가 몰아칠 것 같았다.

당자진은 일찌감치 용비야의 초대로 그곳에 와 있었다. 여이모가 어떻게 들어왔고 금슬에게 무슨 짓을 했는지 그는 곁에서 분명하게 보았다.

초서풍이 했던 말은 다 뱀을 유인하기 위한 구실에 불과했다. 옆방에 있는 할멈이며 암기 발사 장치며 쪽지며 하는 모든 것은 다 거짓이었다!

초서풍이 금슬을 찾아낼 수 있었던 것은 공희의 유품 중 마침방에서 외부로 유출되지 않은 암기 하나를 발견했기 때문이었다. 이 단서를 가지고 며칠을 조사한 끝에 금슬을 찾아냈다.

여 이모가 바로 그 배신자였다. 그녀는 금슬이 모든 것을 다 아는 줄 알고, 죽음으로 입을 막으러 달려왔다!

당자진이 아무 말도 하지 않자 여 이모는 더욱 안절부절못했다.

"오라버니, 그럼…… 이제 심문을 시작……."

"그만!"

당자진이 결국 폭발해 분노의 주먹을 날리다가, 여 이모 앞에서 멈췄다. 조금만 더 나갔으면 여 이모의 얼굴을 피범벅으로 만들 뻔했다!

지금 이 상황에서도 여 이모는 변명을 늘어놓으려는 걸까? 어릿광대 놀이도 아니고, 너무도 가소로웠다!

여 이모는 그가 가장 의지하고 신뢰하는 사람이었고, 당문의 이인자였다! 어떻게 당문의 적과 손을 잡고 진왕을 배반할 수 있단 말인가?

게다가 그는 이미 그녀에게 한번 물어보기까지 했었는데, 그녀는 아무것도 말해 주지 않았다. 그리고 결국 이렇게 용비야의 계략에 넘어가고 말았다. 당자진에게 그녀를 보호하고 싶은 마음이 남아 있다 해도, 보호할 이유는 없었다!

괘씸한 것! 한심한 녀석! 웃기지도 않는구나!

정말이지 어리석기 짝이 없었다!

당자진은 호흡이 가빠올 정도로 화가 나서 거의 폭주하기 일보 직전이었다. 여 이모는 놀라서 얼굴이 새파랗게 질렸다. 당자진의 표정이 그녀가 끝장났다는 사실을, 더 많은 변명을 늘어놔 봤자 다 헛수고임을 말해 주었다.

한운석의 함정은 피했지만, 용비야의 천라지망에서는 벗어나지 못했다. 초서풍이 좀 전에 했던 이야기들은 전혀 완벽하지 않았고, 빈틈도 있었다. 그런데…… 왜 그리도 성급했을까?

후회막급이었다.

분노로 핏발이 가득 선 당자진의 눈동자를 본 순간, 그녀의 머릿속은 텅 비어 아무 생각도 안 났고, 절망에 빠져 천천히 고개를 숙였다.

분노를 억제할 수 없었던 당자진은 그녀 앞으로 날아간 주먹을 천천히 편 뒤 손을 휘둘렀다. '철썩!'하는 소리가 감옥 안에 울려 퍼졌다.

초서풍은 몸서리칠 정도로 놀랐지만, 용비야는 무표정이었다.

여 이모도 놀랐다. 평생 부모에게도 맞아 본 적이 없던 그녀가 지금 이 나이에 오라버니에게 뺨을 맞을 줄은 생각도 못 했다.

그녀는 얼굴을 움켜쥔 채, 자조적인 표정을 지으며 바로 무릎을 꿇었다.

"의여가 잘못했습니다. 벌을 달게 받겠습니다!"

당자진이 냉소를 지으며 말했다.

"말은 쉽구나! 문주이자 오라버니인 내가 이제 무슨 낯으로 선제 폐하와 의완을 본단 말이냐? 대체 전하께 뭐라고 말씀드려야 하느냐?"

당자진의 '전하'란 한운석이 자주 부르는 '진왕 전하'가 아니라 '태자 전하'였다. 바로 당문의 주인이자 동진 황실의 태자 전하인 용비야였다.

여 이모는 결국 용비야를 향해 단호하게 말했다.

"의여가 죽음으로 사죄하겠습니다!"

죽음?

정말 말은 참 쉽게 했다. 용비야가 입을 열려는데, 갑자기 여이모가 울부짖기 시작했다.

"오라버니, 제가 한 일에 책임지겠습니다. 죽어서 당문 열조 앞에서 말씀드리겠습니다. 선제 폐하께 사죄드리고, 언니……, 언니에게 해명하겠습니다! 다 비야를 위한 일이었는걸요? 단목요는 당당한 서주국 공주이자 검종의 사랑받는 제자입니다. 출신, 용모, 무공, 어느 면으로 보나 한운석보다 못할 게 없지 않습니까? 그런데 비야는 방문좌도를 일삼고 저 잘난 줄 아는, 내력이 불분명한 그 계집만 고집했어요."

용비야의 표정이 어두워졌다.

여 이모는 그 모습을 보며 계속 말을 이어갔다.

"단목요와 손을 잡았지만 나는 떳떳해요! 당문의 비밀과 동진 황족의 비밀은 단 하나도 말하지 않았어요. 요수 별원 위치만 말했을 뿐입니다. 이게 잘못이라면 나 당의여, 그 부분은 인정합니다. 하지만 후회하지 않아요! 오늘 여기서 죽는다 해도 할 말 없습니다!"

당자진은 화는 났지만 그 말을 들으니 어느 정도는 여 이모가 이해되었다. 어쨌든 그도 여 이모와 마찬가지로 용비야가 한운석을 택한 것을 반대했다. 그는 조금 복잡한 눈빛이 되어 무거운 목소리로 물었다.

"요수 별원 위치만 알려 주었는데 단목요가 어떻게 너를 믿었느냐?"

"단목요가 비야에게 마음이 있다는 건 운공대륙 전체가 다 아는 일입니다. 다쳐서 치료를 부탁하는 방법을 알려 주면서 요수 별원 위치도 말해 주었습니다. 그 여자는 창구자를 설득해 당리를 죽이지 않겠다고 약속했습니다."

"그럼 고산정의 일은?"

당자진이 또 물었다. 좀 전에 용비야가 그 일에 대해서도 다 말해 주었다.

"미리 단목요에게 알렸습니다. 당문에서 누가 시험하든 믿지 말라고요. 단목요도 그 시녀를 데리고 한바탕 연극을 벌인 것뿐입니다."

여 이모는 말하면서 무겁게 탄식했다.

"오라버니, 내 잘못은 인정합니다. 하지만 배신자라는 죄명은 인정할 수 없습니다. 난 당문을 배신하지 않았어요!"

당자진이 원한 것은 바로 이 말이었다. 여기서부터 시작해야 당의여의 죄를 조금이나마 덜 수 있었다. 눈을 뻔히 뜨고 여동생이 죽게 놔둘 수는 없었다.

그가 말하려는 순간, 용비야의 차가운 목소리가 들렸다.

"당문을 배신하지는 않았으나, 본 태자를 배신했다!"

본 태자?

당자진과 여 이모는 물론 초서풍까지 깜짝 놀랐다. 이들은 지금까지 진왕 스스로 '태자'라고 부르는 것을 들어 본 적이 없었다. 그러니까 진왕은 오늘 동진 황족의 태자 신분을 내세우는 것일까?

그는 아주 진지했다!

초서풍은 즉각 한쪽 무릎을 꿇었다. 그 모습을 본 당자진은 뒤로 한 걸음 물러서서 공손하게 읍을 하며 신하의 예절을 보였다.

여 이모의 가슴은 쿵쾅쿵쾅 미친 듯이 뛰었다. 좀 전의 그 경외심이 다시 고개를 들었으나, 그녀는 애써 무시하려고 노력했다. 지금 변명하지 않으면 다시는 기회가 없음을 그녀는 잘 알았다.

"전하, 의여는 그 어떤 배신도 하지 않았습니다. 의여는 다만……."

용비야는 여 이모는 거들떠보지도 않고 당자진에게 차갑게 물었다.

"당 문주, 본 태자의 비밀을 적에게 누설한 것이 배신이 아니면 무엇인가? 본 태자에게 제대로 설명하라!"

당자진이 어떻게 설명해야 할까?

"배신이 맞습니다! 하지만 전하, 소신의 얼굴을 봐서, 또 이일이 큰 손해로 이어지지 않았고 의여가 악의가 없었다는 점을 생각하시어 가볍게 처벌해 주시기를 간청드립니다."

"동진 황족의 규율은 본 태자가 이미 말했었다. 배신자는 구족을 멸한다."

용비야가 차갑게 말했다.

"당문은 황족의 후손이기도 하니 구족까지는 가지 않겠다. 본 태자는 당씨 일가만 죽이겠다."

그 말에 당자진은 바로 무릎을 꿇었다. 그와 여 이모는 서로의 얼굴만 바라보며 아연실색했다.

용비야가 이렇게 독하게 나올 줄은 정말, 정말 몰랐다!

"비야, 지금 네가 무슨 말을 하는 줄 아니? 여자 하나 때문에 당씨 집안을 멸하겠다고! 네 모후가 죽기 직전 너에게 뭐라고 했는지 잊은 게냐?"

여 이모가 큰 소리로 물었다.

당의완은 죽기 직전 아주 분명하게 일렀었다. 다른 귀족은 역심을 품을 수 있어도 오직 당문만은 진정 믿을 수 있다고! 그리고 용비야를 당자진에게 맡겼다.

용비야가 결국 불같이 화를 내며 노한 목소리로 물었다.

"그럼 본인이 무슨 일을 저질렀는지 알겠군?"

"알고 있다!"

여 이모는 조금도 물러서지 않고 맞섰다. 당자진도 막을 새가 없었다.

"지금 무슨 짓을 저지르는지 모르는 건 바로 너야! 한운석 그 여자에게 현혹되어 사리판단을 못하고 있어! 네 모후가 어떻게 죽었는지 잊은 게냐?"

"당자진, 저자를 끌고 나가 즉각 처형해라! 그렇지 않으면 본 태자가 무정하게 군다고 원망치 마라!"

용비야가 차갑게 말했다.

좀 전에는 위협이었다면, 지금은 진담이었다!

용비야가 진짜 당문을 멸하지는 않을 것이다. 하지만 그 모질고 독한 성미라면, 여 이모는 충분히 죽일 수 있었다!

당자진은 이 일에 그가 나서지 않으면 결과는 지금보다 더 나쁠 것을 알았다.

"전하, 노여움을 푸십시오! 이 일은 집안 주인인 제가 제대로 가르치지 못해 생긴 일입니다. 전하, 소신이 책임을 지고 자리에서 물러나, 감당할 수 있는 자에게 당문 문주 자리를 넘기도록 허락해 주십시오."

당자진은 자신이 던질 수 있는 가장 큰 판돈을 내밀었다.

"오라버니!"

여 이모가 기겁했다.

"입 다물어라!"

당자진이 아주 사납게 말했다.

여 이모는 어리석을지 모르나 그는 그렇지 않았다. 용비야가 이렇게까지 크게 화를 내는 것은 여 이모가 한운석을 노렸기 때문이었다. 그는 전부터 그녀에게 한운석을 상대하려면 천천히 신중하게 상의해야 한다고 말했었다. 하지만 그녀는 말을 듣지 않았다. 결국 어찌 되었는가. 용비야의 경계심을 키우고, 목숨도 부지하기 힘든 지경이 되었다.

용비야가 당문을 경계하게 된 이상, 문주 자리를 내놓아야만이 일을 해결할 수 있었다.

"전하, 이 일에는 당씨 집안 체면이 걸려 있으니 꼭 비밀에 부쳐 주십시오."

당자진은 계산적인 눈빛을 반짝이며 덧붙였다.

"전하께서 왕비마마와 함께 오지 않으신 것은 필시 숨기고자 하는 마음이 있으시기 때문이겠지요. 그렇다면 차라리……."

말로는 무엇인가

문주 자리는 당자진이 여 이모의 목숨을 지키기 위한 최대 판돈이었다. 말은 했지만 어디 내주는 마음이 달갑기야 하겠는가? 그 외에는 어쩔 도리가 없으니 내놓은 궁여지책이었다. 그는 문주 이름만 내놓고, 문주의 권세는 손에 쥐고 놓지 않을 생각이었다. 당씨 일족 중에는 방계 출신이 적지 않았고, 서출들이 문주 자리를 노리고 있었다!

이 일이 밖으로 새 나가면 전체적인 통제권이 흔들릴 수 있었다. 그러므로 문주 자리를 내놓는다고 해도 계승자는 반드시 자신의 통제하에 있어야 했다.

"차라리 이번 혼사 때 당리에게 문주 자리를 넘기면, 남들에게 의심을 사지 않을 것입니다."

당자진이 의중을 떠보았다.

그는 용비야가 한운석을 데려오지 않은 이유가 첫째는 한운석이 당문 내부 사정을 너무 많이 아는 게 적절치 않기 때문이요, 둘째는 그래도 당씨 집안에게 마지막 동정심이 남아 있었기 때문이라고 생각했다.

만약 오늘 한운석이 여기 있었다면 여 이모는 죽은 목숨이었다! 그렇다면 용비야는 오늘 일을 크게 떠벌릴 생각이 없는 듯했다.

용비야는 말없이 차가운 눈빛으로 당자진을 보았다.

당자진은 교활한 사람이었으나, 그 역시 용비야의 함정에 빠졌다.

한운석을 데려오지 않은 것은 여 이모에 대한 동정심 때문이 아니라, 동진 태자의 신분을 감추기 위해서였다. 한운석이 있으면, 하기 어려운 말이 많았기 때문이었다.

당자진은 문주로 당리를 추천했지만, 혼인에서 도망친 날부터 당리의 마음이 더는 아버지 쪽에 있지 않음을 몰랐다.

용비야가 말이 없자 당자진은 안절부절못하면서 열심히 설명했다.

"전하, 당리의 신부는 운공상인협회 회장입니다. 당문 후계자 신분은 상인협회 회장보다 못하지요. 문주 자리에 오르면 신부 지위와 걸맞게 됩니다. 소신이 혼인 전에 물러나면 명분도 정당하고 이치에 맞아 의심을 사지 않을 겁니다."

그의 말을 들으며 여 이모도 당자진이 그녀를 지키려고 애쓰고 있음을 깨닫고 침묵했다.

"전하, 여 이모의 신분은 특수하니, 이 일이 알려지는 것도 좋지 못합니다. 이 또한 방법인 듯합니다."

초서풍은 설득하는 것처럼 보였지만, 실은 용비야를 도와 연극을 하고 있었다.

용비야는 이미 목적을 달성했다. 하지만 여 이모에 대한 빚을 청산하지 않으면 한운석에게 할 말이 없었다.

초서풍도 설득하는 모습을 본 여 이모는 그제야 겨우 입을 열었다.

"새언니에게도 알리지 말아 주세요. 당리의 혼인이 코앞인데, 속상하게 하고 싶지 않아요."

여 이모는 용비야와 당 부인의 좋은 관계를 노리고 감정에 호소했다.

용비야는 결국 고집을 꺾었다.

"죽을죄는 면하나, 살아서 받는 벌은 피할 수 없다!"

집 나간 여 이모의 심장이 겨우 제자리를 찾았고, 당자진도 속으로 한시름 놓았다.

"전하, 은혜에 감사드립니다!"

여 이모의 속은 답답하고 괴로웠다. 오라버니가 문주 자리까지 양보했는데 이제는 죄를 추궁받아야 하다니!

그녀는 불만에 차 있었지만 당자진이 눈을 부라리자 받아들이는 수밖에 없었다.

"전하, 벌을 내려 주시옵소서."

"회룡봉回龍峰에 들어가 10년 동안 출입을 금한다."

용비야가 차갑게 말했다.

여 이모는 너무 놀라 벌떡 일어날 뻔했지만 당자진이 힘으로 그녀를 눌렀다. 그녀가 성난 눈으로 당자진을 쏘아보자 당자진도 그녀를 노려보았다. 남매 사이에서 그래도 오라버니인 당자진이 여 이모보다 강했다.

여 이모는 고개를 숙이고 절망에 휩싸였다. 목숨을 부지했으니 다행이라고 스스로 위로하는 것 외에 뭘 어쩔 수 있단 말인가? 마지막 남은 희망을 당자진에게 걸 수밖에 없었다.

회룡봉은 와룡산맥의 한 고봉이자, 당문 일족의 묘지였다. 그녀보고 가서 무덤이나 지키라는 소리였다!

"초서풍, 공 할멈을 회룡봉에 데려다 놓고 비밀 시위 몇 명을 보내 잘 지켜라."

용비야가 당자진을 향해 물었다.

"당의여가 효를 다하는 것이 당문에서 억울한 죽음을 당한 제자에게 해명할 길이라 생각되는데, 어떤가?"

당자진은 반박할 수 없어 그저 고개만 끄덕였다.

여 이모는 거의 울 지경이 되었다. 억울함을 호소하고 해명하고 싶었지만, 용비야는 그녀의 쓸데없는 말을 들어 줄 생각이 없었다. 그가 차가운 목소리로 명했다.

"여봐라, 당의여를 회룡봉 봉우리에 가둬라. 본 태자의 명령 없이 멋대로 구해 내는 자에게는 죽음뿐이다!"

이곳에 다른 사람은 없으니, 결국 당자진에게 하는 말이었다.

당자진은 별말 없이 여 이모를 일으켜 데리고 나갔다. 여 이모는 물론 당자진 자신조차 정신을 차릴 수 없었다. 너무 갑작스러운 일이었다.

나오자마자 여 이모는 참지 못하고 그의 손을 뿌리치며 미친 듯이 외쳤다.

"오라버니, 인정 못 해요! 전 인정 못 한다고요!"

당자진은 어두워진 표정으로 그녀의 팔을 붙잡았지만 여 이모는 다시 뿌리쳤다.

"오라버니, 용비야가 어떻게 이렇게 변할 수 있죠? 어쩌면 이렇게…… 대역무도한 짓을!"

"네 신분을 잊지 마라! 정말 죽고 싶다면, 원대로 해 주마!"

당자진이 매섭게 경고했다. 그는 참을 만큼 참았다. 눈앞에 있는 이 멍청이가 친누이만 아니었다면, 진작 자신이 직접 저승길로 보냈을 것이다.

"너 때문에 문주 자리까지 내주었는데, 뭘 어쩌려는 거냐? 내 목숨까지 내줘야 만족하겠느냐?"

당자진은 부아가 치밀어 올랐다.

"오라버니, 전 죽어도 좋아요! 하지만 한운석의 신분은 반드시 제대로 밝혀야 해요!"

여 이모의 눈빛은 아주 확고했다. 당자진은 그녀를 엄하게 꾸짖었다.

"말이라고 하느냐? 이 일은 다 내게 생각이 있으니 걱정할 필요 없다."

당자진은 오랫동안 망설이다가 정색하고 말했다.

"새언니에게 작별인사하면서, 북려국 설산에 가서 언제 돌아올지 모른다고 말씀드려라. 말할 때 각별히 유의해야 한다. 오늘 일을 조금이라도 내비쳐서 새언니 마음을 아프게 했다간, 흥, 알아서 해라!"

여 이모는 연신 고개를 끄덕였다. 오라버니가 나중에 자신을 구하러 와 주기를 기대하고 있는데 어찌 새언니의 마음을 상하게 하겠는가.

여 이모가 간 후, 당자진은 자신의 서재로 돌아와 의자에 털썩 주저앉았다. 그는 연신 눈썹을 찌푸리며 냉정함을 되찾으려 했다.

여 이모의 쓸데없는 말 중 하나는 맞았다. 죽더라도 한운석의 신분을 제대로 밝혀내야 했다.

더 단호하게 말하자면, 당문이 무너지는 한이 있어도 반드시 한운석의 신분을 알아내야 했다.

영족의 일은 여 이모도 훔쳐 들은 것뿐이었다. 2년 가까이 조사했지만 아무것도 알아내지 못해 이들은 너무 불안했다.

만일 한운석이 정말 서진 황족과 관련이 있다면 어쩌나. 비야의 마음이 이대로 깊어지면 나중에 어떻게 헤어날 수 있을까.

당자진은 상상할 수 없었다. 오늘 여 이모의 결말이 그에게 경종을 울렸다. 그는 반드시 신중에 신중을 기해야 했다. 오늘 이렇게 쉽게 문주 자리를 내준 것도 다 이런 우려에서였다.

전진을 위한 후퇴가 필요했다. 우선 비야의 경계심을 풀고, 한운석에 대한 계략을 천천히 짜야 했다. 당리를 문주 자리에 올려놓고 대신 당문의 잡다한 일을 처리하게 하면, 그도 시간을 내서 이 일을 계획할 수 있었다.

용비야는 초서풍에게 여 이모 일을 예의주시하라고 분부한 뒤, 한운석을 찾아가다가 마침 나오던 한운석과 마주쳤다.

"용비야, 우리가 틀렸어요. 공희 쪽부터 조사해야 했어요!"

한운석이 진지하게 말했다. 그가 잠시 움직이지 말고 기다리자고 했지만, 한운석은 아침에 일어나자마자 갑자기 이 생각을 떠올렸다.

"우리가 너무 성급했어요. 천천히 공희 쪽을 조사해야 해요. 공희는 분명 여 이모에게 다른 약점을 잡혔을 거예요! 분명 찾아낼 수 있어요!"

용비야는 사랑스럽고 어쩔 도리가 없다는 듯한 눈빛으로 한운석을 바라보며 담담하게 웃었다.

"왜 웃어요?"

한운석이 진지하게 물었다.

"한운석."

용비야가 가까이 다가왔다.

"해 줄 말이 있는데, 어찌할까?"

한운석은 멍한 표정으로 말했다.

"뭔데요?"

"듣겠느냐?"

용비야가 물었다.

한운석은 우선 공희 일을 잠시 내려놓을 수밖에 없었다.

"말해요."

"본 왕은……."

용비야는 아주 천천히 말을 시작했다. 한운석의 얼굴을 진지하게 바라보던 그의 표정에 장난기가 서렸다.

"네가 바보처럼 굴어도 아름답구나. 음, 가끔씩은 바보짓을 해도 좋다."

한운석은 더 멍해졌다.

"뭐라고요?"

용비야는 가까이 다가와 살며시 그녀를 안으며, 귓가에 대고 낮은 목소리로 여 이모의 일을 이야기해 주었다. 그가 태자 신분으로 당자진과 여 이모를 누른 것 외에는 모두 다 이야기해 주었다.

한운석은 깜짝깜짝 놀라며 이야기를 듣더니 결국 모든 상황을 이해했다.

"어머! 처음에 뱀을 동굴 밖으로 유인한다는 이야기가 이 뜻이었어요?"

"음."

용비야가 고개를 끄덕이며 시인했다.

"그런데 내가 실수하게 놔둔 거예요?"

한운석은 화난 목소리로 물었다. 문득 혼자 똑똑한 척 나서서 웃음거리가 된 것 같았다. 그녀는 용비야 앞에서 자신이 이렇게 바보 같아지는 게 싫었다.

"바보 같은 짓일 뿐이지, 실수는 아니다."

용비야가 웃었다.

"네가 바보 같은 짓을 하지 않았다면, 여 이모도 그렇게 빨리 초서풍을 믿지 못했을 거다."

한운석은 그를 바라보며 뭐라 해야 좋을지 몰랐다.

정말 두 손 두 발 다 들었다!

이 남자는 속임수를 쓰고 사람을 갖고 노는 것마저 이렇게 우아했다! 당황하지 않고 침착하게 일을 처리했을 뿐 아니라 아주 깔끔하게 마무리 지었다.

"여 이모를 회룡봉에 가두고 죽을 때까지 공 할머니를 돌봐 드리게 한 것은 어떠하냐?"

용비야가 물었다.

한운석은 바로 고개를 끄덕였다.

"반드시 그래야죠!"

"그녀를 살려 주는 대신 당리에게 큰 선물을 준 것은 어떠하냐?"

용비야가 또 물었다.

"멋져요!"

한운석은 이보다 더 기발한 방법을 생각해 낼 수 없었다. 여 이모의 목숨과 당문 문주의 자리를 바꾸다니, 이쪽이 훨씬 이득이었다! 여 이모의 목숨은 그렇게까지 큰 가치가 없었다.

용비야가 당리에게 줄 혼인 선물이 절대 시시하지 않을 거라 생각했지만, 이렇게 엄청난 선물을 준비했을 줄이야! 당리가 진실을 알게 된다면, 용비야를 더 숭배하게 되겠지.

"이 일의 진상을 당리에게 알릴 건가요?"

한운석이 진지하게 물었다.

"물론."

용비야는 당리에게 진상을 알리지 않으면, 당리와 당자진 간에 권력 다툼을 일으킬 수 없다고 확신했다. 한운석도 이 이치를 단번에 이해했다.

"그럼…… 결국은 당리가 곤란해지겠네요. 그 성격에 이런 일을 하기란 괴로울 테니까요."

"언젠가는 이어받을 자리였다. 운공상인협회 무기상을 손에 넣을 수 있다면, 호랑이굴에 깊이 들어갈 필요 없다."

용비야가 담담하게 말했다.

그의 가슴은 거대하여, 천하를 담을 수 있었다.

그러나 그의 가슴은 또한 협소하여, 많은 사람을 담을 수 없었다. 당리는 용비야가 선택한 그 적은 사람 중 하나였다. 할 수만 있다면 그도 이 사촌 동생을 난처하게 만들고 싶지 않았다.

당리가 당문 문주의 자리를 이어받는 것이 그래도 운공상인협회에 잠입하는 것보다 안전했다.

"그 부분은 생각 못 했네요. 영정을 제압할 수 있다면 운공상인협회에 위험을 무릅쓰고 갈 필요는 없겠어요."

한운석이 웃으며 말했다.

한운석은 당자진 앞에서는 여 이모에 대한 일을 전혀 모르는 척했다. 며칠 후, 당자진은 사형수 하나를 희생양 삼아 이 사건을 마무리 지었다.

한운석도 더 깊이 따지지 않고 연극에 장단을 맞춰 주었고, 이 일은 그렇게 지나갔다.

당 부인은 정말 아무것도 모른 채, 곧 있으면 당리의 혼인이니 여 이모가 좀 늦게 떠날 수 있다면 좋을 텐데 하고 아쉬워했다.

여 이모가 회룡봉에 구금된 지 사흘째 되는 날, 당리의 신부맞이 행렬이 출발했다. 닷새에 걸쳐 오가고 나면, 3월 28일 길시가 되고, 당문에서 신부를 맞이하게 된다!

이번에 용비야와 한운석은 변장하여 행렬에 들어가지 않고, 몰래 뒤를 따라갔다.

한운석의 그 금덩이의 용도가 무엇인지, 이제 곧 밝혀진다!

희롱이라는 것

당문 후계자의 혼례라면, 신부 맞이 의장도 엄청난 규모를 자랑해야 하는 게 마땅했다.

하지만 당리는 시위 몇 명과 붉은색 마차 하나만 달랑 끌고 만상당으로 향했다. 전에 혼담을 꺼내러 갈 때의 행렬과는 비교도 되지 않았다. 그야말로 '초라'한 모습이었다.

용비야도 차마 볼 수 없어 한운석에게 물었다.

"네 생각이냐?"

"당리 생각이에요."

한운석이라면 절대 이런 부덕한 행동은 하지 않았다. 신부 맞이 의장은 평생 가는 기억이라고! 얼마나 중요한데! 한운석은 당리와 당 부인에게 많은 방법을 이야기해 주었지만, 대부분은 당리가 결정을 내렸다.

"어째서지?"

용비야는 이해되지 않았다.

"여자 쫓아다니는 일을 당신이 어떻게 알겠어요."

한운석이 웃으며 말했다.

용비야는 좀 어색한 듯 그녀의 시선을 피하며 이 일에 대해 더 묻지 않았다.

여자 쫓아다니는 일이라……, 그의 세상에 그런 일은 정말

없는 듯했다.

며칠 후, 당리 일행이 대협곡에 도착했고, 지난번 그 안내자가 당리 일행을 데리고 들어갔다. 한운석과 용비야는 따라가지 않았다.

반 시진 후 용비야가 말했다.

"당리는 만상당에 도착했을 거다. 행동을 시작하자."

신부를 맞이하는 일은 그리 쉽지 않았다. 당리는 만상당에 도착해 차를 마시고 계란탕을 먹은 후 운공상인협회 사람들에게 괴롭힘을 당해야 했다.

신부 맞이 행사는 많은 사람이 구경하러 오는 행사였다. 용비야는 당리에게 최대한 시간을 끌고, 되도록 많은 사람의 주의를 끌어 초씨 집안 두 노인을 구출할 수 있는 환경을 만들라고 미리 당부해 두었다.

한운석이 작은 도자기 병을 꺼내 마개를 뽑자 꿀처럼 달콤한 냄새가 났다. 용비야는 바로 코를 틀어막았다. 그는 달콤한 향을 가장 싫어했다.

"제가 가장 좋아하는 간식이에요, 한번 맛보세요."

한운석이 웃으며 말했다.

용비야가 정말 가져가서 마시려고 하자 한운석이 깜짝 놀라 뺏어 들었다.

"장난이에요. 이건 채봉왕독彩蜂王毒이에요, 먹으면 죽어요!"

"본 왕도 장난이었는데, 몰랐느냐? 뭘 그리 긴장하느냐?"

용비야는 진지한 말투로 반문했다.

"나, 나는…… 당신한테 맞춰 준 거죠."

한운석이 대답했다.

용비야는 불쑥 그녀의 손에 든 독을 뺏어서 바로 입 안으로 병을 기울였다. 너무 동작이 빨라서 한운석은 막을 새도 없었고, 제대로 보지도 못했다.

한운석은 소스라치게 놀랐다.

"용비야, 미쳤어요?"

그녀는 서둘러 해독시스템에서 구토 약을 대량으로 조제해 용비야에게 건넸다.

"어서 마셔요. 독을 토하라고요!"

채봉왕독은 해약이 없었다. 독이 침투하여 발작하기 전, 빨리 몸에서 빼내는 수밖에 없었다.

그녀는 초조해서 미칠 것 같은데, 용비야는 재미있다는 듯 물었다.

"이것 역시, 본 왕의 장난에 맞춰 주는 것이냐?"

한운석은 순간 멍해져서 그가 잡고 있는 도자기 병을 자세히 살펴보았다. 도자기 병은 병마개로 꼭 닫혀 있었다.

용비야가 그녀를 놀린 것이었다!

한숨을 돌린 그녀의 목소리가 급격히 차가워졌다.

"재밌어요?"

한운석이 용비야에게 화를 낸 경우는 손에 꼽을 정도였다. 하지만 이번에는 전에 그 여러 차례보다 훨씬 무서웠다.

그녀를 바라보는 용비야의 눈동자에 난감한 기색이 스쳤다.

그는 꾸물대며 말하지 않았다. 정확하게 말하자면, 뭐라고 해야 좋을지 몰랐다.

이 여자와 오랫동안 함께 지내면서 화내는 모습은 몇 번 보았지만, 이런 경우는 처음이었다.

그녀는 다 옳았고…… 모두 그의 잘못이었다. 장난이 너무 심했고, 정말 그녀를 심하게 놀라게 했다.

한운석은 한참 동안 용비야를 노려보았다. 용비야가 사과할 줄 알았는데, 이 인간은 한마디도 하지 않고 무표정한 얼굴로 그녀와 눈만 마주쳤다.

그녀는 상대하기도 귀찮았다!

그녀는 채봉왕독을 뺏어 들고 그 속에 독약 하나를 더 집어넣었다. 달콤한 향기는 더 짙어졌고 점차 주변 공기 중으로 퍼져 갔다.

잠시 후, 커다란 독말벌이 날아들어 채봉왕독 주변을 한참 날아다녔다. 마치 냄새를 맡는 것 같았다.

한운석이 도자기병을 집어넣자, 독말벌은 대협곡 입구 쪽으로 날아갔다.

"저 말벌을 쫓아가요, 어서!"

한운석이 냉랭하게 말했다.

용비야는 두말하지 않고 한운석을 안고 쫓아갔다. 한운석의 말투는 여전히 차가웠다.

"내려 줘요. 난 밖에서 기다리면 돼요! 당신은 저 독말벌을 쫓아가요."

용비야는 대답하지 않고 그녀를 더욱 꽉 안았다.

"내려 줘요. 난 들어가도 도움이 안 돼요. 당신한테 짐이나 되지!"

한운석은 아주 이성적이었다.

"그럴 리 없다. 그리고 내 마음이 놓이지 않는다."

용비야가 담담하게 말했다.

그의 성격을 알기에 한운석은 눈을 내리깔고 더는 싸우지 않았다. 그리고 그의 뜻대로 품에 안긴 채 협곡으로 들어갔다.

안에 들어가서야 이들은 협곡이 얼마나 복잡한지 깨달았다. 울창한 수풀 속에는 일고여덟 개의 샛길이 나 있었는데, 모두 방향이 달랐다.

안내자가 없으면 정말 어떻게 가야 할지 알 수 없는 곳이었다.

용비야는 한운석을 끌어안은 채 산속을 통과하고 있었다. 그는 길에 매복한 경비들을 조심하면서 동시에 독말벌을 따라갔다.

독말벌은 빠른 속도로 무성한 나뭇가지 속을 헤치며 날아갔다. 제대로 집중하지 않으면 놓치기 십상이었다. 그런데 하필 용비야는 지금 마음이 분산되어 한곳에 집중하기가 어려웠다. 그는 한운석을 신경 쓰고 있었다.

그는 한운석의 그 금덩이가 길을 안내하는 데 사용되는 것은 알았지만 상세한 원리에 대해서는 잘 몰랐다.

"이 독말벌은 어떻게 길을 안내하는 것이냐?"

그는 마치 좀 전에 불쾌한 일은 없었던 것처럼 담담하게 물었다.

하지만 한운석의 말투는 여전히 냉랭했다.

"이 독은 음양독의 한 종류인데, 음양의 상호작용을 바탕으로 서로를 끌어당겨요. 금덩이에 남겨진 독 역시 채봉왕독인데, 음의 성질이라 냄새가 없어요. 내가 갖고 있는 것은 양의 성질이라 진한 향이 나고요. 독말벌이 양성 채봉왕독에 중독되면, 스스로 음성 채봉왕독을 찾아 나서요."

한운석은 잠시 멈추었다가 용비야가 아무 반응이 없자 보충 설명을 했다.

"그 금덩이가 안내자 몸에 한 시진 이상만 있어도, 독성은 그의 몸 표면에 한 달 동안 남아 있어요. 독말벌은 그를 찾아내도 찌르지 않고, 그 몸에 있는 음성 채봉왕독을 흡수하기만 해요. 이 사람은 보름 후 일반 벌독 때문에 죽게 되죠. 영승은 우리를 의심할 수 없을 거예요."

"음."

용비야는 담담하게 대답했다.

한운석은 더 말하지 않았고, 용비야도 더 묻지 않았다. 두 사람은 분명 독말벌을 쫓느라 바빠서 말을 많이 하기 힘들었다. 하지만 둘 다 말이 없자 분위기가 아주 이상해졌다.

산길은 갈수록 험해졌다. 독말벌이 가는 길이 안내자가 갔던 그 길은 아닐지 몰라도, 결국에는 만상당에 도착해 그 안내자를 찾아낼 게 틀림없었다.

이때 독말벌이 가시덩굴로 가득한 수풀을 뚫고 지나갔다. 용비야는 한운석을 꽉 안은 채 망설임 없이 몸의 방향을 뒤로 돌려 지나가며, 자기 몸을 방패삼아 가시덩굴로부터 한운석을 보호했다.

수풀을 지나자 그의 등은 온통 가시에 긁혔지만, 한운석은 다친 곳 하나 없었다.

가시덩굴을 다 헤쳐 버릴 수도 있었지만, 인기척이 나면 경비가 달려올 수 있었다. 지금 동작이 움직임을 최소화하는 가장 빠른 방법이었다.

얼마 후, 달콤한 향이 용비야의 코를 찔렀다. 앞에 있던 그 독말벌이 갑자기 되돌아와 그들 주변을 날아다녔다.

"어찌 된 일이냐?"

용비야가 담담하게 물었다.

"날 내려 줘요."

한운석이 차갑게 말했다.

용비야는 그녀의 말대로 했다. 남들 눈에 잘 띄지 않는 평지를 골라 그녀를 내려 주자, 한운석이 명령하듯 차갑게 말했다.

"앉아요."

용비야가 앉자 한운석이 또 명령했다.

"옷 벗어요!"

이 세상에 감히 그에게 이렇게 말할 수 있는 사람은 그녀뿐일 것이다. 그리고 이런 말을 할 기회도 그녀에게만 있었다.

그녀가 그에게 이 말을 한 것은 이번이 두 번째였다.

처음 들었을 때와 완전히 다른 느낌이었지만, 그는 똑같이 그녀의 말을 따랐다.

한운석은 굳은 표정을 짓고 있었다. 하지만 용비야 등이 가시덩굴에 긁힌 상처로 핏자국이 가득한 것을 보자, 더는 태연할 수 없어 다급하게 물었다.

"아파요?"

"화가 풀렸느냐?"

그가 몸을 돌리려 하자 그녀가 살벌하게 그를 막았다.

"움직이지 말아요!"

그는 역시 그녀의 말대로 했다. 그녀는 바로 약을 꺼낸 뒤, 그의 뒤에 무릎 꿇고 앉아 상처를 치료했다.

이 정도 상처는 그에게 아무것도 아니었다. 상처 위에 소금을 뿌려도 상관없었다. 하지만 그녀의 손가락이 그의 등을 가만히 어루만지자 자신도 모르게 허리를 꼿꼿이 폈다.

"힘 빼요! 왜 힘을 주는 거예요? 상처가 벌어진다고요!"

한운석이 다급하게 말했다.

그는 어쩔 수 없었으나 곧 힘을 빼고 그녀가 마음대로 건드리게 내버려 두었다.

그는 상의를 벗고 앉아 있었다. 앞쪽에 단단한 가슴근육과 여섯 갈래로 나뉜 복근은 말할 것도 없지만, 뒤쪽에 있는 등과 팔의 다부진 근육에서 느껴지는 힘은 정신을 차리기 힘들 정도로 육감적이었다.

한운석은 상처를 치료하느라 바쁜 와중에도 자신도 모르게 한눈을 팔았다.

"아직도 화가 났느냐?"

용비야가 다시 그 질문을 던졌다.

한운석이 대답하지 않자 용비야는 고집스레 답을 요구했다.

"아직도 화가 났느냐?"

한운석은 정말이지 상처를 한껏 꼬집어 분풀이를 하고 싶었다. 화가 난 걸 뻔히 알면서 계속 물어 보다니, 다른 말은 할 줄 모르는 거야?

갑자기 용비야의 목소리가 부드러워졌다.

"운석, 화를 풀면 안 되겠느냐?"

순간 한운석의 손이 그의 등 뒤에서 멈춘 채 한참 동안 움직이지 않았다.

운석……. 연인의 속삭임 같았다.

그가 그녀를 이렇게 부르는 일은 아주 드물었다. 하지만 그두 글자가 그녀에게는 그렇게도 익숙했고 친밀했다. 두 사람이 또 몇 걸음 더 가까워진 것 같았다.

그는 사과할 줄 모르고 고집스레 묻기만 했다.

"화를 풀면 안 되겠느냐?"

그녀는 울 수도 웃을 수도 없어 천천히 그에게 다가갔다. 작은 손으로 그의 양 어깨를 부드럽게 어루만지며 그의 다부진 어깨 위에 가볍게 입을 맞추었다. 그녀는 바로 놓아주지 않고, 입술을 어깨에 댄 채로 웃으며 말했다.

"뒷모습이 멋져서 한 번 용서해 주는 줄 알아요."

용비야는 참지 못하고 고개를 들었다가 찬 숨을 들이쉰 뒤

이를 악물었다. 아주 고통스러워하는 것처럼 보였다.

"상처를 건드렸어요?"

한운석은 다급하게 뒤로 물러서 상처를 살폈다. 진짜 울 수도 웃을 수도 없는 사람은 용비야였다!

"미안해요, 일부러 그런 게 아니에요. 어디가 아파요? 여기? 아니면 여기?"

한운석은 그의 상처를 살짝 만지면서 진지하게 물었다.

용비야는 과감하게 옷을 걸쳐 입었다.

"괜찮다. 시간이 없으니 서둘러 가자."

"당신 상처가……."

"별일 아니다. 약을 발랐으니 됐다. 우선 사람부터 구하고 다시 이야기하자."

용비야가 패기 있게 딱 잘라서 말하자 한운석도 포기할 수밖에 없었다. 그녀가 도자기 병을 집어넣자 독말벌은 계속 앞에서 길을 안내했고, 용비야는 그녀를 안고 그 뒤를 쫓았다.

두 사람은 여전히 침묵하고 있었지만 분위기는 훨씬 좋아졌다.

한참 후 용비야가 입을 열었다.

"한운석."

"네?"

"잘못한 것도 아닌데 무슨 사과를 하느냐. 그저…… 또 바보 같은 짓을 했을 뿐이다."

용비야는 웃을 듯 말 듯한 표정으로 말했다.

"무슨 뜻이에요?"

한운석은 정말 이해할 수 없었다.

용비야는 웃으며 아무 말도 하지 않았다. 이 여자는 자신이 방금 불을 질렀다는 것조차 의식하지 못할 정도로 바보 같았다. 하지만 이런 바보 같은 짓이라면 그는 허락할 수 있었다.

"다음에 알려 주마."

용비야는 기분이 아주 좋아졌다.

이것도 두 사람 사이의 희롱이라고 볼 수 있을까? 그렇다면 누가 누구를 희롱한 것일까?

두 사람이 만상당으로 향하는 이때, 당리는 영정의 시녀를 희롱한 바람에 많은 사람에게 둘러싸이게 되었는데……

당리의 혼인 (1)

상황은 이러했다.

당리는 몇 차례 관문을 거쳐 드디어 영정의 방문 앞에 도착했다. 그러자 시녀 열 명이 한 줄로 그를 막아섰다.

맨 앞에 서 있는 사람은 영정이 가까이서 부리는 시녀 쌍월雙月이었다. 쌍월은 이번에 혼인하면서 영정, 유모를 따라 당문으로 갈 시녀였다.

당리는 은자도 뿌려 보고 감언이설도 해 보았지만, 아무리 설득해도 쌍월은 비켜 주지 않았다. 그러자 당리는 쌍월이 부주의한 틈을 타서 그 볼에 불쑥 입을 맞추었다.

사실 수작 거는 것 같은 몸짓만 했을 뿐, 실제로는 입이 닿지도 않았다.

쌍월은 참을 수 없어 바로 당리의 뺨을 향해 손을 날렸다. 그러자 당리는 그녀의 손을 붙들고 희롱하며 말했다.

"급할 것 없다. 당문에 가면 때리고 싶은 대로 때려라, 본 도령이 원하는 대로 해 주마."

손을 오래 잡지도 않았다. 그는 말하자마자 그녀를 밀쳐 냈다. 쌍월은 불한당이 찾아왔느니, 비열한 호색한이라느니, 아가씨에게 어울리지 않는다느니 하며 욕을 퍼부었다.

당리는 상대의 계략을 역이용하며 '희롱'이 무엇인지 유감없이 보여 주었다!

"본 도령이 영정에게 어울리지 않으면, 네게는 어울리겠느냐?"

당리는 재미있다는 듯 쌍월을 훑다가, 나올 데 나오고 들어갈 데 들어간 그녀의 몸매에 시선을 두었다. 쌍월은 수치스러운 마음에 분노가 치밀어 올랐다.

"당신은 자격이 없어요!"

"그럼 누가 자격이 있을까? 말해 다오, 본 도령이 가서 잘 배워 오마."

당리가 놀리듯이 말했다.

"당신!"

"나? 나는 자격이 없다며? 왜, 마음이 바뀌었느냐?"

당리가 하하 소리를 내며 크게 웃었다.

당리의 천박한 말솜씨를 쌍월이 어떻게 당해 낼 수 있을까? 그녀는 부끄럽고 화도 났지만, 결국 하는 말은 똑같았다.

"어쨌든 우리 아가씨에게는 어울리지 않아요."

"그럼 어쩌나? 너는 이렇게 아름답고 똑똑하기까지 하니, 네가 나에게 좀 가르쳐 다오. 반드시 네 말을 듣겠다."

당리가 웃으며 말했다.

"이, 입 다물어요!"

쌍월이 화가 나서 버럭 소리를 질렀다.

당리는 그녀의 말을 잘 듣는 것처럼 입을 틀어막고 제자리에 섰다.

쌍월 자신도 난감했다. 이렇게 되면 아가씨가 어떻게 시집을 가신담! 하지만 이 방탕아를 쉽게 놔줄 수 없었다.

결국 그녀가 한 말이란 이것이었다.

"사과하세요! 그리고……."

말이 끝나기도 전에 당리는 정말 순순히 사과했다.

"미안하다."

쌍월은 깜짝 놀랐지만 그래도 끝까지 밀고 나가며 진지하게 말했다.

"무릎을 꿇고……."

뒤에 진짜 중요한 말은 하기도 전에, 당리는 정말 한쪽 무릎을 꿇었고, 주변은 야단법석이 되었다. 창틈으로 이 장면을 보고 있는 영정의 눈에는 경멸과 무시, 그리고 분노뿐이었다.

당리는 볼 때마다 그녀에게 나쁜 인상을 남겼다. 할 수만 있다면 정말 다시는 이 개자식을 보고 싶지 않았다. 목소리도 듣기 싫었다!

오늘은 신부를 맞으러 오는 날인데, 그녀의 방문 앞에서 이렇게 시녀를 희롱하다니, 이게 뭐 하는 짓인가! 나중에는 그녀의 침상에 시녀를 재우는 건 아닐까? 앞으로 1년 동안 대체 얼마나 황당한 일들을 벌일까?

"쌍월을 끌어내서 뒷산에 매달아 늑대 먹이로 주어라!"

영정이 음산한 목소리로 명령했다.

"아가씨, 그렇게 하시면 당리에게 비웃음만 사지 않겠어요? 일이 이렇게 되었으니 저대로 내버려 두세요. 쌍월은 분수를 아는 아이입니다."

침착하고 내성적인 한 중년 부인이 나섰다. 그녀는 바로 영정의 유모였는데, 다들 그녀를 상霜 이모라고 불렀다.

영정은 그래도 상 이모의 말은 잘 듣는 편이었다. 그녀는 창틀을 주먹으로 치며 더 말하지 않았다.

이때 쌍월이 정색하고 당리에게 말했다.

"당 소주, 지금 방 안에는 우리 아가씨가 계십니다. 방문을 보고 맹세하세요."

당리는 아주 말을 잘 들었다. 정확히 방문 쪽으로 몸을 움직여 한쪽 무릎을 꿇었다.

쌍월은 속으로 한숨을 돌린 뒤 계속 말했다.

"맹세하세요. 오늘부터 우리 아가씨 한 분만 사랑하고, 아가씨 한 분에게만 잘해 주고, 온 마음과 뜻을 다해 아가씨를 아끼고 사랑하고 지켜 주겠다고, 무조건 아가씨 말을 듣고 절대 아가씨를 춥고 배고프고 힘들게 만들지 않겠다고요!"

당리는 정말 손을 들었다. 그 모습을 본 영정은 더욱 무시하는 마음이 치솟았다. 평소 그녀 성격이라면 진작 눈을 돌렸을 텐데, 무엇 때문인지 그녀는 계속 보면서, 기다리고 있었다.

"좋아!"

당리는 시키는 대로 말하려다가 갑자기 손을 내리고 상냥하게 물었다.

"본 도령이 그녀 한 사람만 사랑하면, 너는 어떡해?"

쌍월은 거의 울기 일보 직전이 되어 정말 어찌할 바를 몰랐다.

영정은 거의 직선이 될 만큼 눈을 가늘게 뜬 채 성난 목소리로 말했다.

"다른 사람은 다 죽었느냐? 저걸 가만히 놔두는 거야?"

그녀가 신부만 아니었어도 진작 밖으로 튀어 나가 당리를 손 보았을 것이다.

쌍월은 시녀 중에서도 가장 담이 컸다. 다른 시녀들은 한쪽 에서 구경하며, 희롱당한 게 자신이 아니라 다행이라고 생각할 뿐, 감히 도우러 나서지 못했다. 남자들도 도와주기 어려웠다. 이곳은 신부의 방문 앞이라, 예법에 따라 남자들은 개입할 수 없었다.

이때, 상 이모가 문을 열고 나왔다.

그 모습을 본 당리는 어느 정도 시간을 끌었다는 생각이 들 어, 연극을 멈추기로 했다.

적어도 용비야와 한운석은 이미 만상당에 도착했을 테니, 더 오래 끌었다간 초씨 집안 두 노인이 구출된 후 당문도 의심받 을 수 있었다.

그는 상 이모 쪽으로 가는 순간 쌍월은 깨끗이 잊어버렸다.

"당 소주, 정말 장난을 좋아하시는군요. 이러다 길시를 놓치 면 어쩌시려고요?"

상 이모는 절도 있게 미소 지으며 자애로운 표정으로 이야기 했다.

"장난치지 않으면 우리 정아를 만날 수 있나요?"

당리가 물었다.

우리 정아…….

상 이모는 유감스러웠지만 그 말을 무시하며 진지하게 말했다.

"그건 당 소주께서 얼마나 성의를 보이시냐에 달려 있지요. 문을 열고 안 열고는 아가씨가 결정하신답니다."

상 이모는 당리를 괴롭히려고 나온 게 아니었다. 그녀는 당리가 진심으로 신부를 맞으러 온 게 아님을 잘 알았다. 이 혼사는 너무 복잡했기 때문에 아랫사람에 불과한 그녀는 아가씨를 도울 수 없었다.

하지만 아무리 그래도 혼사였다! 당리는 결국 영정의 남자요, 지아비가 될 것이었다.

그녀는 당리가 좀 진지하기를 바랐다. 꾸며 내도 좋으니 진지한 척이라도 했으면 했다. 신부를 얻기 위해 부탁하며, 방문을 열어 달라고 간청한 뒤 아가씨를 데려가서, 아가씨가 좀 더 자랑스럽게, 존엄하게 시집가기를 바랐다.

아무리 강인한 여자라 해도 결국은 여자였다. 아무리 완강한 여자라 해도, 결국은 연약한 여자였다.

아가씨는 혼자서 예물을 준비했고, 혼자서 혼례복을 지었으며, 혼자서 단장하고 꾸몄다. 그리고 그녀 홀로 자기 자신을 시집보내야 했다.

오늘 아가씨의 가족은 아무도 오지 않았다. 영승, 영락, 심지어 영안도 자리하지 않았다. 그녀를 출가시킬 가족은 아무도 없었다.

"성의?"

당리는 뭔가 생각에 잠긴 듯하더니 방문 앞으로 가서 큰 소리로 외쳤다.

"구양영정, 안 나올 거야?"

이게 뭐 하는 짓인가?

상 이모는 눈살을 찌푸리며 절망감을 느꼈다. 그녀는 이 난봉꾼이 아가씨를 상처 주지 않기만을 기도할 뿐이었다. 그에게 무슨 무리한 요구를 하겠는가?

영정은 이미 창가에 있지 않았다. 문 뒤에 등을 기대고 있는 그녀의 입가에 냉소가 서렸다. 길시든 아니든 상관없었다. 그녀는 이미 3일 밤낮 당리를 밖에 세워 두고 한바탕 괴롭혀 주기로 마음먹었다.

"구양영정, 안 나올 거야? 본 도령이 경고하는데……."

당리의 무시무시한 말투는 방금 쌍월을 희롱할 때와는 완전히 달랐다. 그 모습을 본 사람들이 영정 때문에 손에 땀을 쥘 정도였다. 보아하니 당리는 영정을 아주 미워하는 것 같았다!

"경고? 본 소저가 우스운가?"

영정은 완전히 무시하는 듯 냉소를 지으며 곁에 있는 시녀에게 물었다.

"저자가 본 소저의 구역에서 감히 경고하는 것이냐? 본 소저에게 뭘 경고할 수 있지? 본 소저를 신부로 맞지 않겠다고?"

그 말이 떨어지자마자 밖에서 당리가 큰 소리로 외쳤다.

"경고하는데, 나오지 않으면 본 도령이 문을 막고 떠나지 않을 거다. 나 당리는 평생 너 영정 아니면 장가들지 않을 거야!"

영정은 순간 멍해졌다. 얼굴에 서렸던 비웃음마저 굳어졌다.

주변 사람들도 마찬가지로 모두 멍하니 바라보았다. 당리가 이런 말을 할 줄은 생각도 못 했다.

정말…… 정말 패기가 넘쳤다! 너무 낭만적이었다!

한쪽 무릎을 꿇은 채 패기 있고 강직한 표정을 한 당리의 모습에, 어린 시녀들의 가슴은 하나 같이 소녀처럼 쿵쾅대며 두근거렸다.

쿵! 쿵! 쿵!

영정은 그 자리에 서서 자신도 모르게 가슴에 손을 얹었다.

"영정, 들었어? 재주 있으면 나오지 않아도 좋아! 너는 평생 방에서 기다리고, 본 도령은 평생 너를 지키지 뭐! 나는 한다면 해! 못 믿겠으면 어디 한번 해보자고!"

당리가 또 큰소리를 쳤다.

이건 정말이지 경고였다!

그녀는 평생 다른 사람에게 경고 듣는 것을 가장 싫어했다. 그런데…… 그런데 어째서, 그에게는 성이 나거나 화가 치밀어 오르지 않는 걸까?

"영정, 겁쟁이가 된 거야? 본 도령에게 감히 대답도 못 하는구나!"

당리가 약 올리기 시작했다.

영정이 바로 뒤돌아 문을 열려고 하는 순간, 양쪽에 있던 시녀들이 우르르 그녀를 돌아보았다. 도저히 믿을 수 없다는 눈빛이었다.

영정은 어색해하면서도 사납게 말했다.

"보기는 뭘 보느냐. 본 소저가 나가서 손봐 주려는 것이다!"

그녀가 언제부터 시녀들에게 해명을 했던가? 시녀들은 놀라서 입을 떼지 못했고, 영정은 그렇게 방문을 열어 젖혔다.

문이 열리자마자 당리가 보였다. 그는 붉은 장포를 입고 문 앞 한가운데서 한쪽 무릎을 꿇은 채 허리를 곧게 펴고 있었다. 무릎 꿇은 모습조차 기품과 위엄이 넘쳤고, 동작은 소탈하면서도 멋졌다.

늠름한 기개를 풍기는 그 우아한 자태는 신선 같았다. 영정은 지금에야 깨달았다. 이 남자는 붉은 옷을 입어도 이렇게 잘생겼구나.

당리는 영정이 직접 문을 열고 나올 줄은 몰랐다. 붉은 면사포도 하지 않고 나올 줄은 더더욱 몰랐다.

당리는 영정이 여성스럽게 옷을 입고, 화장한 모습을 처음 보았다. 영정이 이토록 아름다운 여자임을 처음 깨달았다.

탐스러운 귀밑머리, 반듯한 이마에 가늘고 긴 눈썹, 맑고 투명한 눈빛, 반짝이는 붉은 입술, 그녀의 미모는 봄꽃처럼 찬란하고 가을 달처럼 아름다워 탐스럽다는 말이 절로 나왔다!

당리는 그 자리에서 넋이 나간 듯 멍하니 바라보았다.

상 이모가 문을 닫은 후에야 그는 정신을 차릴 수 있었다.

사실 당리만 넋 놓고 본 게 아니었다. 주변 사람 모두 그 모습에 입이 떡하니 벌어졌다. 영정이 원래 이토록 아름다운 여자인 줄 아무도 몰랐다.

상 이모도 영정 때문에 적잖이 놀랐다. 어떤 신부가 면사포도 쓰지 않고 나온단 말인가?

"당 소주, 감축 드립니다. 잠시만 기다리세요."

그녀는 설명할 겨를도 없이 서둘러 영정을 끌고 가 침상에 앉혔다.

"아가씨, 이렇게 얼굴을 보여선 안 됩니다. 불길하고 남들 입에 오르내릴 수도 있어요!"

"나가지 않으면 내가 정말 무서워하는 줄 알 것 아닌가!"

영정은 아주 태연한 듯 보였지만, 사실 두 손을 꽉 움켜쥐고 있었다. 그녀도 스스로에게 놀라고 있었다. 어쩌다 문을 열어 버렸지?

상 이모는 조심스럽게 영정에게 붉은 혼례복을 입히고 화관을 씌웠다. 커다란 붉은 면사포를 덮고 나서 다시 한 번 다른 치장을 살펴본 뒤에야 마음을 놓았다.

"아가씨, 이제 그만 괴롭히고 들어오게 하시지요."

"음."

영정은 평온하게 대답했지만, 어째서인지 심장은 쉴 새 없이 빠르게 두근거렸다.

문이 열리자 당리가 성큼성큼 걸어 들어왔다. 그는 이미 정신을 똑바로 차린 뒤였다. 침대에 앉아 그를 기다리는 영정의 모습을 보자 마음에 뭔가 특별한 느낌이 스쳤지만, 더 깊이 생각하지 않았다.

그는 영정 앞에 서서 마지못한 듯이 말했다.

"올라타. 내가 너를 업고 나갈게."

영정은 어떤 표정인지 알 수 없지만, 상 이모가 바로 눈을 부라리자 당리는 말을 바꾸었다.

"정아, 당신을 신부로 맞으러 왔으니 나와 함께 집으로 갑시다."

영정은 말없이 당리의 등에 올라타 두 팔로 당리의 목을 껴안았다. 그녀는 오른손으로 그의 심장 쪽을 누르며 차갑게 경고했다.

"똑바로 걸어요. 본 소저를 떨어뜨리면 목숨이 남아나지 않을 거니까!"

영정도 정신을 차린 게 분명했다.

당리는 영정을 업고 만상당에서 나와 그녀를 마차에 태운 후, 자신은 말에 올라타 즉각 길을 떠났다.

이때, 용비야와 한운석은 어디에 있을까?

당리의 혼인 (2)

당리가 신부를 데리고 떠났을 때, 용비야와 한운석은 이미 안내자를 찾아간 독말벌을 따라 만상당에 도착했다.

만상당의 삼엄한 경비는 주로 대협곡에 집중되었고, 만상당 안쪽 경비는 보통 수준이었다.

무공을 할 줄 모르는 한운석은 용비야에게 안긴 채 날아갈 수밖에 없었다. 쓸모없는 존재처럼 보일지 몰라도, 사실 그녀는 용비야에게 큰 도움을 주었다. 대협곡을 무사히 지나고 만상당에 들어온 후, 남은 일은 용비야 같은 고수에게는 식은 죽 먹기였다.

영승은 세상 사람이 영씨 집안과 운공상인협회 관계를 모른다고 믿고, 초씨 집안 두 노인을 이곳에 가둔 후에 삼엄하게 지키지는 않았다. 용비야와 한운석은 곧 만상당의 암흑 감옥을 찾아냈고, 옥졸을 피해 깊이 숨겨진 암흑 감옥으로 들어갔다.

암흑 감옥이라는 것은 말 그대로 작고 어두운 방이었다. 주로 죄수 중 사고를 일으킨 자나 중죄인을 가두는 곳이었다.

암흑 감옥은 사방이 완전히 막혀 있었고, 작은 철문 하나만 나 있었다. 문에는 아주 기괴한 형상의 큰 자물쇠가 걸려 있었다.

흑의 경장에 검은 복면을 한 용비야는 신비로우면서도 멋스러운 분위기를 풍겼다. 그는 문을 두드리는 동작마저 멋졌다.

"누구냐?"

안에서 바로 익숙한 목소리가 흘러 나왔다. 바로 초 장군이었다. 초씨 집안 두 노인은 이곳에 오랫동안 갇혀 지내면서, 하루에 한 번 식사를 가져다주는 사람 외에는 누구와도 접촉한 적이 없었다.

식사를 가져다주는 사람은 문을 두드릴 리 없었다. 두 노인은 모두 경계하기 시작했다.

"본 왕이다!"

용비야의 차갑고 낮게 깔린 목소리에 초씨 집안 두 노인은 깜짝 놀랐다. 용비야와 한운석이 이곳을 찾아올 줄은 생각도 못했다. 뭘 하러 왔을까?

"진왕?"

"용비야, 정말 너란 말이냐?"

두 사람의 목소리에는 놀라움과 경계심이 섞여 있었다.

"용비야, 뭘 하려는 거냐?"

초운예가 물었다. 그는 영승을 원망하는 만큼 용비야를 원망했다.

용비야와 영승이 서로 대적하고 있긴 하지만, 초씨 집안은 바로 이 두 사람 때문에 무너졌다. 용비야가 이곳을 찾아왔다면, 그들을 죽이기 위해서가 아니겠는가?

"나가고 싶다면 입 다물어라."

용비야가 차갑게 경고했다.

오늘 그는 구출하러 왔다기보다는 납치하러 왔다고 하는 편이 맞을지도 몰랐다. 초씨 집안 두 노인이 원하든 원치 않든, 그는 반드시 그들을 데리고 나가야 했다.

이 두 사람은 초천은을 견제할 판돈이었고, 초천은은 운공대륙 서부 지역의 중요한 바둑돌이었다.

"용비야, 네가…… 지금 우리 두 사람을 데리고 나가겠다는 거냐?"

"용비야, 이곳에 와서 장난하는 거냐? 아주 재미있나 보구나!"

초씨 집안 두 노인은 믿지 않았다. 하지만 질문과 비웃는 어조 속에서도 요행을 바라는 기대감이 은근히 드러났다. 이들은 감옥에서 죽게 될 것이란 사실을 받아들일 정도로 너무 오래 절망에 빠져 있었다.

지금 그들에게 필요한 것은 긍정적인 대답이었으나, 용비야는 그들을 상대해 주지 않았다.

그는 문에 걸린 큰 자물쇠를 들고 고심했다. 쉽게 들어오기는 했지만, 큰 소리라도 나면 공격 대상이 될 수 있었다. 가장 좋은 구출 방법은 자물쇠를 여는 것이었다.

용비야가 철사를 만지작거리는 소리가 들리자, 초씨 집안 두 노인은 아주 복잡한 심정이 되어 서로의 얼굴을 마주 보았다.

"용비야, 대체 이게 무슨 뜻이냐?"

초운예가 참지 못하고 다시 물었다.

"당연히 데리고 나가려는 거죠. 왜요, 감옥이 너무 익숙해져서 나오고 싶지 않은가요?"

한운석이 차갑게 물었다.

이 두 사람이 고북월에게 한 악행을 생각하면 그녀는 속에서 천불이 났다. 꼭 필요한 게 아니었다면, 구출하러 올 일도 없었다.

"천은이가…… 대체 어찌 된 일이냐?"

초 장군이 다급하게 물었다. 천은은 이미 영승에게 항복하지 않았던가?

"나와서 다시 이야기해라. 이 자물쇠는 어디서 만든 것이냐?"

용비야가 차갑게 물었다.

"내가 뭘 근거로 너희들을 믿지?"

초운예도 차갑게 물었다.

한운석은 코웃음을 쳤고 용비야는 냉랭하게 말했다.

"본 왕이 이곳을 찾아낸 것이 그 근거다! 그럼 두 사람이 본 왕에게 대답해라, 영승의 개가 되겠느냐, 아니면 본 왕의 매가 되겠느냐!"

그 말에 초씨 집안 두 노인의 표정은 더욱 복잡해졌다.

용비야는 상황을 이야기해 주지 않았지만, 두 사람은 초천은이 용비야와 영승 중에서 용비야를 택했다는 사실을 짐작할 수 있었다. 용비야가 영승의 근거지를 찾아낼 수 있었다면, 영승이 이미 크게 한 방 먹었다는 소리였다. 초천은의 선택은 현명했다.

초운예와 초 장군은 모두 바보가 아니었다. 다만, 그들은 갑자기 자신들의 체면을 버릴 수 없었다.

잠시 주저하다가 초운예가 오만하게 말했다.

"우리 초씨 집안의 충성을 원한다면, 너희에게 그런 능력이 있는지 봐야 한다. 진왕, 만약 네가 이 천기쇄千機鎖를 열 수 있다면 우리 두 사람은 당연히 너를 따라 떠나겠다."

"천기쇄?"

"그렇다!"

용비야는 안 그래도 이 자물쇠가 보통이 아니라고 생각하던 중이었다. 하지만 이토록 희귀한 물건이었을 줄이야. 천기쇄는 천 명의 장인들이 함께 설계한 기이한 자물쇠로, 천하에 다섯 개밖에 없었다.

이 자물쇠는 재질이 단단하고 설계가 교묘하여, 쪼개든 쑤시든 어떤 방법을 써도 열 수 없었다. 당리가 와도 이 자물쇠를 열기 힘들 수 있는데, 문외한인 그들은 말해 무엇 하겠는가.

용비야가 대답이 없자 초운예는 비웃기 시작했다.

"이 자물쇠가 아니었다면, 우리 두 사람도 너희가 구하러 올 때까지 기다릴 필요는 없었다."

초 장군이 서둘러 말했다.

"진왕 전하, 그럼 이렇게 합시다. 밖에서 이 문을 부숴 주고, 다함께 힘을 합쳐서 도망치는 게 어떻소?"

구출해 내는 것과 힘을 합쳐 도망치는 것은 다른 일이었다.

만약 구출해 낸다면 초씨 집안 군대는 정말 용비야의 부하가 되겠지만, 함께 힘을 합쳐 탈출한다면, 적어도 초씨 집안 두 노인은 용비야와 흥정하러 들 것이다.

초씨 집안 두 노인은 정말 교활하게 주판알을 튕기고 있었다.

그리고 너무…… 잘난 체했다! 시대의 흐름을 아는 자는 걸출한 인물이요, 세상 흐름을 못 읽는 자는 치욕을 자처한다더니!

용비야와 한운석은 서로 마주보았다. 두 사람은 말하지 않아도 호흡이 척척 맞았다.

용비야는 한쪽으로 물러섰고, 한운석은 조심스럽게 천기쇄를 들고 고민했다. 암흑 감옥 안에서 초운예와 초 장군은 움직이는 소리를 듣고는, 용비야가 아직도 자물쇠를 열려고 시도하는 줄 알고 무시하듯 말했다.

"아무리 시도해 봐라, 결국에는 우리 말대로 하게 될 거다."

초운예가 목소리를 낮추고 말했다.

"천은 이 녀석은 왜 영승과 사이가 틀어진 거냐? 용비야는 영승보다 더 건드리기 쉽지 않은데!"

두 사람은 아직까지도 초천은이 영승의 힘을 빌려 다시 일어서기를 기대하고 있었다.

"천은이 분명 생각한 바가 있을 겁니다."

초 장군은 화제를 바꾸면서 목소리를 낮게 깔고 말했다.

"형님, 기다렸다가 함께 탈출할 때 한운석을 주의하십시오. 무공을 할 줄 모르는 여자라 용비야의 치명적인 약점입니다."

초운예는 바로 고개를 끄덕였다. 초 장군의 말인 즉 무공을 할 줄 모르는 한운석을 이용해 용비야를 견제하여 도망칠 기회를 잡으란 뜻이었다.

두 사람이 논의하는 중에 갑자기 옥방 문이 열렸다.

갑자기 등불이 비춰 들어오는 바람에 두 사람은 얼른 어둠 속으로 뒷걸음질 쳤다. 입구에는 용비야와 한운석이 서 있었다. 등불에 그려지는 그들의 자태는 저 높은 곳에 서 있는 듯, 범접할 수 없는 고귀함을 드러냈다!

"너희……."

"천기쇄는?"

초운예와 초 장군은 도저히 믿을 수 없었다. 천기쇄 열쇠는 저 멀리 영승이 들고 있는데, 이 두 사람이 어떻게…… 어떻게 문을 열었지?

당시 독종 금지의 갱에서 현금으로 된 문도 한운석을 막지 못했는데, 고작 자물쇠 하나가 그녀를 막을까?

영승이 큰돈을 써서 암시장 경매에서 사들인 천기쇄, 그가 가장 마음에 들어 하는 보물이 이렇게 한운석의 독에 부식되어 사라졌다. 쇠 부스러기 하나 남지 않았다.

이때 영승은 멀리 서경궁에서 당리와 영정의 행방을 주시하는 한편, 서주국과 천안국이 동서 양쪽 변경에서 벌이는 전투에 맞서느라 바빴다. 게다가 단목요가 강호 세력권에서 거듭 제한을 거는 일에 대처해야 했다. 그래서 만상당에서 일어나는 모든 일에 대해 전혀 알지 못했다.

한운석은 초씨 집안 두 노인에게 설명할 가치도 없다고 생각했다. 그녀는 용비야 뒤에 서서 계속 '애물단지' 역할을 담당하며 자신의 공로와 명분을 숨겼다.

용비야는 더욱더 이렇게 중요하지 않은 문제로 두 노인과 논쟁할 리 없었다.

그가 커다란 손을 내밀자, 손바닥에 독 환약 두 개가 놓여 있었다.

"먹든지 죽든지 둘 중 하나를 선택해라, 어서!"

아직 허둥대며 정신을 못 차리고 있는 초운예와 초 장군은 이 말에 더 질겁했다.

"용비야, 우리 두 사람이 이곳에서 죽으면 천은이 반드시 복수할 것이다!"

초 장군이 다급하게 말했다.

"물론. 그는 영승에게 복수할 테고, 본 왕은 흔쾌히 도와줄 것이다."

용비야가 냉소를 지었다.

한운석은 하마터면 웃을 뻔했다. 용비야가 이 두 노인을 죽여서 영승에게 덮어씌운 뒤, 초천은에게는 그들이 왔을 때 이미 시체만 남아 있었다고 하면, 초천은은 분명 믿을 것이다.

두 노인의 얼굴이 새하얗게 질렸다. 아무리 체면이 중요해도 내려놓을 수밖에 없었다. 아무리 달갑지 않아도 복종해야 했다. 그들은 용비야의 독약을 받아먹었다.

"만상당에서 나가면 본 왕비가 해독해 주겠지만, 감히 수작을 부리면 신선이 와도 구해 주지 못할 거예요."

한운석이 차갑게 말했다.

두 사람이 어디 감히 도망칠 기회를 노리겠는가. 한운석의 독술을 의심하고 나섰다가는, 결말이 좋을 리 없었다.

그렇게 용비야는 한운석을 데려갔고, 초씨 집안 두 노인은 그 뒤를 따라갔다. 이들은 기척도 없이 조용히 만상당을 나와, 왔던 길을 따라서 대협곡에서 벗어났다.

대협곡에서 나오자 한운석은 약속한 대로 초씨 집안 두 노인을 해독해 주었다.

해독 후에는 도망치고 싶어도 그럴 힘이 없었다. 만상당에서는 용비야도 영씨 집안의 사람이 몰려올까 꺼리는 마음이 있었지만, 협곡 밖에서는 용비야의 검 한 번에 두 사람의 목숨이 끝날 수도 있었다. 두 사람 중 하나는 눈이 멀었고, 다른 하나는 손이 불구가 되어 둘 다 활을 쏠 수도 없었다.

용비야는 기다리고 있던 비밀 시위에게 두 사람을 넘겼다. 초 장군은 한참 망설이다가 결국 오만한 태도를 내려놓았다.

"왕비마마, 이 늙은이에게 청이 하나 있소."

한운석은 그가 뭘 말하려는지 알았다. 분명 팔에 쓴 독을 없애 달라는 거겠지.

그녀는 차갑게 그를 바라보며 진지하게 말했다.

"구해 주지 않을 거예요! 영원히!"

그의 다리를 불구로 만들어 고북월의 복수를 하지 않은 것만도 충분히 자비를 베푼 셈이었다. 어찌 그의 팔을 고쳐 줄 수 있겠는가.

"고북월……."

초운예가 입을 떼려는 순간, 용비야가 막았다.

"두 사람을 유각에 가둬라. 본 왕의 명령 없이는 누구도 접근해서는 안 된다!"

한운석은 영원히 이 두 사람을 만날 일이 없을 것이다. 용비야는 그녀에게 그럴 기회도 주지 않을 생각이었다.

그러므로 이 두 사람이 한운석 앞에서 고북월의 영족 신분을 밝힐 기회는 없었다. 이 일은 고북월이 진작부터 용비야에게 부탁했던 것이고, 그도 마음에 새겨 두고 있었다.

초씨 집안 두 노인을 처리했으니 용비야와 한운석은 서둘러 당문에 돌아가 당리와 영정의 혼례에 참석해야 했다. 아직 당리 일행은 오는 중일 것이다.

용비야와 한운석은 미리 가서 변장하고 있어야 했다. 영정 앞에서 얼굴을 드러낼 수는 없는 노릇이었다.

그날 오후, 옥졸은 순찰하러 와서야 죄수가 사라지고 옥방이 비었음을 발견했다. 옥졸들은 물론이요, 만상당 관리자들도 깜짝 놀랐다. 이들은 이 사실을 영승에게 보고하는 한편, 미친 듯이 천기쇄를 찾아 헤맸다. 땅을 거의 세 척은 파고 들어갔으나, 안타깝게도 천기쇄는 그림자 하나 보이지 않았다.

영승은 어서방에서 몇몇 군기대신軍機大臣과 함께 강호 세력에 뺏긴 군량과 마초를 어떻게 되찾아올 것인가에 대해 의논하고 있었다. 태감이 낮은 목소리로 만상당에서 벌어진 일을 그의 귀에 전하자, 그는⋯⋯.

당리의 혼인 (3)

영승이 분노에 차서 물었다.

"누구 짓이냐!"

자리한 대신들은 모두 어리둥절했다. 어찌된 일인지 영문을 몰랐지만, 감히 궁금해할 수 없었다. 영승이 쫓아내지 않아도 다들 알아서 차례차례 물러갔고, 마지막 사람은 나가면서 문까지 닫아 주었다.

태감도 놀라서 덜덜 떨며 말했다.

"잘 모르겠습니다. 아무 흔적도 남기지 않았습니다."

영승은 분노하는 표정조차 근사했다. 그 준수한 얼굴은 갈수록 기개가 넘쳤다. 하지만 안타깝게도 주변에 있는 아랫사람들은 두려움에 전전긍긍하느라 감히 그를 쳐다보지도 못했다.

그는 분노하기는 했으나, 이런 상황에도 크게 놀라지 않았다. 곧 냉정을 되찾고 차갑게 물었다.

"초천은은?"

"계속 풍림군에 있습니다. 며칠 전 서주국 군대와 시작된 전투가 아직도 끝나지 않았습니다."

태감이 사실대로 보고했다.

"병부 장세홍張世鴻을 불러와라."

그는 일어나 벽에 걸린 군사지도 앞으로 걸어갔다. 흰칠한

몸에 앞으로 팔짱을 끼고 선 그의 모습은 패기가 넘쳤다. 군장을 갖추지 않고도 군인의 강인한 패기를 풍겼다.

병부 사람이 들어오자 그는 차가운 목소리로 명을 내렸다.

"서북 천산성泉山城의 기병 오천 명을 남쪽으로 보내고, 동부 운룡진雲龍鎭의 보병 만 명을 태녕산太寧山으로 보내 풍림군을 포위해라! 또 초천은을 사로잡는 자에게 상으로 황금 만 냥을 내린다고 전해라!"

"영왕 전하, 그건……."

장세홍은 용기 내어 물을 수밖에 없었다.

"어째서입니까? 초씨 집안 군대는 풍림군에서 서주국 군대를 막는 주력 부대입니다. 그런데……."

말이 끝나기도 전에 영승이 천천히 돌아서서 그를 바라보았다. 그 냉혹한 표정에 장세홍도 더는 말을 계속할 수 없었다.

"예, 소신 명을 받들겠습니다!"

초씨 집안 두 노인이 구출된 이상, 영승은 초천은을 통제할 수 없게 되었다. 초천은의 배반은 정해진 수순이었다!

장세홍이 나가자 영 태비 영안이 황급히 들어왔다. 운공상인 협회 소식을 들은 그녀는 초조한 나머지 들어오자마자 영승에게 물었다.

"이 일이 당문과 관련이 있습니까?"

영승도 그 점을 생각하고 있었다.

"확실치는 않다. 당리와 영정의 혼인은 세상이 다 아는 일이니, 누군가 이 기회를 이용해 구했을 가능성도 있다."

"기척도 없이 협곡에 들어와서 만상당까지 찾아내 사람을 구출하는 것은 쉬운 일이 아닙니다!"

영안이 그를 일깨웠다.

"네 뜻은……."

영승도 진지해지기 시작했다.

"당리와 용비야의 관계가 심상치 않습니다!"

영안이 진지하게 말했다.

영승은 더는 태연할 수 없었다. 당문과 용비야가 관련 있다면, 영정의 혼사도 복잡해졌다.

"지금 영정을 막아도 늦지 않습니다! 영정을 헛되이 희생시킬 수 없어요."

영안이 다급하게 말했다.

영정이 무기상을 갖고 시집간 것 자체가 위험을 무릅쓴 일이었다. 아무리 수완 좋은 영정이라지만 그래도 연약한 여자였다. 어떻게 그 교활한 용비야를 당해 낼 수 있겠는가?

"그 또한 추측일 뿐이다. 만일 당문과 용비야가 아무 관계도 아니라면, 영정의 혼사는 수습하기 어려워진다."

영승은 잠시 망설이다가 다시 말했다.

"그리고 초천은이 서주국과 용비야 중 누구에게 투항하는지도 봐야 한다. 곧 답이 나오겠지."

누군가 영정의 혼례 시간에 맞춰 만상당을 찾아가 구출했다. 그렇다면 초천은이 단서를 제공해 준 게 틀림없었다. 만약 그의 생각이 맞다면, 초천은은 이미 운공상인협회와 영씨 집안의 관계도 밝혔을 것이다.

초천은도 지금쯤 소식을 들었을 테니, 반란을 일으킬 게 틀림없었다!

초씨 집안은 지난번 전투로 병력에 심각한 손해를 입었기 때문에 가문을 일으킬 능력은 없었다. 그러니 초천은은 서주국에게 투항하거나, 용비야에게 의탁하거나 둘 중 하나만 선택할 수 있었다.

초천은과 공모한 자가 누구인지는 곧 답이 나올 것이다.

"이렇게 기다리기만 하는 건 너무 위험하지 않을까요?"

영안이 물었다.

"그래 봤자 풍림군 하나 잃는 것이다. 그 정도는 봐줄 수 있다."

영승은 여전히 침착함을 유지하며 물었다.

"영정도 도착했겠지?"

"내일이 28일이고, 오전이 길시이니 곧 도착할 겁니다."

영안이 사실대로 답했다.

"무기상을 혼수로 가져갔으니, 1년 안에 당문 암기를 장악하지 못하면 돌아오지 말라고 전해라."

영승이 차갑게 말했다.

영안은 누이동생을 몹시 아꼈지만 많은 말을 할 수 없었다. 결혼은 물론이요, 필요하다면 영승이 목숨을 요구해도 두 사람은 그저 복종할 수밖에 없었다. 심지어 반드시 그래야만 한다면, 영승도 자신의 목숨을 내놓을 것이다.

영씨 집안의 사명은 바로 영씨 집안의 영광이요, 늘 모든 것 보다 우선했다.

전란에 휩싸인 서부 지역 정세가 복잡해지고 변화가 몰아치려는 이때, 영정은 이 모든 상황을 전혀 모른 채 마차에 앉아 있었다. 가는 길 내내 그녀는 먹고 자는 일처럼 반드시 해야 하는 이야기가 아니면 당리와 말 한마디 하지 않았다.

그녀는 가는 동안 당리가 수다쟁이처럼 떠들 줄 알았는데, 그가 먼저 말을 거는 일은 없었다. 너무 조용한 나머지 영정은 자신이 지금 시집가는 길이라는 사실도 잊을 뻔했다.

당리가 조용히 있는 것은 그녀가 원하던 바였다. 그녀는 이 시간을 이용해서 당문에 도착한 뒤 각종 골치 아픈 상황을 어떻게 대처할지 고민해야 했다.

꽃 같은 나이였으나, 그녀에게는 허황된 망상을 가진 소녀의 마음 따위는 없었다. 당리가 그녀에게 당한 일을 당 부인이 절대 그냥 넘기지 않을 것을 그녀도 알고 있었다.

신부 맞이 의장이 이렇게 초라한 것도 당 부인 생각이 틀림없었다.

그렇게 생각하자 영정의 입가에 경멸의 냉소가 서렸다. 당 부인은 이렇게 하면 그녀의 마음을 아프게 하고 모욕을 줄 수 있다고 생각한 걸까? 그건 영정을 너무 얕본 처사였다.

저쪽에서 중요한 혼사로 여기지 않는다면, 그녀에게는 더더욱 대수롭지 않은 일이었다. 어디 누가 이기나, 한번 두고 보시지!

3월 28일이 되어 신부 맞이 의장이 당문 와룡산맥 산자락에 도착했다.

마차가 천천히 멈춰 서자 영정은 창틈으로 몰래 밖을 내다보았다. 당문의 웅장한 대문에는 아무 장식도 없었고, 여러 시종이 맞으러 나오지도 않았다. 경사스러운 잔치 분위기가 전혀 아니었다.

영정은 코웃음을 치며 붉은 면사포를 잘 쓰고 단정하게 마차에 앉아 있었다. 곧 매파가 그녀를 부축해 마차에서 내린 뒤 가마에 태워 산으로 올라갔다.

한운석과 용비야는 산속 한 절벽에 서서 이 장면을 보고 있었다.

당리는 앞에서 걸어갔고, 그 뒤로 가마가 따라갔다. 매파는 그 옆에서 종종걸음을 걸었다. 그뿐이었다. 풍악 하나 울리지 않았다. 모르는 사람이 보면 작은부인이 될 신부가 왔다는 사실도 모를 정도였다.

"세상에 나보다 더 비참할 줄은 몰랐네요?"

한운석이 놀리듯이 말했다.

그녀가 시집가던 날은 그래도 시끌벅적했고 거리에 사람들이 가득 몰려 나왔었다.

사실 영정은 한운석보다 비참하지 않았다. 적어도 당리가 직접 가서 그녀를 데려왔고, 적어도 이 모든 게 다 그녀를 위한 깜짝 행사였다. 당리는 준비하는 데 애를 많이 썼다. 하지만 한운석은 그해 혼자 시댁으로 들어갔었다.

뒤에 서 있는 용비야는 그녀의 말을 들었는지 못 들었는지, 눈을 내리뜬 채 손을 뻗어 그녀를 안으려 했다. 마침 그때 한운석이 뒤돌아섰다.

그녀가 그를 바라보자, 용비야는 눈길을 피하며 손도 뒤로 뺐다. 당황한 듯한 모습이었다. 이 사람, 방금 뭘 하려고 한 거지?

곧 초서풍이 찾아와 기뻐하며 보고했다.

"전하, 왕비마마, 초씨 집안 군대가 영승에게 포위당하여, 초천은이 군대를 이끌고 서주국에 투항했습니다."

용비야는 아주 만족스러웠다. 모든 것이 그의 계획대로였다. 그는 군대가 필요한 이 시기에 강성황제가 초천은의 투항을 거절할 리 없다고 믿었다. 진심이 아니라 해도, 강성황제는 잠시나마 거짓으로라도 그들을 받아 줄 것이다.

설 황후 죽음의 책임은 결국 영승 몫으로 넘어갔다.

일단 초천은이 서주국에 투항했으니 영승은 당문 쪽을 의심하지 않을 것이다. 물론, 당문을 의심할 시간도 없을 것이다.

이번에 초천은은 그를 실망시키지 않았다.

초서풍 뒤로 곧 비밀 시위 한 명이 나타나 보고했다.

"전하, 왕비마마, 연심부인이 의성 부원장들에게 분만 촉진 사건을 고발했습니다. 곧 소식이 퍼져나갈 겁니다!"

용비야는 고개를 끄덕였고, 한운석은 웃음을 참기 힘들었다. 용비야는 이번에 정말 멋진 한 수를 두었다. 물론 고칠소도 그들에게 큰 도움을 주었다!

연심부인의 분만 촉진 고발은 능 대장로의 잘못만 들추는 게 아니었다. 분만 촉진 사건을 초청가와 영승에게 뒤집어씌울 수도 있었다.

분명 초씨 집안 두 노인이 벌인 일인데, 영승은 가장 큰 책임을 져야 했다!

이 일이 일단 퍼지면, 초청가가 영승과 손잡고 황제를 시해하고 권력을 뺏으려 한다는 소문을 더 많은 사람이 믿게 될 것이다. 용천묵이 이 좋은 기회를 놓칠 리 없었다. 분명 이를 빌미로 천휘황제의 옛 부하들을 끌어 모을 것이다.

곧 영승은 내우외환에 시달리게 될 테고, 용비야는 병졸 하나 동원하지 않고 서주국, 천녕국, 천안국의 세 군대가 싸우기를 기다리다가 가만히 앉아서 어부지리를 얻을 수 있었다.

장막 안에서 계책을 마련하여 천 리 밖에서 승리를 거둔다는 말은 바로 이를 두고 하는 말이리라!

영승이 지난번에는 이겼을지 모르나, 이번에는 아주 처참히 패배하게 생겼다!

"명을 전해라. 북려국 동정을 예의주시하고, 백리수군은 명령을 상시 대기하고 있으라 해라."

용비야가 차갑게 명령했다.

"소인 명을 받들겠습니다!"

초서풍은 바로 물러갔다.

이 상황에서는 북려국이 가장 큰 변수이므로, 용비야는 자연히 경계할 수밖에 없었다. 만약 북려국이 남쪽으로 군사를 출동시켜 서부 지역 전투에 간섭하면, 백리수군이 동해에서 북상하여 북려국 동부 지역을 공격해, 북려국 병력을 견제해야 했다.

용비야는 서부 지역 국면을 마무리하려는 이 시점에서 누구의 개입도 허락할 수 없었다.

물론 북려국 세력은 아직 회복 전이라, 아마도 용비야처럼 움직이지 않고 조용히 지켜볼 듯했다.

모든 안배를 마친 후, 용비야와 한운석은 인피면구를 쓰고 와룡봉에 들어가 당리의 혼례에 참석했다.

사실 용비야는 전혀 관심이 없었다. 순수하게 한운석과 함께 다니는 것뿐이었다.

영씨 집안에 큰일이 닥친 이때, 영정은 아무것도 모른 채 당리와 맞절을 올리고 있었다.

커다란 대청에서 당자진과 당 부인은 윗자리에 앉았고, 양쪽에는 일족 어른들이 쭉 서 있었다. 잔치 분위기는커녕 도리어 엄숙하기 그지없었다.

영정은 붉은 면사포를 쓰고 있어 주변을 볼 수 없었지만, 분위기는 느낄 수 있었다. 그녀는 매파가 이끄는 대로 삼배를 올렸고, 이제 신방에 들어갈 차례가 되었다.

이때 당자진이 벌떡 일어났다.

"잠깐!"

잠깐이라니?

설마 사람들이 보는 앞에서 그녀를 괴롭히려는 건가?

영정은 마음의 준비를 다 해 두었다. 그런데 당자진이 의미심장한 어조로 말을 시작했다.

"당리가 오늘 혼례를 올렸으니, 이제 성인이 되어 일가를 이룬 셈이다. 그래서 우리 부부가 큰 선물을 준비했다."

당 부인은 영문을 몰라 언짢은 표정으로 그를 노려보았다. 당자진은 진짜 선물을 주려는 걸까, 아니면 영정을 괴롭히려는 걸까? 무슨 생각이든 그래도 사전에 의논은 했어야 하는 게 아닌가?

그녀와 의논도 하지 않고서 그녀의 이름을 들먹이다니, 당 부인이 그를 막아서려는데 당자진이 갑자기 문주의 상징인 반지를 빼고 진지하게 말했다.

"오늘, 나는 당문 문주 자리를 당리에게 넘기겠다. 오늘부터 당리가 나를 대신해 당문 전체를 관장한다!"

그 말에 장내는 야단법석이 되었고, 당 부인은 놀라서 어안이 벙벙해졌다.

"자진, 당신……."

당자진은 그녀에게는 상냥하게 웃어 주었다가, 당리를 바라볼 땐 다시 엄숙한 표정이 되었다. 그는 당리에게 다가가 당리의 엄지에 직접 반지를 끼워 주었다.

"당리, 당문을 잘 부탁한다. 반드시 당문의 수천 제자의 기대에 부응해야 한다."

그는 말하면서 당리의 어깨를 두드려 주었다.

"앞으로는 어린아이처럼 굴면서 걸핏하면 산 밖으로 도망 다니는 일은 삼가라."

그 말을 듣자, 의아해하던 좌중도 얼마간은 이해가 되었다.

당 문주는 이런 방법으로 당리를 단속해 당문에 머무르게 하려는 것으로 보였다. 정말 각별히 마음을 쓰셨구나!

당 부인은 입을 가린 채 감격하고 있었다. 그녀는 줄곧 당자진이 아들을 아끼지 않는다고 생각했다. 그런데 이제 보니 당자진은 그녀보다 더 아들을 아꼈다.

진실을 알고 있는 당리는 벙어리 냉가슴 앓듯 말도 못 하고 괴로워했다. 그는 무리 속에 숨어 있는 용비야와 한운석을 향해 원망의 눈길을 보냈다. 사실 진짜 각별히 마음 쓴 사람은 용비야였다. 당리가 그 사실을 이해할 수 있으려나 모르겠지만.

이 모든 이야기를 들은 영정은 손에 힘이 풀렸다.

당리가 문주가 되었다니, 그 말은 그녀가 문주 부인이 되어 앞으로 당리와 함께 와룡봉을 지키고 있어야 한다는 소리 아닌가?

영정이 아직 어리둥절해하는 사이, 주변은 축하하는 소리로 가득해졌다. 물론 매파의 말도 이어졌다.

"신방에 들어갑니다!"

당리, 쉬엄쉬엄해요

신방에 들어간다!

매파의 목소리에 멍하니 있던 영정은 순식간에 정신을 차렸다. 혼례에서 신방이 빠질 수는 없는 법. 그녀도 미리 준비를 다 해 놨다. 그녀가 수단 방법 가리지 않고 당리에게 약을 쓴 것은 사실이지만, 그렇다고 그녀가 함부로 행동하는 방탕한 여자라는 뜻은 아니었다. 이미 당리에게 좋은 일을 시켜 주었으니, 다시는 그에게 조금의 여지도 내주지 않을 생각이었다.

그런데 당리가 불쑥 그녀의 손을 잡았다. 따뜻하면서도 단단하고 거친 그 손은 영정에게 묘한 느낌을 주었다. 이미 하룻밤의 정을 나눈 사이지만 손을 잡은 것은 처음이었다. 영정은 무의식적으로 손을 빼려 했지만, 당리는 더 꽉 움켜쥐었다. 면사포에 가려져 영정은 당리의 얼굴을 볼 수 없었다. 그녀는 당리가 지금 자신을 바라보고 있을 거라고 생각했다.

"아이고, 당 소주께서 급하신가 봅니다. 아직은 손을 잡으시면 안 됩니다!"

매파가 당리의 손을 떼어 내자 영정은 즉시 손을 빼냈다. 뭔가 텅 빈 것 같은 허전함이 느껴졌지만 바로 무시해 버렸다.

"문주님이라고 해야지!"

당 부인이 웃으며 일깨워 주었다. 그녀는 정말 기분이 좋았다. 아들이 결혼하면서 그녀는 노부인이 되었고, 당자진은 노문주가 되었다.

"예, 그럼요! 소인이 그런 건 빠르지요. 문주 어른, 조급해 마세요. 방에 들어가시면, 잡고 싶은 대로 잡으셔도 됩니다. 신방에 들어가기 전에는 업고, 안는 것만 됩니다. 손은 아직 잡으면 안 됩니다요!"

매파는 헤죽거리면서 붉은 비단을 당리에게 주었다.

"잘 잡으세요."

그녀는 비단의 다른 한쪽을 영정에게 건넸다.

"꼭 잡고 신랑을 따라가세요."

영정은 그 말대로 했다. 당리가 꽉 잡고 있는 듯, 저쪽 끝에서 힘이 느껴졌다.

매파의 장난 때문에 주변은 놀리는 소리로 시끄러워졌다. 영정은 당리가 말하기를 기다렸지만, 당리는 처음부터 지금까지 한마디도 하지 않았다.

저 인간답지 않은데. 뭘 하고 있는 거지? 무슨 수작을 부리려는 거야? 영정은 호기심이 일었지만 전혀 동요하지 않았다.

"자, 자, 이제 신랑이 신부를 데리고 신방으로 들어가세요!"

매파의 인도하에 당리가 앞에서 걷고 영정이 그 뒤를 따라갔다. 이들은 대청 옆문으로 나와서 당리의 영설거映雪居로 향했다.

당 부인과 당자진은 연회를 주관하러 갔고, 용비야는 한운석과 함께 왁자지껄한 무리 속에 섞여 들어갔다.

이치대로 하자면 당리는 신부를 신방에 데려다준 후 밖으로 나와 연회에 참석해야 했다. 그런데 반나절이 지나도록 당리는 나타나지 않았다. 다들 궁금했지만 감히 물어보는 자는 없었다. 아마 밤이 되어도 신랑 신부를 놀리러 신방에 가는 사람은 없을 것 같았다.

연회가 시작되자 썰렁하던 당문이 시끌벅적해지기 시작했다. 와룡봉은 너무 높이 솟아 있어 아래쪽 소리는 들리지 않았다. 하지만 여 이모가 있는 회룡봉에서는 시끌벅적한 소리는 들리는데, 거리가 멀어 보이지 않았다.

여 이모는 외롭게 절벽에 앉아 열심히 두리번거렸지만, 아무것도 보이지 않았다. 당리 혼례 때 입을 옷도 다 지어 놨는데, 결국에는 입지도 못했다.

멀리서 들려오는 시끌벅적한 소리에 여 이모는 가슴이 답답해 죽을 것 같았다. 하지만 이제 곁에는 함께 대화를 나눌 사람도 없어 조금은 후회가 되었다.

밖은 시끄럽고 소란스러웠지만, 신방 안에는 정적이 흘렀다.

신방에 들어오면 면사포를 올리고, 합환주를 마시는 등 할 일이 많았다. 그런데 영정이 침상에 앉자 당리가 매파에게 말했다.

"나가 보거라."

"문주 어른……."

매파가 설명하려는데 당리가 돈을 제법 쥐여 주었다. 그러자 매파가 웃으며 말했다.

"예, 예. 그럼 소인은 물러나겠습니다."

그녀는 입구까지 갔다가 한마디 덧붙였다.

"문주 어른, 신부가 이곳까지 오느라 많이 지쳤을 겁니다. 그러니……."

거기까지 말한 뒤 매파는 야릇한 웃음을 지었다.

"쉬엄쉬엄하시지요. 앞으로 날이 많습니다. 신부를 너무 피곤하게 하지 마세요."

영정은 갑자기 두 주먹을 움켜쥐었다. 면사포에 가려져서 망정이지, 그렇지 않았다면 매파는 그녀가 노려보는 눈빛에 쓰러졌을지도 몰랐다.

사실 매파는 잘못이 없었다. 그녀는 영정과 당리의 과거에 대해 아는 게 없었다. 정말 영정이 걱정되어 한 말이었다!

보통 신랑은 신방에 신부를 데려다준 후 술 마시러 나갔다가 아주 늦은 밤이 되어서야 돌아왔다. 이제 겨우 정오가 지났는데, 당리는 방에서 나가려고 하지 않았다. 언제 밖으로 나갈 생각일까?

내일 아침에?

오후부터 밤까지 이렇게 오래 들볶으면, 신부가 피곤해 지치지 않고 배기겠는가! 신부는 풋풋하고 여린 꽃과 같았고, 당리는 혈기 왕성한 나이에 무예를 익힌 자였다. 신부가 그의 등쌀을 어찌 견딜까?

당리는 말없이 매파에게 나가라고 손짓했다.

매파는 어쩔 수 없다는 듯 마지막 한마디를 남겼다.

"저 붉은 대추와 연밥으로 만든 당수糖水는 잊지 말고 드세

170

요. 부부의 마음을 통하게 하고 알콩달콩 지내며 빨리 아들을 얻게 해 준답니다."

영정은 주먹을 더 세게 움켜쥐었다. 당리는 인내심을 갖고 손을 흔들어 매파를 내보냈다.

매파는 밖으로 나가면서 두 사람을 위해 문까지 닫아 주었다. 당리는 그래도 마음이 놓이지 않는 듯, 직접 가서 안에서부터 빗장을 잠갔다.

그 소리에 영정의 마음이 이유 없이 긴장되었다.

젠장, 분명 만반의 준비를 했는데 왜 또 긴장이 되는 거지? 곧 당리의 발걸음 소리가 들렸다. 그는 한 걸음씩 그녀를 향해 다가왔다.

이 자식, 백주 대낮부터 안 나가고 여기서 뭐 하는 거야, 대체 무슨 수작을 부릴 생각이지?

영정은 눈을 내리깔고 꿈쩍도 하지 않았다. 곧 당리가 그녀 앞으로 다가갔다. 그는 금빛 테두리를 한 검은 장화를 신고 있었는데, 진중함 속에서도 화려한 분위기가 느껴졌다.

영정은 면사포를 걷어 내고 혼례복과 화관도 다 벗고 싶었다. 이런 번잡한 것들을 며칠 동안이나 걸치고 있자니 목이 부러질 것 같았다. 하지만 함부로 움직일 수는 없었다. 당리가 약점을 잡아서 그녀를 괴롭힐지도 몰랐다.

그녀는 앉아서 그가 입을 열기를 기다렸다. 하지만 그는 말은 하지 않고 그녀 옆에 앉아 붉은 비단 한쪽 끝을 또 잡아 당겼다.

정적이 흐르는 방 안에서 두 사람은 그렇게 앉아 있었다.

한참을 기다려도 당리가 말이 없자 영정의 입가에 냉소가 번져갔다. 내가 먼저 말하기를 기다리나 본데, 어림도 없지! 이대로 시간을 끌고 싶다면, 그녀도 흔쾌히 맞춰 줄 생각이었다.

그런데 갑자기 당리가 붉은 비단의 한쪽 끝을 살짝 잡아당겼다. 영정은 다른 한쪽을 잡고 있었기 때문에 움직임을 느낄 수 있었다.

그녀의 입가에 경멸하는 표정은 더욱 짙어졌으나, 여전히 아무 반응도 하지 않았다. 그런데 당리가 점점 더 힘을 주어서 거의 그녀를 잡아당길 것만 같았다. 영정은 그와 밀고 당기기를 하고 싶지도 않아서, 붉은 비단이 팽팽하게 되었을 무렵 손을 놔 버렸다. 그러자 붉은 비단 끝이 '탁' 소리를 내며 당리의 몸에 부딪혔다.

영정은 슬그머니 웃으면서 아무 일도 없었던 것처럼 조용히 앉아 있었다. 그런데 당리는 전혀 따지고 들지 않고 오히려 쥐 죽은 듯이 잠잠했다.

이 녀석, 대체 무슨 꿍꿍이야?

영정은 불안해지기 시작했다. 어쨌든 이곳은 당문이고, 그의 세력권이었다. 그녀는 아무것도 하지 않고 변화에 대처하는 수밖에 없었다. 그런데 두 사람은 이렇게 한 시진 동안 앉아 있었다.

계속 앉아 있느라 영정은 엉덩이가 저릴 지경이었다. 그녀는 자신도 모르게 당리의 모습과 표정을 상상하기 시작했다. 이 녀석이 나를 보고 있을까?

그녀의 머릿속에 질문이 떠올랐다. 왜 신부는 붉은 면사포를 써야 하고, 신랑은 안 쓰는 거지?

사실 당리는 전혀 그녀를 보고 있지 않았다.

그는 앉아 있기는 했지만 옆에 있는 높은 베개를 잡고 나른하게 기댄 상태였다. 그는 한 손으로 머리를 받치고 눈을 가늘게 뜬 채 잠시 쉬고 있었다. 그는 자신이 소리를 내지 않으면 영정도 어쩔 수 없을 거라 예상했다.

오는 동안 너무 피곤했기 때문에 오후 시간에 잘 쉬어야 했다. 그래야 밤에 이 여자를 굴복시킬 힘이 나지 않겠는가?

한 사람은 단정하게 앉아 있었고, 한 사람은 나른하게 기대고 있었다. 한 사람이 불안해하는 동안, 한 사람은 자고 있었다. 조용하고 아름다운 오후의 시간이 이렇게 지나가 버렸다.

밤이 되자 당리는 느지막이 눈을 뜨고 똑바로 앉아서 기지개를 켰다.

영정은 몰래 주변 움직임을 주시하고 있다가, 다시 경계심을 되찾았다.

당리는 일어나서 배를 문지르며 탁자 쪽으로 갔다. 배가 고팠다! 그는 눈앞에 있는 붉은 대추와 연밥으로 만든 당수 두 그릇을 게 눈 감추듯 먹어 치웠다.

"나쁜 놈!"

영정은 작은 목소리로 욕했다. 그녀도 배고픈 지 오래였다!

보아하니 당리는 이대로 시간을 질질 끌 생각인 것 같았다.

그녀는 가만히 앉아서 당할 수는 없었다.

그녀의 얼굴에 서늘한 눈빛이 스치더니, 곧 소리를 지르기 시작했다.

"아, 너무 아파! 배가 너무 아파요!"

신혼 첫날밤에 병이 난 그녀를 그가 어찌하겠는가?

그녀는 두 손으로 배를 움켜쥐고 몸을 웅크리며 소리쳤다.

"배가, 배가 너무 아파요. 사람……, 사람 살려!"

의심의 눈길로 그녀를 바라보는 당리의 입가에 멸시하는 듯한 냉소가 지어졌다. 하지만 그도 얼른 연기하며 빠르게 영정 앞으로 다가왔다. 이때 영정이 붉은 면사포를 벗어 버렸다.

"배가 너무 아파요, 저……."

그녀는 말을 하다 말고 멈추었다.

맙소사, 이게 뭐지?

방 안은 마치 꽃의 바다에 온 것처럼 붉은 장미로 가득했다. 침상 앞의 바닥을 보니, 촛불을 진열하여 만든 커다란 원 안에 그녀가 가장 좋아하는 하얀 추국雛菊(데이지꽃)으로 '정靜' 자를 만들어 놓았다.

이건…….

영정은 멍해져서 연기하는 것조차 잊었다.

만상당에서 이곳까지 오는 동안 너무 썰렁해서 전혀 시집가는 분위기가 아니었다. 그런데 어째서……, 무엇 때문에 신방에 이렇게 신경을 써서 놀라움과 기쁨을 안겨 주는 거지?

당리, 난 이미 마음을 접었는데, 이번 생에 혼례는 그냥 그런 것으로 넘기려 했는데!

영정은 믿을 수 없다는 표정으로 당리를 바라보았다. 촛불빛이 일렁이면서 당리의 눈동자 속에 방 안 가득한 꽃과 그녀의 모습이 비쳤다. 다정함과 상냥함이 느껴지는 눈빛이었다.

영정의 눈에 놀라움과 감동이 서리는 것을 본 당리는 아주 만족스러웠다. 하지만 그는 아무것도 보지 못한 것처럼 연기하며 초조하게 물었다.

"배가 왜? 어떻게 아픈데?"

영정은 그제야 정신을 차리고 계속 연극을 이어갔다.

"너무 아파서 견딜 수가 없어요. 좀 눕혀 주실래요?"

당리는 두말하지 않고 얼른 영정이 혼례복과 화관 벗는 것을 도왔다. 그리고 그녀를 부축해서 침상에 누인 뒤 이불을 잘 덮어 주었다.

"풍한에 걸린 거야? 아니면 뭘 잘못 먹었어?"

당리는 물어보면서 얼른 뜨거운 물을 갖다 주었다.

"우선 물부터 마셔. 의원을 불러올 테니."

영정은 온종일 입에 물 한 방울 대지 못해서 안 그래도 목이 마른 참이었다. 그녀는 물을 마시면서 말했다.

"괜찮아요, 아마도…… 아마도 달거리할 때가 되어 심하게 아팠던 것 같아요. 하룻밤 쉬면 괜찮아질 거예요."

이런 수작은 그를 모욕하는 거나 마찬가지였다!

당리는 교활한 눈빛을 반짝이더니 전혀 못 알아듣는 척하며 말했다.

"달거리라니, 그건 무슨 병이야? 심각한 건가? 아무래도 의원을 불러와야겠다. 이 상태로는 내가 안심할 수 없어."

영정은 아무리 개방적이어도 민망한 건 알았다. 당리 같은 난봉꾼이 이런 일을 모를 리 없었다. 모르는 척하는 게 분명했다.

그녀는 상황을 간파했다. 방 안 가득한 장식은 마음을 써 준 게 분명했지만, 그게 딴 마음이라는 게 문제였다. 그녀를 속이려는가 본데, 어림도 없었다!

"병이 난 게 아니라, 바로⋯⋯."

영정은 당리에게 가까이 오라고 손짓하며 설명해 주려고 했다. 그런데 갑자기 그녀의 배가 정말 쥐어짜듯이 아파져 온몸에 식은땀이 흘렀다!

어떻게 된 일이지?

형수, 어디 있어

영정에게 무슨 일이 생긴 걸까?

복통은 완전히 거짓은 아니었다. 좀 전에 미리 입 안에 숨겨 두었던 독을 몰래 먹었기 때문이었다. 이 독의 이름은 '귀뇨야 鬼鬧夜', 일단 복용하면 밤새도록 배가 아팠다.

하지만 약간의 통증만 있을 뿐 치명적이지 않았고, 보통 3일 밤을 앓고 나면 독은 사라졌다. 독이 사라진 뒤에는 몸이 약해 져 한 달 정도 누워서 휴식을 취해야 했다.

당리가 의원을 데려올 것을 예상하고 미리 준비해 둔 것이었 다. 진짜 의원이 와서 진맥해도 구체적인 병의 원인을 알아낼 수 없었다.

어쨌든 그녀는 이번 달 내내 침상에 누워 요양하며 남의 시 중을 받을 생각이었다. 곁에 상 이모가 지키고 있고, 친정 식구 들이 그녀를 방문하러 온다면, 당리는 그녀를 어쩌려는 생각을 접어야 했다.

독약을 판 사람은 분명 복용 후 경미한 통증만 있을 거라고 했다. 그런데 왜 오장육부가 칼에 베이는 것처럼 아프지?

그녀는 아픔을 못 참는 사람이 아니었다. 그런데 지금 이 통 증은 견디기 힘들었다. 잠깐 사이에 그녀의 온몸에 식은땀이 흘 렀다.

영정의 안색이 창백해지고 입술도 바들바들 떨리는 것을 보며, 당리의 눈동자에 경멸이 스쳐 갔다. 그는 속으로 이 뻔뻔한 여자의 연기가 정말 훌륭하다고 생각했다. 만약 그녀 손에 놀아난 적이 없었다면, 깜빡 속아 넘어갔을 게 분명했다.

그는 가까이 다가와 궁금해하며 물었다.

"병이 아니면, 뭐란 말이야?"

영정은 대답하지 않았다. 정확하게 말하자면 말할 힘도 없었다. 그녀는 두 손으로 배를 움켜쥐며 통증이 좀 나아지기를 바랐다.

"아무래도 의원을 불러야겠어."

당리는 조급한 듯 보였지만, 사실은 의원을 부를 생각이 전혀 없었다.

영정은 연기하는 중이니 의원을 불러와도 소용없었다. 오늘 밤 그는 기꺼이 그녀와 함께 천천히 시간을 끌 생각이었다.

"자, 물을 좀 더 마셔. 나는 가서 의원을 불러올게."

그는 다정하게 영정을 부축해 앉혔다. 영정은 앉자마자 다시 옆으로 쓰러졌고, 고통 때문에 몸을 웅크렸다.

연기 참 실감 나게 하네!

당리는 끝까지 함께해 주기로 마음먹었다. 용비야가 이미 명을 내렸으니, 1년 안에 반드시 영정을 사로잡아야 했다. 그는 온건 전술을 이용해 천천히 괴롭혀 줄 생각이었다……. 이 비열한 여자를!

당리는 서둘러 영정을 일으켜 세웠다.

"정정, 대체 왜 그래, 날 놀라게 하지 마."

영정은 고통으로 온몸에 힘이 다 빠져서, 어쩔 수 없이 당리 품으로 쓰러졌다. 당리 품속 따스함이 그녀 몸속 냉기를 흘었으나, 거기에 미련을 두지는 않았다. 그녀는 이를 꽉 물고 벗어나려고 발버둥 친 후, 이불 위에 엎드려 말없이 배를 꽉 움켜쥐었다.

"정아, 기다려. 내가 곧 의원을 불러올게."

당리는 정말 문을 열고 밖으로 나갔다. 그는 나가자마자 상 이모가 정원에서 서성대는 모습을 발견했다.

"당⋯⋯, 서, 서방님."

상 이모는 침착하게 대처했다. 그녀는 아가씨의 계략이 성공해서 당리가 의원을 부르러 간다고 생각했다.

그런데 당리는 그녀를 흘긋 보고는 말없이 도로 안으로 들어갔다.

이게 무슨 상황이지?

상 이모는 불안해지기 시작했다. 가까이 가보려 했지만, 비밀 시위 두 명이 나타나 그녀를 가로막았다.

당리가 방으로 들어오는 것을 본 영정은 한숨을 돌렸다. 의원을 불렀다면 됐다. 살 수 있었다.

당리는 따뜻한 물을 따른 후, 침상 옆에 꿇어앉아 상냥하게 달랬다.

"정정, 물 좀 마셔. 의원이 곧 올 거야."

영정은 얼굴을 돌린 채 그를 상대해 주지 않았다.

당리는 인내심을 발휘하여 침상으로 올라가 영정 앞에 꿇어 앉았다.

"정정, 이러지 마, 이러면 내 마음이 아프잖아. 우리가 과거에 안 좋은 기억이 있긴 했지만, 나 당리의 부인이 되었으니 이제 너를 많이 아껴줄 거야. 정정, 내게 기회를 주겠어?"

안 그래도 추운 영정은 당리의 말을 듣고 온몸에 소름이 돋았다.

그녀는 고개를 다른 곳으로 돌렸으나 당리가 또 쫓아왔다. 그는 물 잔을 두 손으로 받치고 그녀 앞에 내밀며 말했다.

"정정, 부탁이야. 물 좀 마셔, 응?"

배는 점점 더 아파졌고, 오장육부가 완전히 짓이겨지는 것 같았다. 영정은 너무 아파서 울 지경이었다. 그녀는 이불 속에 고개를 파묻었고, 가냘픈 몸은 고통을 견디지 못해 바르르 떨었다.

당리는 아주 신이 났다. 그는 입가에 사악한 미소를 머금고, 애매하게 가까이 달라붙었다. 그리고 영정의 손을 억지로 빼내어 자기 얼굴을 때렸다.

"정정, 날 때려. 네가 의원만 만나 준다면, 아무리 많이 때려도 괜찮아."

그는 말하고 나서 그녀의 손으로 자기 얼굴을 때렸다.

영정은 정말 울 것 같았다. 내가 언제 의원을 안 만나겠다고 했어? 당리가 이렇게 그녀의 손을 잡고 자기 얼굴을 때릴 때마다, 그녀의 배는 칼로 후비는 것처럼 아팠다!

손을 뿌리치고 싶었지만, 그럴 힘이 하나도 남아 있지 않았다.

"정정, 이렇게 하면 기분이 좀 좋아져? 네 기분만 좋아지면, 나한테 뭐든지 시켜. 난 진심으로 너와 잘 지내고 싶어. 그날 밤에 비록……."

당리는 일부러 어쩔 수 없다는 듯한 웃음을 지은 후 말을 계속했다.

"어쨌든 너를 끝까지 책임질 거야. 정정, 나 당리는 평생 너하나만 사랑할 거야. 우리 앞으로 번잡한 속세 일은 다 잊고 와룡봉에서 살자. 와룡산맥에 추국을 가득 심는 건 어때? 가을이 되면 산과 들에 네가 좋아하는 꽃이 가득 피겠지. 아무것도 안 하고 매일 너와 함께 꽃 바다 속에 앉아서, 해가 뜨고 지는 것을 보면서 사는 거야. 어때?"

영정은 아무 반응이 없었다.

당리가 또 물었다.

"정정, 내게 기회를 줘. 날 사랑해 주면 안 돼?"

드디어 영정이 천천히 고개를 들었다. 그녀의 얼굴은 온통 눈물범벅이었다.

당리는 화들짝 놀랐다. 다루기 어려운 여자처럼 보였는데, 몇 마디 감언이설에 넘어올 줄은 몰랐다. 뭐랄까, 좀 실망스러웠다.

그런데 영정이 갑자기 와락 울음을 터뜨렸다.

"흑흑……, 당리, 의원은 왜 아직도 안 오는 거죠?"

너무 아팠다. 아파서 죽을 것 같았다!

당리가 입을 몇 번 실룩이다가 말을 하려는 순간, 갑자기 영정이 왝 소리를 내며 검은 피를 토한 후 혼절했다.

당리는 경악했다. 그제야 영정이 연극을 한 게 아니라 정말 괴로워했음을 깨달았다. 검은 피라니, 중독된 게 분명했다.

"어이! 영정, 왜 이래?"

"……."

"장난치지 마, 이봐, 일어나라고!"

"……."

"제길!"

당리는 영정을 몇 번이고 흔들어 보았지만 아무 반응도 없었다. 손을 잡아 보니 얼음장처럼 차가웠다. 코 아래 손을 갖다 대자, 호흡이 놀랄 정도로 약해 곧 숨이 끊어질 것만 같았다.

"영정, 우리 사이에 아직 결판할 게 남은 이상, 내가 죽는 한이 있어도, 절대 널 놔주지 않아!"

당리는 화난 목소리로 경고하면서도 자신이 안절부절못하고 있다는 사실은 깨닫지 못했다.

갑자기 영정이 헛구역질하자 입에서 피가 흘러나왔다. 또 검은 피였다.

당리는 너무 놀란 나머지 두말없이 바로 침상에서 내려와 나는 듯이 달려 나갔다. 심지어 신발 신는 것조차 잊었다.

그가 나오는 모습을 본 상 이모가 가까이 가려 했다. 하지만 당리는 그녀를 밀쳐내고, 경공을 써서 바로 와룡봉 대전으로 날아갔다.

"형수! 형수, 어디 있어? 어서 나와! 형수, 목숨이 달렸다구! 형수!"

당리는 고함을 치며 대전 안으로 뛰어들었다.

대전 안에 연회석은 하나뿐이었다. 당자진과 당 부인이 주인 자리에 앉았고, 그다음으로는 용비야와 한운석이 앉아 있었다. 흐트러진 옷차림에 맨발로 뛰어 들어오는 당리 모습에 모두 눈이 휘둥그레졌다. 이게 어찌 된 일이지?

"당리, 무슨 일이냐?"

당자진이 엄숙하게 물었고, 당 부인은 황급히 일어나 다가왔다.

"리아, 왜 그러니? 영정 그 계집이 너를 괴롭힌 게야?"

당리는 그쪽은 신경 쓸 틈도 없이 한운석에게 달려들었다.

"형수, 영정이 중독됐어. 어서 빨리 구해 줘, 얼른!"

그 말에 모든 사람이 경악했다.

"어떻게 중독될 수가 있지?"

"무슨 일이 벌어진 거야?"

"누가 독을 쓴 거지?"

"당리, 너는, 괜찮은 거냐?"

사람들이 제각기 질문을 던지기 시작했다. 한운석은 쓸데없는 말은 한마디도 하지 않고 물었다.

"무슨 독인지 알아요? 증상이 어떻죠? 얼마나 됐어요? 지금 상태는요?"

한운석이 입을 열자 모두 알아서 입을 다물었다.

"몰라. 배가 아프다고 하더니, 검은 피를 토했어. 나는 물만 갖다 줬어. 영정은 오늘 온종일 먹은 게 없었어."

당리가 초조해하며 말했다.

"온몸이 차갑고, 호흡도 아주 약해. 형수, 어서 가서 빨리 구해 줘, 부탁할게!"

다들 진지하게 듣고 있다가 당리의 마지막 말에 서로의 얼굴을 쳐다보았다. 당 부인은 생각했다. 당리가 너무 연기에 심취한 나머지 여기서까지 연기를 하는 걸까?

그녀의 아들은 그녀가 가장 잘 알았다. 용비야를 대할 때가 아니면, 그는 쉽게 '부탁'이라는 말을 쓰지 않았다.

"어서 가 봐요!"

한운석이 즉시 결단을 내렸다.

용비야가 그녀를 막으며 주의를 주려 하자 한운석이 말했다.

"걱정 말아요. 들어가지 않을 테니까."

영정이 데려온 하인은 상 이모 한 명뿐이었지만, 그래도 신분이 드러나지 않게 조심해야 했다.

그녀는 당리에게 분부했다.

"서둘러 의원을 데려가 진맥한 후에 나에게 맥상을 알려 줘요. 그리고 빨리 토한 피를 내게 가져다줘요. 나는 밖에서 기다릴게요."

당리는 즉각 그 말을 따랐고, 용비야는 직접 한운석을 데리고 갔다. 지금 이 시기에 영정은 죽어서는 안 되었고, 당문에서 죽는 것은 더더욱 안될 말이었다.

곧 당리가 검은 피를 한운석에게 가져다주었고, 의원이 진맥한 내용을 전달했다. 검은 피가 담긴 그릇을 든 그의 손이 조금 떨리고 있었다.

한운석은 해독시스템을 가동할 필요도 없이 단번에 핏속에 있는 독이 '귀뇨야'임을 알아챘다.

순간, 그녀는 어찌 된 영문인지 깨달았다.

이 독약을 복용하면 경미한 복통이 3일 밤 이어지고, 그 후 한 달 정도 몸을 요양해야 했다. 영정은 이 방법을 사용해 신혼 첫날밤을 피하고, 처음 시집와서 마주칠 시어머니의 괴롭힘을 피하고 싶었던 게 분명했다.

아주 좋은 방법이긴 했지만, 운이 좋지 않았다.

'귀뇨야'를 복용할 때 가장 피해야 할 것이 바로 꽃향기와 꽃가루였다. 이 두 가지가 일정량 이상 귀뇨야와 접촉하면, 독소가 갑절로 증가해 진짜 중독을 일으키고, 심각한 복부 통증을 야기해 호흡에까지 영향을 줄 수 있었다.

당리의 신방은 온통 꽃으로 장식되었고, 심지어 모두 신선한 꽃이었으니 중독되지 않는 게 이상한 일이었다!

다행히 당리가 곁에 있어서 즉시 발견했기에 망정이지, 아니었다면 이 여자는 정말 혼롓날에 죽을 수도 있었다.

한운석이 곧 해약을 만들어 당리에게 건네자, 당리는 그 약을 받아들고 나는 듯이 돌아갔다. 한운석은 믿을 수 없다는 듯이 혼잣말을 중얼거렸다.

"저렇게 급할까?"

"왜 그러느냐?"

용비야가 물었다.

한운석이 사실대로 말해 주자 용비야는 다른 것은 묻지 않고 하나만 궁금해했다.

"방을 다 꽃으로 꾸몄다고?"

"그래요. 장미꽃과 영정이 가장 좋아하는 추국으로 꾸몄죠. 후후, 영정을 깜짝 놀라게 해 주려고 한 건데, 하마터면 목숨을 잃을 뻔했네요."

한운석이 웃었다.

"이게 네가 말한 눌러준 뒤에 기를 펴준다는 거냐?"

용비야가 다시 물었다. 그는 모처럼 이런 일에 흥미를 보였다.

"여자의 기분을 맞춰 주는 거잖아요. 우선 실망시킨 뒤에 깜짝 선물을 안겨 주면 아무리 목석같은 사람이라고 해도 감동하기 마련이죠."

한운석이 웃으며 말했다.

용비야는 뭔가 생각하는 듯이 고개를 끄덕였다.

"그렇다면 너는?"

한운석은 뭘 좋아할까

이제 보니 우선 실망시켰다가 깜짝 선물을 주는 것이 여자를 즐겁고 감동하게 해 주는 방법이었군.

용비야는 이런 이야기를 들은 적도 처음이고, 관심을 가진 적도 처음이었다.

이 방법이 한운석에게도 통할까?

한운석은 용비야가 갑자기 이런 질문을 할 줄 전혀 몰랐다. 그녀는 그를 빤히 바라보았지만, 생각이 멈춘 것처럼 당장 대답할 말이 떠오르지 않았다.

용비야는 천천히 다가가 그녀를 응시하며, 장난스럽기도 하고, 기다리는 척하면서도 초조해하는 얼굴로 고집스럽게 대답을 요구했다.

익숙한 숨결이 서서히 가까워지자 한운석은 저도 모르게 뒤로 물러나 거리를 벌리려고 했다.

이 남자가 다가오는 것이 싫은 게 아니라, 그가 풍기는 기운이 워낙 강하다 보니 너무 가까이 오면 숨 쉬기 곤란해지고 심장이 마구 뛰고 까닭 없이 긴장되기 때문이었다.

용비야도 재촉하지 않고, 그녀가 물러선 만큼 커다란 몸을 앞으로 숙였다. 한운석이 이렇게 가까이에서 그의 얼굴, 그리고 눈을 들여다본 것은 정말 오랜만이었다.

그의 깊은 눈동자는 평소처럼 싸늘하고 매섭지는 않았지만, 그래도 끝을 알 수 없을 만큼 깊었다. 푹 빠져들 것을 잘 알면서도, 한운석은 저도 모르게 그의 눈을 들여다보았다.

용비야, 이렇게 가까이에서 당신 눈을 보면 당신 마음속도 볼 수 있을까?

용비야, 당신 마음속엔 대체 얼마나 많은 비밀이 숨겨져 있는 걸까?

시간이 멈추고 세상천지 모든 것이 정적에 빠진 것 같았다. 두 사람은 가만히 서로를 응시했고, 그녀의 눈 속에는 그가, 그의 눈 속에는 그녀가 들어갔다.

그런데 그때!

한운석이 느닷없이 중심을 잃고 뒤로 기울어졌다. 용비야는 한쪽 팔로 그녀의 가느다란 허리를 휘감았다.

그렇지만 그는 그녀를 일으켜 세우는 대신 몸을 더욱 바짝 밀착하며 마침내 입을 열었다.

"너는 어떠냐? 넌 뭘 좋아하지?"

한운석은 넘어질 뻔한 순간 이미 미혹에서 깨어나 있었다.

"좋아하긴 뭘요?"

그녀가 시치미를 뗐다.

"무슨 꽃을 좋아하느냐?"

용비야가 진지하게 물었다.

"선물하게요?"

한운석은 웃음을 지었다.

용비야가 그녀에게 꽃을 선물한 적이 있었던가? 강남매해에 가득한 매화도 셈에 넣어야 하나? 그걸 셈에 넣는다면 이 인간이 준 꽃 선물은 전무후무한 기록이었다.

보통은 많아야 장미 999송이인데, 강남매해에는 매화나무 수만 999그루가 넘었으니 꽃송이가 몇 갠지는 셀 수도 없었다.

선물에 관해서라면, 솔직히 용비야는 달리 가르침을 구할 필요가 없었다. 그만한 씀씀이를 가르쳐 줄 수 있는 사람은 없었으니까.

한운석이 웃자 용비야는 다소 불쾌한 듯 즉시 꽃 이야기를 접었지만, 그 전의 화제를 이어갔다.

그가 다시 물었다.

"넌 뭘 좋아하느냐? 응?"

그는 눈썹을 찡그리고 고집스럽게 대답을 요구했다.

"나는……."

한운석은 진지하게 고민했다.

"내가 좋아하는 건……."

그녀는 한참 동안 생각했고 그는 참을성 있게 기다렸다. 결국, 그녀가 물었다.

"용비야, 내가 좋아하는 걸 말하면 뭐든 선물해 줄 거예요?"

"음."

그는 생각해 보지도 않고 대답했다.

"그럼 잘 들어요."

한운석은 수수께끼 같은 표정으로 웃었다. 지금 그녀는 몸을 뒤로 기울이고 무게를 완전히 그의 팔에 싣고 있었는데, 그 상태에서 손가락을 까딱이며 더 가까이 오라는 손짓을 했다.

거의 90도로 누워 있다시피 한 자세여서, 용비야가 더 다가오면 두 사람 다 바닥에 나동그라질 게 뻔했다.

느닷없이 용비야가 그녀를 휙 끌어올려 힘껏 품에 안더니 고개를 숙이고 귓가에 속삭였다.

"말해 봐라."

"내가……."

한운석은 또다시 뜸을 들이며 키득키득 웃었다.

"좋아하는 건……."

"좋아하는 건?"

이 여자 앞에서는 용비야의 인내심도 끝이 없는 것 같았다.

"내가 좋아하는 건 용비야예요. 그 사람을 내게 줄래요?"

마침내 한운석이 대답했다. 첫 번째 고백은 아니지만 그래도 귀뿌리가 화끈거렸다.

용비야가 멍해지자 한운석은 보기 좋은 그의 턱을 살며시 만지작거리며 생긋 웃었다.

"약속 지켜요. 두말하기 없기에요."

용비야는 그녀가 턱으로 장난치건 말건 태연하게 물었다.

"본 왕은 이미 네 것이 아니었느냐? 언제 잃어버렸기에 다시 돌려 달라고 하느냐?"

한때 그녀는 그의 모든 것을 원한다고 말한 적이 있었다.

녹아들 듯 부드러운 용비야의 눈빛을 보자 한운석조차 비현

실적인 느낌이 들었다. 이 남자가 이렇게 듣기 좋고 따뜻한 밀어를 속삭일 수 있다고는 생각해 본 적도 없었다.

농담이었는데 그가 이렇게 진지하게 나오자 그녀는 갑자기 웃을 수가 없게 되었다. 착각일까. 따뜻하고 부드러운 그의 눈 속에 줄기줄기 아픔이 비쳤다.

아픔?

이 남자에게 그런 유의 감정은 있을 리 없다고 생각해 왔던 그녀였다. 그의 심장은 그의 검보다도 강한데 어떻게 다칠 수가 있지? 누가 그를 다치게 했을까?

요 몇 년간 두 사람의 관계에서 마음을 다친 사람은 늘 그녀 아니었나? 그는 기껏해야 분노한 게 전부였다.

그녀는 그의 품에서 벗어나 똑바로 서서 진지하게 그를 바라보았다. 이게 다 꿈일까 봐 너무 겁이 나서 눈앞에 있는 사람을 똑똑히 보고 싶었다.

"용비야, 한 번 더 말해 줘요, 네?"

"언제 본 왕을 잃어버렸느냐? 다시…….''

"아뇨, 그 앞에 했던 말이요! 한 번 더요!"

그녀는 기쁜 나머지 용기를 내 욕심을 부려보았다.

"바보."

용비야는 웃음을 지었다.

한운석은 약간 수줍어서 그가 비웃어도 어쩔 줄 몰라 했다. 용비야가 그런 그녀를 끌어안고 귓가에 부드럽게 속삭였다.

"한운석, 본 왕은 이미 네 것이다."

노을같이 고운 보조개가 그녀의 아리따운 얼굴 위로 서서히 피어올랐다. 온 마음이 꽉 차도록 행복했고 얼굴과 귓불이 빨개졌다.

그의 목소리가 너무 부드러워 심장이 사르르 녹을 지경이었다.

용비야, 달랠 필요 없어요. 우선 실망시켰다가 다시 놀래 줄 필요도 없어요. 당신의 굳은 의지와 부드러운 마음만으로도 내 단단한 심장은 순식간에 녹아 버리니까요.

"한 번 더 말해 줘요."

욕심꾸러기인 그녀가 고집스레 요구했다.

"한운석, 본 왕은 이미 네 것이다. 너 하나만의 것이다."

그의 뜨거운 숨결이 그녀의 귓가에 닿자 한운석은 행복에 푹 빠졌다. 그런데 그가 강압적인 투로 덧붙였다.

"한운석, 너는 본 왕 하나밖에 가질 수 없다."

그 말이 끝나기 무섭게 그는 그녀의 귓바퀴를 물었다가 고운 목선을 따라 입술을 옮겨 갔고, 한운석은 부르르 떨었다. 뻣뻣해지는 느낌이 순식간에 온몸에 퍼졌다.

"용비야, 당신 나빠요……."

부드러워진 줄 알았더니 아직도 이렇게 강압적이라니!

그녀는 힘주어 그를 밀어냈지만 그가 그녀의 손을 꽉 붙들었다. 그는 그녀의 쇄골이 몹시 마음에 드는지, 강압적이고 탐욕스럽게 내내 그 부근에서만 입술을 움직였다.

그녀가 밀어내건 말건 그는 꿈쩍하지 않았고, 결국 그녀도 어쩔 수 없어 그가 하는 대로 내버려 두었다. 그는 계속 아래로 입맞춤해 나가다가 옷깃이 겹쳐진 부분에서 재차 입맞춤하면서, 좀 더 아래로 내려갈 것 같다가도 슬며시 비껴갔다.

처음에는 침착하게 받아들이던 한운석도 결국 견딜 수가 없어 그의 목에 팔을 감으며 말했다.

"용비야, 그만! 그만해요!"

벌건 대낮에 당문의 원락 바깥에서 이러고 있다가 누가 보기라도 하면, 얼굴을 들고 다닐 수가 없었다!

동방화촉을 밝힐 사람은 그들이 아니라 당리와 영정이었다. 그와 그녀 중에서 대체 누가 옛날 사람이고 누가 현대에서 온 사람인지 혼란스러울 지경이었다.

다행히 용비야도 아직 이성이 남아 있었다.

그는 그녀의 쇄골 위에 힘차게 입술을 찍은 다음에야 비로소 놓아주었다. 뜻밖에도 그는 조금 전에 했던 질문을 아직도 잊지 않고 있었다.

"본 왕 말고 좋아하는 것은 무엇이냐?"

"안 알려 줘요!"

한운석이 씩씩거리며 눈을 흘겼다.

그때 길옆에서 당리가 불쑥 튀어나왔다.

"형수, 형수……."

한운석은 놀라서 펄쩍 뛰었지만, 다행히 당리는 아무것도 못 본 것 같았다.

"형수, 영정이 벌써……."

당리는 한운석을 보자마자 말을 뚝 그치고는 믿을 수 없는 표정으로 한운석과 용비야를 번갈아 바라보았다.

"왜 그래요? 영정이 아직도 안 좋아요?"

한운석이 걱정스레 물었다.

"독은 사라졌는데 아직도 혼수상태야."

당리는 웅얼거리면서 저도 모르게 다시 한운석의 쇄골 쪽을 흘끔거렸다.

그러나 용비야가 노려보자 즉시 시선을 거두고 돌아섰다.

그렇게 허둥지둥 달려와 놓고 그냥 가려고? 한운석이 그를 불러 세웠다.

"맥상은 어때요?"

"의원 말로는 정상이래."

당리는 그제야 자신이 온 목적이 생각나 다급히 물었다.

"형수, 영정이 언제 깨어날까?"

전문 분야 이야기가 나오자 한운석은 곧바로 진지해졌다.

"귀뇨야의 독성이 크게 높아지면 몸에 심각한 영향을 줘요. 특히 호흡기에요. 그런데 맥상이 정상이라고요?"

"내가 의원에게 다섯 번이나 맥을 짚어 보게 했는데 모두 정상이었어."

당리가 황급히 말했다.

다섯 번…….

한운석은 의아한 눈길로 당리를 바라보았다.

"왜요? 그렇게 애가 탔어요?"

"아, 아니, 나, 난 그냥 맥상이 정확한지 의심스러웠던 거야!"

당리는 서둘러 변명했다.

"그 여자가 시집오자마자 무슨 일이라도 생기면 운공상인협회 쪽에 할 말이 없잖아."

"그녀가 자초한 일이죠."

한운석은 차갑게 말했다.

"하지만 그 여자는 인정하지 않을 거야. 내가 독을 썼다고 누명을 씌울지도 몰라!"

당리가 다시 말했다.

한운석도 생각해 보니 그 말에 일리가 있었다.

"맥상이 정상이라면 체질이 튼튼해서 견뎌 냈다는 거예요."

"그렇게 말랐는데 튼튼할 수가 있어?"

당리는 약간 의심스러웠다.

"살집이 있거나 없다고 해서 꼭 타고난 체질과 관계가 있는 건 아니에요."

한운석은 진지하게 말했다.

"아무 일 없으면 됐다. 그만 돌아가지 않고 뭘 하느냐?"

용비야가 끼어들었다. 그는 당리와 한운석이 다른 여자의 몸 상태를 놓고 이러쿵저러쿵하는 것을 들어 줄 만큼 참을성이 많지 않았다.

당리는 떠나려다가 다시 돌아보았다.

"형수, 그럼 그 독이 아기 갖는 데 영향을 주진 않는 거지?"

"뭐라는 거예요?"

한운석이 따졌다.

"아무리 체질이 튼튼하다지만 아직은 그런 걸 할 때가……. 그렇게 급해요?"

한운석도 영정을 좋아하진 않지만, 당리가 그런 식으로 여자를 괴롭히는 걸 내버려 둘 수는 없었다. 뭐니 뭐니 해도 영정은 독을 먹었고 아직 혼절한 상태였다.

당리는 몹시 억울했다. 그는 참지 못하고 또다시 한운석의 쇄골을 흘끗 보며 쭈뼛쭈뼛 말했다.

"내……, 내 말은 나중에 말이야! 나중에!"

영정이 낯부끄러운 방법을 쓰긴 했지만, 그는 아픈 사람조차 가만 놔두지 않는 짐승은 아니었다. 사실 그가 아기를 떠올린 것은, 아기가 생겨야 영정을 좀 더 쉽게 당문에 붙잡아 둘 수 있다고 생각해서였다. 물론 어떻게 아기를 만들 것인지는 아직 진지하게 생각해 보지 않았지만.

"나중에는 당연히 문제없어요. 하루 이틀 쉬고 나면 나을 거예요."

한운석이 차분하게 말했다.

"고마워, 형수."

당리는 아닌 척하면서도 일부러 자기 옷깃을 만지작거리며 의미심장한 눈길로 그녀를 바라본 다음에야 떠나갔다.

한운석도 마침내 이상한 것을 알아차리고 목덜미를 더듬으며 용비야에게 물었다.

"내, 내가 뭐 이상해요?"

"아니. 가서 쉬어라. 내일 떠나야 한다."

용비야는 태연하게 말했다.

한운석은 캐묻지 않았다. 그때 당 부인과 당자진도 나타났다. 한운석의 목을 보자 당자진은 즉시 시선을 돌렸고, 당 부인은 의미심장하게 용비야를 바라보았지만 아무 말도 하지 않았다.

대신 그녀는 웃으며 한운석에게 물었다.

"운석, 그 못된 계집은 괜찮지?"

"큰 문제는 없어요."

한운석이 차분하게 말했다.

"그럼 다행이야. 어서 돌아가자. 맛있는 음식이 나왔는데, 다 비야가 좋아하는 것들이란다."

당 부인이 쿡쿡 웃으며 말했다.

다행히도 한운석은 대청으로 돌아가지 않았다. 그렇지 않았다면 아마 부끄러워서 다시는 당문에 발을 들이지 못했을 것이다.

방으로 돌아와 화장대 앞에 앉았을 때, 그녀는 곧바로 쇄골에서 이상한 점을 발견했다.

그의 고심

한운석의 쇄골 한가운데는 눈에 띄게 빨개져 있었다! 이건 분명 용비야가 남긴 흔적……, 키스 마크였다!

어쩐지 당리가 그렇게 이상한 눈으로 보더라니. 어쩐지 당 부인이 그렇게 야릇하게 웃더라니. 어쩐지 당자진이 고개를 돌리더라니!

세상에, 그것도 모르고 당 부인의 말대로 대청으로 갔다면 어쩔 뻔했어! 당씨 집안 어른들이 모두 모여 있는데, 만에 하나 그들에게 이 빨간 자국을 보여 줬다면 쥐구멍이라도 찾아 숨어야 했을 거야!

하마터면 당리와 영정 대신 오늘 혼례식의 주인공이 되어 모두에게 잊지 못할 기억을 남겨 줄 뻔했잖아.

생각만 해도 끔찍했다!

당 부인도 그렇지, 귀띔해 주지 않고 불덩이로 밀어 넣으려고 하다니 얄미워! 그 아들에 그 어머니라니까!

한운석은 잘 이해가 가지 않았다. 용비야가 그렇게 힘을 준 것도 아닌데 어쩌다 자국이 남았을까? 물론 한운석은 한동안 흥분에 휩싸였지만 곧 냉정함을 되찾았다.

빨간 자국을 매만지던 그녀는 무엇 때문인지 문득 웃음을 흘렸다.

"내 거라고?"

꽤 지쳤지만 오늘 밤은 잠 못 이룰 운명이었다. 그녀는 밤을 꼴딱 새워 치마를 잘라서 자국을 가릴 손수건을 만들었다. 이것조차 없으면 내일 무슨 수로 사람들을 만날까?

아무리 생각해도 알 수가 없는 것은, 예전에는 왜 용비야가 저렇게 나쁜 인간이라는 걸 몰랐을까 하는 것이었다.

한운석도 밤새 잠을 이루지 못했지만, 용비야도 푹 쉬지 못했다. 비록 당문에 있지만 그는 시시각각 천녕국과 서주국, 천안국의 전쟁을 주시하고 있었다.

하루도 못 되어 분만 촉진 사건이 의성을 발칵 뒤집어 놓았고, 의학원의 고 원장이 몸소 그 일을 조사하기 위해 능 대장로와 연심부인을 의성으로 붙잡아 오라는 명령을 내렸다. 고 원장은 이 추문을 의학원 안에서 처리하고 외부로 흘러나가지 못하게 할 생각이었다. 그렇지만 고칠소는 이 좋은 기회를 놓치지 않았다.

고칠소가 어디서 그 많은 인맥을 동원했는지 모르지만, 겨우 반나절 만에 분만 촉진 사건은 운공대륙 각계각층의 열띤 토론 주제로 비화했다.

설령 고 원장이 능 대장로와 연심부인을 처벌하더라도, 그 자신에게도 반드시 벌을 내려 세상 사람들에게 사죄해야 했다. 그렇지 않으면 의학원의 명성을 지킬 수가 없었다.

이번 일에는 고칠소의 공로가 가장 컸다고 말하지 않을 수 없었다. 분만 촉진 사건으로 천녕국을 따르던 천휘황제의 옛

신하들이 차례차례 거병해 반란을 일으켰기 때문이었다. 삼황자나 사황자를 떠받들겠다는 기치 아래 거병했지만 사실은 난세를 틈타 각자 자립해 천녕국의 땅을 나눠 가질 생각을 품은 자들도 일부 있다. 그러나 그들 대부분은 곧바로 용천묵에게 투신했다.

결과적으로 영승은 동서 양쪽의 전쟁뿐만 아니라 국내의 지방 할거 세력까지 수습해야 하는 처지에 놓였다. 할거 세력들이 크진 않지만 영승의 병력을 분산시켜 본래의 작전 계획을 어지럽힐 수는 있었다.

서부 전선에서는, 용비야의 예측대로 서주국 황제가 초천은의 투항을 받아 주고 설 황후의 죽음을 영승과 초청가 탓으로 미뤘다. 서주국 황제는 초천은에게 병력을 더 보내 주었다. 서부 지형을 가장 잘 알고 전투 경험도 풍부한 초천은은 그날 저녁 무렵 영승의 정예병 한 갈래를 깨뜨렸다.

동부 전선 쪽은, 비록 용천묵은 전투 경험이 없지만, 목 장군부는 만만한 상대가 아니었다. 병력에 한계가 있긴 했으나 목 대장군이 훌륭한 전략을 세웠고 목청무가 서둘러 전선으로 달려가는 중이었다.

목 대장군이 전략을 꾸미고 목청무가 직접 싸움에 나섰으니, 이번 전투에서 용천묵은 큰 손해 없이 적절한 이득을 보게 될 것이다.

"전하, 이번에는 용천묵만 좋은 일을 해 줬군요."

초서풍은 이 상황이 달갑지 않았다.

"애초에 용천묵을 살려 두지 말았어야 했습니다."

미리 용천묵을 죽였다면 지금 천안국이 차지한 땅은 분명히 진왕 전하가 장악했을 것이고, 손해 없이 이득을 차지한 사람도 진왕 전하였을 것이다.

알다시피 진왕 전하는 아직 천녕국 친왕의 신분이니, 직접 나서서 영승과 초청가를 처리해도 명분은 있었다.

"목씨 집안이 그렇게 쉬운 상대 같으냐?"

용비야가 차갑게 물었다.

"애초에 목유월이 동궁으로 시집가는 것을 막았어야 했습니다."

초서풍은 투덜거리며 그 일을 꺼냈다.

"당시 목청무가 태자파에 투신한 것도 구휼미를 빼돌린 사건을 조사하기 위해서가 아닙니까."

"목청무는…… 목씨 집안의 가주가 아니다."

용비야가 말했다.

목청무가 거짓으로 태자파에 투신한 것은 나라와 백성을 위해서 국구부가 구휼미를 빼돌렸다는 증거를 찾으려는 마음에서였다. 그런데 뜻밖에도 목 대장군이 목유월의 혼사를 위해 진심으로 용천묵에게 투신한 것이었다.

용천묵이나 목청무는 용비야의 안중에 없었다. 그가 꺼리는 사람은 목 대장군이었다.

서부 지역에 재차 혼란이 일었는데, 그 늙은 여우가 용천묵을 설득해 지금까지 기다렸다가 이제야 출병한 것만 봐도 보통 솜씨가 아니었다!

"전하, 그럼 목……."

초서풍은 이해하지 못했지만 용비야는 차갑게 내뱉었다.

"목 대장군이 있는 한 천안국에 손쓸 생각은 마라."

"전하, 설마 저희가 정말로 목 장군부를 두려워해야 합니까?"

초서풍은 인정할 수 없었다. 전투력은 차치하더라도, 백리 장군부 하나로도 충분히 목 장군부에 대항할 수 있었다.

용비야가 정말 그들을 두려워할 이유가 있을까? 그는 긴 의 자에 편안하게 기대어 태연자약하게 말했다.

"초씨 집안 군대와 목씨 집안 군대를 제외하면, 북려국 기병 대를 잘 아는 무리가 이 세상에 또 어디 있겠느냐?"

일찍이 천녕국에 내란이 벌어졌을 때부터 용비야는 천녕국 과 천안국을 남겨 북려국 기병대를 막게 하겠다고 말했다. 중 남부는 식량이 풍부한 부유한 땅이고 인구 밀집 지역이기도 했 다. 무슨 일이 있어도 중남부까지 전쟁에 휩쓸리게 할 수는 없 었다.

이번에 그가 초천은의 투항을 받아들이고 초씨 집안 군대를 남겨둔 것도 단순히 영승을 상대하기 위해서만은 아니었다.

"가서 준비해라. 내일 영남군으로 돌아간다."

용비야가 담담하게 분부했다.

"요수군을 떠나시렵니까?"

초서풍은 의아했다. 지금 요수군을 떠나기엔 너무 이르지 않 을까? 어쨌든 전쟁이 막 시작되었으니 아무래도 변수가 생길 수 있었다.

"북려국이 움직이지 않는다면 서부 세 나라는 계속 이대로일 것이다."

비록 영승이 양쪽에서 협공당하고 있지만, 병력이 충분한 데다 무시무시한 재력이 뒷받침해 주고 있으니 1년 안에 크게 패할 정도는 아니었다.

용비야는 서부의 대치 상태가 2, 3년 후에나 결론이 날 것으로 생각했다.

그의 최대 관심사는 역시 북려국이었다. 영남으로 돌아가서 백리 장군 및 다른 장군들을 모아 북려국 상황을 찬찬히 논의해 봐야 했다. 더군다나 백리원륭이 몇 번 서신을 보내 중남부 명문세가들의 움직임이 자못 심각하다고 했으니, 돌아가서 그들의 기세를 눌러 줄 때이기도 했다.

운공대륙 중남부는 명문세가의 땅이고, 동부는 상인의 땅, 서부는 강호의 땅이었다.

명문세가란 지체 높고 대대로 관직을 맡아온 대귀족을 뜻했다.

중남부에는 명문세가가 적지 않았고, 지리상 황제에게서 멀리 떨어져 있어 오랜 세월 동안 그 세력이 점점 불어났다. 중남도독부도 바로 이 명문세가 세력들이 떠받들어 만든 것이었다.

1년 남짓한 시간 동안 중남도독부가 별다른 이익을 주지 못하자 가만히 있을 그들이 아니었다.

서주국과 천녕국, 천안국에는 혼란을 일으키더라도 중남도독부에서 내란이 일어나게 둘 수는 없었다.

이 두 가지 일 외에도, 가진 사업장의 상태를 살펴보고 고칠 소에게 미접몽 진척 상황을 물어볼 필요도 있었다.

어쨌든 용비야는 무척 바빴다.

하지만 그가 제일 신경 쓰는 것은 천산 문제였다.

이번에 천산에 가면 무슨 일이 생길지 모르니, 사고에 대비하기 위해 지금 할 일은 모두 처리해 두어야 했다. 누가 뭐래도 천산에 가면 귀찮은 일들이 많이 벌어질 텐데 다른 일까지 겹쳐 더 복잡해지는 건 원치 않았다.

용비야는 몹시도 많은 것을 준비했다. 당문 문주가 바뀌어 당리가 지위를 계승한 일도 그의 계획 중 하나였다. 여 이모가 단목요와 결탁하지 않았더라도 그가 나서서 함정에 빠뜨렸을 것이다.

그가 이토록 심혈을 쏟아부어 고심한 것을 알아줄 사람이 몇이나 될까? 늘 가까이 있는 초서풍조차 그의 고심을 알아차리지 못했다.

초서풍이 떠난 후 용비야는 늘 가던 곳으로 향했다. 한운석의 방 지붕 위였다.

그는 지붕 위에 앉아 환하게 불이 밝혀진 당리의 원락을 바라보았다. 사촌 아우인 당리에게 기대를 거는 것은 이번이 처음이었다. 그는 당리가 1년 안에 당문을 장악하고 영정도 손아귀에 넣을 수 있기를 기대하고 있었다.

깊디깊은 밤, 한운석이 방에서 손수건을 만드는 동안 용비야는 조용히 정원에 있는 그네를 쳐다보았다. 지난날, 모비는 저 그네 아래에서 생을 마감했다.

한밤중인데도 당리의 원락에는 불이 환했다. 마침내 영정이 깨어났지만 당리는 잠들어 있었다.

방 안에 다른 사람은 없었고, 당리는 침상 기둥에 기대어 가슴 앞에 팔짱을 끼고 고개를 푹 숙인 채 졸고 있었다.

영정은 확실히 체질이 좋아서, 병을 앓은 후의 피로감조차 없이 원기 왕성했다. 그녀는 눈동자를 또르르 굴리다가 슬그머니 몸을 일으키려고 했다.

그런데 갑자기 당리가 푹 고꾸라졌다. 그녀는 화들짝 놀라 눈을 감고 자는 척했다.

당리는 침상 위로 엎어질 뻔했지만 다행히 정신을 차렸다. 그가 기지개를 켜고 하품을 하는 소리에 영정은 더욱더 눈을 뜰 수가 없었다.

어째서 그렇게 배가 아팠는지는 모르지만, 당리가 구해 준 것은 확신할 수 있었다.

당리는 영정의 얼굴을 살피더니 느닷없이 바짝 다가왔다.

갑자기 바람이 훅 덮치자 영정의 심장은 그대로 멈출 뻔했다. 얼굴 위로 쏟아지는 당리의 숨결이 또렷하게 느껴졌다. 이 인간이 아주 아주 가까이 와 있었다.

뭐 하려는 거지?

영정은 불안하고 긴장했지만, 뜻밖에도 당리는 이를 악물고 그녀를 비난했다.

"못된 계집!"

뭐야, 이게!

하지만 영정은 참았다. 그녀는 철저하게 이성적인 판단에서, 혼절한 게 가장 영리한 선택이었다고 확신했다. 적어도 당리가 입으로만 비난할 뿐 손을 쓰지는 않을 테니까.

그런데 웬걸, 갑자기 당리가 손을 쑥 내밀어 그녀의 이마에 댔다.

영정은 분노했다.

이러고도 남자야? 사람이 아픈데 그 틈을 타서 공격하려고?

영정은 그를 밀어내려고 했지만, 뜻밖에도 그는 그녀의 이마를 살며시 매만지며 중얼거렸다.

"지금까지 열이 나지 않은 걸 보면 괜찮겠지?"

그러니까, 열이 날까 봐 밤새 곁을 지켰다는 거야?

그는 곧 손을 치우고는 따뜻한 물을 따르며 혼잣말했다.

"입술을 좀 축여야겠어. 탈수 증상이라도 생기면 귀찮으니까."

그는 물을 찍은 손가락으로 부드럽게 그녀의 입술을 훑었다. 물이 입꼬리를 따라 쪼르르 미끄러져 목으로 흘러내리자 그가 재빨리 손수건으로 닦아 주었다.

"어이, 못된 생각으로 이러는 거 아니야. 닦아 주는 거지."

그는 정말 이상한 행동은 전혀 하지 않고, 물을 닦아 준 후 세심하게 이불도 덮어 주었다.

"온종일 밥을 못 먹었으니 배고파서 깰 법도 한데?"

그가 중얼거렸다.

영정은 웃음이 터질 뻔했지만 다행히 꾹 참았다. 처음으로 이 인간의 수다가 생각보다 짜증스럽지 않게 느껴졌다.

당리는 곧 다시 자리로 돌아가 기둥에 기댄 채 꾸벅꾸벅 졸기 시작했다.

영정은 한참을 기다렸다가 그가 완전히 잠든 것을 확인한 후에야 조심스럽게 눈을 떴다. 그리고 누운 채로 방 안에 가득한 꽃과 당리를 바라보았다. 얼마나 그렇게 바라봤을까, 어느덧 그녀도 자신도 모르는 새 스르르 잠이 들었다.

이튿날, 영정이 깨어났을 때 당리는 보이지 않았다.

용비야와 한운석이 떠나겠다고 해서 배웅을 나간 참이었다.

한운석을 빼면, 용비야가 천산에 갈 준비를 한다는 것을 제일 먼저 알게 된 사람이 당리였다. 벌써 4월이니 용비야가 영남군에 오래 머물지 않으리라는 것을 당리도 알고 있었다.

올가을, 다사다난한 시기

당리가 용비야와 한운석 일행을 배웅하러 나왔지만, 애석하게도 한운석은 일찌감치 마차에 들어가 다시 나올 기미가 없었다. 목에 손수건을 두른 그녀는 한동안은 아무도 만나지 않겠다며 용비야에게 눈빛으로 경고한 지 오래였다.

사실 당리는 몰래 한운석에게 약이나 독을 달라고 할 생각이었다. 하지만 용비야 앞에서는 차마 마차에 오른 한운석을 불러낼 수가 없었다.

용비야와 한운석이 떠나자마자 당리는 곧바로 당문으로 돌아갔다. 혼례식 다음 날에는 신부가 시부모에게 차를 올리는 관습이 있었다. 그는 이미 어머니와 상의를 마쳤다. 어머니가 악역을 맡아 영정을 못살게 굴면 정의의 사도가 된 그가 나서서 감싸 주기로 한 것이었다. 그러면 설령 영정이 1년 안에 굴복하지 않는다 해도 최소한 그의 보호에서 벗어나려고 하지는 않을 테니까.

이따가 차를 올릴 때가 되면 어머니의 괴롭힘이 시작될 테니, 어서 가서 준비해야 했다.

한운석은 용비야와 함께 당문을 떠났지만 여전히 당리와 영정의 일을 주시하고 있었다. 남 일에 이러쿵저러쿵하는 것을 좋아해서가 아니라 영정의 혼수를 확인할 필요가 있어서였다.

예상대로 정오쯤 되자 당문에 남겨 둔 용비야의 밀정이 소식을 보냈다. 영정의 혼수는 확실히 무기상이었다.

밀서를 본 한운석은 웃어야 할지 울어야 할지 막막했다.

밀서에는 오늘 아침 영정이 시부모에게 차를 올리면서 문안을 드린 이야기가 상세히 적혀 있었다. 당 부인이 영정을 괴롭히기도 전에 영정은 먼저 혼수를 내놓아 시어머니의 기를 팍 죽였다고 했다. 혼수는 바로 운공대륙 무기상의 총재 영패였다. 영정은 알아서 먹고 살 수 있으니 당문이 자신을 먹여 살릴 필요 없다고 했고, 뒤이어 두 여자는 뜨거운 설전을 벌였다.

고부간의 첫 번째 싸움에서 당리는 영정을 감싸 줄 기회조차 없었다. 왜냐면…… 당 부인이 졌으니까!

"왜 그러느냐?"

용비야가 담담하게 물었다.

"당리 그 녀석이 영정을 사로잡지 못할 수도 있겠어요."

한운석이 그에게 밀서를 건넸다.

한 번 훑어본 용비야는 뜻밖에도 웃음을 지었다.

"잘 졌군."

"무슨 말이죠?"

한운석은 도무지 알 수가 없었다.

"일부러 진 거예요?"

"당 부인이 져야 당자진이 이 일에 관심을 보일 것이고, 당리의 문주 자리도 굳건해질 수 있다."

용비야의 이런 설명을 듣자 한운석도 곧 이해가 갔다. 그녀는 참지 못하고 탄식을 지었다.

"전생에 나라를 구했나, 당리가 어쩌다 그런 어머니를 만났을까요!"

당 부인이 영정에게 지자 당자진은 초조해했고, 더욱더 당리를 지지하게 되었다. 그는 영정을 상대하기 위해 권력, 재력, 심지어 무력까지 아낌없이 몰아주었다.

이렇게 해서 신임 문주인 당리는 명실상부한 당문의 주인이 되었다. 당 부인이 한 일은 모두 아들을 위해서였다.

한운석은 당 부인이 있으니 당리가 손해 볼 일은 없겠구나 하고 생각했다.

용비야는 입을 다문 채 더는 말이 없었다.

당리는 확실히 행운아였다. 어렸을 때부터 장성한 지금까지, 그가 아무리 큰 잘못을 저지르고 아무리 큰 소동을 벌여도 외숙모인 당 부인이 늘 그 대신 수습하고 감싸 주었다. 외숙모는 단 한 번도 당리에게 뭔가를 두고 싸우거나 뺏으라고 한 적이 없었다. 그저 그가 마음 편히 즐겁게 살기를 바랐다.

"무슨 생각해요?"

한운석이 고개를 갸웃하며 물었다. 용비야도 넋이 나갈 때가 있다니 뜻밖이었다.

"아무것도 아니다."

용비야는 살며시 그녀를 품에 끌어안았다. 손이 띄엄띄엄 그녀의 어깨를 두드리는 것을 보면 분명히 아직도 생각에 잠겨 있었다.

"내가 알면 안 되는 일이에요? 아니면, 내가 알면 안 되는 사람이라도 생각하는 거예요?"

한운석이 장난스레 물었다.

뜻밖에도 용비야가 대답했다.

"그래, 사람."

"누구예요!"

한운석이 진지하게 물었다. 용비야는 이런 장난을 칠 사람이 아니었다.

"사부님이다."

용비야는 차분하게 말했다.

"여름은 실심풍이 잦아지는 시기지."

한운석은 주저하다가 말했다.

"용비야, 고 의원을 천산에 데려가 검종 어른을 진맥하게 하는 건 어때요?"

"아니."

용비야의 말투로 보아 상의할 여지가 없는 일이었다.

천산에 가 본 적도 없고 그곳 상황도 모르는 한운석은 재차 권하지 않았다. 검종 노인을 만나 상황을 본 다음 다시 이야기해도 늦지 않으리라는 생각이었다.

와룡산맥을 벗어난 후 마차는 계속 남쪽으로 향했다. 마차 안은 조용했고 고 씨는 더욱 조용했다. 초서풍과 비밀 시위는 숨어서 따르며 그들을 보호했다. 서부든 남부든 용비야와 한운석의 행방을 아는 사람은 없었다.

때는 4월, 북쪽은 아직 봄빛이 만연하지만 남쪽은 벌써 초여름에 접어들어 있었다. 산과 들은 푸르고 논물은 하얗게 반짝였다. 두견이 울음소리 속에 안개 같은 빗줄기가 주룩주룩 내렸다.

이글거리는 전란의 불꽃을 뒤로하고, 용비야와 한운석은 그림같이 안개비가 내리는 영남군 방향으로 달려갔다.

그간 영승은 용비야의 움직임을 헤아리지 못했겠지만, 한 사람, 시시각각 용비야와 한운석을 지켜보는 이가 있었다. 다른 누구도 아닌 군역사의 사부이자 백독문의 전임 문주, 일곱 귀족 중 풍족의 후예인 백언청이었다!

그간 그와 군역사는 북려국 황제의 행궁行宮(황제가 황궁을 떠났을 때 사용하는 별궁)에 있었다.

북려국 황제는 동쪽으로 순행을 나가 몸소 삼대 마장을 살폈는데, 백언청과 군역사가 남몰래 수행했다. 삼대 마장은 표면적으로는 태자와 둘째 황자가 함께 관리하고 있었지만, 실질적으로는 지난번 말 전염병이 발생한 후로 군역사의 손에 들어간 상태였다.

정확히 말하면 백언청이 장악했다는 편이 옳았다. 백언청이 좋은 약을 만들어 말 전염병을 완전히 잡아 주었을 뿐 아니라 최근에는 특별한 말먹이 풀까지 재배했기 때문이었다. 이 풀은 약을 섞어 만든 특별한 먹이로, 군마의 성장 시간을 단축해 주는 효과가 있었다.

망아지를 군마로 키우려면, 3년을 기르고 반년 훈련을 시키는 등 근 4년의 세월이 필요했다. 그런데 이 먹이가 있으면 갓 태어난 망아지도 2년이면 군마로 만들기에 충분했다. 이렇게 해서 북려국 황제는 비밀리에 운공상인협회로 사람을 보내 군마 구매 건을 논의하는 한편, 역시 비밀리에 유목민들에게서 한두 살 된 말을 사들였다. 특별 먹이를 이용해 몇 달 만에 군마로 쓸 수 있게 만들기 위해서였다.

지금 운공상인협회 쪽은 진전이 없고, 유목민에게서는 얼마쯤 사들일 수 있었으나 애석하게도 수가 부족했다.

북려국 황제는 순행을 나온 것이지만, 잊지 않고 전략 지도를 챙겨 왔다.

가죽으로 된 커다란 지도를 탁자에 펼쳐 놓은 북려국 황제는 풍림군의 위치를 가리키며 백언청과 함께 이번 전쟁에 관해 이야기를 나눴다.

"허허, 빙빙 돌더니 초 장군부도 결국 서주국으로 돌아갔군."

북려국 황제는 길게 탄식했다.

"아깝구나, 아까워!"

삼대 마장의 손실이 이처럼 크지만 않았다면, 그의 철기군은 벌써 삼도전장을 넘어가 서주국과 천녕국을 공격했을 것이다. 천녕국에 내란이 벌어져 둘로 나뉜 후 서주국 정세마저 이렇게 될 줄은 꿈에서도 생각지 못한 일이었다.

북려국은 정말 아까운 기회를 놓친 셈이었다!

"폐하, 천녕국에 퍼진 이야기를 들어 보셨습니까?"

백언청이 수염을 쓰다듬으며 옅게 미소 지었다. 잿빛 장삼을 입고 태연자약하게 말하는 그의 모습은 마치 상냥해 보이면서도 실제로는 수수께끼에 싸인 세외고인 같았다.

북려국 황제가 물었다.

"무슨 이야기?"

"새옹지마가 복인지 화인지 어찌 알겠습니까."

백언청이 말을 마치자 군역사가 황제에게 상세히 설명했다.

"폐하, 세 나라의 혼란은 반드시 오래 갈 것이니 폐하께서는 아직 기회가 있습니다. 군마가 갖춰지면 병사를 휘몰아 남하해 어부지리를 얻을 수 있습니다."

"흥, 지금 군마 수로는 2년이 더 지나도 승산 있다는 보장이 없다! 짐은 자신 없는 싸움은 하지 않는다. 진왕의 수군이 아직 동해에서 호시탐탐하고 있다는 것을 잊지 마라."

북려국 황제의 마음속 가장 큰 적이 용비야라는 것은 틀림없었다.

"폐하, 이 늙은이를 못 믿으십니까?"

백언청은 냉소를 지었다. 공손한 군역사와 달리 백언청은 북려국 황제 앞에서 겸손하게 굴지도 않고 위세를 죽이려 하지도 않았다.

"백언청, 어찌 너를 믿으라는 것이냐? 운공대륙의 가장 비옥한 땅은 모두 진왕 손에 있다. 남쪽은 이미 여름에 접어들었고 몇 달 더 지나면 수확의 계절이다! 전란은 그곳까지 미치지 못했으니, 때가 되면 서주국이든 천안국이든 진왕에게서 군량과 마초를 조달할 수밖에 없다. 영승이 가진 땅도 진왕이 놓칠 리 없지!"

북려국 황제는 차갑게 말했다.

서주국과 천녕국의 땅은 본래 척박하고 생산량이 제한적인데, 지금은 전쟁까지 벌어져 농사며 목축이 거의 멈추다시피 했다. 천안국은 주 전쟁터가 아닌 데다 농경도 발달했지만, 징병으로 장정들이 모두 전쟁에 나가는 바람에 농사일할 사람이 줄어들어 식량 생산량이 많이 감소했다.

비축된 식량이 바닥나면 어느 나라든 외부에서 식량을 사들여야 하는데, 그때가 바로 중남도독부가 횡재할 때였다.

더욱이 용비야의 평소 행동으로 보아 식량을 팔아 돈을 버는 것이 목적은 아닐 터였다. 이번 위기를 이용해 기회를 보아 출병해서 서주국, 천안국과 함께 천녕국의 강토를 나누려고 할 가능성이 농후했다.

북려국 황제의 말은 사실이었지만, 백언청은 전혀 신경 쓰지 않고 웃으며 말했다.

"폐하, 이 늙은이를 믿어 주십시오. 올가을은 진왕에게 다사다난한 시기가 될 것이 분명합니다! 태자께서 가능한 한 빨리 군마를 늘려 주시기만 하면, 이 늙은이가 오래전 폐하께 약속드린 일이 곧 실현될 것입니다."

북려국 황제가 망설이는 것을 보자 백언청은 다시 말했다.

"당시에는 이 늙은이를 믿으셨던 폐하께서 이제 와서 믿지 않으시면 이 늙은이의 실망이 크겠지요."

백언청의 눈동자는 천년만년 고요하고 신비한 호수 같아서 무엇으로도 깨뜨릴 수 없었다.

북려국 황제는 백언청이 했던 약속을 떠올렸다. 백언청은 일곱 귀족 중 풍족과 흑족이 북려국 황실에 충성을 바칠 테니 함께 운공대륙을 통일하자고 했었다. 바로 그 약속 때문에, 북려국 황제는 군역사를 강왕으로 봉해 무한한 권한을 주었고 백언청을 귀빈으로 대접하며 무한한 존중을 보냈다.

북려국 황제는 백언청을 바라보며 한참 동안 생각한 끝에 비로소 결심을 내렸다.

"여봐라, 둘째 황자에게 설산을 넘어 병사를 모집하고 말을 사들이라고 전하라. 짐이 석 달 말미를 줄 것이다. 말 떼 없이는 돌아올 필요 없다고 해라!"

북려국에 우뚝 솟은 설산 너머에는 운공대륙 최북단이자 마지막으로 남은 미개지가 있었다. 그곳은 야만적인 생활을 하는 노예제 부족인 동오족冬烏族의 땅이었다.

3년 전, 북려국 황제는 처음으로 설산 너머로 사신을 보내 동오족 땅에서 최고의 말 품종인 동오마冬烏馬를 발견했다. 그 후 3년간 북려국은 산을 돌아가는 길을 닦았고, 이제 단시일 안에 동오족 땅에 갈 수 있었다.

하지만 동오족은 사나웠고 신용이 없어서 교류가 무척 어려웠다. 작은 장사라도 할라치면 목숨을 걱정해야 했으니, 말을 대량 사들이는 일은 말할 것도 없었다. 지금껏 북려국에서 보낸 사신도 십여 명이었지만 돌아온 사람은 아무도 없었다.

그래서 북려국 황제도 여태 별다른 희망을 품지 않았으나,

세 나라가 전쟁을 벌이는 지금은 한번 시도해 보지 않을 수 없었다.

백언청에게 용비야를 묶어 둘 자신이 있다면, 가을이 오고 세 나라의 군량과 마초가 바닥났을 때 손쓸 틈도 없이 공격할 수 있었다. 어쨌든 그는 반드시 군마를 충분히 준비해 둬야 했다.

백언청은 눈동자 깊은 곳에서 교활한 빛을 뿜어내더니 두 손을 교차해서 어깨 위에 올리며 축원했다.

"둘째 황자께 운이 따르기를!"

"부황, 소자도 가서 둘째 황자를 보호하고 싶습니다."

군역사가 스스로 나섰다.

북려국 황제는 그를 바라보며 무척 망설였다…….

결단코 사소하지 않은 일

이번 동오족 행은 위험하기 짝이 없었다.

그러나 북려국 황제가 걱정하는 것은 군역사의 안전이 아니라, 군역사가 떠난 뒤 마장과 설산의 일을 누구에게 맡기느냐하는 것이었다.

만약 군역사가 동오족 땅에서 죽으면 마장과 설산이라는 커다란 고깃덩이는 누구 손에 들어갈까?

병사를 모집하고 말을 사들이는 일은 본래 태자의 책무인데, 북려국 황제가 구태여 둘째 황자를 보낸 것은 태자가 위험해지는 것을 원치 않아서였다. 나라에는 하루라도 군주가 없을 수없고, 하루라도 후계자가 없을 수 없었다.

둘째 황자가 가고 군역사까지 떠나면, 마장과 설산이 태자 손에 들어가는 것은 피할 수 없었다. 북려국 황제는 태자를 중요시하면서도 태자의 권력이 지나치게 커지는 것은 바라지 않았다. 누가 뭐래도 천녕국 태자 용천묵이 병란을 일으키고 자립한전례가 있었다!

그가 망설이자 백언청이 한마디 했다.

"둘째 황자께서 해내지 못할 수도 있는 일입니다. 역사가 함께 간다면 이 늙은이도 마음이 놓이겠군요. 야만족은 신비한 힘을 두려워하니 역사의 독술이라면 응당 그들을 대할 수 있을 것입니다."

동오족은 무척 낙후된 부족으로, 의학 방면에서는 특히 그런 경향이 심해 치료할 수 없는 병은 모두 귀신의 수작으로 치부했다. 군역사가 가진 독술과 다른 수법들을 보면 신으로 떠받들지도 몰랐다.

동오족에서 신으로 추앙받으면 그들을 마음대로 부릴 수 있었다.

"독술이라, 참 좋은 생각이군! 어째서 일찍 말하지 않았소?"

북려국 황제가 이제 알았다는 듯이 말했다.

"저도 방금 생각났습니다."

백언청이 설명했다.

이렇게 해서 북려국 황제도 군역사가 가는 것을 승낙했다. 군역사와 함께 행궁에서 나온 후, 백언청은 낮은 목소리로 분부했다.

"며칠 후 사람을 보내 태자에게 소식을 알려라. 공을 다투는 일이라면 그자는 절대로 놓치지 않을 것이다."

군역사는 입꼬리에 모진 웃음을 지어 보였다.

"영명하십니다, 사부님. 무슨 일이 있어도 사부님을 실망하게 하지 않겠습니다."

누구든 말 떼만 데려오면 공을 세울 수 있고, 군마 창고를 장악할 수 있었다. 태자가 이런 호기를 쉽사리 둘째 황자에게 내줄 리 만무했다.

군역사에게는 태자를 동오족 땅으로 유인할 방법이 많았다.

일단 그곳에 가기만 하면 태자와 둘째 황자가 어떻게 죽는지는 모두 그의 마음먹기에 달려 있었다.

태자와 둘째 황자가 없으면 북려국 황제는 좌우 양팔을 잃은 것이나 마찬가지고, 설령 다른 황자를 세운다 해도 짧은 시일 안에 군역사의 상대가 될 수는 없었다! 그런 상황에서 훗날 북려국 황제가 늙으면 북려국 강산이 누구 손에 떨어질지는 모를 일이었다!

군역사도 지금까지는 사부가 무엇 때문에 북려국의 내정만 주시하고 바깥일은 모른 척하는지 이해할 수 없었다. 하지만 이제는 어느 정도 알 수 있었다. 그가 용비야와 한운석에게 지지 않았다면 북려국 황제가 그에게 좀 더 의지했을 수도 있었다.

사부가 세운 커다란 계획의 기반은 북려국을 차지하는 것이었다.

백언청은 군역사와 함께 자신의 영채로 들어갔다. 영채에 들어온 후에야 그가 입을 열었다.

"운공상인협회가 최대 변수다. 그들 손에 있는 식량과 말은 얕볼 것이 아니다."

"사부님, 영씨 집안과 운공상인협회는 대체 무슨 관계일까요? 지난번 영씨 집안이 서주국과 싸움을 벌일 때 운공상인협회에서 홍의대포를 몇 대나 사서 영씨 집안에 제공했더군요."

군역사가 진지하게 일깨워 주었다.

백언청은 고개를 저었다.

"필시 뭔가 있구나."

"그리고 구양영정이 당문에 시집가는 바람에 설산에서 약재를 기르는 일도 진척이 없습니다. 그들은 당문과는 또 무슨 관계일까요?"

군역사는 혼잣말을 중얼거렸다.

"그 일은 네가 신경 쓸 것 없으니 준비나 철저히 해라. 동오족 땅에 가면 반드시 조심해야 한다."

백언청이 진지하게 분부했다.

"걱정하지 마십시오, 사부님. 그깟 일쯤이야."

군역사는 늘 이렇게 자신만만했다. 그때 군역사의 소사매이자 백언청의 양녀인 백옥교가 들어왔다.

"가서 준비하거라. 내일 출발해야 하니 먼저 도성에 들르고."

백언청이 손을 내저었다. 쫓아내려는 게 분명했지만 군역사는 이렇게 빨리 나갈 생각이 없었다.

"사부님, 용비야와 한운석 쪽은……."

"네가 맡은 일이나 잘 해라."

백언청은 다소 불쾌한 표정이었다.

군역사는 이대로 넘어갈 마음도 없고 호기심도 지울 수 없었다. 언제나 그렇듯 그가 가장 관심 있는 일은 사부가 어떻게 용비야와 한운석을 처리하느냐였다. 그는 사부가 왜 자신에게 함부로 한운석을 건드리지 말라고 경고했는지 도무지 알 수가 없었다.

사부는 대체 무슨 꿍꿍이를 품고 있는 것일까?

그가 물어볼 때마다 사부는 화제를 돌리거나 그를 쫓아냈고,

그도 이미 오래 참았다.

"사부님, 사부님과 저 사이에 무슨 비밀이라도 있습니까?"

언제나 차갑고 안하무인인 그의 눈동자에는 고집, 나아가 억울함이 가득했다.

"사부를 의심하느냐?"

백언청은 즉시 얼굴을 굳혔다.

백옥교는 살금살금 한쪽으로 물러났다. 항상 사람을 깔보며 오만방자하던 사형이 아이처럼 고집을 부리자 몹시 마음이 아팠다. 그녀는 사부의 모든 계획을 알고 있었다. 몰래 사형에게 알려 주고 싶었던 적이 여러 번이었지만 끝내 용기를 내지 못했다.

"아닙니다! 사부님께서 이 제자가 끼어드는 것을 원치 않으신다면 명령에 따라야지요."

군역사는 그렇게 말하고는 휙 돌아서서 나갔다.

그가 문가에 이르렀을 때 백언청이 차갑게 말했다.

"너는 벌써 여러 차례 한 여자 손에 패했다. 그러고도 이 일에 끼어들 자격이 있겠느냐? 안심해라. 용비야가 네게 가한 모욕은 사부가 대신 갚아 주마. 아직은 서두르지 마라."

이 말을 듣자 암담하던 군역사의 두 눈동자가 금세 환해졌다. 그는 돌아서서 공손하게 읍을 했다.

"감사합니다, 사부님!"

이를 본 백옥교는 답답해서 어쩔 줄 몰랐다. 사형은 너무 신나서 사부가 용비야 이야기만 했지, 한운석은 언급하지 않은 것을 놓치고 있었다.

사형이 바라마지 않는 것은 뭐니 뭐니 해도 한운석에게 복수하는 것이었다. 누가 뭐래도 그가 매번 패배한 사람은 한운석이었으니까.

"왜 멍하니 있느냐?"

백언청의 날카로운 목소리가 백옥교의 생각을 깨뜨렸다. 그녀는 허둥지둥 다가가 밀서를 내밀었다.

"사부님, 여아성 팔백리에서 보낸 급보예요."

여아성, 사실은 일찍부터 백언청의 손아귀에 들어온 곳이었지만 군역사는 알지 못했다.

백언청은 밀서를 펼쳐 보더니 별안간 큰 소리로 웃음을 터트렸다.

"과연, 내 예측이 틀리지 않았구나!"

백옥교는 호기심이 생겼지만 감히 물어보지 못했다. 백언청이 밀서를 탁자 위에 던져 놓았을 때야 그 위에 적힌 글자에 흘낏 시선을 던진 그녀는 소스라치게 놀랐다.

밀서에는 천안국의 태황태후가 지극히 비싼 값을 부르며 여아성 제1고수, 즉 성주인 냉월 부인冷月夫人에게 직접 누군가를 납치하라는 요구를 했다고 적혀 있었다.

납치 대상의 이름을 보는 순간 백옥교는 펄쩍 뛰었다.

"사부님, 정말 사부님 예측이 옳았군요."

백언청은 두 눈을 가늘게 뜨며 무시무시한 살기를 흘렸다.

"분명히 그 사람이다!"

백옥교가 가장 두려워하는 것은 바로 피에 굶주린 것 같은 사부의 이런 모습이었다. 이럴 때면 사부는 평소의 우아함이나 태연함을 잃어버리고, 마치 어두컴컴한 복수의 화신이 된 것 같았다.

백옥교는 사부의 원한이 어디에 기인하는지 알지 못했다. 그저 사부가 사형에게 잘해 주고, 사형을 복수의 도구로 이용하지 않기를 바랄 뿐이었다.

"인어족 조사는 어떻게 되었느냐?"

백언청이 또 물었다.

"아직 조사 중이에요. 물속에서는 인어를 상대하기 어렵지 않지만 뭍에 올라오면 무척 까다롭거든요. 가능한 한 서둘러 보겠어요."

백옥교가 진지하게 대답했다.

"오냐. 이 일을 잘 처리하면 반드시 네 여동생의 행방을 알려 주마."

백언청은 기분이 무척 좋았다.

"네가 직접 여아성으로 가서 냉월에게 전해라. 무슨 일이 있어도 이 거래를 받아들이라고!"

백옥교는 명령을 받고 나갔다. 영채 문밖으로 나오자 그녀는 비로소 참았던 숨을 내쉬며 조그마한 손으로 심장 부근을 눌렀다. 미친 듯이 쿵쿵 뛰는 심장이 고스란히 느껴졌다.

사부는 아주 오랫동안 동생 이야기를 꺼낸 적이 없었다. 그녀는 사부가 데려와 기른 아이고, 그래서 지금껏 자신이 고아라고 생각해 왔다. 그런데 오래전 사부가 무심코 그녀에게 여동생이 있다는 말을 입 밖에 냈다. 그녀와 똑같이 눈이 커다란 여동생이라고 했다.

그때 사부는 자신이 아는 것은 그것뿐이라고 했지만, 그녀는 사부가 사실대로 말하지 않았다는 것을 알아차렸다. 그녀는 사형보다 더 사부를 잘 알고 있었다.

"동생……."

백옥교는 입을 막았다. 분명히 마음은 기쁜데 어쩐지 눈시울이 촉촉해졌다. 벌써 오랫동안, 아주 오랫동안 눈물을 흘린 적이 없는 그녀였다.

"동생……, 그 아이는 어디 있을까?"

가족이 있다는 느낌이 이런 것일까. 문득 더는 외롭지 않다는 기분이 들었다.

북궁국은 고요해 보였지만 사실 어마어마하게 들끓고 있었다.

짧디짧은 한 달 동안 용비야가 이를 눈치챌 수 있을지는 모를 일이었다.

그랬다. 한 달!

5월은 천산에 오르기에 딱 좋은 계절이었다. 산길도 오르기 쉽고 날씨도 더할 나위 없었다. 영남군의 일을 처리한 후 가는 시간을 헤아려 보면, 5월 전후에 천산 기슭에 도착할 수 있었다.

와룡산맥에서 영남군까지 가는 동안 그들은 무척 서둘렀다. 그런데 웬걸, 그들이 영남군 경계에 막 들어설 때쯤 비밀 시위가 나쁜 소식을 전해 왔다.

한밤중인데도 불구하고 초서풍은 망설임 없이 용비야를 깨웠다.

"전하, 큰일 났습니다. 의태비가 사라졌습니다!"

용비야는 눈을 번쩍 떴고, 한운석도 놀라 깨어났다.

"무슨 말이냐?"

용비야가 차갑게 물었다.

"오늘 저녁나절 하녀가 식사를 가져갔다가 의태비가 사라진 것을 발견했습니다. 불당의 비밀 시위는 모두 죽임을 당했는데 하나같이 검상劍傷이고 일검에 목숨을 잃었다고 합니다. 현장 상황으로 보아 납치된 것 같고, 상대는 무공이 아주 높습니다."

초서풍이 진지하게 보고했다.

"다른 단서는?"

용비야는 아직 냉정했지만, 이 일은 결단코 사소한 일이 아니었다!

천녕국 수도에 난리가 벌어졌을 때 의태비도 비밀 시위의 도움으로 탈출해 영남군에 와 있었고, 영남군에 진왕부를 지은 후에는 내내 왕부의 불당에 머물렀다. 매일 경을 읽고 예불하는 나날을 보낸 덕에 세상 사람들의 관심도 옅어진 것처럼 보였다.

의태비는 단순히 나이만 먹은 태비는 아니었다. 그녀가 비록 용비야의 출신에 대해 자세히 알지 못하지만, 용비야가 선제의 아들이 아니라는 것은 알고 있었다!

그 사실 하나만으로도 용비야를 위협하기에 충분했다. 그래서 지난날 의태비가 여승만 있는 절로 출가하겠다고 했을 때도 허락하지 않고, 불당에 연금한 뒤 비밀 시위 세 무리를 파견해

겹겹이 지키게 했다.

그렇게 1년 남짓 무사히 보냈는데 이 중요한 시기에 사고가 생길 줄이야!

의태비를 납치한 자는 무엇을 노리는 것일까?

"아직은 없습니다. 전하, 제가 먼저 돌아갈까요?"

초서풍도 몹시 초조했다.

용비야가 대답하기 전에 한운석이 말했다.

"함께 돌아가세. 납치범이 태비를 이용해 우리를 협박하려는 게 아니라면 필시 전하의 출신을 의심하는 것일 테지."

"후자일 것이다."

용비야의 눈동자에 흉악한 빛이 어른거렸다.

"용천묵!"

지난날 천휘황제와 태후도 그 일에 의심을 품고, 살수를 고용해 황자를 받았던 증인 소낭을 데려가려 한 적이 있었다.

다른 단서가 없는 상황에서는 용천묵의 혐의가 가장 컸다. 천휘황제는 서쪽으로 달아났으나, 태후와 지난날의 국구부는 모두 천안국에 남아 용천묵을 따르고 있었다. 천휘황제를 제외하면, 이 일을 아는 사람은 태후, 즉 현 천안국의 태황태후밖에 없었다.

그날 밤 용비야와 한운석은 마차를 버리고 말로 갈아타, 초서풍과 함께 속도를 올려 영남군으로 달려갔다.

귀환, 용의자는 셋

대체 의태비를 납치한 사람은 누구고, 그 목적은 무엇일까?

한운석과 용비야는 가장 빠른 속도로 영남군 진왕부의 현장으로 향했다. 그리고 천안국 평북후부에 사람을 보내 모용완여의 상황을 확인하게 했다.

의태비를 납치한 목적이 무엇이든 일단 방비해야 했다. 반드시 의태비가 비밀을 누설하는 것을 막아야만 했다. 모용완여는 식물인간처럼 내내 혼수상태였지만, 그래도 의태비에게 협박을 가할 열쇠였다.

그들이 영남군 진왕부에 도착했을 때는 깊은 밤이었다. 의태비의 불당은 진왕부 후원 대나무 숲에 있어서 은밀하고 고요했다.

의태비가 이곳에 머문 후로 한운석과 용비야는 이곳에 들른 적이 없어서 오늘이 첫 방문이었다.

피살된 비밀 시위의 시체는 꼼짝없이 대나무 숲 이곳저곳에 널브러져 있고, 불당의 등불은 희미하게 어른거리고 있었다. 멀리서도 평소의 장엄하고 거룩한 분위기 대신 스산한 공포감이 느껴졌다.

한운석과 용비야는 그리로 다가가 비밀 시위의 시체들을 조사했다. 시체들은 예외 없이 검에 목이 꿰뚫려 있었다.

불당 안으로 들어가 보니 단정하고 깨끗해서 싸운 흔적은 없었다. 마치 아무 일도 일어나지 않은 것처럼 언제라도 의태비가 가리개를 걷고 나타날 것 같았다.

이 불당 주변은 총 백 명의 비밀 시위가 삼중으로 경비하고 있었다. 그런데 그들이 모두 죽은 것도 모자라 왕부의 다른 시위가 전혀 눈치채지도 못했다니, 납치한 자는 대체 얼마나 대단한 능력자였을까? 속도는 또 얼마나 빨랐을까?

용비야는 얼음 같은 눈동자를 가늘게 뜨고 주위를 샅샅이 살폈다.

"계 할멈은?"

초서풍이 즉시 계 할멈을 데려왔다. 계 할멈은 불당의 유일한 하녀로 의태비의 시중을 드는 사람이었다.

"소인, 진왕 전하와 왕비마마께 인사 올립니다."

계 할멈은 전전긍긍하며 무릎 꿇고 머리를 조아렸다. 의태비가 사라진 것을 발견한 사람도 바로 그녀였다.

"마지막으로 태비를 본 것이 언제냐?"

용비야가 차갑게 물었다.

"기껏해야 소면 한 그릇 말 시간 전이었습니다. 진왕 전하, 참으로 수상한 일입니다! 그날 소인은 내내 태비마마 곁에 있었습니다. 저녁나절 소면을 드시고 싶다기에 한 그릇 말러 갔다가 돌아왔더니 태비마마께서 사라지셨지 뭡니까. 불당을 죄다 뒤졌는데도 보이지 않으셨습니다."

계 할멈이 사실대로 고했다.

한운석은 의심스러운 듯이 용비야에게 눈짓했다. 용비야도 그녀가 계 할멈을 의심하는 것을 알고 있었다. 소리도 없이 시위를 죽이고 사람을 납치하는 것은 내통자가 없으면 쉽지 않은 일이었다.

용비야는 한운석에게 안심하라는 눈길을 보냈다. 계 할멈은 오랜 세월 의태비를 모신 사람이고 충성심도 강했다. 배신할 생각이었다면 구태여 지금껏 기다릴 필요도 없었다.

"이곳은 건드리지 않았느냐?"

용비야가 또 물었다.

계 할멈은 주위를 둘러보더니 확신에 찬 목소리로 대답했다.

"진왕 전하, 불당 안은 아무것도 건드린 것이 없습니다."

초서풍이 덧붙였다.

"전하, 제가 안팎으로 조사해 보았는데 납치될 곳은 불당뿐입니다."

"그렇다면 의태비조차 바깥의 동정을 알아채지 못했다는 말이냐?"

용비야는 이 점을 확실히 하고 싶었다.

의태비가 바깥 동정을 눈치채고 자객이 왔다는 것을 알았다면 최소한 소리를 질러 사람을 불렀을 것이다. 설사 사람이 오지 않았다 해도 최소한 발버둥 친 흔적은 있어야 했다.

소면 한 그릇 말 시간에 소리 없이 시위 백 명을 죽이고, 심지어 불당 안에 있는 의태비조차 그 움직임을 눈치채지 못하게 할 정도의 능력자는 운공대륙에 몇 명 없었다.

"전하, 창구자가 아닐까요?"

초서풍이 의심스럽게 물었다.

"그자가 아무 연고도 없이 뭣하러 태비를 납치하겠나?"

한운석이 이렇게 묻자 초서풍도 고개를 저었다.

"그저 혐의가 있다 말씀드린 겁니다. 그만한 능력자는 세상을 통틀어 여섯 명 정도뿐이니까요."

"여섯 명? 누구?"

한운석은 호기심이 일었다. 무림 고수에 관해서라면 그녀는 거의 아는 바가 없었다.

"천산검종의 검종 노인과 창구자, 여아성 성주 냉월 부인, 소요성 성주 제종림齊宗霖, 당문 전임 문주 당자진입니다."

초서풍이 대답했다.

"남은 하나는?"

한운석이 다시 물었다.

"그야 진왕 전하이시지요……."

초서풍은 기가 막힌다는 얼굴로 대답했다. 사실, 고북월의 무공이 그대로고 초운예의 눈이 멀지 않았다면 그들 두 사람도 상위권에 들어야 했다.

진왕 전하와 당자진을 빼면 남은 이들 중 창구자, 냉월 부인, 제종림 세 사람의 혐의가 가장 컸다. 공교롭게도 그들 세 사람 모두 검을 썼다.

비밀 시위 모두 일검에 목을 꿰뚫렸으니 흉수가 무슨 검법을 썼는지 알 수 없는 데다, 상처도 원체 평범하고 특별한 데가 없어서 검의 특징을 알아낼 수도 없었다. 그러니 지금으로서는 그 세 명을 용의자 목록에서 지울 수 없었다.

물론, 흉수가 꼭 그들 셋 중 하나라고 할 수도 없었다. 그저 세 사람의 혐의가 가장 클 뿐이었다.

창구자라면 차라리 나은데, 냉월 부인이나 제종림이라면 일이 더 까다로웠다. 여아성과 소요성은 남의 돈을 받고 대신 위험한 일을 해 주는 곳이었다. 흉수가 정말 두 성주 중 한 명이라면, 그들을 고용한 진짜 흉수를 찾아내야 했다.

"전하, 일찌감치 죽여 없애야 했습니다."

초서풍이 투덜거렸다. 그는 부귀영화를 탐내고 죽음을 두려워하는 의태비 같은 노인네에겐 영 호감을 느끼지 못했다.

용비야는 잔인하고 무정한 사람이었다. 의태비를 연금하고, 불당에서 한 걸음도 벗어나지 못하게 하고, 모용완여를 보러 가지도 못하게 할 만큼 잔인했지만, 그래도 양어머니마저 죽일 정도로 비인간적이지는 않았다. 누가 뭐래도 10년 넘게 모비라고 불렀던 의태비였다.

그가 침묵하고 있는 사이 천안국 쪽에서 소식이 왔다. 모용완여는 아직 평북후부에 무사히 누워 있고 아무 문제가 없다는 소식이었다.

용비야는 잠시 고민하다가 차갑게 말했다.

"초서풍, 네가 직접 가서 매복을 펼쳐라."

모용완여는 태후와 손잡고 의태비를 해친 후 한운석에게 죄를 뒤집어씌우려다가 제 꾀에 제가 넘어가 극독에 당하고 식물

인간이 되었다. 그 후 내내 한운석이 매달 주는 약으로 목숨을 부지한다고 알려져 있었다.

모용완여가 납치범 손에 들어가지만 않으면 의태비도 꺼리는 마음에 함부로 입을 열지 않을 터였다.

"그리고 사람을 보내 여아성과 소요성 소식을 알아보도록."

용비야가 다시 말했다.

"알겠습니다. 당장 처리하겠습니다."

초서풍이 명령을 받고 나갔다.

"그래도 창구자는 의심하지 않는군요."

한운석이 담담하게 말했다.

용비야는 고개를 끄덕였다. 창구자에게는 동기가 부족할 뿐 아니라 아직은 의태비를 이용해 그를 협박할 정도는 아니었다. 그가 천산에 간다는 소식이 알려지지 않았으니 창구자가 그를 방비할 리 없었다.

지금 창구자가 골머리를 앓는 쪽은 아무래도 당문과의 혼약일 것이다. 그는 당문 및 운공상인협회를 동시에 적으로 돌릴 만큼 멍청하지 않았고, 그래서 스스로 물러날 길을 마련하는 수밖에 없었다.

"흉수가 당신 출신 때문에 이런 일을 벌였다면 아마 아무 소식도 없을 거예요. 하지만 그게 아니라면······."

한운석은 복잡한 눈빛이었다.

"협박장이 올 때까지 기다려야겠죠."

사태는 심각했지만, 지금 용비야와 한운석은 소식을 기다리며 상황을 관망할 수밖에 없었다.

"시체를 처리하고 후사를 잘 치러 주도록 해라. 불당 일은 다시는 입에 담아서는 안 된다!"

용비야는 비밀 시위에게 분부한 후 한운석과 함께 불당을 떠났다.

그들은 서로 손을 잡은 채 고요한 진왕부의 오솔길을 걸어 금방 부용원에 도착했고, 나무로 된 회랑에 올라섰다.

영남군 진왕부는 본래의 진왕부를 똑 닮아서, 이곳에 오자 한운석은 마치 2년 전으로 돌아가 천녕국 도성의 진왕부에 들어선 착각에 빠졌다.

2년 전, 그들은 꽤 자주 이 긴 회랑을 지났지만 언제나 앞뒤로 걸었다. 하지만 지금은 손을 잡고 나란히 걷고 있었다.

세상일이란 예측하기 어렵다고들 하지만, 사실은 사람이야말로 가장 예측하기 어려운 존재였다.

두 사람은 또다시 갈림길에 이르렀다. 오른쪽은 그의 침궁이고 왼쪽은 그녀가 쓰는 운한각이었다. 그는 걸음을 멈추지 않고 곧장 운한각으로 그녀를 바래다주었다.

한밤중이라 저 멀리 운한각 뜰 앞에 켜둔 등불은 보였지만 누각 전체는 칠흑 같은 어둠에 싸여 있었다. 한운석은 시중드는 이들이 모두 잠든 줄 알았는데, 뜻밖에도 뜰 입구에 이르자 흐느끼는 소리가 들려왔다.

누군가 울고 있었다!

"누구지?"

한운석이 나지막이 속삭였다.

용비야는 말없이 문을 걷어찼다. 의태비가 납치되었다는 것은 진왕부도 절대적으로 안전하지 않다는 뜻이었다.

"누구냐!"

울음소리가 즉시 날카로운 질문으로 바뀌었다. 한운석은 백리명향의 목소리를 알아들었다.

곧이어 백리명향이 모퉁이에서 걸어 나왔다. 용비야와 한운석을 본 그녀는 순간적으로 멍해졌다. 정신이 돌아왔을 때쯤 한운석은 이미 그녀 앞에 와 있었다.

"명향, 왜 그래요? 누가 괴롭혔어요?"

한운석이 진지하게 물었다.

빛이 충분치 않았지만 백리명향의 눈이 퉁퉁 부은 것을 볼 수 있었다. 누가 봐도 한참 동안 운 게 분명했다.

백리명향이 대답하기도 전에 용비야가 먼저 한운석을 향해 차갑게 말했다.

"일찍 쉬어라. 내일 함께 중남도독부에 갈 것이다."

그는 이 말만 하고 돌아서서 걸어갔다.

문가에 이르자 그는 곧 비밀 시위를 불러 나지막하게 분부했다.

"방어를 강화해라. 특히 부용원 쪽을."

백리명향은 고개를 숙이고 양손을 꽉 움켜쥐며 더는 보지 말라고 자신을 타일렀다. 그의 목소리를 들은 것만도 다행인데 바라볼 수는 없었다.

하지만 결국 참지 못하고 고개를 들었다. 애석하게도 그의 쌀쌀한 뒷모습은 이미 사라지고 없었지만.

왕비마마가 뚫어지게 쳐다보자 그녀는 허둥지둥 눈길을 피했다.

"왕비마마, 어……, 언제 돌아오셨는지요?"

"누가 당신을 괴롭혔어요?"

한운석이 불쾌한 목소리로 물었다.

"얼마나 오래 운 거예요? 그러다 눈이 상하면 어쩌려고요?"

백리명향은 그제야 추태를 보인 것을 깨닫고 허둥거리며 눈물을 닦았다.

"아닙니다……. 전 그냥, 그냥 어머니 생각이 나서……. 오늘이 어머니 기일이거든요."

"정말이에요?"

한운석이 의아한 듯 물었다.

"약귀당에서 무슨 일을 당한 건 아니고요? 아니면……, 소옥이가 무슨 짓을 했어요?"

한운석이 다시 물었다. 소소옥 그 못된 계집애는 입이 걸고 백리명향을 괴롭힌 적도 없지 않았다.

"아니에요, 아니에요!"

백리명향은 즉시 부인했다.

"왕비마마, 소옥이는 아직 어린아이고, 그런 아이 때문에 울 정도는 아닙니다. 정말 어머니 생각이 났던 거예요."

사실은 소소옥이 오늘 저녁 또 그녀를 모욕하고 쫓아내려고

했다.

고북월이 영남군을 떠난 후 소소옥은 틈만 나면 그녀를 괴롭혔다. 소소옥이 어린아이라는 건 사실이지만 평범한 어린아이는 아니었다.

짧은 몇 달 사이 소소옥은 백리명향에게 찬물을 끼얹기도 하고, 뱀을 잡아 와 놀래 주기도 하고, 그녀 침상에 죽은 쥐를 갖다 놓기도 하고, 나아가 몇 번이나 발을 걸어 넘어뜨리기도 했다. 그런 것쯤이야 참을 수도 있고 모른 척할 수도 있었다. 하지만 그 아이는 어찌나 입이 매운지, 고 입으로 죽고 싶을 만큼의 모욕을 가했다.

어려서부터 규방에서만 자란 백리명향이라지만 어린아이 하나에 이렇게 휘둘릴 정도는 아니었는데, 안타깝게도 소소옥은 그녀의 약점을 쥐고 있었다.

한운석은 백리명향이 아무리 못나도 소소옥 같은 어린아이에게 당해 숨어서 울 리는 없다고 생각해서 그 말을 믿었다.

바로 그때 갑자기 소소옥이 문을 벌컥 열고 나왔다.

도대체 누구야

문을 열고 나온 소소옥은 멈칫하더니 곧 놀란 목소리로 외쳤다.

"주인님!"

조 할멈과 백리명향은 한운석을 왕비마마라고 불렀고 소소옥도 예전에는 그렇게 불렀는데, 기억을 잃은 후 언젠가부터는 갑자기 한운석을 '주인님'이라고 부르기 시작했다.

그녀는 한운석의 신분에는 신경 쓰지 않았다. 그녀가 아는 것이라곤 한운석이 자신의 목숨을 구해 준 은인이라는 것뿐이었다.

그녀는 믿기지 않는 얼굴로 쪼르르 달려와 한운석 주위를 빙빙 돌며 아래위로 샅샅이 살폈다.

"주인님, 드디어 돌아오셨네요? 많이 야위셨어요."

이 말투, 이 표정, 이 눈빛은 그녀의 나이와는 영 어울리지 않았고 마치 조 할멈 못지않게 늙은 사람 같았다. 다행스럽게도 그녀는 조 할멈처럼 잔소리가 심하지 않았고, 조 할멈처럼 암탉을 푹 고아 주지도 않았다.

"야위긴 누가!"

용비야가 소소옥의 말을 들었다면 아마 조 할멈은 또 암탉을 고느라 바빠질 것이다. 한운석은 소소옥의 이마를 콩 때렸다.

"그동안 나쁜 짓은 안 했지?"

소소옥은 커다란 눈을 껌뻑껌뻑하며 깜찍하기 짝이 없는 얼굴로 대답하려다가 갑자기 놀란 소리로 외쳤다.

"백리명향, 울었어요? 아무리 주인님이 돌아오셨다지만 반가워서 울 것까진 없잖아요?"

백리명향은 이 계집애가 모르는 척 연기하면서도 말에 뼈가 있다는 것을 알아차렸다.

그녀는 생긋 웃으며 말을 받았다.

"왕비마마께서 돌아오셨으니 당연히 반갑지."

"그럼 진왕 전하가 돌아오신 건 반갑지 않아요? 흥, 진왕 전하께 일러바칠 테야!"

소소옥이 장난스럽게 협박했다.

백리명향이 해명하려는데 한운석이 그들을 가로막았다.

한운석은 백리명향이 소소옥에게 어머니 기일을 알리고 싶어 하지 않는 줄 알고, 길게 말하는 대신 딱 한마디로 정리했다.

"둘 다 조용히. 조 할멈이 소리를 듣고 깰지 모르니 그만 들어가서 자."

백리명향이 그녀 뒤를 따르며 물었다.

"왕비마마, 소인이 간식을 해드리겠습니다. 뭘 드시고 싶으신지요?"

"주인님, 주인님이 제일 좋아하시는 망과芒果(망고)즙 가져다드릴게요. 금방 되니까 쉬고 계세요!"

소소옥이 이렇게 말하며 주방으로 달려갔다.

백리명향은 하는 수 없는 표정을 지었고, 한운석은 그녀를 안으로 데려가 앉혔다.

"그간 약귀당에는 별일 없었어요?"

한운석이 진지하게 물었다.

약귀당은 본래 고북월이 챙겼고, 고북월이 떠난 후에는 목령아가 맡았다. 그런 목령아까지 한동안 떠나 있게 된 바람에 약귀당 일은 기본적으로 백리명향이 책임지고 있었다.

약재에 관한 한 백리명향의 능력은 당연히 목령아만 못했지만, 그 밖의 일은 목령아보다 훨씬 믿음직스러웠다.

"왕비마마, 약귀당에는 아무 문제없습니다. 약성 쪽에서도 제때 약을 공급해 주고 분점들도 잘 운영되고 있지요. 다만 최근에 적잖은 상인들이 찾아와 대량 매매를 하고 싶다고 하더군요."

한운석은 냉소를 지었다.

"대량 매매가 필요하면 약성으로 가야죠. 왜 약귀당을 찾아왔다죠?"

백리명향은 생긋 웃었다.

"약성이 약귀당 말고 또 누구와 대량 매매할 수 있겠어요?"

한운석도 웃었다.

"서부 지역에 난리가 났으니, 찾아온 사람들은 그곳에 약재를 비싸게 팔아먹으려는 자가 아니면 상비약을 준비하는 군대 쪽 사람일 거예요."

"그럼 팔지 말아야지요!"

백리명향은 알아들었으나 한운석이 진지하게 말했다.

"약이 있는데 팔지 않는 법은 없어요. 약귀당은 약귀곡이 아니니까요. 그들이 원하는 만큼 팔아요. 값만 제대로 치른다면요!"

서부 지역 전쟁이 막 시작되었으니 세 나라의 약재 비축분은 아직 충분할 것이다. 이렇게 일찍부터 약재를 갖춰놓으려는 사람은 분명히 영승이었다! 운공상인협회에는 남는 게 은자인데, 이 기회에 한운석이 한탕 크게 벌지 않을 까닭이 없었다.

"잘 알겠습니다!"

백리명향이 웃었다. 빨개진 눈으로 웃음을 지으니 놀랍게도 더욱더 아름다워 보였다. 한운석은 그런 백리명향을 바라보며 탄식을 금치 못했다.

"당신은 하녀가 될 운명이 아니에요. 차라리 앞으로는 약귀당 지배인 일을 하도록 해요. 여기서 차 시중이나 들지 말고."

백리명향은 벌떡 일어났다.

"아닙니다! 왕비마마, 처음 올 때 말씀드렸듯 마마께서 제 목숨을 구해 주셨으니 평생 마마의 시중을 들겠습니다."

한운석은 어쩔 수가 없었다. 사실은 그녀도 백리명향이 곁에 있는 게 무척 좋았다. 백리명향은 소소옥과 비교하면 큰 줄기를 보며 일할 줄 알고, 나아갈 때와 물러날 때도 잘 알았다. 또 조할멈과 비교해 젊고 재빠르기도 했다. 한운석 곁에는 이런 사람이 필요했다.

다만 백리명향의 장점은 그 정도에 그치지 않아서 하녀 노릇을 하기엔 아까웠고, 뭐니 뭐니 해도 그녀는 백리 장군부의 따님이었다!

당시 한운석이 백리명향을 곁에 두기로 한 것도 시간이 지나면 백리명향이 고생과 외로움을 견디지 못하리라 생각했기 때문이었다. 그런데 예상과 달리 백리명향은 이렇게 오랜 시간이 지났는데도 아직 남아 있었다.

마침 들어서던 소소옥이 백리명향의 말을 들었다. 소소옥은 망과즙을 들고 다가와 차갑게 말했다.

"백리명향, 주인님이 당신을 쫓아내시려는 걸 모르겠어요?"

한운석이 화난 눈길로 노려보며 차갑게 물었다.

"맞고 싶구나?"

소소옥은 입을 삐죽이며 망과즙을 바쳤다.

"때리시더라도 우선 배부터 채우고 때리세요."

"왕비마마, 소인은 먼저 물러가겠습니다."

백리명향은 더 있고 싶지 않았다. 소소옥이 참다못해 비밀을 폭로할까 봐 겁이 나서였다. 비록 혐의를 인정한 적은 없지만, 소소옥이 그 말을 입 밖에 내면 진왕부에 남아 있을 낯이 서지 않았다. 그뿐일까, 숫제 백리 장군부에 남아 있을 수도 없었다.

한운석도 피곤해서 단숨에 망과즙을 들이마시고 소소옥을 물러가게 했다. 하지만 소소옥은 나지막이 속삭였다.

"주인님, 저 여자를 쫓아내고 싶거든 차라리 모질게 해 버리세요. 아니면, 제가 도와드릴까요?"

"내가 명향을 쫓아내고 싶다고 누가 그래? 그저 명향에게 약귀당 지배인 일을 시키고 싶었을 뿐이야. 그래도 입을 나불거리면 꿰매 버릴 테니 알아서 해!"

한운석이 눈을 가늘게 뜨며 차갑게 경고했다.

"입을 꿰매면 말을 할 수 없는데, 다른 벌로 바꾸면 안 돼요?"

소소옥이 킥킥거리며 말했다. 장난치는 것처럼 보이지만, 사실은 기필코 계략을 꾸며 백리명향을 쫓아내겠다고 생각하고 있어서 무슨 벌을 받을지 미리 마음의 준비를 하려는 것이었다.

한운석은 피곤해서 대답하지 않고 누각 위층으로 올라갔다.

소소옥이 황급히 그녀를 붙잡았다.

"주인님, 그러니까……."

말이 끝나기도 전에 한운석이 뚝 잘랐다.

"내가 널 쫓아내겠다면 어떨 것 같니?"

소소옥은 곧바로 흥분해서 한운석의 손을 아플 정도로 꽉 잡았다.

"주인님이 내 목숨을 구해 주셨잖아요. 난 살아서는 주인님 사람, 죽어서는 주인님 귀신이라고요. 살아도 죽어도 주인님 곁은 안 떠나요!"

스산하던 대나무 숲에서 시체 한 더미를 보고 돌아온 한운석은 귀신이니 어쩌니 하는 소리에 온몸의 털이 비쭉 서서, 소소옥을 노려보았다.

"이거 놔!"

소소옥은 더욱 긴장했다.

"주인님, 날 쫓아내시면 그 자리에서 죽을 거예요! 난 한다면 해요!"

"넌 그러면서 왜 명향을 쫓아내려는 거니?"

한운석이 반문했다.

"그⋯⋯, 그건⋯⋯."

소소옥은 망설였다. 댈 이유가 없는 게 아니라, 말하고 싶지 않았기 때문이었다.

세상 사람 모두 진왕비가 운공대륙에서 가장 총명한 여자라고 생각하지만, 소소옥이 볼 때 그녀는 운공대륙에서 가장 눈치 없는 여자였다. 백리명향이 진왕 전하를 좋아하는 것도 모르고 곁에 두는 건 호랑이 새끼를 키우는 것이나 마찬가지였다.

"안 놓을 거야?"

한운석은 피곤해 죽을 지경이었다.

운한각은 마음 편히 쉬는 장소였는데 이번에는 왜 이렇게 성가신 곳이 되었을까?

소소옥이 아무리 대담해도 한운석을 거스를 정도로 겁이 없지는 않아서, 순순히 손을 놓았다.

이튿날, 한운석은 늦잠을 자고 싶었지만 뜻밖에도 아침 댓바람부터 조 할멈이 소란을 피웠다. 조 할멈은 감히 위층으로 올라오지는 못한 채 층계참에서 소리를 질렀다.

"왕비마마, 일어나셨습니까?"

"⋯⋯."

"왕비마마, 언제 돌아오신 겁니까? 말씀이라도 해 주시지 않고요. 소인이 암탉을 사 와서 푹 고아 드리겠습니다!"

"⋯⋯."

"왕비마마, 일어나셨지요? 소인이 전하께서 제일 좋아하시는 음식으로 아침을 차렸는데 전하께서 아직 일어나지 않으셨지 뭡니까. 마마께서 좀 깨워드리시지요."

한운석은 머리에 이불을 뒤집어쓰고 자는 척했지만 이 말을 듣자 이불을 박차고 침상에서 내려왔다.

용비야를 깨우라니, 당연히 해야지! 반드시 해야 해!

그녀는 재빨리 씻고 양치한 후 아래로 내려갔다. 그녀를 본 조 할멈은 어젯밤 소소옥과 똑같은 반응을 보였다. 몹시 기뻐하며 아래위로 그녀를 살핀 조 할멈이 마침내 한마디 했다.

"왕비마마, 야위셨군요!"

한운석은 대뜸 조 할멈의 입을 틀어막으며 차갑게 경고했다.

"한 번 더 야위었단 말을 하면 고향으로 보내 암탉만 키우게 해 주겠네!"

야위긴 누가 야위었다고! 용비야와 함께 다니면 야위고 싶어도 야윌 틈이 없었다.

그녀는 자신의 외모가 단목요 못지않지만, 몸매는 단목요만큼 날씬하지 않다고 생각하고 있었다. 몸매는 그녀 마음속에 자리한 커다란 약점이었다.

조 할멈이 깜짝 놀라 연신 고개를 끄덕이자 한운석은 그제야 그녀를 놓아주었다.

"가서 차를 준비하게. 나는 용비야를 깨울 테니."

왕비마마가 전하의 존함을 부르는 게 조 할멈은 영 익숙해지지 않았다.

소소옥은 백리명향을 흘낏거리더니 쿡쿡 웃으며 말했다.

"주인님만 전하의 존함을 부를 수 있어요. 왜 그런지 알아요?"

"그걸 말이라고. 전하께서 왕비마마께만 허락하셨기 때문 아니냐."

조 할멈이 입을 헤벌리고 웃었다. 두 주인이 왕부에 없을 때면 하루하루가 의미 없게 느껴졌다. 이제 두 분이 돌아오셨으니 또 주방에서 바삐 시간을 보낼 수 있었다.

"백리명향, 당신 생각은 어때요?"

소소옥은 일부러 이러는 게 분명했다.

"전하께서 왕비마마 한 분만 사랑하시기 때문이야."

백리명향은 진지하게 대답한 뒤 다시 덧붙였다.

"오늘은 약귀당에 가지 말고 남아서 왕비마마와 전하의 시중을 들렴. 내가 갈게."

그녀는 망설임 없이 자리를 떠났지만 애석하게도 소소옥은 그런 그녀를 향해 콧방귀를 뀌었다.

한운석은 푹 쉬지 못했지만 그래도 정신은 아주 맑았다.

용비야의 침궁 문 앞에 이르러서야 그녀는 문이 안에서 잠겨 들어갈 수 없다는 것을 깨달았다. 문을 몇 번 두드렸지만 안에서는 아무 움직임이 없었다.

한운석은 침궁이 저렇게 크니 잠든 용비야가 문소리를 듣지 못했을 수도 있겠다고 생각했다. 가까스로 그보다 일찍 일어난 덕분에 깨울 기회가 생겼는데 이렇게 놓쳐야 한다니.

하지만 사실은 그렇지 않았다.

용비야는 언제나 경계심이 강해서 잠든 상태에서도 예민한 감각을 유지하며 침궁 주변의 움직임을 하나도 놓치지 않았다.

그녀가 떠나려는데 비밀 시위가 나타났다.

"왕비마마께 인사 올립니다."

"전하께서는 아직 주무시느냐?"

그녀가 생각나는 대로 물었다.

"전하께서는 불당 쪽에 계십니다."

비밀 시위는 사실대로 대답했다.

빠르기도 해라. 설마 새로운 단서가 나타난 걸까?

한운석이 대나무 숲에 이르자 맞은편에서 걸어오는 용비야가 보였다.

"단서가 생겼어요?"

그녀가 다급히 물었다.

용비야는 그녀에게 서신 한 통을 건넸다. 한운석은 몹시 놀랐다.

"협박장?"

사실 그녀는 천안국의 태황태후가 살수성 사람을 고용해 의태비를 납치하고 용비야의 출신을 밝히려 한다는 쪽에 마음이 기울어 있었다.

그런데 협박장이 날아들다니. 그 말은, 이번 일이 용비야의 출신과는 무관하다는 걸까?

한운석이 협박장을 펼쳐보니 이렇게만 쓰여 있었다.

사흘 후 정오, 현한보검玄寒寶劍을 들고 미도공호迷途空湖에 와서 몸값을 치러라. 혼자 와야 한다. 때를 넘기면 뒷일은 스스로 감당해야 할 것이다!

"아주 자신만만하군요!"
한운석이 차갑게 말했다.
"도대체 누구야!"

사람들 앞에서 총애를

용비야 혼자만 오라고? 그것도 용비야의 현한보검을 콕 집어 가져오라면서, 때를 놓치면 안 된다고? 그랬다간 뒷일을 스스로 감당해야 한다고?

짧디짧은 협박장 한 통에 조건은 네 가지나 쓰여 있었다. 지난번 고북월을 납치해 그들을 협박하던 영승도 이렇게 자신만만했지만, 요구 사항이 많지는 않았다.

대체 얼마나 대단한 사람일까?

"보검을 가져와서 의태비와 바꾸라고요? 설마 창구자일까요?"

한운석은 답답했다.

"그럴 것 같지는 않다. 그자는 현한보검을 얻자고 이런 수단을 동원할 인물은 아니다."

용비야는 담담하게 말했다. 현한보검은 사부가 그에게 준 것으로, 천산검종 최고의 검이었다.

사부는 현한보검이 그의 기운과 잘 맞아 그만이 부릴 수 있고, 그만이 얻을 수 있다고 했다. 그 도리는 창구자도 알고 있을 터였다.

"창구자가 아니면 누군가 살수성 사람을 고용해 의태비를 납치한 다음 당신더러 거래하자고 하는 거군요."

한운석은 생각에 잠긴 얼굴로 말했다.

용비야는 이 추측을 좀 더 신뢰했다. 그가 잠시 망설이다가 말했다.

"아주 수상하군!"

사람을 납치해 그를 협박할 생각이었다면 어째서 의태비를 선택했을까? 의태비는 이미 세상 사람들에게 잊힌 인물이었다! 영승도 고북월을 납치했던 만큼, 정말 그를 협박할 생각이라면 약귀당 사람에게 손을 써야 옳았다.

약귀당 사람을 납치하는 것이 의태비를 납치하기보다 훨씬 쉬웠다.

용비야가 다시 말했다.

"살수를 고용해서 납치했다면 냉월 부인이나 제종림을 움직여야 했을 것이다. 그 두 사람을 움직이려면 은자만으로는 부족하지."

"아무래도 고용인을 만나봐야 진상을 알 수 있겠군요."

한운석이 자못 심각하게 말했다.

"사흘 후니 준비를 해야 해요. 초서풍에게 서둘러 돌아오라고 해요."

만에 하나 상대가 매복을 펼쳐놨다면? 만에 하나 고용한 살수로 의태비만 납치한 게 아니라 미도공호에 매복까지 펼치고 용비야가 함정에 빠지기만을 기다리고 있다면? 만에 하나 상대의 진짜 목적이 용비야를 죽이는 것이라면?

이번 출행은 몹시 위험했다!

한운석은 진지했지만 뜻밖에도 용비야는 눈썹을 치키고 그녀를 바라보며 물었다.

"본 왕이 현한보검이 아니라 너를 데려가겠다면, 따라갈 용기가 있느냐?"

한운석은 하는 수 없다는 표정으로 웃어 보였다. 비록 걱정은 되지만 그녀는 용비야의 성격을 누구보다 잘 알았다. 이 남자가 쉽게 협박당할 사람일까?

"허락할게요!"

그녀가 웃으며 말했다. 뭐, 언제는 위험하지 않았나? 구약동 같은 곳에서도 살아나왔잖아, 안 그래?

기한은 사흘이었다.

그 사흘간 용비야는 아무 준비도 하지 않고 모든 것을 본래 계획대로 진행했다. 원래부터 그에겐 달리 틈을 낼 여유가 없었다.

그날 그는 한운석을 데리고 중남도독부로 갔다.

중남도독부는 백리원륭이 떡하니 버티며 지키는 한편 육부 六部까지 설치해서, 사실상 작은 조정처럼 중남부의 비옥한 땅을 관할하고 있었다.

비록 백리원륭이 대권을 쥐고 있지만, 육부 중 병부를 제외한 나머지는 명문세가가 장악해 그들이 추천한 사람이 상서를 맡았다. 아직은 명문세가 세력이 어느 정도 용비야를 견제하고 있는 것이었다.

명문세가는 대대로 봉록을 받고 관리를 지낸 지체 높은 집안이었다.

이들은 이미 오랫동안 정치에 간섭하지 않고 봉록만 누렸고, 심지어 관리나 황실 사람을 깔보며 오만한 태도를 보이기도 했다. 하지만 이제는 각 명문세가의 가주들이 경쟁하듯 사람을 추천해 상서직을 맡기려 하고 있으니, 그 야심이 얼마나 커졌는지 충분히 짐작할 만했다.

그들의 가장 직접적인 목적은 용비야를 견제하는 것이었다. 다만 용비야는 아직 천하를 차지하거나 나라를 세우지 않았기에 그들 역시 병사를 움직이지도 않았고 함부로 건방지게 굴지도 못했다.

용비야가 진짜 제위에 등극하는 날이 오면, 그들은 숟가락을 얹고서 그들 집안의 지위를 존중하고 이익을 계속 누리는 것을 인정해 달라고 새로운 정권에게 요구할 것이 분명했다.

대전에는 백리원륭과 다섯 명문세가의 가주, 다섯 부처의 상서가 모두 와 있었다. 용비야와 한운석이 대전에 도착하자 그들은 일제히 일어나 예를 올렸다. 백리원륭이 누구보다 공손한 태도로 주인석을 내주었다.

용비야는 그들에게 일어나도 좋다고 하지 않고, 한운석을 데리고 앞으로 걸어갔다.

한운석은 주인석에 한 사람밖에 앉을 수 없는 것을 알았다. 그 옆에 따로 의자가 놓여 있었는데, 뜬금없게 느껴지는 걸 보니 본래 있던 것은 아니고 백리원륭이 그녀를 위해 준비한 것 같았다.

그녀는 백리원륭이 참 세심하다고 생각했다.

물론 그녀 자신은 남존여비 사상 같은 건 품고 있지 않지만, 이 자리에 있는 모두가 남자고 논의할 내용도 나라의 대사다 보니 참여하고픈 생각이 별로 없었다. 그런 일보다는 약귀당 일이나 의태비를 납치한 사람에게 더 관심이 있었다. 용비야가 의태비 납치 건에 이렇게 태연하게 구는 이유를 도무지 알 수 없었다.

아무튼 그녀는 용비야에게 이끌려 어쩔 수 없이 따라왔고 옆에서 이야기를 들을 수밖에 없었다. 주인석에 이르러 그녀가 옆에 놓인 의자에 앉으려 하는데, 뜻밖에도 용비야는 손을 놓지 않고 그녀를 안은 채 주인석에 앉았다. 아니, 정확히 말하면 자신의 다리 위에 그녀를 앉힌 것이었다!

순간 대전에 있던 모두가 그쪽을 바라보았다.

"뭐 하는 거예요!"

한운석이 속삭였다.

용비야는 못 들은 척하고 양손으로 그녀의 가느다란 허리를 감싸 안았다. 한운석은 나이 든 가주 다섯 명이 자신을 바라보는 눈동자가 유난히 날카롭고 험악해지는 것을 분명히 느꼈다.

용비야는 대체 뭘 하려는 걸까? 지금도 그녀가 그를 홀려서 망쳤다고 하는 사람이 좀 많아?

백리원륭이 용비야에게 힘껏 눈짓했지만 애석하게도 용비야는 못 본 척했다. 한운석은 이해할 수 없었지만 백리원륭은 누구보다 잘 알 수 있었다.

이들 명문세가의 생각은 똑같았다. 하나같이 진왕 전하를 단단히 억눌렀다가 훗날 집안의 적출 딸을 진왕에게 시집보내려 하는 것이었다!

진왕 전하가 한운석을 총애하는 것도 알고, 한운석이 진왕의 정비라는 사실을 바꿀 수 없다는 것도 알지만, 진왕 전하에게 딸을 시집보낼 계획은 여전했다. 진왕 전하가 황제가 되면 후궁에는 황후와 네 귀비가 생길 터였다. 그때 정비인 한운석이 반드시 황후가 되리란 보장은 없었다.

그래서 기본적으로 이들은 한운석에게 적의가 가득했다.

진왕 전하가 이렇게 하는 것은, 이 자리에 있는 가주들에게 현실을 보여 주고, 쓸데없는 생각은 지워 버리라고 경고하기 위해서가 분명했다.

하지만 백리원륭은 걱정스러웠다!

누가 뭐래도 지금은 시기가 적절치 않았고, 이럴 때 저들에게 미움을 살 필요는 없었다. 지금은 아주 중요한 시기로, 그의 계산이 옳다면 올가을에는 진왕이 진짜 행동을 개시해 운공대륙 전체를 뒤집어 놓을 것이다.

그는 가을이 오기를 고대했지만, 지금은 조심스럽게 움직여야 했다. 중남부에는 그 어떤 문제도 있어서는 안 되었다.

진왕 전하가 이 자리에 있는 사람들을 존중하지 않은 채 제멋대로 한운석을 안고 있는 것을 보자 백리원륭은 걱정을 넘어 화가 났다. 당연히 진왕에게 화를 낼 수는 없었다. 그가 화를 낸 상대는 한운석이었다.

이 여자는 확실히 남다르지만, 그래도 결국은 화근덩어리였다!

"모두 일어나서 자리에 앉으시오."

마침내 용비야가 말했다.

사람들은 일어나 자리에 앉았지만, 눈빛은 한운석을 쏘아보고 있었다. 한운석은 아무래도 불편해서 다시 나지막이 말했다.

"용비야, 대체 왜 이래요?"

"별일 아니다. 네가 옆에 따로 앉는 것이 싫은 것이다."

용비야는 그녀의 목에 머리를 묻고 소곤거리듯이 말했다.

한운석이 마음이 따뜻해지는 것을 느끼며 입을 열려는데, 가장 앞에 앉아 있던 蕭씨 집안 가주가 일어나 두 손으로 읍을 했다. 기개가 범상치 않은 사람이었다.

"왕비마마의 높은 명성을 들은 지 오래이건만 오늘 이렇게 뵈니 실로 삼생의 행운입니다! 오늘, 서부 지역 전쟁에 관해 상의하고 중남부의 안녕과 번영을 도모하고자 육부가 한자리에 모였습니다. 왕비마마께서 이렇게 오신 것을 보면 필시 가르침이 있으시겠군요. 마마께서 현 운공대륙의 정세에 어떤 고견을 가지고 계시는지, 귀를 씻고 경청하겠습니다!"

명문세가 출신은 다르긴 달랐다. 예를 올리는 데도 이처럼 품격 있고 말투도 교양이 넘치다니.

하지만 품격 있고 교양이 넘친다고 한들, 트집을 잡으려 드는 그의 속을 한운석은 단번에 알아차렸다. 그녀가 볼 때 이들에게는 명문세가의 진짜 기백 같은 건 없었다!

한운석은 조정 일에 나설 생각이 없었다. 조정은 항상 너무 바빴고 별로 좋아하는 일도 아니기 때문이었다. 하지만 용비야가 기어이 그녀를 남자를 망친 화근덩어리로 만들어 놓겠다니, 그를 창피 당하게 할 순 없는 노릇 아닐까?

그가 방금 했던 마음 따뜻해지는 말을 봐서라도 분발해야 했다!

지금까지는 앉은 자리가 불편했지만, 이제는 그녀도 마음 편히 용비야의 품에 나른하게 기대면서 말했다.

"잘들 들으시오. 본 왕비가 딱 한 번 말할 테니!"

이 말에 아래에 있던 노인네들은 화가 나서 얼굴이 새파래졌다!

소 가주가 그래도 예의를 차렸는데, 한운석은 숫제 예의라곤 없었다. 명문세가의 가주들이 언제 이런 무례를 당해 봤을까?

예상대로 이 여자는 총애를 믿고 오만방자해져 있었다. 지금 기세를 눌러두지 않으면 나중에는 어떻게 될지 몰랐다.

"말씀하시지요!"

소 가주는 끓어오르는 노기를 꾹 누르며 말했다. 일어난 채로 다시 앉지도 않고서.

"서주국, 천녕국, 천안국 세 나라의 전쟁은 이 중남부에 아주 좋은 기회니 놓칠 수 없소……."

한운석이 이렇게 말하자 호부 상서가 웃으며 끼어들었다.

"왕비마마, 그 점은 모두가 알고 있습니다."

가주 다섯 명이야 명문세가의 기품을 지킨답시고 대놓고 한운석을 비웃지 못했지만, 그들이 추천한 상서 대인들은 그들을 대신해 말해 줄 수 있었다.

"그럼 그대도 알겠구려?"

한운석이 흥미로운 얼굴로 물었다.

"물론입니다. 세 나라가 싸우면 우리 중남도독부는 앉아서 어부지리를 취할 수 있지요!"

호부 상서가 진지하게 말했다.

"어떤 어부지리를 취할 수 있소?"

한운석이 또 물었다.

"세 나라의 원기가 크게 상할 때가 곧 우리 중남도독부가 출정할 때지요. 그때 우리는 천녕국의 강토를 집어삼킬 뿐만 아니라 서주국과 천안국까지 뻗어 나가……."

여기서 한운석이 그의 말을 잘랐다.

"그 역시 모두가 아는 이야기 아니오? 그 문제는 병부가 맡을 일이니 그대가 노심초사할 필요는 없소. 본 왕비가 알고 싶은 것은, 호부는 무엇에 힘쓰고 있으며 어떤 이익을 도모하려는가 하는 것이오."

호부 상서는 추호도 망설이지 않고 대답했다.

"우리 호부는 당연히 병부를 도와 병사를 모집하고 군마를 사들이고 군량과 마초를 준비할 것입니다."

호부는 나라의 주요 부처로, 전국의 땅과 전답, 호적, 세수, 봉록 및 재정에 관한 일을 맡았다. 즉, 호부 상서는 곧 나라의 재정 대신이라 할 수 있었다.

호부 상서의 대답은 자신만만했지만, 한운석은 깔깔거리며 웃음을 터트렸다.

"그건 모두가 아는 일이 아니오?"

한운석에게 두 번이나, 그것도 방금 자신이 한 말 그대로 퉁을 먹은 호부 상서는 아무래도 달갑지 않아 되물었다.

"그렇다면 왕비마마께는 어떤 고견이 있으신지 어디 가르쳐 주시지요!"

"방금 내가 말하려고 했으나 그대가 끼어들지 않았소? 자, 확실히 해 두지만, 이번에는 내 말을 끊지 마시오. 그대가 얼마나 대단한 견해를 가졌든 간에 수고스럽지만 일단 참았다가 본 왕비의 말이 끝난 후에 하시오. 그러면 되지 않소?"

한운석이 참을성 있게 물었다.

다섯 가주의 안색은 더욱더 나빠졌지만, 옆에 있던 백리원룽은 겨우 웃음을 참고 있었고, 용비야 역시 한운석을 안은 손으로 이따금 그녀의 허리를 두드리는 걸 보면 재미있어하는 게 분명했다.

"왕비마마, 가르침을 주시지요!"

조롱당한 호부 상서는 누구보다 머쓱했다. 그는 다음 말을 기다렸지만, 솔직히 한운석이 대단한 고견을 내놓으리라곤 전혀 믿지 않았다.

한운석이 입을 열었다.

적 만들기와 위엄 갖추기

한운석은 이렇게 말했다.

"대인, 병사를 모집하고 군마를 사들이고 군량과 마초를 준비하는 것은 아직 이르오. 그 방면에서 병부는 전쟁 준비를 하기보다는 한두 달 시간을 들여 형세를 관찰하고 싸우지 않고 적병을 굴복시킬 방법이 없는지 고민하는 것이 낫소. 누가 뭐라 해도 전쟁은 최후의 수단이오. 더욱이, 설사 결국 출병한다 하더라도 뒤처리를 하러 가는 것뿐이니 많은 준비가 필요하지 않소."

여기까지 듣자 병부 상서는 힘이 쭉 빠졌지만, 백리원룡을 꺼려 감히 아무 말도 할 수 없었다. 뜻밖에도 옆에 있던 이부 상서가 웃으며 입을 열었다.

"왕비마마, 말은 쉽지만 지금 형세로 보아……."

한운석이 불쾌한 듯이 말을 끊었다.

"그대가 호부 상서요?"

"그……, 소, 소관은 이부를 맡고 있습니다."

이부 상서가 허둥지둥 신분을 밝혔다.

"본 왕비는 호부 상서에게 가르침을 내리는 중이지 그대에게 이야기하는 게 아닌데 왜 끼어드시오?"

한운석은 차갑게 반문했다.

이부 상서는 말문이 막히고 뭐라고 대답해야 할지 몰라 별수 없이 읍을 했다.

"예, 소관이 쓸데없이 입을 놀렸습니다."

한운석이 호부 상서에게 한 것처럼 자신을 대할까 봐 정말 겁이 났다. 좋은 책략을 내놓지 못하면 그대로 끝장이었다.

"여봐라, 쓸데없이 입을 놀렸으니 그 입을 쳐라!"

갑자기 용비야가 음산하게 내뱉었다.

대전은 본래도 몹시 조용해서 문밖 처마에서 떨어지는 물방울 소리만 들렸는데, 용비야의 이 한마디에 처마에서 떨어지는 물이 얼어붙기라도 한 듯 갑자기 아무 소리도 나지 않게 되었다. 대전 전체가 무서우리만치 정적에 휩싸였다.

이부 상서는 간담이 서늘해져 자신을 추천한 가주를 돌아보며 도움을 청했다. 하지만 그 가주는 불만스러운 듯 눈썹을 잔뜩 찌푸렸지만 미적거리며 입을 열지 않았다.

시종이 들어오자 이부 상서는 다급히 꿇어앉아 용서를 청했다.

"왕비마마, 소관이 실언했습니다. 실례를 저질렀습니다. 부디 관용을 베푸시어 한 번만 용서해 주십시오."

한운석이 손을 내저어 시종을 물러가게 하자 이부 상서도 겨우 안도의 숨을 내쉬었다.

"감사합니다, 왕비마마!"

사실 옆에서 지켜보던 백리원릉은 걱정이 이만저만이 아니었다. 한운석이 진왕 전하의 깊은 총애에 부응하지 못하고 공연히 가주들의 웃음거리가 될까 두려워서였다.

일이 이 지경까지 되었으니, 이 자리에서 그녀가 저들을 굴복시키지 못하면 가주들은 쉽사리 손을 떼려 하지 않을 것이다.

하지만 사실이 증명하듯, 한운석은 용비야의 편애와 총애를 충분히 감당할 수 있었다. 그녀의 일장 연설이 펼쳐지자 장내의 모두가 눈을 휘둥그레 뜨고 말문이 막힌 채 겉으로도 속으로도 탄복할 수밖에 없게 되었기 때문이었다.

그녀는 이렇게 말했다.

"세 나라가 전쟁을 벌이면, 필시 수많은 양질의 자원이 바깥으로 흘러나가게 될 것이오. 북려국으로 가거나 아니면 중남부로 가겠지. 중남부는 가장 안정적인 곳이자 가장 살기 좋은 곳이니 양질의 자원은 모두 중남부로 흘러들 것이오."

그녀는 이렇게 말한 다음 진지하게 물었다.

"그 양질의 자원이란 무엇이겠소? 바로 사람과 물자요. 사람부터 말해 봅시다. 어떤 사람이겠소?"

사람들은 호기심과 놀라움을 담아 한운석을 쳐다보았다. 그녀가 무슨 말을 하려는지 확실히 알 수는 없지만 무척 흥미가 일었다. 한운석의 입에서 나온 '양질의 자원'이라는 단어는 그들에게는 들어 본 적 없는 것이었다.

한운석은 스스로 대답했다.

"바로 각 분야에서 일하는 인재들이오. 농경과 목축, 재봉, 방직, 미장, 주조, 토목, 의약, 양조, 염색, 도자기 굽는 일 등등 각 직종의 인재를 비롯한 문인과 명사 말이오. 그들은 전란을 피해 밖으로 달아날 수밖에 없고 중남부 경내로 올 수밖에 없소."

한운석이 여기까지 말하자 용비야는 벌써 입꼬리를 올리고 있었다. 흥미롭고 흡족한 표정이었다.

"그럼 물자는 또 무엇을 말하겠소? 귀한 보물과 신기한 짐승, 보석과 골동품이오. 난세에는 영웅이 난다고 하지만 난세에 더 많이 나는 것이 바로 보물이오. 이 물건들은 달아난 사람들을 따라 중남부에 흘러들거나 장사꾼에게 팔려 올 것이오."

사람들이 저도 모르게 고개를 끄덕였다. 확실히 그랬다.

"호부는 서둘러 병사를 모집하고 군마를 사들이지 말고 어떻게 하면 이 양질의 자원을 붙잡아 둘 수 있을지, 어떻게 하면 이 틈에 이 양질의 자원을 잘 이용할 수 있을지, 어떻게 보물을 모으고 어떻게 인재를 불러들여 힘을 기르고 각 분야를 성행시킬지 고민해야 하오. 각 분야가 성행하는 것이 곧 나라가 강해지고 평안해지는 기반이오! 나라가 강하고 평안해야 싸우지 않고 적병을 굴복시킬 수 있소!"

한운석의 말이 끝나자 대전은 더욱더 조용해져 나뭇잎 떨어지는 소리마저 들릴 지경이었다.

아무도 예상하지 못한 일이었다. 나른하게 진왕의 품에 안겨 총애만 믿고 오만하게 구는 여자가 이런 말을 할 줄이야. 대전 안에 있는 남자들과 비교해도 전혀 손색이 없었다.

이는 왕비가 아니라 재상에 어울리는 재주였다! 게다가 기재였다! 운공대륙 역사상 전쟁이 벌어지면 각 나라는 무기와 군량, 마초를 생산해 횡재할 생각만 했지, 한운석이 말한 부분을 생각해 본 사람은 아무도 없었다.

용비야의 입꼬리가 보기 좋게 호를 그렸다. 마침내 그의 손이 한운석의 허리에서 떨어졌지만, 그녀를 놓아준 것은 아니었다. 그는 그녀의 허리 옆으로 양손을 내밀어 짝짝하고 손뼉을 쳤다.

"훌륭합니다! 참으로 훌륭합니다! 왕비마마의 고견이 참으로 대단하군요! 소장, 탄복했습니다!"

백리원륭은 크게 기뻐하며 간당간당하던 심장을 편안하게 내려놓았다. 그는 생각했다. 왕비마마가 정말 진왕 전하의 화근덩어리라 해도 인정하고, 따르고, 복종하겠다고!

"대단합니다! 확실히 대단하시군요. 이 자리에 참 잘 오셨습니다, 하하하!"

"왕비마마의 연설을 듣는 것이 10년간 책을 읽는 것보다 낫습니다!"

"백문이 불여일견이라더니, 왕비마마 덕분에 오늘 이 늙은이의 견식이 크게 늘었습니다!"

"고高 대인, 왕비마마께서 호부에 길을 알려 주셨구려. 돌아가시거든 잘 생각해 보시오. 너무 오래 걸려 기회를 놓치면 이 늙은이가 책임을 물을 것이오!"

"앞으로 왕비마마께서 많이 가르쳐 주십시오!"

다섯 가주의 태도가 싹 변했다. 물론 그들은 한운석 뒤에 용비야가 있다는 것을 잊지 않고 용비야에게도 한차례 아부를 떨어 댔다.

육부의 상서들이 적잖은 질문을 했지만 한운석은 모두 술술 대답했다. 현대에서 온 한운석의 머리에는 수천 년의 지식이 들어 있어서, 비록 나라를 다스리는 일에 전문가는 아니지만 상황을 대하는 시각과 시야는 장내에 있는 이들이 상상할 수도 없을 정도였다.

정오가 되어서야 사람들이 물러났다. 용비야는 음식을 대접할 뜻이 없었고 그들 역시 눈치가 빨랐다.

식사 시간이 되자 백리원륭이 핑계를 대고 용비야를 곁 마루로 이끌었다.

"전하께선 정말 보는 눈이 훌륭하십니다. 왕비마마는⋯⋯."

백리원륭의 말이 끝나기도 전에 용비야가 차갑게 말했다.

"그 밖에 다른 일이 있는가?"

아침에 들은 아부도 이미 충분했다. 용비야는 질린 지 오래였다.

백리원륭은 별수 없이 단도직입적으로 말했다.

"전하, 지금 명문세가들의 눈 밖에 나기엔 너무 이릅니다."

오늘 왕비마마가 그들을 굴복시키기는 했지만, 그 굴복이란 따지고 보면 오늘 있었던 화제에 국한되어 있었다. 왕비마마가 오늘 보인 태도는 그들의 불만을 부추기고 방비를 강화하게 할 뿐이었다.

"왜, 다섯 부처를 그들에게 내주었는데도 아직 만족하지 못한다는 것인가?"

용비야가 따져 물었다.

물론 한동안은 그들을 건드릴 상황이 아니었고 건드릴 여유도 없었다. 하지만 일단 기세를 눌러 놓고 단단히 경고하는 것

정도는 할 수 있었다.

백리원룡이 말이 없자 용비야는 차갑게 말했다.

"백리원룡, 그들은 어리석지 않다! 본 왕이 나라를 세우고 제위에 오르기 전에는 감히 경거망동하지 않을 것이다. 본 왕은 단지 한운석을 어떻게 해 보려는 생각을 그만두라고 일깨워 준 것뿐이다!"

용비야가 중남도독부를 찾아 명문세가들을 억누른 진정한 목적은 바로 한운석의 위엄을 세우기 위해서였다. 그리고 한운석은 그를 실망하게 하지 않았다!

식당에 돌아갔을 때 한운석은 천천히 음식을 씹고 있다가 용비야와 백리원룡이 오는 것을 보고 얼른 손을 흔들었다.

"백리 장군께서도 같이 드세요."

하지만 백리원룡은 용비야와 한자리에 앉아 식사할 용기가 나지 않아 핑계를 대고 빠져나갔다.

아무래도 조금 전에는 다른 사람들 앞이라 할 수 없는 이야기가 많았던 터라 같이 식사하면서 중남도독부 상황에 관해 이야기를 나눌 생각이었던 한운석이었지만 이렇게 되니 어쩔 수 없었다.

"용비야, 내가 명문세가들에게 죄다 미움을 사서 기분 좋죠?"

한운석은 웃으며 물었다.

오전 내내 귀 따갑게 아부를 들었지만, 그 노인네들의 진짜 마음이 어떤지는 그녀도 훤히 꿰뚫어 보았다.

"기분 좋다. 적을 만들지 않고서야 무슨 수로 위엄을 세우겠느냐?"

용비야가 반문했다.

한운석은 기가 막힌 얼굴로 웃었다.

"네네, 당신이 이겼어요."

천성적으로 남에게 미움 받기 좋은 성격을 타고난 그녀였으니 이번에도 다르지 않았다. 오늘 일이 없었더라도 진왕비라는 신분 때문에 이미 그들 눈 밖에 난 상태였다.

명문세가의 딸에게 가장 영광스러운 일이 무엇일까? 뭐니 뭐니 해도 제왕에게 시집가는 것이었다!

그 가주들의 속마음을 한운석도 무척이나 잘 알고 있었다.

"용비야, 진왕비는…… 정말이지 고된 자리에요!"

한운석이 탄식하며 말했다.

"두려우냐?"

용비야가 물었다.

한운석은 주저 없이 대답했다.

"병사가 덤비면 장군으로 막고, 물이 덮치면 토담으로 막아야죠!"

용비야는 만족하며 뜨거운 국을 한 숟갈 떠서 그녀의 입가에 가져갔고 한운석은 호로록 마셨다. 이미 버릇이 된 듯 자연스러운 동작이었다. 주위에 있던 시녀들은 진왕 전하와 왕비마마의 시중을 드는 게 처음이라 무척 긴장했는데, 이 장면을 보자 심장이 콩닥콩닥 뛰었다.

세상에, 소문의 그 얼음왕께서 여자에게 이렇게 다정할 줄이

야. 시녀들은 감히 한운석을 질투하거나 부러워하거나 미워할
수 없어, 용비야가 든 숟가락만 질투했다.

용비야와 한운석은 도란도란 이야기를 나누며 식사했다. 이
렇게 앉아서 천천히 식사하는 것이 참 오랜만이었다.

"약귀당 일은 네가 짬을 내서 운공상인협회를 대비하라고 확
실히 일러두어라."

용비야가 담담하게 말했다.

"영정은 북려국과 설산 문제를 논의할 시간이 없어요. 설령
논의가 끝났다 해도 사람을 시켜 의성에 소식을 전하면 의약계
사람 중 누구도 함부로 운공상인협회의 약을 쓰지 못할 거예요."

한운석은 그 일에 아직 자신이 있었다.

용비야는 고개를 끄덕였다.

"중부에는 세 개 군에 각각 하나씩 총 삼대 곡창지대가 있고,
강남에는 사대 곡창지대가 있다. 본래는 너를 데리고 둘러볼 생
각이었으나 당리의 일로 지체되어 시간이 없구나. 훗날 남쪽으
로 순행할 때를 위해 남겨 두도록 하지."

한운석도 이견이 없었다.

"기대할게요."

운공대륙에 온 지 꽤 오래된 그녀는 강남에 꼭 가 보고 싶었
다. 강남은 운공대륙의 아름다운 풍경이며 맛있는 음식이 모두
집중된 좋은 곳이었다. 강남 매해는 진정한 강남이라고 할 수
없었다. 그곳은 강남의 북쪽, 영남군과의 접경에 있었다.

"칠대 곡창지대에서 생산한 식량 추계는 호부가 맡고 있다.

이걸 네게 주마."

용비야가 말하며 두툼한 장부 세 권을 꺼냈다. 한운석은 이 인간이 어디서 이렇게 많은 장부가 났는지 이해할 수가 없었다.

하지만 잠시 뒤적여 보니 곧 알 수 있었다. 이 장부는 바로 용비야가 운공대륙에 가지고 있는 모든 사업장의 항목 명세서였다. 작은 사업장은 하나도 없고 모두 큰 사업장인데, 개중 육 할 이상이 중남부에 있었다. 더군다나 주로 식당, 주점, 전장이었고 전당이 그다음이었다.

한운석도 마침내 용비야의 재산이 어디서 나오는지 알게 되었다. 운공상인협회만큼은 못 되지만, 잘 운영하면 훗날 운공상인협회와 맞먹을 수 있을지도 몰랐다.

한운석은 꼼꼼히 살펴보다가 갑자기 고개를 들고 용비야를 바라보았다.

"잠깐, 용비야. 그러니까 모든 사업을 내게 맡기겠단 말이에요?"

앞서 중남부 명문세가들 앞에서 그녀의 위엄을 세워 주고 이어서 모든 사업까지 맡기겠다니. 아무래도 그는 뭔가 준비하고 있는 것 같았다.

부드러움, 다툴 수 없어

"장부 관리는 장방帳房(재산 출납을 관리하는 곳)의 선생이 하고 있다."

용비야가 태연하게 말했다.

"며칠 후면 모두 네가 처리하게 해 주마."

한운석은 의아해하며 가까이 다가가 낮은 목소리로 물었다.

"용비야……, 당신, 어딘가로 달아날 생각인 거예요?"

그의 태도가 너무 이상해서 불안감을 감출 수 없었다. 이 인간이 모든 것을 넘겨 준 후 모습을 감춰 버릴 것만 같았다.

용비야는 그녀의 앞머리를 쓰다듬으며 사랑스러운 듯 미소 지었다.

"달아날 때는 반드시 너를 데려가마. 죽다 살아나 도망칠 때는 데려가지 않겠지만."

한운석이 그의 손을 뿌리쳤다.

"용비야, 대체 무슨 생각을 하는 거예요?"

"네가 훌륭하게 약귀당을 키웠으니 본 왕의 사업도 네게 믿고 맡길 수 있지 않겠느냐."

용비야가 장난스럽게 말했다.

"그 이야기만 하는 게 아니잖아요."

한운석은 잠시 망설이다가 진지하게 말했다.

"이번 천산행에 무슨 계획이라도 있어요?"

한운석은 용비야가 하는 모든 것이 천산에 오르기 위한 준비라고 느꼈다. 위험한 일이라도 있는지 그는 천산에 가기 전에 그녀를 위해 모든 준비를 해 두려는 것 같았다.

용비야는 복잡한 눈빛을 띠며 담담하게 말했다.

"천산행은 위험하다. 중추절이 되어도 내가 하산할 수 없게 되면 네가 먼저 가서 대신 중남도독부를 관리하고 서부 지역의 변화에 대응해 줄 수 있겠느냐?"

"단목요 때문인가요?"

한운석은 초조했다. 설마 용비야가 단목요 때문에 검종 노인과 적이 되는 걸까? 그녀가 느끼기로는, 단목요의 훼방이 있어도 그는 검종 노인을 무척 존경하고 있었다.

검종 노인은 운공대륙 제일 고수로, 그 무공은 누구도 따르지 못할 경지에 올라 있었다. 만약 그녀의 예측대로 용비야가 검종 노인과 적이 되면 정말이지 위험했다.

"그녀와는 무관하다. 창구자가 가장 큰 골칫거리다."

용비야는 태연하게 말했다. 사실 창구자는 부차적인 문제일 뿐, 최대 골칫거리는 그 자신이었다. 자신의 봉인.

이번에 천산에 가서 순조롭게 봉인을 푼다면 창구자를 처리하는 것쯤 일도 아니었다. 강호 무림에서 승패의 결정은 무공의 높고 낮음이 직접적인 요인이었고 조정의 권모술수처럼 복잡한 요소는 없었다. 단목요는 애초에 그의 관심사가 아니었다. 하물며 단목요를 천산에 돌려보낼 생각도 없었다. 단목요가 천산에 돌아가지만 않으면 사부와 그가 충돌을 일으킬 일은 없었다.

그가 천산의 발언권을 얻기만 하면 운공대륙 무림은 자연스레 중남도독부를 괴롭히지 않게 될 것이고, 나중에는 무림의 힘을 모아 두 살수성을 휘하에 넣을 수도 있었다.

예전부터 무림이 얕볼 수 없는 힘이라는 것은 알고 있었지만, 이번에 단목요가 무림의 힘으로 사방팔방에서 영승을 괴롭히자 더욱더 그 힘을 중요시하게 되었다.

이번 천산행은 무척 중요하고 미치는 영향도 컸다. 세 나라가 전쟁을 벌이는 두세 달 동안이 천산에 오르기 가장 좋은 시기였다. 이때 움직이지 않으면, 단목요와 창구자가 군역사와 결탁할지도 모를 일이었다.

창구자는 줄곧 속세의 힘을 빌려 천산의 권력을 빼앗을 생각을 하고 있었다. 군역사와 단목요는 이미 손잡은 적이 있고, 창구자마저 군역사와 결탁하면 천산은 그의 손아귀에서 벗어나게 되어 있었다. 그러니 이번에는 반드시 가야 했다.

봉인을 순조롭게 풀지 못하면 성가신 상황이 벌어지게 되고, 그와 한운석 모두 위험해질 터였다.

그러니 그가 중추절까지 하산하지 못하면 반드시 한운석을 먼저 보내야 했다.

모든 것은 이미 준비해 두었다. 이번에 중남도독부에 돌아온 것도 일을 마무리 짓기 위해서였다. 그가 돌아오지 못한다면 한운석은 중남도독부에 있는 것이 가장 안전했다. 그가 가진 중남부의 모든 사업을 그녀가 쥐고 있으면, 설사 명문세가 가주들이 괴롭히려 해도 그에 맞설 힘이 충분했다. 그녀가 그를 대신해 대국을 관장하는 것이라고는 해도 사실상 처리할 일이 그렇게 많지는 않았다.

"난 하산하기 싫어요. 중남도독부 일은 백리 장군에게 맡겨요. 난 당신과 함께 올라갔다가 당신과 함께 내려올 거예요! 당신이 안 가면 나도 안 가요!"

한운석이 진지하게 말했다.

"너는 무공을 할 줄 모르니 천산에 남아 있으면 본 왕의 짐이 될 것이다."

용비야는 잔인하게 말했다.

한운석은 그 한마디에 쓰러지지 않았다.

"짐이 되더라도 매달리겠어요. 어쨌든 당신이 날 데리고 천산에 갈 능력이 있다면 같이 내려올 능력도 있어야죠! 그렇지 않으면 날 데려가지도 말아요!"

"좋다, 그럼 데려가지 않도록 하지."

용비야가 태연하게 대답했다. 녹을 듯이 부드러운 눈빛에는 사랑이 담뿍 담겨 있었다.

"용비야!"

한운석은 화가 나 죽을 지경이었다. 어쩜 이렇게 얄미운 사람이 다 있담. 저렇게 부드러운 목소리로 저렇게 무정한 말을 하다니.

용비야는 여전히 부드럽기 그지없는 얼굴로 똑같이 국을 떠서 그녀의 입가로 가져갔다.

한운석은 씩씩거리며 국을 마신 뒤 계속 말했다.

"좋아요, 안 가요. 영남군에서 당신이 돌아올 때까지 기다릴 거라고요!"

그녀는 잠시 생각하다가 덧붙였다.

"당신이 돌아오지 않으면 중남도독부를 해산해 버릴 거예요. 초서풍과 비밀 시위들도 해산하고요. 당신이 가진 사업장은 운공상인협회에 모두 팔아치운 다음 고칠소와 함께 세상을 유람할 거예요!"

홧김에 한 말이지만 경고이기도 했다.

"그리고, 당문에 가서……."

"한운석, 내 부모님은 이미 세상을 떠나셨다. 너를 천산에 데려가 사부님께 보여드리고 싶다."

용비야의 눈동자에 담긴 부드러움은 짙고도 짙어 흩어질 기미가 없었다.

한운석은 갑자기 입을 다물었다. 그의 눈을 보고 싶지 않았지만 의지와는 달리 그 눈빛 속에 푹 빠져들었다.

이렇게 부드러운데 어떻게 거절할 수 있을까?

이런 이유를 대는데 어떻게 안 된다고 할 수 있을까?

하물며 그녀가 정말 가기 싫은 것도 아닌데. 하물며 그와 함께 천산에 가는 것을 오랫동안 바라 왔는데. 하물며 그렇게 위험한 길을 그 홀로 보낼 수도 없는데.

한운석은 깊어진 눈빛으로 용비야를 응시하며 아무 말도 하지 않았다.

용비야는 피식 웃으며 무심결에 다시 그녀의 앞머리를 쓰다듬었다.

"중추절이 지나면 세 나라의 곡식과 약재는 거의 바닥날 것이다. 그때 중남도독부를 지휘할 사람이 필요한데, 아무래도 백리원룡은 무장이고 너처럼 총명하지 못하다. 본 왕도 하산이 조금 늦어질 뿐이지 영원히 내려가지 못하는 것은 아니지 않느냐."

그는 이렇게 말하며 한운석의 턱을 잡아 자신을 바라보도록 고개를 들어 올렸다.

"한운석, 무슨 쓸데없는 생각을 하고 있느냐? 고칠소와 함께 천하를 유람하고 싶다고? 어째서 미리 말하지 않았지? 본 왕이 지금 당장 그자의 다리를 부러뜨리지 못할 것 같으냐?"

그때 고칠소는 가까스로 목령아를 따돌리고 검은 장포 속에 웅크려 햇볕을 쬐고 있었는데, 느닷없이 오슬오슬 몸이 떨렸다. 그는 검은 장포 속에서 머리를 내밀고 하늘 한가운데에서 뜨겁게 이글거리는 해를 바라보며 어리둥절한 표정을 지었다.

한운석은 용비야를 바라보다가 한참만에야 말했다.

"천산에 가면 위험하다고 말한 사람은 당신이에요."

용비야는 그 말을 너끈히 받아넘겼다.

"그렇기에 아주 일찍 하산할 수는 없다는 말이다."

"몰라요. 어쨌든 나도 안 내려갈 거예요!"

한운석이 평소답지 않게 생떼를 썼다.

용비야는 눈을 찌푸렸다. 그는 입을 다물고 한운석을 응시했다. 그 냉엄한 눈빛에 주위에 둘러선 시녀와 하인들은 간담이 서늘해 벌벌 떨며, 자칫 실수로 화를 입지나 않을까 겁을 먹었다.

하지만 한운석은 똑같이 눈을 찌푸린 채 차가운 눈길로 그를 마주 보았다. 두 사람은 그렇게 한참 동안 대치했다.

마침내 한운석이 일어나 돌아서서 나가려고 했다.

"멈춰라!"

용비야가 불러 세웠다.

"더는 논의할 여지가 없어요. 중남도독부 일은 맡길 만한 사람을 구해 놓을 수 있어요. 내가 직접 와서 처리할 필요 없다고요."

한운석이 차갑게 말했다.

그녀가 속으로 점찍은 사람은 다름 아닌 고북월이었다. 고북월은 천녕국 태의원에서 일하는 몇 년간 권력의 소용돌이 속에서도 흔들림 없이 홀로서기를 했으니, 의술만 뛰어난 사람이 아니라는 건 충분히 알 수 있었다. 시간을 들여 현재 상황을 잘 분석해서 들려주고 그들의 계획을 알려 주면 고북월은 반드시 기대에 부응할 것이라고, 그녀는 굳게 믿었다.

그녀가 나가려고 하자 뜻밖에도 용비야가 부드럽게 말했다.

"한운석, 아직 식사를 다 하지 못했다. 와서 먹어라, 배곯지 말고."

한운석은 우뚝 걸음을 멈췄다. 이 남자가 이렇게 나오는데 어떻게 화를 내라는 걸까? 어떻게 말다툼을 할 수 있을까?

갑자기 눈이 뻑뻑해지며 눈물이 날 것 같았다.

그녀가 돌아서기도 전에 용비야가 다가와 뒤에서 살며시 끌어안았다.

"그래, 네가 이겼다. 그만 식사하자."

한운석은 돌아서서 진지하기 짝이 없는 눈길로 그를 바라보았다.

"거짓말하면 안 돼요!"

거짓말하지 말라고?

그가 여태 그녀에게 전혀 거짓말을 하지 않은 것도 아닌데.

용비야는 도장을 찍듯 그녀의 입술에 쪽 하고 입을 맞췄다.

"본 왕이 가는 곳이 어디든 너도 함께 가자. 됐느냐?"

한운석은 그제야 웃었다.

"좋아요, 밧줄로 꽁꽁 묶을 거예요!"

이 말에 시녀와 하인들은 찬 숨을 들이켰다. 진왕 전하를 개처럼 묶겠다니, 왕비께서 너무 무례하신 게 아닐까!

그러나 용비야는 화내지 않고 한운석을 잡아 자리로 돌아간 다음 계속 밥을 먹었다.

조금 전의 화제는 두 사람 다 약속한 듯 다시는 꺼내지 않았다.

한운석은 멍청하지 않아서, 중추절이 지나면 반드시 행동을 조심하고, 반드시 용비야를 지켜보겠다고 속으로 굳게 다짐했다.

"의태비 일은 준비하지 않아도 돼요?"

한운석은 다른 화제를 꺼냈다. 용비야와 함께 교환 장소에 나갈 용기는 있지만, 그래도 그 일이 자못 걱정스러웠다. 하지만 용비야는 그 일을 요만큼도 마음에 두지 않았다. 상대가 누군지도 모르는데 너무 태연한 거 아냐?

"준비할 것도 없다."

용비야는 담담하게 말했다.

"만에 하나 상대가 냉월 부인뿐만 아니라 제종림까지 고용했다면 어떡해요? 그럼 우린 죽으러 가는 셈이잖아요?"

한운석은 농담하는 게 아니었다. 지난번 소낭의 일 때도 냉상상과 제요천에게 동시에 공격을 받은 적이 있었다.

용비야의 지금 능력이면 냉상상과 제요천은 상대하고도 남지만, 무공을 모르는 그녀를 데리고 가서 동시에 두 성의 성주와 싸우는 것은 확실히 죽으러 가는 것이나 진배없는 일이었다!

"본 왕은 너만 데려갈 것이다. 그곳에서 누굴 만나든 본 왕은 수비를 맡을 테니 너는 공격을 맡아 모두 독살해라. 어떠냐?"

용비야가 물었다.

순간 한운석의 눈빛이 반짝 빛나며 탐조등처럼 환해졌다.

지난번 그녀와 용비야가 힘을 합쳤더니 초씨 집안의 어전술 궁수들도 충분히 상대할 수 있었다! 어전술만 아니라면 용비야는 그녀를 데리고 적 가까이 갈 수 있고, 거리를 좁히기만 하면 독을 쓸 방법은 많고도 많아서 꼭 독침을 쏠 필요도 없었다.

"좋아요!"

한운석은 무척 기뻐했다. 자신과 용비야가 진정으로 연계해 싸우게 될 상대가 누구일지 점점 더 궁금해졌다.

용비야가 그렇게 하기로 했다니 한운석도 훨씬 마음이 놓였다.

식사가 끝나자 그들은 백리원룡과 차를 마신 다음 둘이서 약귀당으로 갔다.

그들이 들어간 곳은 옆문이었다.

옆문으로 들어가면 진료실을 지나야 했다. 오후의 진료실은 무척 조용했고 환자들은 모두 낮잠을 자고 있었다. 용비야와 한운석은 발소리를 죽여 걸었지만 뜻밖에도 진료실 창가에 이르자 장난기 넘치는 목소리가 들려왔다.

"낭자, 참 곱게 생겼는걸. 이름이 뭐냐?"

한운석은 그 목소리를 알아듣지 못했다. 약귀당 사람이 아닌 건 분명한데, 설마 환자가 다른 환자를 희롱하는 걸까?

그녀는 의아한 얼굴로 살금살금 창 안을 들여다보았지만 용비야는 관심이 없었다. 뜻밖에도 한운석이 본 것은 누군가 백리명향을 희롱하는 장면이었다.

한운석은 용비야의 손을 잡아당기며 소리 죽여 말했다.

"저것 좀 봐요. 아주 대담한 사람이에요!"

숭배하게 만드는 령아

용비야가 진료실 안을 들여다보니 백리명향이 어느 공자에게 약을 갈아 주는 것이 보였다. 그 공자는 스물이 갓 넘은 나이인데 차림새가 심상치 않아서, 한눈에도 평범한 출신이 아니라 부잣집이나 귀족 집안 자제인 것을 알 수 있었다. 하지만 미간에 새겨진 경박함과 옹졸함을 보니 누가 봐도 호색한 방탕아였다.

백리명향은 그의 다리에 난 상처를 처치하고 일어나려다가 손목을 붙잡혔다. 백리명향이 몇 번 손을 흔들었지만 뿌리치지 못했으니 이건 틀림없는 희롱이었다.

"소씨 집안의 칠공자군. 소숭안蕭崇安이 가장 아끼는 손자다."

용비야는 한눈에 그자를 알아보았다.

한운석도 오늘 오전에 만나 보았던 덕분에 소씨 집안을 알고 있었다. 소씨 집안은 다섯 명문세가의 필두로 지위도 가장 높았다.

"그래서요? 감히 약귀당 사람을 희롱하다니……. 죽고 싶나 봐요!"

한운석이 안으로 들어가려는데, 갑자기 약재 한 봉지가 날아들어 소씨네 칠공자의 다친 다리를 퍽 때렸다.

"으악……!"

소씨네 칠공자가 즉시 손을 놓고 무릎을 껴안으며 소리소리 질렀다.

"아이고, 이 도련님 죽네. 어느 놈이냐! 죽고 싶으냐?"

문밖에서 소소옥이 들어왔다. 손에는 다른 약봉지를 쥐고 있었다.

"이 고모할머니시다!"

소씨네 칠공자는 말할 것도 없고 백리명향마저 놀라 눈이 휘둥그레졌다. 소소옥은 소씨네 칠공자보다 열 몇 살이나 더 어린데 '고모할머니'라니!

한운석은 웃음을 터트릴 뻔했다. 그녀는 들어가려는 생각을 버리고 옆에서 구경하기로 했다.

"시위를 불러 처리하게 해라. 그만 가자."

용비야는 담담하게 말했다. 그는 바빠서 이런 사소한 일에는 별로 신경 쓰지 않았다.

"됐어요. 저 꼬마 고모할머니가 해결할 테니까요. 당신 먼저 가요."

한운석은 흥미롭기만 했다. 소소옥이 백리명향을 도운 건 이번이 처음이었다.

용비야는 재촉하지 않고 먼저 자리를 떴다. 정오에 들어온 소식에 따르면 고북월이 이미 고칠소 일행과 함께 약귀당에 돌아왔다고 하니, 마침 이 틈에 초천은 쪽 상황에 관해 고북월과 이야기를 나눌 수 있을 것 같았다.

용비야가 떠난 후 한운석은 창밖에 숨어 조용히 지켜보았다.

얼마 지나지 않아 진료실 안에 있던 환자들이 모두 깨어났다. 소소옥과 소씨네 칠공자는 서로 질세라 목소리를 높였다.

"못된 계집, 새파란 잡초 같은 게 어디서 튀어나와서 감히 이 도련님께 덤비느냐! 이 도련님이 누군지 아느냐?"

소씨네 칠공자가 벌떡 일어났다.

백리명향은 피가 배어 나오는 그의 다리를 보며 도무지 믿을 수 없는 표정을 지었다. 이 사람은 분명히 들것에 실려 와 다리를 못 쓰게 될 것 같다며 징징거렸는데, 어떻게 일어났을까?

정말이지 진짜 같은 명연기였다!

"네가 어디서 튀어나온 잡초인지 이 고모할머니가 어떻게 알겠어! 여기가 기루도 아닌데……."

소소옥이 이렇게 말하자 백리명향은 화가 났다. 저게 무슨 말이야? 저 계집애가 나까지 뭉뚱그려 욕하려는 거 아냐?

그런데 뜻밖에도 소소옥은 이렇게 말했다.

"한 번만 더 그 여자를 건드리면 이 고모할머니가 네놈을 독살해 버릴 테다!"

"뭐라고! 이 도련님이 언제 저 계집을 건드렸다는 거냐? 저 계집을 안겨 준대도 손사래를 칠 판국에!"

소씨네 칠공자가 경멸에 찬 목소리로 말했다.

그 말이 떨어지기 무섭게 소소옥이 들고 있던 약봉지가 다시 그에게 날아가 정확하게 이마를 맞췄다. 약봉지가 터지면서 가루약이 그의 얼굴에 쏟아졌다.

"요 망할 것!"

소씨네 칠공자는 버럭 화를 내며 소소옥에게 달려들었다.

"여봐라! 누구 없느냐!"

백리명향이 소리를 질렀지만 뜻밖에도 소소옥이 차갑게 말했다.

"뭐 하러 앵앵거리고 있어요? 이 고모할머니 혼자서도 저 짐승쯤은 해결할 수 있다고요!"

곧 시위가 도착했지만 소소옥은 손을 휘저어 그들을 물러가게 했다. 그녀는 옆으로 홱 돌아 소씨네 칠공자의 '발톱'을 피한 뒤 백리명향을 붙잡아 멀찌감치 물러갔다.

자신의 커다란 손을 단단히 움켜쥔 소소옥의 조그마한 손을 보자 백리명향의 마음속에는 이상한 감정이 피어올랐다. 무엇인지 똑똑히 말할 수 없는 감정이었다. 그녀는 이 아이의 손이 몹시 차갑다는 것을 알아차렸다.

얼굴에 가루약을 뒤집어쓴 소씨네 칠공자는 눈을 마구 비비더니 또다시 그들에게 달려들었다. 하지만 이번에도 헛손질이었다. 몇 번 그러고 나자 소씨네 칠공자는 부끄럽다 못해 화가 치밀었다.

"이 도련님이 누군지 아느냐? 나는 바로 소씨 집안의 칠소공······."

"칠소라는 이름을 함부로 쓸 수 있는 줄 알아?"

갑자기 맑은 목소리가 들리며 누군가 창문을 훌쩍 넘어 들어왔다. 다름 아닌 목령아였다.

한운석은 무척 뜻밖이었다. 목령아까지 돌아왔을 줄이야?

그렇다면 고칠소도 약귀당에 와 있을 텐데.

"목령아, 약귀당은 당신이 관리하고 있겠지! 이 못된 계집들이 한편이 돼 이 도련님을 모욕하고 약봉지를 던졌다. 악랄하기 짝이 없는 것들 같으니라고. 약귀당은 대체 아랫것을 어떻게 관리하는 거냐? 저것들은 이 도련님이 데려가야겠다. 아니면 이대로 끝나지 않을 줄 알아라!"

소씨네 칠공자는 목령아를 잘 알지만 소소옥과 백리명향이 진왕비의 사람이라는 것은 알지 못했다.

목령아는 가소로운 듯 그를 흘끗 쳐다보며 냉소를 지었다.

"방금 내가 한 말 못 들었어?"

소씨네 칠공자는 그래도 알아차리지 못하고, 목령아의 태도가 조금 이상하다는 생각을 하며 물었다.

"무슨 말?"

목령아는 두말없이 그를 걷어찼다. 하필이면 다친 곳을 걷어차인 소씨네 칠공자는 결국 서 있지 못하고 우당탕 엉덩방아를 찧었다.

소소옥은 숭배에 찬 얼굴로 그 장면을 바라보며 자신도 한 발 걷어차 주지 못하는 것을 아쉬워했다. 하지만 백리명향은 걱정이 앞섰다. 저 사람은 소씨네 공자인데 이렇게 대하면 왕비마마와 진왕 전하에게 성가신 일이 생기지 않을까!

목령아는 소씨네 칠공자를 오만하게 내려다보며 싸늘한 목소리로 경고했다.

"두 달 전에 벌써 경고했지. 한 번 더 '칠소'라고 자칭하면 뒷

감당은 알아서 하라고!"

창밖에서 훔쳐보던 한운석은 고개를 설레설레 저었다. 목령
아는 대체 얼마나 고칠소를 좋아하는 걸까? 남들이 '칠소'라는
말조차 쓰지 못하게 하다니.

정말…… 미친 짓이었다!

소씨네 칠공자가 펄펄 뛰며 난리를 칠 줄 알았는데 뜻밖에도
그는 기가 죽어 쭈뼛거리며 목령아를 바라보았다.

"그, 그냥 잠시 깜빡한 거다. 다음엔 안 그러겠다, 다음엔!"

한운석과 백리명향은 믿을 수가 없었다. 저게 어떻게 된 노
릇이지?

하지만 소소옥은 목령아를 더욱더 숭배하는 눈빛으로 바라
보았다.

"흥."

목령아는 냉소를 지었다.

"좋아. 그럼 우리 약귀당 사람을 건드린 일은 어떻게 갚을 생
각이지? 무슨 일인지 내가 모를 거라곤 생각하지 마."

목령아는 그야말로 소씨네 칠공자의 천적이었다. 소씨네 칠
공자는 변명 한번 하지 못하고 손을 내저었다.

"알았다, 알았어! 어서 사람을 시켜 이 도련님의 상처를 치
료해 주면 바로 가겠다. 됐지?"

목령아는 백리명향과 소소옥을 시키지 않고, 소씨네 칠공자
를 일으켜 의자에 앉힌 다음 직접 상처를 싸매 주었다. 덕분에
한동안 진료실 안은 짐승의 울부짖음 같은 소리로 가득 찼다.

결국, 소씨네 칠공자는 걸어 나가지 못하고 실려 나갔다.

그가 떠나자 백리명향이 황급히 물었다.

"령아 낭자, 이게 대체……. 저 공자는 낭자를 아주 무서워하는 것 같군요!"

"발기부전이라서 매달 내게서 약을 받아가야 하거든."

소씨네 칠공자가 목령아에게 비밀을 지켜 달라고 재차 부탁했는데도 목령아는 아무렇지도 않게 말해 버렸고, 덕분에 방 안에 있던 다른 환자들도 모두 듣고 말았다.

백리명향은 웃음을 지었다.

"감사합니다, 령아 낭자."

"령아 언니, 발기부전도 치료할 수 있다니 대단해요. 나한테도 가르쳐 줘요!"

소소옥은 무척 흥분했다.

목령아는 그런 그녀의 이마를 콩 때렸다.

"조그만 게 그런 것까지 알아서 뭐 해?"

소소옥은 그래도 부탁하려고 했으나 목령아가 그들을 곁 마루로 데려갔다. 한운석도 호기심이 일어 재빨리 쫓아갔다.

목령아가 차갑게 물었다.

"내가 자리를 비운 지 얼마나 됐다고 약방에 있던 황련 한 자루와 감초 한 자루가 벌써 싹 사라진 거야? 어디에 썼어?"

이곳은 약귀당의 본점인 만큼 외부인에게 약방을 맡길 수가 없어 목령아가 직접 관리해 왔는데, 이번에 자리를 비우면서 백리명향과 소소옥에게 맡기고 갔다.

이 말을 듣자 한운석도 눈을 살짝 찌푸렸다.

황련은 사실 귀중한 약재였다. 현대에서는 임간 재배 기술로 활착률과 생산량을 높였지만, 그렇다고는 해도 인공적으로 심은 것은 5, 6년이 지나야 수확할 수 있고 수확 후 조심해서 건조해야만 보관하고 사용할 수 있었다. 고대에도 야생에서 나는 것은 아주 적었다. 약귀당에 있는 것은 모두 심어서 재배한 것이지만 세심하게 골라낸 상등품으로 쉽게 얻을 수 있는 것이 아니었다.

그리고 감초는 기본적으로 야생이고, 약성 왕씨 집안만 인공 재배 기술을 가지고 있었다. 약방문 열 개 중에 아홉 개는 감초를 쓸 정도로 감초의 사용량이 워낙 많다 보니 야생 감초를 너무 많이 따게 되었고 인공 재배한 감초도 공급이 부족했다.

그러니 이 약재 역시 쉽게 얻을 수 있는 게 아니었다.

커다란 자루에 가득 있던 약재를 이렇게 빨리 써 버리는 게 가능할까? 혹시 두 사람이 약재를 훔친 걸까? 한운석은 떠오른 생각을 부정했다.

"어떻게 된 거냐니까?"

목령아가 갑자기 화난 목소리를 냈다.

백리명향과 소소옥은 고개를 숙인 채 아무 말도 없었다.

"말 안 해?"

목령아는 눈썹을 치켰다.

"백리명향이 그랬어요! 약이 너무 쓰니, 환자들이 못 삼키니 어쩌니 하면서 약방문마다 감초를 더 넣어 주잖아요."

소소옥이 차갑게 물었다.

"백리명향, 그렇게 마음씨가 고우면 차라리 보살을 하지 그래요? 뭐 하러 왕비마마 곁에 남아 있어요?"

백리명향은 황급히 해명했다.

"령아 낭자, 최근 한 달간 날씨가 변덕스러워서 아이들이 자주 병을 앓았어요. 그런데 가져온 약방문에는 감초의 분량이 많지 않은 데다 특히 쓴 약재가 많아서 그만……."

백리명향은 잠시 주저하다가 계속했다.

"감초는 제가 몰래 넣었어요. 약방문을 읽어 보니 감초를 더넣어도 영향을 주지 않았거든요. 손해는 제가 배상할게요."

"하하, 오른손이 한 일을 왼손이 모르게 한다더니!"

소소옥이 냉소를 지었다.

백리명향도 이번에는 화가 났다.

"령아 낭자, 황련은 이 아이가 써 버렸어요. 그 일은 꼭 말씀드려야겠어요. 약을 사러 온 사람이 기분 나쁜 말을 조금이라도 하면 꼭 황련을 더 넣어요. 목숨에 지장은 없다지만 너무 부도덕한 일이잖아요. 만에 하나 약학을 배운 사람이 보고 알아차리면 우리 약귀당의 신용이 망가질 거예요!"

여기까지 듣는 동안 한운석도 몇 번이나 눈을 흘겼다.

이럴 땐 뭐라고 해야 좋을까? 백리명향과 소소옥은 정말이지……, 꼭 맞는 단짝이었다! 특히 이런 일에는!

"망가지긴요? 황련을 더 넣으면 환자에게 좋아요. 독소를 빼주니까요. 그렇게 귀한 약재를 공짜로 줬으니 고맙다고 해야죠!"

소소옥은 그래도 궤변을 늘어놓았다.

목령아는 미칠 지경이었다. 그녀는 한참 동안 말없이 듣고 있다가 마침내 노성을 터트렸다.

"한운석이 보낸 사람만 아니면 둘 다 용서하지 않았을 거야! 열흘 안에 감초와 황련을 돌려 놓지 않으면 어떻게 되는지 두고 봐! 한운석은 물론이고 용비야가 와서 말려도 안 봐줄 테니까!"

말을 마친 목령아는 씩씩거리며 그곳을 떠났다.

소소옥이 투덜거렸다.

"진왕 전하는 이런 사소한 일에 관심도 없거든!"

이렇게 말한 그녀는 백리명향을 아는 척도 하지 않고 홱 돌아서서 나갔다.

백리명향은 한참 동안 그 뒷모습을 바라보다가 마침내 한마디 외쳤다.

"얘, 조금 전엔 고마웠어!"

소소옥은 들었는지 말았는지 뒤도 돌아보지 않고 앞으로 걸어갔다.

한운석도 이 일에 매달릴 틈이 없었는데 목령아가 맡아 주니 안심이었다. 그녀가 목령아를 뒤쫓아 가려는데 갑자기 등 뒤에서 누군가 쓱 나타나 그녀의 어깨를 두드렸다.

"독누이, 쉿……."

순수한 마음과 어머니의 걱정

한운석이 돌아보니 눈앞이 캄캄했다!

고칠소가 검은 장포를 입고 복면이 달린 두건을 푹 내리써서 모습을 단단히 감추고 서 있었다.

"오랜만이네요. 별일 없으셨어요, 약귀 어르신?"

한운석이 장난스럽게 물었다.

"언제 돌아오셨죠?"

"오늘 아침에 막."

고칠소가 말했다.

"고북월도 데려왔어. 나중에 목령아에게 전해. 고대 약서에 잘 모르는 부분이 있으면 먼저 고북월에게 묻고, 고북월도 모르면 약왕 노인에게 서신을 보내 물어보라고 말이야."

한운석은 가슴 앞에 팔짱을 끼고 벽에 기댔다.

"그리고?"

"그리고 나는 만독지화와 만독지금을 찾으러 간다고."

고칠소는 무척 진지했다.

"왜 직접 말하지 않고?"

한운석이 물었다.

"그 계집애는 너무 귀찮아! 이 몸이 사흘 밤낮 잠도 못 자도록 쫄쫄 따라다니면서 내내 이 약 저 약 물었다고. 이대로 가다간 이 몸은 분명 미쳐 버릴 거야!"

고칠소는 한참 생각하다가 나지막하게 물었다.

"독누이, 저 계집애가 뭔가 의심하고 있는 건 아닐까?"

"목씨 집안일은 해결했어?"

한운석이 화제를 돌렸다.

연심부인은 자신을 희생해서 목씨 집안을 위해 최후의 시도를 했다. 의성은 연심부인과 능 대장로를 성에서 내쫓았고, 오명을 얻은 두 사람은 가는 곳마다 사람들의 손가락질을 당하며 발붙일 곳이 없게 되었다.

고칠소가 목씨 집안에 이득을 쥐어 주지 않으면 연심부인이 가만히 있을 리 없었다.

"그 계집애와 이야기는 끝냈어. 그 계집애가 목씨 집안 가주가 되고 장로회에서는 목씨 집안에 자리 두 개를 내줄 거야. 목씨 집안을 다시 일으킬 수 있을지 없을지는 그 계집애 마음먹기에 달렸어."

고칠소는 이렇게 말한 뒤 다시 덧붙였다.

"어쨌든 이미 이야기는 끝났고 난 그저 용비야 대신 나선 것뿐이야. 이 몸과는 상관없는 일이라고."

한운석은 복잡한 눈빛을 지었다.

"령아가 마음을 먹지 않으면 연심부인이 따지러 올지도 몰라!"

"그건 이 몸과는 상관없지."

고칠소가 다시 말했다.

한운석은 못마땅한 시선으로 그를 바라보았다.

"좋아하지도 않으면서 뭐 하러 집적거리는 거야?"

고칠소도 못마땅해 죽겠다는 눈빛으로 한운석을 바라보았다.

"내가 매일매일 집적대는데 너는 왜 날 안 좋아해?"

한운석은 상대하기도 귀찮아서 돌아섰다. 고칠소가 재빨리 앞을 가로막고 더욱더 못마땅한 눈빛으로 그녀를 훑어보며 말했다.

"장난이야, 장난! 왜 이렇게 정색을 해?"

"만독지화와 만독지금은 무슨 실마리라도 있어?"

한운석이 진지하게 물었다.

고칠소는 고개를 저었다. 사실 오랫동안 찾아보았지만 여전히 진전이 없었다. 금이란 본래도 찾기 어려운데 하물며 만독지금은 말할 것도 없었고, 만독지화는 어디서 찾아야 할지 아예 갈피조차 잡을 수 없었다. 하지만 그는 꿋꿋했다.

"실마리가 없어도 찾아야지! 이 몸이 용비야에게 약속했으니까!"

고칠소와 용비야는 두 가지 약속을 했다.

첫 번째는, 고칠소가 벙어리 노파 일을 입 다물어 주고 용비야가 고칠소가 불사의 몸이라는 비밀을 지켜 주는 것이며, 두 번째는 고칠소가 용비야를 위해 미접몽을 깨뜨릴 방법을 찾아 주고 용비야는 고칠소가 의성을 무너뜨리는 것을 도와주는 것이었다.

두 가지 약속 중에 한운석이 아는 것은 두 번째였다.

용비야와 한운석에겐 할 일이 너무너무 많아 매일 눈코 뜰 새 없이 바빴다. 그러나 고칠소는 평생 하고 싶은 것이 하나밖에 없어서 줄곧 지난번 용비야와 한 약속을 곱씹고 있었다.

"언제 떠날 거야?"

그를 잡아 둘 수 없다는 것을 아는 한운석은 속으로 목령아 대신 안타까워했다.

"당장!"

한운석을 보고 갈 생각만 아니었다면 벌써 떠났을 그였다. 그가 물었다.

"영남군에 오래 머물 계획이야? 세 나라의 전쟁이 끝날 때까지?"

"천산에 다녀올 생각인데 아마 시간이 좀 걸릴 거야."

한운석이 나지막이 말했다.

"천산? 천산엔 왜?"

고칠소는 호기심이 일었다.

"용비야가 무공이라도 익히겠대? 그럴 때가 아닐 텐데?"

한운석은 그런 고칠소를 바라보며 웃어야 할지 울어야 할지 알 수가 없었다.

이자는 몹시 총명하지만 시국에는 전혀 관심이 없었다. 조금이라도 시국에 관심이 있는 사람이라면 용비야가 무림 세력에 뜻을 두고 천산에 간다는 것쯤은 추측할 수 있었다.

고북월이 명리에 흔들리지 않는 사람이라고 한다면, 고칠소는 명리라는 개념 자체도 없는 사람이었다. 그는 언제까지나 자신만의 틸틸한 세상에서 얽매인 데 하나 없이 하고 싶은 대로 하고 살아야 할 사람이었다.

사실 한운석은 그런 그가 무척 좋았다. 다만 그 마음은 남녀 사이의 정분과는 무관했다.

고칠소는 턱을 매만지며 한참 생각하다가 진지하게 말했다.

"용비야의 무공이라면 솔직히…… 더 익힐 필요도 없잖아. 내가 그자라면 널 데리고 호의호식하며 산수를 유람할 거야. 뭐 하러 무공 익히는 일에 시간을 써?"

"난 그 사람이 무공을 익히는 게 좋아."

한운석은 언제나 용비야 편이었다.

"한운석, 대체 용비야의 어디가 좋은 거야?"

고칠소는 웃고 있었지만, 한운석은 저도 모르게 움찔했다. 고칠소가 그녀의 이름을 부른 건 정말 정말 오랜만이었다.

"어디가 좋은지……, 나도 모르겠어."

한운석은 차분하게 대답했다.

"능력 때문에?"

고칠소는 무척 짜증스러운 얼굴로 검은 장포 안에서 손바닥만 한 크기의 새빨간 야생 버섯 한 송이를 꺼내 한운석 손에 쥐여 주고 뒤도 돌아보지 않은 채 떠났다.

"이봐, 이게 뭐야?"

"……"

"같이 식사라도 하고 가. 고칠소! 약귀 노인네!"

고칠소는 돌아보지 않고 손을 흔들었다.

"이 칠 오라버니 그리워하는 거 잊지 마. 좋은 소식 가져올게!"

"조심해!"

한운석이 몇 걸음 쫓아갔지만 고칠소는 금세 모습을 감췄다. 한운석은 진지하게 손에 든 야생 버섯을 바라보다가 순간 깜짝 놀랐다. 이 버섯은 여자의 피와 기운을 보충하는데 좋은 약이었다! 이 정도로 크게 자라려면 적어도 5, 6백 년은 지나야 했다.

한참 동안 버섯을 응시하는 한운석의 마음속에 온갖 감정이 뒤섞였다. 그녀는 어쩔 수 없는 얼굴로 웃었다.

"바보……."

한운석은 이 진귀한 버섯을 목령아에게 주지 않고 소소옥에게 주며 약방의 비밀 공간에 숨겨 놓게 했다.

그녀가 후원에 도착해 채 안으로 들어가기도 전에 꼬맹이가 와락 달려들어 후원이 통째로 뒤흔들릴 정도로 날카로운 소리를 질러 댔다.

"찍찍……!"

한운석은 곧바로 녀석의 입을 틀어막았다.

"고북월이 너한테 흥분제라도 먹였어? 왜 이래?"

구약동에서 돌아온 후 꼬맹이는 내내 고북월 곁을 지키다가 오늘에야 그녀에게 돌아온 것이었다.

방 안에서는 용비야가 꼬맹이의 소리를 듣고 짜증스러운 듯이 말했다.

"저 쥐가 왜 소리를 지르는 거냐?"

"왕비마마께서 오셨나 봅니다."

고북월은 누구보다 더 꼬맹이를 잘 아는 사람이었다. 꼬맹이가 누구보다 더 공자를 잘 알듯이.

용비야는 두말없이 일어나 그곳을 떠났다.

고북월은 빙그레 웃더니 세심하게도 용비야가 쓴 찻잔을 치웠다. 한운석이 꼬맹이를 안고 들어왔을 때 용비야의 흔적은 하나도 보이지 않았다.

"왕비마마 오셨습니까."

고북월은 언제나처럼 온화하고 겸손했다. 그는 일어날 수가 없어 바퀴 달린 의자에 앉은 채 두 손을 모아 읍을 했다.

한운석은 늘 그렇듯 그의 겸손한 태도를 못 본 척하고 방금 용비야가 앉았던 자리에 앉아 알아서 차를 따랐다.

"언제부터 당신도 이렇게 차를 좋아하게 됐죠?"

그녀가 기억하기로, 몇 번 찾아왔을 때마다 그는 늘 혼자 차를 마시고 있었다.

"지금은 예전보다 한가하니까요."

고북월이 웃으며 말했다.

"앞으로는 한가하지 않을 거예요. 당신을 찾는 환자가 성 밖까지 줄을 섰거든요."

한운석도 웃었다. 그와 함께 있으면 마음이 편안해서 저도 모르게 미소를 짓게 되고, 아무리 짜증스럽던 마음도 금세 차분해지곤 했다.

그렇게 몇 마디 나누기 무섭게 문밖에서 혁련 부인과 한운일의 목소리가 들려왔다.

"운석, 여기 있었구나! 한참 찾았단다!"

"누나, 드디어 돌아왔네요! 사부님도 돌아오셨어요?"

고북월과 한운석이 오랜만에 단둘이 있게 된 자리에 혁련 부인과 한운일이 나타나다니, 너무 공교로운 우연이었다. 고북월은 어이가 없는 눈빛이었지만, 단순히 어이없어하는 선에서 그쳤다.

곧 혁련 부인과 한운일이 들어왔다.

혁련 부인은 아직도 자태가 곱고 우아한 아름다움이 넘쳤다. 오랜만에 만난 한운일은 꽤 자랐다. 한운석이 한씨 집안에서 처음 구해 줬을 때는 아직 여섯 살짜리 어린애였는데, 곧 열 살이 되는 그에게는 처음 만났을 때의 하얗고 뽀송뽀송한 앳된 모습은 남아 있지 않았다. 하지만 여전히 기질이 깔끔했고, 흑백이 분명한 두 눈동자에는 어렸을 때보다 더 짙은 고집이 묻어 있었다.

바퀴 달린 의자에 앉은 고북월을 보자 한운일은 울컥해서 코가 빨개졌다. 고북월이 다친 일은 그들도 알고 있었다.

"일아……."

고북월은 다른 말 없이 그를 한 번 불렀다.

한운일은 몇 번 코를 훌쩍거리며 눈물을 참았다.

"사부님, 언제 나으세요?"

"한 달쯤 더 쉬면 괜찮아질 거란다."

고북월이 사실대로 말했다.

혁련 부인도 걱정해 주었다.

"고 의원, 도움이 필요하면 얼마든지 말씀하세요. 사양하지 말고요."

고북월은 옅은 웃음으로 답을 대신했다. 너무 무거운 화제여서 한운석은 웃으며 말을 돌렸다.

"일아, 언제부터 고 의원을 사부라고 부른 거니?"

"벌써 정식으로 저를 제자로 받아 주신걸요. 누나, 난 의학원 시험을 보지 않고 사부님께 열심히 배울 거예요. 어른이 되면 그때 의학원에 갈게요."

한운일도 마음이 많이 성숙해진 것 같았다.

"철들었구나! 이리 오렴, 한번 안아 보자!"

한운석은 무척 기뻐했다.

그런데 웬걸, 한운일은 제자리에 서서 매우 난처한 얼굴로 귀뿌리까지 빨갛게 물들였다.

"어머나, 요 녀석이 이젠 남녀유별까지 따지네."

한운석은 깔깔 웃었다. 고대의 아이들은 조숙하고 감정 표현 방법도 달라서, 한운일이 부끄러워하는 것도 이상하지 않았다.

"이리 와. 예절에 어긋나는 일은 하지 않을 테니 걱정하지 말고."

한운석은 웃으며 손가락을 까딱였다.

한운일이 그제야 용기를 내어 다가오자 한운석은 아이의 머리를 쓰다듬으며 물었다.

"그래서, 몇 품까지 배웠니?"

의학원 등급 시험을 치르지 않더라도 의학원의 의품을 참고로 수준을 가늠할 수는 있었다.

한운일이 기쁘게 대답하려는데 고북월이 먼저 말했다.

"삼품 의사醫師의 수준입니다. 심성이나 경험까지 포함한다면 간신히 이품 의사醫士 정도지요. 운일아, 명심하거라. 의술이란 의원의 일부분일 뿐 전부가 아니다."

"예. 사부님의 가르침을 따르겠어요."

한운일은 고분고분하게 말했다.

"고 의원은 앞으로 계속 약귀당에 머물 테니 잘 배우도록 해. 알았지? 이렇게 좋은 기회가 누구에게나 오는 건 아냐."

한운석은 진지하게 말했다.

한운일도 황급히 대답했다.

"누나, 내가 신의가 되면 나도 약귀당 상주 의원이 될래요, 네? 누나가 분점에 가라고 하면 어디든 갈게요."

"이제 보니 의술을 배우는 게 누나를 위해서구나?"

한운석은 웃어야 할지 울어야 할지 몰라 했다.

하지만 한운일은 몹시 진지하게 말했다.

"물론이에요! 누나가 날 구해 줬잖아요. 다 자라 어른이 되면 내가 누나를 보호할 거예요!"

한운석에게 그런 보호는 필요 없었지만, 그래도 이런 말을 듣자 한운일을 품에 꼭 안아 주고 싶어 마음이 동했다.

"일아, 어른이 되면 어머니를 보호하고 부인과 아이들을 지켜야 해. 네가 의술을 배우는 건 네 천부적인 자질과 흥미 때문이고, 그 목적은 병을 치료해 사람들을 구하는 것이어야 해. 알아들었니?"

한운석이 진지하게 가르쳤다.

한운일은 한참 동안 망설이다가 비로소 우물거리며 말했다.

"누나도 같이 보호하면 안 돼요?"

"물론 되지!"

한운석은 시원하게 대답했다. 그러나 혁련 부인의 눈동자 깊은 곳에는 평소 같은 자상함 대신 복잡함과 걱정이 가득 차 있었다.

기다릴 거야, 그 사람이 늙을 때까지

생각해 보면 당시 한운석이 아니었다면 혁련 부인과 한운일은 벌써 서 부인 손에 쫓겨났고 지금까지 살아 있지도 못했을 것이다.

한씨 집안이 한운석을 그렇게 홀대했는데도, 한운석은 자신을 챙기기도 힘든 상황에서 사력을 다해 한씨 집안에서 가장 재능 있는 어린 아들을 보호해 주었다.

혁련 부인도 자신이 한때 한운석을 의심했다는 것을 인정했다. 한운석의 모든 행동이 그들 모자를 이용해 한씨 집안의 의서와 재산을 독차지하려는 속셈이 아닐까 의심했었다. 하지만 한운석은 그러지 않았다. 그녀가 한 모든 일은 한씨 집안을 위해서였다. 그녀는 한운일에게 많은 심혈을 기울였고, 한운일을 당당한 남자로 만들어 한씨 집안을 일으키는 중책을 짊어지게 하려고 했다.

한운일을 예뻐하는 그녀의 마음은 어머니인 혁련 부인 못지 않았다.

한운일의 눈동자에 담긴 고집을 보며, 혁련 부인은 저도 모르게 눈을 찡그렸다.

혁련 부인은 뭘 걱정하는 걸까?

예전에는, 한운일이 누나에게 보답하겠다고 하면 그녀는 아들이 철이 들었다며 칭찬하고 은혜를 잊어서는 안 된다고 가르쳤다. 하지만 지금 그녀의 마음속은 온통 걱정뿐이었다.

다른 건 아무것도 두렵지 않지만, 아들을 잃어버리는 건 두려웠다. 그렇기에 마음대로 할 수 없는 것도 있었다!

"일곱째 소실댁, 왜 넋을 놓고 계세요? 이리 오셔서 차 드세요."

한운석은 높디높은 진왕비였지만, 혁련 부인을 늘 집안 어른으로서 존중했다. 촌수를 따지면 확실히 혁련취향을 '일곱째 소실댁'이라고 부를 만했다.

혁련 부인은 다가가서 한운일을 품에 끌어당겼다. 그녀는 예전처럼 한운석의 몸 상태를 묻고 한씨 집안 사방의관의 현황을 이야기했다.

한동안 이야기를 나누다가 한운석이 나서서 고북월은 그만 쉬어야 한다며 자리를 파했다.

문을 나서자 혁련 부인이 소리 죽여 물었다.

"운석, 벌써 몇 년이 지났는데 아이는 아직 소식이 없니?"

뭐…….

한운석은 예상치 못한 질문에 당황했다. 많은 사람이 그 문제에 관심을 두고 있다는 건 알지만, 오래전 천녕국 황궁에서 태후의 질문을 받은 후로 누구도 대놓고 그녀에게 물은 적이 없었다.

"소식이 있긴 해야겠죠……."

그녀가 혼잣말로 중얼거렸다.

"진왕 전하는…… 아이를 갖고 싶어 하시지 않니?"

혁련 부인의 목소리가 더욱 낮아졌다.

한운석은 생긋 웃었다.

"너무 바빠서 그럴 틈이 없어요."

"그럼 언제 가질 생각이야?"

혁련 부인이 소곤거렸다.

"진왕 전하께서도 나이 깨나 드시지 않았니."

"한 1년 정도는 계획이 없어요. 나도 바쁘고……."

핑계가 아니라 사실이 그랬다.

용비야가 바쁜데 그녀라고 한가롭게 지낼 수 있을까?

이틀 후에는 납치범을 만나 의태비를 구해야 하고, 그 후에
는 천산에 갈 준비를 해야 하는데 하나같이 위험천만한 일이었
다. 게다가 그녀는 내내 독 저장 공간을 수련하느라 애쓰고 있
기도 했다. 어서 빨리 2단계, 나아가 3단계까지 수련해 용비야
의 도움이 되고 싶었다.

사랑을 속삭일 틈도 없는데 아이를 만들 시간이 어디 있을까?

이렇게 생각하자 한운석은 쿡쿡 웃었다.

"왜 웃니?"

혁련 부인은 어리둥절했다.

"아니에요. 어서 가 보세요. 전 령아를 만나 봐야겠어요!"

한운석이 말했다.

하지만 혁련 부인은 떠나지 않고 다시 물었다.

"운석, 북쪽이 혼란스러운데 또 어딜 가는 건 아니겠지? 영

남군이 얼마나 좋은 곳이니. 위험한 곳엔 그만 다니도록 하려무나!"

"용비야가 가는 곳이면 나도 갈 거예요. 그가 있는 곳은 위험하지 않아요."

한운석은 장난스레 말했다. 천산에 가는 이야기는 그 일과 관련 없는 사람들에게는 말하지 않았다.

"시집간 딸은 엎어진 물이라더니!"

혁련 부인은 힘 빠진 목소리로 말했지만 한운일은 무척 즐거워했다.

"맞아요! 진왕 전하가 계시면 누나가 위험할 일은 없어요. 어머니, 걱정하지 마세요."

"운석, 저녁에 집에 와서 같이 식사하지 않겠니?"

혁련 부인이 물었다.

"아니에요. 저녁엔 일이 있으니 다음에 갈게요."

한운석이 완곡하게 거절하자 혁련 부인도 더는 청하지 않고 한운일을 데리고 떠났다.

"어머니, 먼저 돌아가세요. 저는 저녁에 갈게요. 사부님께 보여드릴 병증이 아주 많아요."

한운일이 진지하게 말했다.

혁련 부인은 복잡한 눈빛을 띠며 나지막이 말했다.

"일아, 그럼 약귀당에서 하룻밤 자려무나. 어미가 내일 데리러 가마."

한운일은 즉시 고개를 저었다.

"침향 누나도 집에 없는데 제가 어머니 곁에 있어야죠."

"바보 같으니. 어미는 사찰에 다녀올 생각이란다. 오늘 밤도 아마 사찰에서 보낼 거야. 고 의원 말씀 잘 듣고 있거라. 내일 데리러 오마."

혁련 부인은 진지하게 말했다.

"왜 사찰에 계셔야 해요?"

한운일은 이해할 수 없었다. 지금껏 한 번도 집 밖에서 밤을 보낸 적이 없는 어머니였다.

"오늘 밤에 사찰에서 법회가 있거든."

혁련 부인은 그렇게 말하며 한운일의 머리를 쓰다듬어 주고는 빙그레 웃었다.

"어린아이가 무슨 질문이 그리 많니? 어서 약귀당에 가서 돕지 않고?"

한운일도 별생각 없이 약방 쪽으로 폴짝폴짝 뛰어갔다. 사부와 누나가 모두 돌아왔으니 세상이 다 아름답게 보였다.

혁련 부인은 한숨을 푹 내쉰 후 총총히 문을 나섰다. 우연히 길을 지나던 소소옥이 서두르는 그녀의 모습을 보고 고개를 갸웃했다.

몇 걸음 쫓아가 봤지만, 혁련 부인의 모습은 모퉁이를 돌자마자 사라졌다.

"혁련 부인? 왜 저렇게 서둘러? 발등에 불이라도 나셨나?"

소소옥이 혼자 중얼거렸다.

소소옥이 가는 곳도 약방이었다. 그곳에서는 목령아가 몸소 약재를 집계하고 한운일도 옆에서 거들고 있었는데 한운석은 보이지 않았다.

사실 한운석은 또 고북월에게 돌아가 있었다. 방금 고북월이 쉬어야 한다고 한 것은 혁련 부인과 한운일을 따돌리기 위한 핑계에 불과했다.

그녀가 돌아왔을 때 고북월은 아직도 앉아서 차를 마시고 있었고, 탁자에는 그녀의 찻잔이 그대로 놓여 있었다. 그녀가 돌아올 줄 알았던 게 분명했다.

"고 의원이 책사가 안 되고 의원이 되다니, 아깝네요."

한운석은 장난스레 말했다.

"궁에 오래 있다 보니 눈치가 늘고 무슨 일이건 좀 더 자세히 살피게 된 것뿐입니다."

고북월은 겸손했다.

"상의할 일이 있으십니까, 왕비마마?"

"나와 전하는 다음 달 초에 천산에 갈 계획이에요. 무척…… 위험한 일이에요."

한운석은 바로 말을 꺼냈다.

중추절 밤까지 그녀와 용비야가 무사히 천산에서 내려올 수 있다면 더없이 좋지만, 그렇지 못하면 고북월이야말로 그들이 가장 믿을 수 있는 사람이었다.

사실 천산에 가는 일은 고북월도 이미 알고 있었다. 방금 용비야가 왔다가 이야기해 주었기 때문이었다.

그는 놀란 표정을 지었다.

"아니……, 진왕 전하께서는 검종 노인의 마지막 제자가 아닙니까! 그런데 무슨 일이라도 생긴 겁니까?"

"검종 내부 일이에요."

한운석은 잠시 입을 다물었다가 심각하게 말했다.

"고북월, 세 나라가 혼란스러워진 건 당신도 알 거예요. 중남도독부 상황은……."

한운석은 상황을 자세히 분석하고, 북려국의 위협과 백리 장군이 이끄는 수군의 실력도 언급했다.

고북월은 그녀의 말을 끊지 않고 진지하게 끝까지 들은 다음 말했다.

"왕비마마, 제게 이런 이야기까지 하시는 것은 대체……."

"중추절에도 나와 전하가 천산에서 내려오지 못하면 중남도독부 쪽 일은 당신이 백리 장군을 도와 줬으면 해요. 아무래도 백리 장군은 무장이고 권모술수에 어두우니까요."

한운석이 나지막하게 말했다.

고북월은 기가 막힌 듯이 웃었다.

"왕비마마, 저는 일개 의원일 뿐입니다……."

"사람을 치료하고, 마음을 치료하고, 나라와 천하를 치료하는 사람도 모두 의원이에요!"

한운석의 얼굴은 진지했고 눈빛은 더없이 맑았다.

"고북월, 내가 이렇게……."

한운석이 '부탁한다'는 말을 꺼내기 전에 고북월이 말을 잘랐다. 그는 영원히, 한운석의 입에서 그런 말을 듣고 싶지 않았다.

그런 말을 좋아하지도 않았고, 그런 말을 들을 자격도 없었다.

운석, 당신은 알까? 당신에 대해서라면, 난 이생에서 오로지 명령에 복종할 수밖에 없다는 것을.

사람을 치료하고, 마음을 치료하고, 나라와 천하를 치료한다? 운석, 난 그저 이 몸을 치료하지 못하는 것이, 무공을 되찾지 못해 당신을 안전하게 보호하지 못하는 것이 원망스러울 뿐이야!

"왕비마마께서 그처럼 높게 봐 주시니, 필요하다면 전력을 다해 백리 장군께 협력하겠습니다."

고북월은 공손하게 읍을 했다.

"당신을 믿어요."

한운석은 자신의 판단을 믿었고, 그보다 더 자신의 직감을 믿었다.

두 사람이 한담을 나누는데 목령아가 찾아왔다.

"이젠 정말 쉬어야 해요. 내가 방해했네요."

한운석이 말했다.

고북월은 돌아오는 동안 목령아와 고칠찰의 말다툼을 익히 겪었기 때문에 굳이 한운석을 붙잡지 않았다.

목령아가 들어오려는데 한운석이 붙잡아 끌어냈다.

"고칠소는?"

한운석이 먼저 물었다.

목령아가 그녀를 흘겨보았다.

"내가 물을 말이야!"

"떠났으니 짧은 시일 내 돌아오진 않을 거야. 기다릴 필요 없어."

한운석이 사실대로 말했다.

"시간이 있으면 약성에 돌아가서 목씨 집안 좀 수습해 봐. 연심부인이 찾아와서 따지게 하지 말고."

목령아의 초롱초롱한 눈동자가 순식간에 어두워졌다. 그녀는 한운석과 함께 꽃밭으로 묵묵히 걸어가다가 무의식적으로 한운석에게 팔짱을 꼈다.

한운석은 흘끗 눈길을 줬지만 아무 말도 하지 않았다. 한참 그렇게 걷고 나서야 목령아가 입을 열었다.

"한운석."

"왜?"

"누군가를 좋아하는데 왜 이렇게 힘이 들까?"

"지쳤어?"

한운석이 담담하게 물었다.

"무척."

목령아는 사실대로 대답했다.

"벌써 몇 년째야. 그 사람은 늘 달아나고 나는 늘 쫓기만 해. 운공대륙을 한 바퀴 돌아도 붙잡을 수가 없어."

"좋아하지 않으면 안 지치지 않을까?"

사실 한운석 자신도 잘 몰랐다.

"그럼 죽을 거야! 좋아하지 않으면 죽어!"

목령아는 초롱초롱하고 커다란 눈동자를 깜빡이며 확고하게 말했다. 한운석은 할 말이 없었다.

"그렇게까지 되진 않을 거야."

"네가 용비야를 좋아하지 않게 되는 날이 있을까?"

목령아가 물었다.

"생각해 본 적 없어."

그런 생각은 아예 해 본 적이 없었다.

"나 참, 너희와 우리는 달라!"

목령아는 풀이 죽어 고개를 푹 숙였지만, 결국 다시 고개를 들며 오만한 표정을 지었다.

"흥, 기다릴 거야! 그 사람이 늙을 때까지. 언젠가는 힘이 달려 달아나지 못하는 날이 오겠지!"

목령아는 고개를 들어 하늘을 올려다보았다. 4월의 부드러운 햇살이 그녀의 깨끗하고 고집 센 얼굴 위로 쏟아졌다. 그녀의 마음은 쇠처럼 단단했고, 그녀의 눈동자는 별처럼 반짝였고, 그녀의 입꼬리는 위로 올라가 있었다. 그녀는 청춘이고, 아름다웠다!

고칠소, 령아는 당신을 기다릴 거야. 땅이 무너지고 하늘이 바래고 뽕나무밭이 바다가 될 때까지.

하지만 고칠소, 언제쯤이면 당신이…… 늙을까?

한운석은 그런 목령아를 바라보며 울어야 할지 웃어야 할지 갈피를 잡지 못했다.

"그래, 좋은 방법이야!"

"난 진심이야!"

목령아가 큰 소리로 말했다.

"알았어, 알았어."

한운석은 연신 고개를 끄덕였다.

밤이 되어 약귀당을 떠날 때쯤 한운석은 소소옥을 불러 고칠소가 준 버섯을 목령아에게 전하라고 했다.

"주인님, 이건 아주 좋은 거잖아요! 남겨 뒀다 주인님이 쓰셔야 해요!"

소소옥은 목령아를 무척 숭배했지만, 그래도 좋은 것이 있으면 제일 먼저 한운석을 생각했다.

"약귀 대인이 령아에게 준거야. 가져다 줘."

한운석이 차갑게 명령했다. 소소옥은 코를 문지르며 망설였지만 결국 시킨 대로 했다.

부적절한 방법이고 쓸데없이 나서는 셈이기도 했지만, 한운석은 진심으로 목령아가 가여웠다.

사랑 앞에서 바보가 되지 않는 여자가 있을까?

바보가 되지 않으면, 상처만 남아서 다시는 사랑을 믿지 않는 여자가 될 뿐이었다.

용비야가 오는 것을 보자 한운석은 씁쓸한 기분을 거뒀다. 용비야 앞에서는 그녀 역시 바보가 될 때가 많다는 것을, 자신도 알고 있었다.

돌아가는 길에 한운석은 용비야의 손을 꽉 잡았다. 이틀 후면 그들은 약속대로 미도공호에 가야 했다.

용비야, 내가 당신을 보호할게요

미도공호는 무척 신비한 곳이었다.

그 호수는 영남군 이북의 숲속에 있고 통하는 길이 단 하나밖에 없는데, 이 길은 연중 내내 허연 안개가 껴서 들어서기만 하면 길을 잃기 십상이어서 '길을 잘못 들다'는 의미의 '미도'라고 불렸다.

그렇지만 이 미도를 지나면 먹구름 걷힌 하늘에 환한 달이 두둥실 떠오르듯 신기한 호수를 볼 수 있었다. 호수 안에 또 다른 호수가 있어, 멀리서 보면 호수 가운데를 뚫어 공간을 만들어놓은 것 같다고 해서 '공호'라는 이름이 붙었다.

이 숲에는 본래부터 맹수가 많이 출몰해 찾아오는 사람은 거의 없었다. 용비야와 한운석은 말을 타고 갔다가 미도 앞에서 내렸다.

때는 정확히 정오였는데 숲속은 마치 세상에서 격리된 땅처럼 어둡고 쓸쓸했다.

미도 양쪽에는 오동나무가 그득했고, 오동나무 사이로 똑바른 길이 나 있었다. 길 중간은 허연 안개가 비교적 옅어 가까스로 길이 보이긴 했지만 양 가장자리는 짙은 안개에 뒤덮여 마치 구름바다가 펼쳐진 듯했다.

오는 동안 용비야는 한운석에게 이곳의 신비한 경치에 관해 이야기해 주었다. 그래서 한운석도 주의하고 있다가 멀리서부터 해독시스템을 가동했지만 독소는 검출되지 않았다.

대자연의 위대함은 경외감을 느낄 만했다. 자연현상 중에는 사람이 이해하지 못하는 것들이 많았다.

길 입구에 선 한운석은 안개 속에 독이 없는 것을 확인한 후 흥미로운 듯 미도의 풍경을 감상했다.

"이런 곳을 고르다니 너무 비열해요."

그녀는 냉소를 지었다. 납치범은 분명히 이 미도에 매복을 펼쳐 놓았을 것이다.

용비야가 그녀의 손을 잡아 깍지를 껴 단단히 잡으면서 나지막이 말했다.

"조심해라."

"걱정하지 말고 이 길은 내게 맡겨요."

한운석은 이런 안개가 참 마음에 들었다. 그녀는 환약 두 알을 꺼내 자신이 한 알 먹고 용비야에게도 한 알 먹였다. 그런 다음 용비야의 손을 잡아끌었다.

"용비야, 이 길에서는 내가 당신을 보호할게요! 날 믿죠?"

"믿는다."

용비야는 한운석이 독을 썼다는 것을 알았다.

미도는 무척 길어서 매복도 적지 않을 텐데 적은 숨어 있고 그들은 훤히 드러나 있었다. 용비야는 본래 이 길에서 오래 지체할 것으로 생각했으나 한운석이 나서서 처리하자 마음이 놓였다.

백독문 출신의 군역사도 한운석의 독을 피하지 못했는데, 그 누가 그녀의 독술 앞에서 무사할 수 있을까?

그들은 이런 곳을 고른 납치범에게 진심으로 고마워했다. 이곳이 아니었다면 뛰어난 독술사인 한운석이 능력을 발휘하지 못했을 테니까.

서로 손을 잡은 두 사람의 모습은 금세 안개 속에 파묻혔다.

용비야는 대체 얼마나 한운석을 믿고 있을까? 그녀의 손을 꽉 잡은 것만 빼면 그는 아주 느긋해서, 사람을 구하러 온 게 아니라 산책이라도 나온 사람 같았다.

한운석도 그와 마찬가지로 느긋하고 편안했다. 그녀는 자신의 독술에 절대적인 자신이 있었다. 자만심이 아니라 자신감이었다.

초반에는 주변이 조용했지만 곧이어 사방에서 앓는 소리가 들려왔다. 매복한 살수들이 한운석의 독에 당했고 독이 발작한 것이 분명했다.

"무슨 독이냐?"

용비야가 물었다.

"복통을 일으키는 독이에요. 흔해 빠진 거죠."

한운석이 웃으며 말했다.

"모질지 못하군."

용비야가 객관적으로 평했다.

"저 독은 해약이 없어서 사흘 밤낮 끙끙 앓은 후에야 자연스레 해독돼요. 더구나 그 정도 통증으론 죽지도 않죠."

한운석은 장난스럽게 물었다.

"당신도 한번 맛볼래요?"

"됐다."

용비야는 엄숙하게 대답했지만, 그러면서도 객관적인 평을 남겼다.

"죽느니만 못한 통증이라. 아주 좋구나."

사실 그는 이 여자의 독술이 적절한 기회만 생기면 반드시 적을 완전히 몰살할 수 있다고 믿어 마지않았다.

한운석은 용비야의 냉엄한 표정을 보자 참지 못하고 하하 웃음을 터트렸다. 용비야가 잡은 손에 더욱 힘을 주었지만 그녀는 그래도 웃음을 그치지 못했다.

용비야는 두말없이 그녀를 품에 끌어안고 그 얼굴을 자신의 가슴 위에 꾹 눌렀다.

한운석은 얼굴이 거의 납작해지다시피 해서 더는 웃을 수가 없었다.

허연 안개가 짙게 깔렸지만 그나마 앞길이 조금 보이기는 했다. 한운석이 매복한 살수를 처리하자 용비야는 길잡이가 되어 똑바로 앞으로 나아갔다.

그때 미도 끝에 자리한 공호 기슭에는 두 여자가 나란히 서 있었다. 젊은 여자와 늙은 여자였는데, 젊은 쪽은 신선같이 새하얀 옷을 입었고 늙은 쪽은 귀신같이 시커먼 옷을 입고 있었다. 똑같이 미도를 바라보는 두 여자의 표정은 심각했다.

"어째서 소식이 없죠?"

젊은 여자는 누가 봐도 초조해하고 있었다.

"서두를 게 무엇이냐? 이 부인께서 천라지망을 펼치면 검종 노인이 오더라도 빠져나올 수 있다는 보장이 없다."

시커먼 옷을 입은 노부인이 쌀쌀하게 말했다.

"확실히 해야 해요. 한운석만 죽이고 진왕은 절대 건드리면 안 돼요."

젊은 여자가 말했다.

"걱정 붙들어 매거라."

노부인은 귀찮다는 듯이 대답했다.

젊은 여자는 그래도 마음이 놓이지 않는지 한마디 더 덧붙였다.

"미리 경고하지만, 당신 부하가 진왕의 털끝 하나라도 건드리면 땡전 한 푼 못 받을 줄 알아요."

노부인은 못 들은 척했지만 젊은 여자는 또 말했다.

"그리고, 한운석을 죽이지 못해도 한 푼도 받지 못할 거예요. 그러기로 했으니까."

노부인이 가소로운 듯 콧방귀를 뀌며 입을 떼는데, 갑자기 안개 속에서 흑의를 입은 여자 살수가 데구루루 굴러 나왔다. 여자 살수는 몇 바퀴나 바닥을 구르다가 겨우 멈추고 노부인의 발치에 풀썩 쓰러졌다.

그녀는 손으로 배를 움켜쥔 채 식은땀을 뻘뻘 흘리고 있었다. 소식을 전하러 여기까지 오는데 젖 먹던 힘까지 다 써 버린 통에 지금은 일어서기는커녕 엎드려 있을 힘조차 없었다.

"부인, 모……, 모두…… 중독되었습니다."

"뭐라고?"

젊은 여자는 깜짝 놀랐다.

노부인 역시 믿지 않는 눈초리였다.

"모두 중독되다니? 어떻게 그럴 수가 있느냐?"

그들의 목표는 용비야와 한운석이었다. 용비야는 운공대륙의 무림 상위권의 고수였고 한운석의 독술도 얕볼 솜씨가 아니었다. 이 노부인도 당연히 그들을 얕보지 않고 서른 명이나 되는 살수를 미도에 매복시켰다. 그것도 정예들만.

그런데 싸우기도 전에 전멸했다는 게 가능한 일일까?

무슨 이런 일이!

설사 한운석이 독을 썼다 해도, 독을 쓸 기회를 잡으려면 일단 살수들이 모습을 드러내야 하지 않을까? 그런데 이 짧은 시간 안에 매복한 살수 전체를 중독시키는 능력이 어디서 났을까?

"자매들은…… 모두 숲속에 숨어 있었는데 갑자기 배 속이 칼로 저미는 것처럼 아파 움직일 수가 없었습니다."

여자 살수가 사실대로 보고했다.

"설마 한운석이 안개 속에 독을 탄 것인가?"

노부인이 혼잣말로 중얼거렸다. 그 여자를 제거하지 않으면 훗날 커다란 후환이 되겠다는 생각이 머리를 스쳤다. 그만한 독술이면 거의 백언청과 맞먹을 수 있을 정도였다.

"쳐 죽일 계집!"

젊은 여자가 노성을 터트렸다.

"냉월 부인, 어떻게 할 거예요!"

시커먼 옷을 입은 이 노부인은 바로 여아성 성주이자 백언청의 부하인 냉월 부인이었다.

온갖 풍상을 겪어 본 그녀는 이런 상황에도 별로 놀라지 않았다.

"뭘 그리 초조해하느냐? 미도가 미도라고 불리는 것은 단순히 안개에 뒤덮여 있기 때문만은 아니다."

"그게 무슨……."

젊은 여자는 이해가 가지 않았다. 미도공호라는 이 장소는 냉월 부인이 고른 것이었다.

"미도에는 기문둔갑이 펼쳐져 있다. 설사 매복이 없더라도 그들이 무사히 여기까지 오기는 쉽지 않을 것이다!"

냉월 부인은 냉소를 흘리며 말했다.

"지금쯤이면 진 안으로 들어갔겠지."

그녀가 백언청에게 충성하는 것은, 오래전 이 미도에 갇혀 꼬박 열흘 밤낮 동안 빠져나가지도 못하고 굶주림과 추위에 시달리며 겨우 실낱같은 목숨만 부지하고 있을 때 우연히 나타난 백언청이 구해 줬기 때문이었다.

목숨을 빚진 사람이 백독문 문주라는 것을 알자, 그날 이후 그녀는 한마음으로 그를 위해 일하게 되었다. 여아성의 성주인 그녀는 백언청에게 적잖은 도움이 되었다.

백언청도 기문둔갑술은 잘 모르지만, 미도를 빠져나갈 묘수가 있었다.

그 사건 이후 냉월 부인은 기문둔갑술에 능한 도사를 청해 미도의 진법을 깨뜨린 후 미도공호를 점거했고, 그 덕분에 이 미도에 순조롭게 살수를 배치할 수 있었던 것이다.

"기문둔갑?"

젊은 여자는 가만히 중얼거리더니 마음을 놓았다.

"안심해라. 일단 저들끼리 실컷 놀게 해 준 다음 내가 손을 써도 늦지 않다."

냉월 부인은 나이가 지긋했지만 젊은이들보다 더 경망스러웠다.

"좋아요. 때가 되면 당신이 직접 가서 한운석을 죽여요! 진왕은 내 앞으로 데려와야 해요."

젊은 여자가 차갑게 웃으며 말했다.

그때 한운석은 이미 뭔가 이상하다는 것을 깨달았다. 그녀는 용비야를 붙잡고 걸음을 멈췄다.

"용비야, 잠깐 기다려요. 여긴 방금 지나쳤던 곳이에요."

용비야는 이해할 수 없었다.

"길이 똑바로 나 있고 좌우는 모두 나무뿐이어서 갈 수 있는 곳은 이쪽뿐이다."

길 양쪽 숲으로 들어가면 길을 잃어버릴 가능성이 있지만, 계속 길을 따라 왔고 정신도 말짱하니 길을 잃었을 리 없었다.

"분명히 뭔가 이상해요."

한운석이 나지막이 말했다.

"방금 오른쪽으로 스무 걸음쯤 떨어진 곳에 중독된 사람이 한

명 있었는데, 몸속에 있는 독소치가 3이었어요. 그 옆에 있던 두 사람은 독소치가 각각 4와 5였고요. 왼쪽으로 열다섯 걸음 떨어진 곳에 있던 두 사람의 독소치는 한 명은 6, 한 명은 8이었어요. 일반적으로 독소치가 3이 되면 움직일 힘이 없어요."

한운석이 이렇게 설명하자 용비야도 알아들었다. 지표가 되는 사람의 위치로 위치를 확인했으니, 그 말대로라면 그들은 방금 지나간 곳으로 되돌아온 것이 확실했다.

"기문둔갑으로 펼친 진법이군!"

용비야가 가만히 중얼거렸다.

"정말 그런 게 있군요!"

한운석도 속으로 의심하긴 했지만, 도무지 믿을 수가 없었다. 이런 장난은 전혀 모르는데 어떻게 한다?

"용비야, 당신은 알아요?"

"아는 사람이 있을 것이다. 가장 가까운 살수는 어디 있느냐?"

용비야가 나지막이 물었다.

한운석은 그가 무슨 생각을 하는지 곧 알아챘다. 살수들이 이 미도에 매복했다면 필시 진을 빠져나가는 법을 알 것이다.

한운석은 해독시스템을 이용해 그들에게서 가장 가까이 있는 살수의 위치를 확인했다. 그들은 해독시스템이 알려 주는 방향을 따라갔다. 그런데 웬걸, 열 걸음쯤 가자 해독시스템은 그 살수가 위치를 바꿨다고 알려 주었다.

한운석은 우뚝 걸음을 멈췄다.

"사라졌어요! 이럴 순 없어요. 그 살수는 독소치가 8이어서 기어갈 힘도 없다고요."

"그자가 움직인 게 아니라 우리가 방향을 잘못 든 것이다. 이 진 안에서는 방향이 계속 변한다."

방향이 계속 변하는데 그들은 알아볼 수가 없으니, 계속 잘 못된 방향으로 간 것이었다.

한운석은 그 원리를 곰곰이 생각하며 중얼거렸다.

"그러니까 방향만 정확히 찾으면 나갈 수 있겠군요?"

"이곳에 있는 지표의 방향이 우리 움직임에 따라 달라지는데 어떻게 정확한 방향을 찾을 수 있지?"

용비야는 눈동자에 걱정스러운 표정을 떠올리며 대응책을 고민했다. 오기 전에 이곳을 자세히 알아보았지만 미도 안에 진이 펼쳐져 있다는 것은 몰랐다.

진을 펼쳐 놨다는 것은 누군가 이곳을 점거하고 있다는 의미였다.

용비야의 심각한 눈빛을 보자 한운석은 그의 미간을 살짝 눌러 펴 주었다.

"고민하지 말아요. 말했잖아요, 이 길에서는 내가 당신을 보호하겠다고요. 마음 푹 놓고 날 따라오면 돼요."

"방법이 있느냐?"

용비야는 무척 뜻밖이었다. 한운석은 그에게 너무나도 많은 놀라움을 안겨 주었지만, 조금 전에는 분명히 기문둔갑술을 모른다고 했었다.

이 여자에게 무슨 방법이 있는 걸까?

흥분, 와서 빌 때까지 기다리자

한운석에게 무슨 방법이 있을까?

그녀는 주위를 둘러본 후 사방을 덮은 안개의 농도와 현재 풍향을 세심하게 관찰했다.

어주도에서 군역사를 구해 간 그 신비한 독의 고수는 아무것도 없는 곳에서 독 안개를 만들어 낼 수 있었지만, 한운석에겐 그런 능력이 없었다. 그러나 이 희끄무레한 안개 속이라면, 큰 힘 들이지 않고 독 안개를 만들 수 있었다!

진지해진 여자의 모습은 무척 아름다웠다.

용비야는 한운석이 뭘 하려는지 몰랐으나 방해하지 않고 귀중한 것을 감상하듯 그녀를 바라보았다. 보면 볼수록 마음에 들었다.

한운석은 하는 일에 집중하느라 용비야의 눈동자에 정이 담뿍 떠오르는 것도 몰랐다. 그녀는 해독시스템으로 독약 한 첩을 만들어 낸 다음 바닥에 흩뿌렸다.

금세 독약 냄새가 퍼졌다. 발 냄새처럼 견디기 힘든 냄새였다.

용비야가 코를 막았다.

"이게 무엇이냐?"

한운석은 그를 잡고 뒤로 물러났다.

"기다려요. 곧 안내자가 나타날 테니까."

안내자?

독약을 이용해 길을 알려 줄 만한 것을 유인하려는 것일까? 그렇다고 해도 용비야는 여전히 알 수가 없었다. 길을 알려 줄 만한 것이 뭐가 있을까?

답을 알고 싶으면 기다리는 수밖에 없었다.

안개가 자욱해서 독약 냄새는 아주 빨리 퍼져 나갔다. 용비야와 한운석은 나란히 코를 막고 땅에 흩어진 독약을 바라보면서 조용히 기다렸다.

그리고 그때 공호 언저리의 냉월 부인과 젊은 여자 역시 기다리고 있었다. 젊은 여자는 인내심이라곤 티끌만큼도 없어서 또다시 냉월 부인을 재촉하기 시작했다.

"대체 언제까지 기다려야 하는 거죠? 당신은 진 속을 자유롭게 드나들 수 있으니 속 시원히 찾아가 단칼에 한운석을 죽여요."

냉월 부인은 젊은 여자를 쳐다보지도 않고 쌀쌀하게 말했다.

"안개 속에 독이 있다. 죽고 싶으면 네가 가거라."

"설마 이대로 내내 기다리기만 해야 하는 거예요? 독이 영원히 사라지지 않으면요?"

젊은 여자가 또 물었다.

"그들이 살려 달라고 빌 때까지 기다린다. 한운석이 해약을 내놓을 때까지."

냉월 부인은 시종일관 미도를 응시하고 있었다. 진왕을 상대하기 위해 직접 왔는데 한운석이 진왕보다 더 까다로울 줄은 몰랐다.

물론 함께 있는 이 여자가 이렇게 성질 급하고 멍청할 줄은 더욱 몰랐다.

"빌 때까지……."

젊은 여자는 잠시 중얼거리다가 갑자기 흥분했다.

"좋아! 기다리죠! 한운석을 내 앞에서 싹싹 빌게 만들겠어! 진왕도 마찬가지고!"

젊은 여자에게서 초조해 안달하던 모습은 싹 사라지고 흥분이 그 자리를 대신했다. 한운석이 비는 모습을 떠올리기만 하면, 진왕도 자신 앞에서 빌어야 할 때가 있다고 생각하기만 하면, 흥분해서 핏줄이 팽팽해지고 온몸의 모공이 열리는 것 같았다. 어서 그 순간이 왔으면!

그때쯤 한운석과 용비야는 이미 원하던 답을 얻었다.

허연 안개 한쪽에서 시커먼 그림자 한 덩이가 날아오는 게 보였다. 시커먼 그림자는 속도가 빠르지 않아 느릿느릿 움직이고 있었다.

한운석을 알기 전이었다면, 용비야는 저 시커먼 그림자를 독 안개나 독 장기에서 퍼져 나온 독 공기라고 생각했을 것이다. 하지만 지난번 한운석과 함께 독모기 떼를 퇴치한 후로 견식이 많이 늘었다.

저건 독 안개가 아니라 대거 모여든 독모기 떼였다!

독모기 떼가 접근하자 용비야와 한운석 모두 앵앵거리는 소리를 들었다. 독모기 떼는 땅을 덮쳤고 바닥에 뿌려졌던 독약은 순식간에 독모기 떼에 파묻혔다.

독모기 떼는 미친 듯이 다투며 독약을 먹어 댔다.

"모기에게 길 안내를 시킬 생각이냐?"

용비야는 그래도 이해가 가지 않았다.

군역사에게 납치되었을 때도 한운석은 독모기 떼를 이용해 용비야와 초서풍에게 길을 알려 주긴 했지만, 오늘은 상황이 달랐다. 독모기 떼가 독을 먹는다고 해서 진법을 깨뜨릴 수 있게 되는 건 아닐 텐데.

"저 독약에 무슨 특별한 점이 있느냐?"

여기까지 추측한 것도 제법이었다. 한운석은 속으로 감탄하면서도 일부러 뜸을 들이며 물었다.

"용비야, 날 못 믿어요?"

용비야는 입꼬리를 실룩이더니, '믿는다'라고 대답한 후 다시는 묻지 않았다. 한운석은 그를 등지고 돌아서기 무섭게 웃음을 터트렸다.

그녀와 용비야의 관계에서는 늘 용비야가 주도했고, 그녀가 이렇게 위세를 부릴 기회는 드물었다.

용비야는 그녀가 웃는 것을 알고도 못 들은 척했다.

별안간, 땅을 뒤덮었던 독모기 떼가 우르르 날아오르더니 그들의 왼쪽을 향해 화살처럼 날아갔다.

"용비야, 어서요. 모기 떼를 쫓아요!"

한운석이 큰 소리로 외쳤다.

그녀가 독모기 떼를 유인한 독약에는 먹으면 심한 갈증을 일으키는 독이 들어 있었다. 그래서 이 독약을 먹은 독모기들은 제일 먼저 물을 찾아갔다.

인간은 고급 영장류지만, 지능이 낮은 미물에 한참 미치지 못하는 능력도 있었다. 미도 너머는 바로 공호였다.

그곳에 안개가 없는 이유는 한운석도 몰랐지만, 확신할 수 있는 것은 미도보다 습도가 높다는 것이었다. 저 독모기 떼는 습도에 근거해서 물이 있는 방향을 정확하게 감지할 수 있었다. 독모기 떼에겐 오직 본능뿐, 이성 따위는 없었다. 그래서 미도의 방향이 아무리 변해도 판단력에 영향을 미치지 못했다.

사람이란, 때론 너무 총명해서 실수하곤 했다!

용비야는 한쪽 팔로 한운석의 가느다란 허리를 안고 경공을 펼쳐 독모기 떼를 쫓아갔다. 독모기 떼는 미도의 길이 아닌 수풀 속으로 날아갔고, 용비야 역시 망설이지 않고 뒤따랐다.

한운석을 믿는지 아닌지, 그는 늘 행동으로 보여 주었다.

수풀로 들어서자 신기한 일이 일어났다. 숲속을 무겁게 덮었던 허연 안개가 단숨에 옅어진 것이었다. 독모기 떼를 쫓고 또 쫓았더니 어떻게 된 셈인지 그들은 또다시 미도의 길로 돌아와 있었다.

독모기 떼는 미도를 따라 계속 앞으로 날아갔고, 얼마쯤 지난 후 그들의 눈앞은 또다시 허연 안개가 자욱한 수풀로 변했다. 온통 희뿌연 가운데 보이는 것이라곤 앞에서 날아가는 시꺼먼 모기 떼뿐이었다.

계속 쫓아가면 길을 잃을 위험이 컸다.

하지만 용비야는 추호도 주저하지 않고 더욱 속도를 높였다. 그러나 수풀을 통과한 다음에는 또 미도로 돌아갔고, 저 앞으로 어렴풋이 길 끝이 보였다. 길 끝은 파릇파릇 풀이 자란 초지였다!

"용비야, 진에서 빠져나왔어요!"

한운석은 무척 기뻐하며, 단숨에 독모기 떼가 물을 찾아가게 한 방법을 털어놓았다. 드디어 마지막 의문을 푼 용비야는 칭찬 대신 한운석의 이마에 입술을 찍어 직접 상을 주었다.

"이제부터는 본 왕이 널 보호하겠다."

그가 한운석의 귓전에 입술을 대고 말했다. 나지막하고 매력이 가득한 그의 목소리는 지독히도 육감적이었다!

"좋아요……."

한운석의 목소리도 나긋나긋해졌다.

용비야는 한운석의 허리를 꽉 끌어안고 검을 뽑았다. 그리고 검을 든 채 시위를 떠난 화살처럼 빠른 속도로 독모기 떼의 뒤를 바짝 쫓았다.

한운석이 용비야를 보호할 때 용비야는 눈을 감은 적이 없지만, 용비야가 한운석을 보호하자 한운석은 그의 품에 기대어 눈을 감고 완전히 긴장을 풀었다.

용비야가 얼마만큼 한운석을 믿는지는 몰라도, 한운석은 용비야를 절대적으로 신뢰했다!

냉월 부인과 젊은 여자는 아직도 기다리고 있었다.

그런데 갑자기 젊은 여자가 놀란 소리로 외쳤다.

"냉월 부인, 저길 봐요. 저게 뭐죠?"

냉월 부인도 못 본 게 아니었다. 미도 저편에서 시꺼먼 공기 덩어리가 날아오고 있는데 속도가 너무 빠르고 마치 모든 것을 집어삼킬 것 같은 기세였다. 그녀는 눈을 휘둥그레 뜨며, 놀라서 대답도 하지 못했다.

"독 안개예요?"

젊은 여자가 다급히 물었다.

"아니, 한운석이다……."

냉월 부인이 느릿하게 혼잣말했다.

그녀에게는 몹시 오랜만이고, 또 몹시 익숙한 장면이었다. 오래전 그녀가 진에 갇혔을 때 마침 백언청이 우연히 그 속에 뛰어들었다가 그녀와 마주쳤는데, 당시 백언청도 바로 저런 '독 안개'로 미도의 진법을 깨뜨렸다.

저 공기 덩어리는 독 안개가 아니라 독모기 떼였다!

젊디젊은 한운석이 저런 능력을 갖추고 있다니. 그녀의 독술은 분명히 군역사보다 한참 위였고, 어쩌면 백언청에 필적할지도 몰랐다. 저 계집애의 사부는 누구일까? 백언청보다 대단할까?

이 일을, 백언청은 알고 있을까?

"무슨 말도 안 되는 소리를 하는 거예요! 저건 독 안개일 뿐이에요. 이런 괴상야릇한 곳에 독 안개가 있는 건 정상이라고요!"

젊은 여자가 기분 상한 목소리로 말했다.

"한운석이다. 그들이 빠져나왔다!"

냉월 부인은 검을 뽑으며 경계를 돋웠다.

"어떻게 그럴 수가? 한운석이 무슨 수로 기문둔갑술을 할 줄 알겠어요?"

젊은 여자는 마치 한운석은 절대로 기문둔갑술을 해선 안 되기라도 하는 듯 펄펄 뛰었다. 그녀가 씩씩거리며 말했다.

"냉월 부인, 독이 나타났다고 벌써 오금이 저리는 건가요? 한운석의 독술이 대단하긴 하지만……."

말을 끝내기도 전에 그녀의 귓가에도 앵앵거리는 소리가 들려왔다. 그녀는 흠칫 놀라 돌아보았지만, 바로 그 순간 냉월 부인이 느닷없이 허공으로 날아올랐다.

젊은 여자는 빈틈 하나 없이 빽빽하게 모인 독모기 떼가 정면에서 덮쳐 오는 것을 보자 달아나려고 했지만, 놀란 나머지 손발이 움직여지지 않아 비명만 질러댔다.

"꺅……. 꺄아악……!"

독모기 떼는 순식간에 그녀를 뒤덮었지만, 다행히 그녀를 해치지 않고 옆으로 빠져나가 곧장 공호로 날아갔다.

젊은 여자는 공포에 넋이 나간 나머지 양손으로 얼굴을 가리고 여전히 온 힘을 다해 비명을 질렀다.

"꺄아악……. 아아악……!"

"뭘 그렇게 소리를 지르지? 귀신이라도 부르려고?"

별로 크지도 않고 다른 여자들처럼 다소 가느다랗지만, 무시할 수 없는 힘이 있는 목소리가 들려왔다.

젊은 여자의 비명이 뚝 그쳤다. 그제야 자신이 독모기 떼의 공격을 받지 않고 죽지도 않았다는 것을 깨달은 것이었다.

그녀는 남몰래 정신을 가다듬으며 얼굴을 가렸던 손을 내렸다. 한운석과 용비야가 어느새 그녀 앞에 서 있었다.

정확히 말해 그녀 앞에 서 있는 건 한운석이었고 용비야는 한운석 뒤에 있었다. 한운석이 화장기 없는 얼굴을 차갑게 굳혔다.

"의태비는 네가 납치했구나?"

젊은 여자는 화들짝 놀라 무의식적으로 뒷걸음질 쳤다. 하마터면 공호에 빠질 뻔했지만 다행히 재빨리 검을 바닥에 박아 멈출 수 있었다.

갑자기 냉월 부인이 옆에서 홱 날아들어 젊은 여자를 붙잡고 용비야와 한운석에게서 멀찌감치 떨어졌다.

움직임이 간결하고 속도도 나는 듯이 빨라서 감탄이 절로 나왔다.

젊은 여자는 그제야 정신을 차리고 무거운 소리로 물었다.

"용비야, 혼자 오라고 했는데 왜 저 여자를 데려왔지?"

한운석의 질문 같은 건 무시당하고 말았다. 어쩐지 무척 익숙한 기분이었다. 그녀는 자세히 젊은 여자를 훑어보았지만 아쉽게도 면사로 얼굴을 가린 데다 일부러 목소리까지 변조한 바람에 누군지 알 수가 없었다.

확신할 수 있는 단 한 가지는, 저 여자가 그들을 알고 있다는 것이었다.

젊은 여자는 한운석을 무시했지만, 용비야는 더욱더 철저히 그 여자를 무시했다. 그는 젊은 여자에게는 숫제 눈길도 주지 않고 냉월 부인을 향해 차갑게 말했다.

"냉월 부인, 본 왕은 너와 거래를 하러 왔다. 어떠냐?"

"어디 들어나 보자."

냉월 부인은 태연했다.

"저 여자를 죽여라."

용비야는 단도직입적으로 말했다.

젊은 여자는 대경실색했다.

"용비야, 네 모비를 만나고 싶지 않느냐?"

야석夜汐 **조합, 절세의 짝 (1)**

의태비가 어디 있느냐고 용비야가 묻지도 않았는데 먼저 이 야기를 꺼낸 것을 보면, 이 협박에 제법 자신이 있는 것 같았다.

애석하지만, 용비야는 여전히 그녀를 공기 취급하며 쳐다보지도 않았다.

냉월 부인마저 민망하게 느낄 정도였다. 냉월 부인은 흐흐 웃었다.

"물론 그럴 수도 있지. 다만 진왕 전하께서 저쪽보다 높은 사례금을 지불하실지 궁금하군."

"보수는 여아성 전체다, 충분하겠지?"

용비야는 마치 상을 내리는 것처럼 오만방자한 말투로 물었다.

냉월 부인은 대로했다.

"용비야, 그게 무슨 뜻이냐?"

"저 여자를 죽이고 의태비를 내놓으면 본 왕도 여아성을 놓아주는 것을 고려해 보겠다. 그렇지 않으면…… 뒷일은 알아서 해야 할 것이다!"

용비야가 차갑게 경고했다.

누군가 진왕부에 침입해 비밀 시위 백 명을 죽이고 의태비를 납치해 갔다는 이야기가 퍼지면 얼마나 커다란 웃음거리가 될까? 얼마나 많은 사람이 진왕부에 흑심을 품을까?

알다시피 강호는 숨은 고수의 땅이고, 그가 예측하지 못하는 위험으로 가득했다. 그러니 그는 반드시 여아성에 대가를 치르게 해, 준동하는 강호 무리에게 따끔하게 경고해야 했다.

아직 천산에 가지는 않았지만 그전에 여아성을 무너뜨려 일단 운공대륙 강호를 떠들썩하게 만들어 놓아도 상관없었다.

냉월 부인이 찬 숨을 들이켰다.

"용비야, 큰소리를 떵떵 치는구나. 말에는 책임이 따른다는 것을 내 오늘 똑똑히 가르쳐 주마!"

냉월 부인이 검을 뽑으려 하자 젊은 여자가 가로막으며 나지막이 말했다.

"내게 약속한 게 있잖아요. 잊었어요?"

확실히 잊긴 했다. 냉월 부인도 용비야의 오만방자함에 돌아 버릴 만큼 화가 난 탓이었다.

"안심해라. 이 부인께서는 저자에게 분수를 알려 주려는 것뿐이다!"

젊은 여자는 냉월 부인의 손을 단단히 붙잡은 채 여전히 나지막이 말했다.

"냉월 부인, 우리의 약속을 어길 생각인가요? 내가 진상을 폭로하지 못할 것 같아요? 여아성의 명예를 망치고 싶어요?"

진상은 뭘까?

진상은 그녀가 냉월 부인을 고용한 게 아니라 냉월 부인이 의태비를 납치한 뒤 그녀에게 거래를 제안했다는 것이었다.

여아성은 살수 일을 하는 곳으로, 우선 거래를 맺은 다음 일에 착수했다. 다시 말해 고객이 찾아오기를 기다리는 쪽이지, 먼저 일을 저지른 다음 거래하는 쪽이 아니었다.

이 사실이 알려지면 여아성 살수의 몸값은 떨어지고 강호인들에게 멸시당할 것이 뻔했다. 특히 소요성은 보란 듯이 비웃을 것이다.

그제야 냉정함을 되찾은 냉월 부인이 용비야에게 차갑게 말했다.

"나와 거래할 수는 있다. 하지만 먼저 맡은 일부터 처리해야지!"

그녀는 이 말만 하고 젊은 여자의 뒤로 물러났다.

간신히 고용주의 체면을 되찾은 젊은 여자가 싸늘한 목소리로 물었다.

"용비야, 분명 너 혼자 현한보검을 들고 와서 인질과 바꿔 가라고 했을 텐데. 어쩌자는 거지? 의태비를 보고 싶지 않은 거냐?"

용비야의 시선이 그제야 젊은 여자에게 향했다. 깊고 차가운 눈동자에는 누구나 한눈에 알아볼 수 있는 혐오가 드러나 있었다.

"본 왕 손에 든 것이 현한보검이 아닌 줄 어떻게 알았느냐?"

이건 질문이 아니라 반문이었다. 확실히, 오늘 그가 가져온 것은 현한보검이 아니었다. 하지만 겉모양이 현한보검과 비슷해서 잘 모르는 사람은 구별할 수 없었다.

현한보검은 천산의 성검인데, 이 세상에 그걸 아는 사람이 몇 명이나 될까?

한운석은 두 눈을 가늘게 떴다. 이 여자가 누군지 알아차린 것이었다! 정말이지 혐오스러웠다!

용비야는 즉시 검을 들어 젊은 여자의 얼굴을 공격했다. 얼굴을 가린 복면을 잘라 내려는 것이었다. 여자도 검을 뽑았고, 동시에 냉월 부인도 검을 뽑아 달려왔다.

두 사람이 용비야 한 사람을 공격하는데, 용비야는 한 손으로 한운석을 보호하기까지 해야 했다. 시작부터 완전히 불리한 상황이었다. 젊은 여자는 몸을 다친 것 같았지만 검술은 여전히 위력적이었다. 반면 냉월 부인은 그야말로 무시무시했다. 그녀는 용비야와 같은 수준의 고수였다!

냉월 부인과 젊은 여자는 길을 나누어 좌우에서 용비야를 공격하는 방식을 선택했다.

용비야는 내내 방어 자세를 취하며, 힘의 반은 방어하는 데, 나머지 반은 한운석을 보호하는 데 쏟아부었다.

"이제 보니 진왕 전하도 다정한 남자였군."

냉월 부인이 비웃으면서 기습해 왔다. 용비야는 검을 들어 위에서 찍어내리는 그녀의 검을 가로막았고, 그녀는 기회를 놓치지 않고 공력을 모조리 끌어올려 용비야를 압박했다.

그녀의 목적은 분명했다. 용비야를 꼼짝 못하게 만들어 젊은 여자에게 한운석을 죽일 기회를 주는 것이었다.

솔직히 말해 용비야도 이번만큼은 꼼짝없이 발이 묶이고 말았다. 한 손에 한운석을 안고 한 손만으로 검을 쥔 상황에서는 냉월 부인이 검에 가하는 압박에서 벗어날 방도가 없었다.

창구자와 싸운 이후, 냉월 부인은 그가 만난 두 번째 강적이었다.

이 광경을 본 젊은 여자는 무척 기뻐했다. 기다리고 또 기다려 온 순간이었다. 그녀는 검날을 살짝 눕혀 빠르게 한운석을 찔러갔다.

젊은 여자는 흥분한 상태였지만, 그래도 한운석의 갑작스러운 공격을 방비할 생각은 하고 있었다. 한 번 당해 본 경험이 있었던 탓이었다.

그녀는 한운석의 입과 손, 발의 움직임을 예의주시하며 언제든 독침을 피할 수 있도록 준비했다.

사실 지난번에도 피할 수 있었는데, 전혀 방비하지 않고 있다가 당황한 것뿐이었다. 그렇지 않았다면 중상까지 입지는 않았을 것이다.

예상대로 한운석은 입에서 독침 하나를 뱉어내고, 손으로도 독침 몇 개를 던졌다. 젊은 여자는 쉽사리 피한 뒤 조롱하듯 웃음을 터트렸다.

"한운석, 그런 잔재주 따위는 길거리에서 곡예를 해도 아무도 쳐다보지 않아! 시시하군!"

한운석은 두 눈을 가늘게 좁히며 대답 없이 계속 독침을 쏘았으나 젊은 여자는 하나하나 모두 피했다.

어느 순간 젊은 여자가 '땡땡땡'하고 함께 날아드는 독침을 쳐내더니, 한운석의 심장을 노리고 검을 똑바로 찔러갔다. 위기일발의 순간, 별안간 용비야가 들고 있던 검을 놓고 몸을 휙 돌려 한운석을 감싸 안으며 젊은 여자의 검을 피했다.

용비야가 검을 버릴 거라곤 아무도 예상하지 못한 일이었다.

용비야와 한운석이 한쪽으로 피하자, 젊은 여자는 갑작스레 검을 거두지 못해 계속 앞으로 찔렀고 냉월 부인 역시 제때 검을 거두지 못했다. 그러다 보니 젊은 여자의 검은 냉월 부인에게 날아들었고, 냉월 부인의 검은 젊은 여자에게 날아들었다.

공력을 모두 끌어올린 냉월 부인은 갑작스레 검을 거두면 자신이 내상을 입을 수밖에 없는 상황이었다. 이런 긴박한 순간에는 가능한 한 방향을 틀어서 계속 찔러야만 했다. 반면 젊은 여자는 검을 거둘 수 있었고, 그렇게 했다. 하지만 그녀가 검을 거두는 순간, 냉월 부인의 검날이 그녀의 복부로 찔러 들어왔다.

이 모든 것은 한순간에 벌어진 일이었다.

"비켜라!"

냉월 부인이 목청이 터져라 소리 질렀지만 늦은 후였다.

새빨간 피가 젊은 여자의 옆구리에서 선홍빛의 덩굴처럼 뻗어 나와 티 하나 없는 순백색 치마에 요사하면서도 아름다운 꽃잎을 수놓았다.

젊은 여자는 상처에 손을 갖다 대보고 질겁했다. 그녀는 넋나간 얼굴로 냉월 부인을 바라보며 어쩔 줄을 몰라 했다.

"급소를 찔린 게 아니니 죽지는 않을 것이다!"

비록 사고가 생기긴 했지만, 냉월 부인은 방금 자신이 찌른 검의 위력을 너무나 잘 알고 있었다. 말을 마친 그녀는 젊은 여

자를 홱 잡아당겨 등 뒤에 보호하면서 옆으로 휙 움직여 용비
야가 휘두른 채찍을 피했다.

그녀는 땅에 나뒹구는 용비야의 검을 흘낏 바라보고 차갑게
말했다.

"비열하구나!"

이제 보니 용비야가 진짜 무기로 쓰려던 것은 검이 아니라
채찍이었다. 검객이라는 사람이 이렇게 쉽게 보검을 던져 버린
것도 이상한 일은 아니었다.

젊은 여자도 정신을 차렸다. 옆구리에는 깊숙한 구멍이 생겨
피가 줄줄 흐르고 있었다. 냉월 부인이 보호해 주는 동안 그녀
는 재빨리 옷소매를 찢어 허리를 묶어서 임시로 지혈했다.

"다른 사람들을 불러요. 반드시 용비야를 잡아놔야 해요."

젊은 여자가 나지막이 말했다. 한운석을 죽이지 않으면 이
분이 풀리지 않을 것 같았다.

"옆으로 피해 있거라. 내 오늘 용비야의 능력이 얼마나 대단
한지 봐야겠다!"

냉월 부인은 용비야 때문에 완전히 격분해 있었다.

그녀는 용비야가 한운석을 보호하면서도 자신과 대등하게
싸울 수 있다고는 생각지 않았다. 여아성 성주라는 자리를 거
저 얻은 것은 아니었으니까! 방금은 용비야가 허점을 이용해
득세한 것뿐이었다.

젊은 여자는 자신의 상태로는 냉월 부인의 짐만 된다는 걸
알고, 복잡한 눈빛을 지으며 나지막이 말했다.

"저 사람의 목숨은 해치지 말아요. 한운석을 보호하지 못하게 만들기만 하면 돼요."

냉월 부인이 진지해지면 용비야를 해칠지도 몰랐다. 용비야가 한운석을 포기한다면 냉월 부인과 대등하게 싸울 수 있지만, 그렇지 않으면 다칠 수밖에 없었다.

젊은 여자는 용비야가 저렇게 한운석을 싸고도는 걸 보자 화가 부글부글 끓어올라 그가 조금 다쳐도 괜찮겠다는 쪽으로 생각이 바뀌었다.

그녀는 과감하게 옆으로 물러났다. 그러자 냉월 부인은 절초를 펼쳤다!

그녀가 손에 쥔 검에서 또 다른 검 한 자루가 떨어져 나와 두 자루가 되었다. 그녀는 양손에 각각 검을 쥐고 용비야와 한운석과 정면으로 맞싸웠다.

"쌍검합벽雙劍合璧(자웅 두 개의 검이 서로 보조하면서 위력이 증가하는 검술을 뜻하며 일반적으로는 두 명이 사용함), 드디어 보게 되는군."

용비야가 차갑게 말했다.

보통 두 사람이어야 펼칠 수 있는 검법인데, 냉월 부인은 혼자서 양손에 검을 들고 쌍검합벽을 펼칠 수 있었다. 그녀가 창안한 기술로, 용비야도 사부에게서 몇 번 들은 적이 있었다. 사부조차 무척 감탄하던 기술이었다.

한운석은 의아해하며 냉월 부인이 든 검 두 자루를 응시했다. 저 두 검이 어떻게 떨어지지 않고 서로 딱 붙어 있었는지 궁금했다.

검날에는 특별히 이상한 부분이 없으니 아마 검 자루에 기관이 설치된 모양이었다. 어떤 원리일까?

용비야는 벌써 냉월 부인과 싸움을 시작했으나, 한운석은 마치 남 일이라도 되는 양 그의 품에 꼭 안긴 채 저 쌍벽검의 수수께끼를 푸느라 골몰했다.

"아직 맛을 보지도 않았는데 보았다고 할 수 있을까?"

냉월 부인은 큰 소리로 웃으며 두 검을 일제히 내질러 공격했다. 용비야는 즉시 뒤로 물러나면서 채찍으로 냉월 부인의 검을 힘차게 내리쳤다. 냉월 부인은 검 한 자루를 집어 던지며 채찍을 피했다. 검은 허공에서 방향을 뒤집더니 멀지 않은 곳에 있는 나무줄기에 자루 부분을 부딪쳤다가 그 힘으로 다시 용비야와 한운석의 등을 향해 날아들었다. 그와 동시에 냉월 부인이 든 또 다른 검도 멈추지 않고 공격해왔다.

앞뒤로 협공을 당한 용비야는 몸을 옆으로 피하면서 채찍을 휘둘러 검을 쳐내려고 했다. 곧바로 냉월 부인이 그의 눈앞으로 짓쳐왔다.

그러자 신기한 일이 벌어졌다. 냉월 부인이 오기 무섭게 또 다른 검이 허공에서 방향을 바꿔 용비야의 뒤로 날아든 것이었다!

이렇게 몇 번 왔다 갔다 하자 차츰차츰 냉월 부인이 우세해졌다.

용비야는 나지막이 말했다.

"한운석, 독을 써라."

이곳에 오기 전, 그들은 용비야가 적이 접근하지 못하도록 보호하면 한운석이 안심하고 독을 쓰면서 협공하기로 약속했다. 이제 그 방식을 쓸 때였다. 그 혼자라면 냉월 부인을 상대하고도 남지만, 한운석을 보호해야 한다면 반드시 이긴다는 보장이 없었다. 더욱이 주위에 적잖은 살수들이 잠복해 있어서, 냉월 부인 한 사람을 상대하기 위해 그가 전력을 쏟아부을 수도 없는 상황이었다.

용비야의 판단이 틀릴 리 없지만 한운석은 고개를 저었다.

"아직 일러요. 내게 저 쌍벽검을 깨뜨릴 방법이 있어요."

이렇게 말한 그녀가 진료 주머니에서 손바닥만 한 자석을 꺼냈다!

야석夜汐 조합, 절세의 짝 (2)

한운석이 자석을 꺼내자 등 뒤에 떠 있던 검이 갑자기 급속도로 그들을 향해 날아들었다.

용비야는 깜짝 놀라 황급히 몸을 피했다.

"한운석, 뭘 하는 거냐?"

"반대쪽 극인가 봐요."

한운석이 중얼거렸다.

바로 그때, 냉월 부인이 공세를 올려 그들 정면을 압박해 왔다. 검 두 자루가 협공하며 당장이라도 용비야의 몸을 꿰뚫을 것 같았다. 위험천만한 순간, 한운석이 들고 있던 자석을 뒤집자 갑자기 등 뒤로 날아들던 검이 우뚝 멈췄다가 땅으로 툭 떨어졌다.

냉월 부인이 든 검 역시 균형을 잃은 것처럼 부르르 떨렸다. 냉월 부인이 잡고 있지 않았다면 벌써 땅에 떨어졌을 것이다!

어떻게 이럴 수가 있을까?

냉월 부인의 얼굴에는 여전히 승리의 미소가 걸려 있었지만, 너무 갑작스레 일어난 일에 표정을 바꿀 새도 없어 어색하게 굳어 버린 얼굴이 영 흉해 보였다.

철검을 쓰는 상대였다면 그녀도 쌍벽검을 쓰지 않았을 것이다. 철검만 아니면, 이 쌍벽검을 만든 이래 이를 깨뜨린 사람은 아무도 없었다! 하지만 용비야는 특별히 한 것도 없는데 어떻게 쌍벽검을 깨뜨렸을까?

한운석은 이번에도 옳게 추측했다는 사실에 무척 기뻤다!

고대에는 공업용 자석강이 없고 자철석 같은 천연 자석만 있었다.

한운석이 꺼낸 것도 천연 자석인데, 실제로는 한약재여서 신경 안정, 호흡 안정, 간양상승肝陽上昇(간의 양기가 강해져 생기는 병) 치료 및 눈과 귀를 맑게 해 주는 데 효과가 있고 독약이나 해약을 만들 때 사용하기도 했다.

이 자석의 또 다른 용도는 몸에 박힌 침을 뽑아내는 것이었다. 비밀 시위가 임무를 집행하다가 독침에 중독된 적이 몇 차례 있었는데, 반드시 절개해야 할 필요가 없다면 그녀는 이 자석을 상처에 대고 천천히 조금씩 독침을 빨아 당겨 빼내곤 했다.

한운석은 조금 전까지 냉월 부인이 든 쌍벽검 원리를 생각하고 있었다.

그녀도 주인의 감정에 감응하는 영기靈氣가 있어서, 주인이 화를 내거나 살의를 품으면 똑같이 살기를 뿌리는 보검이 있다는 말을 들은 적이 있었다. 하지만 보검이 아무리 훌륭해도 결국 감정이 없는 사물이니 저렇게까지 주인과 손발이 척척 맞을 수는 없었다.

또 한 가지 가정은, 검을 쓰는 사람이 지극히 깊은 내공을 지니고 있어서 그 기운이 주변 기류에 영향을 미쳐, 손대지 않고도 검을 부릴 수 있다는 것이었다.

한운석은 비록 무공을 모르지만 싸움의 중심에 있어서 주변 기류를 느낄 수 있었는데, 검기 외에는 달리 강력한 변화는 없었다. 그래서 그녀는 냉월 부인의 내공이 아직 그 정도 수준에 오르지는 못했다고 확신했다.

백번 양보해서 정말 그 수준까지 올랐다 해도, 기운으로 검을 제어할 수 있는 것은 잠깐뿐인데 냉월 부인은 벌써 여러 초식을 펼친 상태였다.

쌍검합벽의 수수께끼는 쌍벽검 자체에 있을 수밖에 없었다.

그래서 한운석은 자성을 떠올렸다. 저 두 자루 검은, 자석의 N극과 S극을 띠고 있어 서로 끌어당길 수 있으므로 그들의 뒤에 뜬 검이 계속 냉월 부인이 쥔 검을 따라다녔을 것이다.

저 쌍벽검을 대체 뭘로 만들었는지, 어떻게 만들었는지, 한운석은 전혀 관심이 없었다. 그녀의 관심사는 자신이 가진 자석으로 저 두 검 사이의 안정된 자기장을 망가뜨릴 수 있는가 아닌가였다.

이 천연 자석은 비록 공업용 자석강만큼 강하지는 않지만 그래도 어느 정도 자성을 띠고 있었다.

시험한 결과 한운석의 추측대로 이 자석은 쌍벽검의 천적이었다.

"용비야, 냉월 부인의 저 보검은 망가진 거나 다름없어요."

한운석이 단언했다.

"돌아가면 후하게 상을 주마!"

용비야는 냉월 부인이 생각할 틈을 주지 않고 곧바로 채찍을 들어 힘껏 내리쳤다. 갑작스러운 공격에 미처 피하지 못한 냉월 부인은 검을 쥔 손에 채찍을 맞고 말았다. 손목 피부가 갈라지고 살이 터졌다.

화끈한 통증에 검을 놓칠 뻔했지만 다행히 제때 반응해서 손에 힘을 꽉 쥐며 뒤로 물러났다. 이미 검 하나를 떨어뜨렸으니 남은 하나까지 떨어뜨리면 체면이 말이 아니었다.

쉭!

곧바로 채찍이 다시 날아들었다. 냉월 부인은 황급히 피했지만 용비야의 채찍은 멈추지 않고 계속 허공을 가르며 파죽지세로 밀고 들어왔다. 냉월 부인은 반격할 틈조차 없어 잇달아 피하기만 할 뿐이었다.

그녀는 이리저리 피하면서 바닥에 떨어진 검을 불러들이려고 온갖 애를 써 봤지만 안타깝게도 모두 실패였다.

쌍벽검은 서로 끌어당기는 힘을 잃어버린 것 같았다. 냉월 부인은 도무지 받아들일 수 없었지만 현실을 직시해야만 했다.

그녀와 용비야의 실력은 엇비슷했으나 용비야가 한운석을 보호하느라 전력을 발휘하지 않은 덕분에 우세할 수 있었는데, 쌍검합벽의 장점이 사라지고 용비야에게 바짝 몰린 지금은 빠져나갈 기회를 얻기 힘들다는 것을, 그녀 자신도 알 수 있었다.

결국, 그녀는 주저 없이 휘파람을 불어 공호 주변에 매복한 살수를 모두 불러냈다.

그 순간 여자 살수 수십 명이 사방팔방에서 날아왔다. 모두 여아성의 일류 중의 일류 고수로, 전에 만난 적이 있는 냉상상도 끼어 있었다.

사실 한운석은 냉상상의 얼굴을 알아본 것이 아니라 입은 옷을 알아본 것이었다. 아무래도 이 운공대륙에서 저렇게 차려입는 여자는 극히 드물었다.

용비야와 한운석을 본 냉상상은 복잡한 눈빛을 했다. 하고 싶은 말이 있는 것 같은데 어머니가 있어 차마 함부로 입을 열지 못하는 듯했다.

주변에 있던 살수가 총출동해도 용비야의 채찍은 멈추지 않고 여전히 냉월 부인을 압박했다. 냉월 부인은 자칫 잘못하면 다시 채찍을 맞아야 할 처지였다.

살수들은 곧 사방에서 공격을 시작했다. 용비야는 냉월 부인에게 채찍을 휘두르는 척하다가 별안간 방향을 틀었다. 그가 몸을 돌리자 기다란 채찍이 파도처럼 퍼지며 등 뒤를 기습하는 살수들을 덮쳤다. 그들은 채찍 한 번에 저 멀리 튕겨 났다.

뒤쪽에 있던 살수들이 물러갔지만 정면에 있는 살수들이 거리를 좁혀 왔다. 게다가 용비야의 압박에서 벗어난 냉월 부인도 곧바로 반격했다!

"한운석, 준비되었느냐?"

용비야가 웃으며 물었다.

"신첩은 언제든 전하의 힘이 될 준비가 되어 있습니다!"

한운석이 진지하고 공손한 척 말했다.

용비야는 아무 망설임 없이 금빛 채찍을 거두고 두 팔로 한운석을 안은 채 발끝으로 땅을 찍으며 날아올랐다.

"용비야, 달아날 셈이냐?"

냉월 부인은 무척 의외라는 반응을 보였다.

용비야의 검은 땅에 떨어진 지 오래고 이제는 채찍까지 거뒀으니 달아나려는 게 아니면 뭘까?

"너희 같은 사람들은 진왕 전하께서 나서실 필요도 없다. 본 왕비가 처리해 주마!"

한운석이 큰 소리로 대답했다.

그녀를 안은 용비야가 별안간 살수 무리를 향해 돌진했다. 살수들은 깜짝 놀랐다. 그들이 뭘 하려는지 알 수 없지만 그래도 엄한 훈련을 받은 살수로서 쉽사리 후퇴할 수는 없었다.

그들은 검을 들고 한운석과 용비야를 마주 공격했다. 하지만 아쉽게도 용비야는 한운석을 안고서 가볍게 검을 피했고, 그들이 정신을 차리기도 전에 바로 옆까지 날아갔다.

본래 멀리서 이화루우를 쏠 생각이었던 한운석은 용비야의 이 놀라운 솜씨에 혀를 내둘렀다. 그녀를 안은 채 사방에서 짓쳐들어오는 검날을 요리조리 피하는 그의 움직임은 무척 안정적이었고 속도도 빨라서, 그녀가 안전하게 독을 쓸 수 있는 환경과 시간을 마련해 주었다.

한운석은 이화루우를 쓰는 대신 입과 손가락, 발끝, 팔, 머리카락에 숨겼던 온갖 독침을 쏘아 댔다.

용비야가 살수 가까이 가면 그녀가 독침을 쏘는 식이었다.

용비야의 속도가 몹시 빨라 처음에는 따라가지 못했지만, 점점 익숙해져 독을 쓰는 속도가 빨라지고 동작도 노련해졌다.

얼마 지나지 않아 수십 명이나 되던 살수 가운데 열 명 정도만 남고, 나머지는 모두 중독된 채 쓰러져 꼼짝도 하지 못하게 되었다.

냉월 부인도 그들의 협공을 알아차린 모양이었다. 솔직히 심장이 미친 듯이 쿵쾅거렸다!

용비야와 한운석이 저런 수법을 가지고 있을 줄이야! 용비야가 몇 차례나 그녀 가까이 다가왔지만 다행히 중독되지는 않았다. 냉월 부인의 반응이 워낙 빨라 한운석도 따라갈 수 없었던 것이었다.

용비야는 직접 공격하지 않고 한운석만 데리고 이리저리 피하면서 기습했다. 방어만 할 뿐 공격은 하지 않는 것이나 다름없었다. 그만한 능력에 방어만 한다면, 과연 이 자리에 있는 살수들이 그에게 상처를 입힐 수나 있을까? 냉월 부인 자신만 해도 쌍벽검을 잃은 상태로는 해내기 어려운 일이었다.

그러니 그가 다치지 않는 한 한운석은 거리낌 없이 온 힘을 다해 독을 쓸 수 있었다.

그러니 사실 승부는 이미 결정 난 셈이었다!

냉월 부인은 지금 자신이 할 수 있는 가장 영리한 일은 후퇴 명령을 내리는 것임을 알고 있었다. 백언청이 준 임무는 사실 이미 완수했으니 물러가도 상관없었다. 하지만, 도무지 마음이 내키지 않았다!

"용비야, 정말 비열하구나! 여자의 도움을 받다니 부끄럽지도 않느냐?"

냉월 부인이 분노에 차서 꾸짖었다.

용비야는 모른 척했다. 독설을 퍼붓는 역할은 언제나 한운석 차지였다. 그녀가 큰 소리로 반박했다.

"진왕 전하께서는 직접 여자를 상대하기 싫어하시니 자연히 본 왕비가 도와드리는 것이다. 설마하니 진왕 전하를 돕고 싶은 여자가 여기 또 있단 말이냐?"

이곳에 있는 여자라면, 한운석 외에는 모두 냉월 부인 쪽 사람이었다!

그러니 이 말에 뭐라고 대답해야 할까?

"오냐, 혀가 날카롭구나. 내 너부터 죽여 주마!"

냉월 부인이 바닥에 떨어진 검을 주웠다. 쌍벽검이 하나로 합쳐지자 강력한 검기가 쏟아져 나왔다.

"저 여자는 본 왕에게 넘기고 다른 사람부터 해결해라."

용비야가 나지막하게 말했다.

그는 가볍게 냉월 부인에게서 멀어져 냉상상의 검을 피해서 한운석을 데리고 그녀의 옆을 스쳐 갔다. 냉상상이 아무리 경계하고 있다 해도 용비야의 속도를 따라잡을 수는 없었다.

중독된 그녀는 두 다리가 풀려 털썩 주저앉았다.

"상아!"

냉월 부인은 깜짝 놀랐다.

"어머니!"

냉상상은 그녀를 부르기 무섭게 입에서 새까만 피를 토했다. 한운석이 다른 살수에게 쓴 독과는 다른 독을 쓴 것이 분명했다. 이번에 그녀가 사용한 독은 극독이었다.

"상아!"

냉월 부인이 달려가 냉상상을 부축했다. 그러자 겨우 남은 살수 네 명도 공격을 멈추고 냉월 부인 앞에 서서 용비야와 한운석에게 대항했다.

"그녀가 중독된 독은 나만 해독할 수 있다. 죽고 싶지 않으면 고분고분하게 굴도록 해."

한운석이 차갑게 경고했다.

뜻밖에도 냉월 부인은 경고를 듣지 않고 냉상상을 부축한 채 돌아서서 미도로 달아났다. 남은 살수 네 명은 달아나지 않고 미도 입구를 가로막았다. 주인에게 가능한 한 시간을 벌어 주려는 것이었다.

꽤 충성스러운 사람들이었다. 용비야와 한운석은 그런 그들을 괴롭히지 않았다. 냉월 부인을 쫓을 생각이 없기 때문이었다. 살수를 고용해 의태비를 납치한 흉수가 뻔히 남아 있었으니까.

젊은 여자는 방금 벌어진 모든 일을 목격했다. 반 시진도 안 되는 시간 동안, 한운석은 용비야의 보호를 받으며 저 번쩍이는 검날 사이에서 그에 못지않게 눈부시게 활약했다. 차마 똑바로 볼 수 없을 만큼 반짝반짝 빛나는 모습이었다.

아니야!

젊은 여자는 자신이 본 것을 믿을 수 없어 돌아서서 달아나려고 했다. 애석하게도 용비야가 한운석을 안은 채 재빨리 그

앞을 막아섰고, 한운석은 곧바로 이화루우를 쏘았다. 날아간 독침이 젊은 여자의 얼굴을 스치며 복면을 떨어뜨렸다.

선물이야, 하룻밤에 늘그막

독침 때문에 복면이 벗겨진 젊은 여자는 다름 아닌 단목요였다.

사실 용비야와 한운석은 보지 않아도 누군지 알고 있었다.

용비야는 협박장을 받았을 때부터 단목요라고 추측했고, 한운석은 조금 전 단목요가 용비야에게 왜 현한보검을 가져오지 않았느냐고 물었을 때 알아차렸다.

두 사람 다 처음에는 의태비를 납치한 사람이 천안국 태황태후라고 생각했는데, 단목요라니 뜻밖이었다.

단목요의 신분이라면 냉월 부인을 움직일 만했다.

그렇다면 용비야의 출신 문제는 안심해도 되지 않을까? 단목요는 용비야의 출신에 관해 지금껏 아무것도 알지 못했다.

다만, 단목요가 자신이 쓰지도 못할 현한보검을 얻고 싶어서 의태비를 납치했다고 생각하기엔 너무 의심스러웠다.

"어디 있느냐?"

용비야가 차갑게 물었다.

"사형……."

단목요가 입을 열자마자 용비야가 사나운 목소리로 말을 잘랐다.

"본 왕에게 너 같은 사매는 없다!"

단목요는 눈시울을 붉혔다.

"사부님께서는 우리가 함께 돌아오길 바라세요!"

"어디 있느냐? 세 번 묻게 하지 마라!"

용비야의 참을성에는 한계가 있었다. 단목요의 진짜 목적이 무엇인지는 차치하더라도, 그 목적 중 하나가 한운석을 죽이는 것임은 분명했다.

지금까지는 사부의 낯을 보아 수차례나 놓아줬지만, 이번에는 오기 전부터 용서하지 않겠다고 마음먹고 있었다. 설사 사부가 추궁하더라도 기꺼이 꾸지람을 들을 생각이었다.

이런 여자는 정말이지 짜증스러웠다!

"내 조건을 받아들이면 바로 의태비를 진왕부로 돌려보내겠어요. 그렇지 않으면 차라리 여기서 죽겠어요!"

단목요는 아주 단호했다.

"현한보검이냐?"

용비야가 냉소했다.

"창구자가 필요하다더냐?"

"현한보검은 주지 않아도 좋아요. 대신……, 대신 날 치료해 줘요."

단목요는 가엾기 짝이 없는 얼굴로 용비야를 바라보았다. 마치 잘못을 저지르기는커녕 억울한 일을 당한 사람 같은 표정이었다.

사실 그건 냉월 부인과 그녀 사이의 거래에 불과했다.

냉월 부인은 의태비를 그녀에게 넘겨주며, 그녀더러 직접 용비야에게 의태비와 현한보검을 교환하자는 협박장을 쓰게 했다.

그녀는 거의 생각해 보지도 않고 승낙했다. 그녀가 냉월 부인에게 제안한 유일한 조건은 바로 그 틈에 한운석을 죽이는 것이었다.

협박장에는 용비야 혼자 오라고 썼지만, 틀림없이 한운석도 함께 올 것을 알고 있었다.

이제 냉월 부인이 달아났으니 그녀도 현한보검을 받을 필요가 없었다. 그저 사형에게 치료받고 싶을 뿐이었다.

자신이 생각하기에는 지나치지 않은 요구였다.

용비야가 입을 열기 전에 한운석이 차갑게 말했다.

"거절이야!"

"한운석, 네가 무슨 자격으로 사형 대신 결정하는 거야? 네가 뭐라도 되는 줄 알아!"

단목요가 화난 목소리로 꾸짖었다. 경고를 받긴 했지만 그래도 꿋꿋하게 용비야를 사형이라고 불렀다.

"사매를 치료해 주지 않는 건 불의, 모비를 구하지 않는 건 불효야! 사형을 불의하고 불효한 사람으로 만들고 싶어?"

단목요는 당당하게 따져 물었다.

한운석은 구역질이 치밀어 죽을 지경이었다. 오늘은 설사 용비야가 가만히 놔준다 해도 몸소 이 여자를 혼내 줄 생각이었다!

싸늘한 눈빛을 번쩍이던 한운석이 갑자기 단목요에게 바짝 다가서며 차갑게 말했다.

"용비야는 내 남자고, 저 사람의 모든 것이 다 내 거야. 그게 바로 내 자격이지!"

"어디서 그런 뻔뻔한 말을!"

단목요가 손을 번쩍 치켜들었다. 용비야가 막으려고 했지만 한운석이 먼저 단목요의 손목을 낚아챘다. 단목요는 뿌리치려고 했으나 뜻밖에 꼼짝도 할 수 없었다.

그녀가 다른 쪽 손을 들었지만 한운석의 움직임이 훨씬 빨라서 먼저 단목요의 뺨을 호되게 후려갈겼다.

짝!

단목요는 도저히 믿을 수가 없었다!

평생 누군가에게 뺨을 맞아 본 적이 없는데!

"한운석, 절대 용서 못 해!"

머리끝까지 화난 그녀가 다른 손을 휘둘렀지만 안타깝게도 또 한운석에게 붙잡혔다.

어떻게 된 거지?

무예를 익히고 검을 쥐는 자신의 손이 어떻게 조그마한 침만 쓰는 한운석의 손을 당해내지 못할까?

이미 상황을 알아차린 용비야는 여전히 차갑게 얼굴을 굳힌 채 한운석 뒤에 서서 든든한 뒷배가 되어 주었다.

"왜 그래? 힘이 없어?"

한운석은 싸늘하게 웃었다.

"나한테 독을 썼구나!"

단목요는 기가 막혔다. 분명히 독침을 맞지는 않았는데! 조금 전의 독침은 얼굴을 스치면서 복면을 떨어뜨렸을 뿐이었다.

"단목요, 눈이 먼 거야, 아니면 멍청한 거야? 바닥에 쓰러진 저 사람들이 모두 중독된 거 안 보여?"

한운석은 콧방귀를 뀌었다.

"내가 너한테 독을 못 쓸 것 같아? 네가 정말 뭐라도 되는 줄 알았어? 넌 단지 더럽게 운 좋게도 천부적인 자질에다 부인을 닮았다는 이유만으로 검종 노인의 귀염을 받은 것뿐이야. 정말 네가 남들과 다른 줄 알아? 모두가 너만 못하고 널 떠받들어야 한다고 생각한 거야?"

한운석은 단목요의 두 손을 놓아주고 홱 밀어 넘어뜨린 다음 멸시하듯 내려다보았다.

"단목요, 잘 들어. 내 지아비 앞에서 넌 영원히 아무것도 아니야. 쓸데없는 마음은 버려!"

단목요의 몸에 들어간 독은 이미 발작한 후였다. 그녀는 땅에 주저앉아 부은 뺨에 손을 갖다 댄 채 분을 삼키지 못해 눈동자를 벌겋게 물들였다.

일어날 힘이 없었지만 그녀에겐 아직 의태비가 있었다! 그녀에게는 최후의, 그리고 최대의 판돈이었다!

단목요는 여태 차가운 얼굴로 아무 말 없는 용비야를 바라보다가 갑자기 큰 소리로 웃음을 터트렸다.

"용비야, 모비를 보고 싶지 않은 거예요?"

다른 사람 앞에서는 예전부터 용비야의 이름을 척척 불러 댄 그녀였지만, 그의 앞에서 부른 것은 처음이었다.

사랑이 미움으로 변한 것일까?

아니, 기껏해야 부끄러움을 참지 못해 화난 것뿐이었다!

단목요는 애초에 사랑이 뭔지도 몰랐다. 뭔가를 좋아하면 손에 넣을 줄만 알고, 손에 넣음으로써 허영심을 채웠다.

설사 단목요가 용비야와 협상을 할 생각이라 해도 한운석은 그럴 기회를 주려 하지 않았다. 숫제 용비야와 말할 기회조차 주지 않았다.

용비야가 미처 대답하기 전에 한운석이 차갑게 물었다.

"단목요, 몸에 힘이 없는 건 그렇다 치고 얼굴이 가렵지 않아?"

한운석이 이렇게 말하자 단목요는 저도 모르게 얼굴을 긁었다. 확실히 수분이 부족할 때처럼 두 뺨이 가려웠다.

긁지 않으면 좋았을 텐데, 긁고 나자 피부가 벗겨질 정도로 뺨이 건조한 걸 알 수 있었다. 그녀도 드디어 사태의 심각성을 인지했다.

"한운석, 무슨 독을 쓴 거야?"

"일야모년―夜暮年."

한운석이 대답했다.

이름만 듣고도 단목요는 무척 불안했다.

"대체 무슨 독이지?"

"하룻밤, 정확히 말해 여섯 시진 동안 얼굴이 점점 노화되다가 마지막에는 모년, 즉 늘그막의 모습이 되는 거지."

한운석이 진득하게 설명해 주었다.

"시……, 싫어!"

단목요는 미친 사람처럼 소리를 질렀다. 그녀가 평생 관심을 보인 것은 용비야를 빼면 얼굴밖에 없었다!

흠잡을 것 없는 외모에 티 없는 피부, 속세를 벗어난 것 같은 분위기며 타고난 기질은 그녀를 운공대륙에서 가장 선녀 같은 여자로 만들어 주었다! 점이나 주름이 생기는 것도 못 참는데, 늙어 버린다는 사실을 어떻게 받아들일 수 있을까?

"안 돼! 한운석, 해약은 어디 있어? 명령이니 당장 해약을 내놔. 당장!"

"……."

"한운석, 해약을 내놓으라고, 어서!"

단목요는 이성을 잃어버리기라도 한 양 울부짖었다. 하지만 그런다고 해서 시간이 멈추는 것도 아니고, 독소 역시 그런 이유로 사라지지 않았다. 오히려 그녀가 흥분하자 독소는 더 빨리 얼굴 위로 퍼졌다.

잠깐이 흘렀을 뿐인데 눈가와 이마를 만져 보니 주름이 느껴졌다.

그녀는 참을 수가 없었다!

"한운석, 못 들었어? 해약을 줘!"

"……."

"한운석, 해약을 주면 뭐든 들어줄게! 어서!"

한운석은 꼼짝도 하지 않고 차갑게 물었다.

"의태비는 어디 있지?"

"해약을 줘. 얼굴만 나으면 당장 의태비를 만나게 해 줄게."

단목요가 황급히 말했다.

"좋아. 사람이 먼저인지 해약이 먼저인지 천천히 이야기하기로 하지. 하지만 좋은 뜻에서 알려 주는데, '일야모년'은 비가역적 독이야."

"무슨 뜻이지?"

단목요는 몹시 불안했다.

"비가역적이란, 해약으로 계속 노화되는 것을 멈출 수는 있지만 본래 모습으로 돌아갈 순 없다는 말이야."

한운석은 아무 잘못 없는 사람처럼 생글생글 웃었지만 단목요는 붕괴 직전이었다.

"한운석, 이 못된 계집! 죽여 버리겠어!"

단목요는 검을 뽑았지만 아쉽게도 휘두를 수가 없었다.

한운석은 뒤로 물러나 팔짱을 끼고 아랫사람 보듯 그녀를 내려다보았다.

"좋아, 네가 힘을 되찾으면 다시 결투하지. 기다려 줄게."

단목요는 분통이 터져 피를 토할 것 같았다. 목구멍에서 피비린내가 느껴질 정도였다.

기다린다고?

그녀에게 있어 '기다림'은 곧 '늙음'이었다!

그녀에게 선택의 여지가 있을까? 없었다. 그녀는 소리를 질렀다.

"여봐라!"

곧 빽빽한 숲속에 숨어 있던 시녀 두 명이 의태비를 들것에 실고 나왔다. 의태비는 인사불성이었다.

용비야가 살펴보고 의태비는 혼절했을 뿐, 큰 문제가 없다는 것을 확인했다.

"한운석, 해약!"

단목요는 속이 타들어 갔다.

"해약?"

한운석은 고운 눈썹을 살짝 찡그리며 생각에 잠긴 척했다.

"해약을 어쨌더라……. 어머, 가지고 왔던가?"

단목요는 울음을 터트릴 것 같은 얼굴로 분노를 터트렸다.

"한운석, 이럴 순 없어!"

"그럼 어떻게 해야 하지? 어디 말해 봐."

한운석은 몹시 진지하게 반문했다.

"네 입으로 한 말을 어길 생각이야? 해약을 내놔, 당장!"

단목요는 초조해 미칠 것 같았다.

한운석은 몸을 웅크리고 재미있는 표정으로 쭈글쭈글 주름진 단목요의 이마와 반점이 드문드문 찍힌 뺨을 살펴보았다.

"단목요, 마음 좀 가라앉혀. 할 이야기가 있으면 차분하게 말로 하자고. 흥분할수록 독소가 빨리 발작해. 계속 이러다간 하룻밤까지 갈 필요도 없이 폭삭 늙어 버릴걸."

단목요는 얼굴을 만져보더니 정말 울음을 터트렸다.

"한운석, 부탁할게. 이렇게 부탁하면 되잖아! 한운석, 넌 약속을 지키는 사람이야, 그렇지?"

"너 같은 사람에게도 약속을 지켜야 할까?"

한운석은 차갑게 반문했다.

단목요는 말문이 막혔다. 상황이 이렇게 된 이상 할 수 있는 일이라곤 애원하는 것뿐이었다. 그녀가 애원하려는데 한운석이 해약을 꺼내 툭 던졌다.

"단목요, 본 왕비는 너 같은 사람에게도 한 말은 지켜. 너와 똑같은 부류가 아니니까."

단목요는 그 말에 귀 기울일 틈도 없이 황급히 해약을 삼켰다.

의태비를 구하고 단목요를 혼내 줬으니 할 일은 끝이었다. 한운석이 그만 떠나려는데, 뜻밖에도 용비야가 허공에 손을 뻗으며 손가락을 살짝 움켰다. 땅에 떨어졌던 검이 날아와 그의 손아귀에 잡히자 그는 검을 들고 곧장 단목요를 찔러갔다.

조심, 습격이다

용비야의 검은 곧장 단목요를 찔러갔다. 똑같이 검을 익힌 사람으로서, 단목요는 즉시 그의 살기를 느꼈다! 문외한인 한운석조차 소름이 끼쳤다. 그녀가 마지막으로 용비야의 이런 얼음 같은 기운을 느낀 것은 아주 아주 오래전 일이었다.

용비야는 정말 단목요를 죽이려는 걸까?

한운석은 무척 뜻밖이었다. 단목요를 죽이면 나중에 천산에 가서 검종 노인에게 뭐라고 할 생각이지?

단목요는 소스라치게 놀라 얼굴이 망가져 가는 것조차 잊었다. 저 사람이 어떻게?

옆에 있던 두 시녀가 황급히 검을 뽑아 가로막았다. 설사 그들이 검술의 고수라 해도 용비야의 검기를 당해 낼 수는 없었다. 용비야가 검을 한 번 휘두르자 두 사람은 그대로 나가떨어졌다.

단목요는 그 틈에 달아나려고 했지만 애석하게도 용비야의 검이 빠르게 가로막았다. 단목요는 이해가 가지 않는 듯한 표정으로 숲 쪽을 곁눈질했지만, 곧 시선을 거두고 큰 소리로 외쳤다.

"용비야, 감히 겁도 없이!"

그가 겁낼 이유가 있을까?

그는 가타부타 말없이 힘차게 검을 내질렀다. 검 끝이 단목요의 단전을 파고들었다!

그 순간, 단목요의 눈이 휘둥그레졌다. 그녀로선 죽어도 믿을 수가 없었다.

"용비야, 당신……."

그러나 다음 순간 용비야는 검을 계속 찌르지 않고 즉시 뽑아냈다. 그는 한 손으로 한운석을 감싸 안고 한 손으로 검을 움켜쥔 채 뒤로 눕다시피 몸을 젖히며 등 뒤에서 기습한 사람을 찔렀다!

발 하나만 땅에 댔을 뿐 거의 바닥과 수평을 이룬 자세였다.

한운석도 허리를 붙잡힌 상태로 뒤로 몸을 젖혀 용비야와 똑같은 자세가 되었다. 그 순간 바로 눈앞에 예리하기 짝이 없는 검이 휙 날아들었다.

용비야의 동작이 조금만 늦었다면, 그녀의 동작이 한발만 늦었다면, 등 뒤의 습격자가 든 예리한 검은 필시 등 뒤에서 그녀의 몸을 꿰뚫었을 것이다.

습격자라니, 정말 위험했다!

습격자의 검이 한운석의 눈앞을 위협했다. 이대로 찍어 내리기만 하면 한운석은 두 동강 날 가능성이 농후했다.

반면 용비야가 몸을 뒤로 젖히며 찌른 검은 그자의 복부에 닿아 있어서 언제든 습격자의 배를 찌를 수 있었다.

뒤에서 습격한 사람은…… 누구일까?

용비야와 한운석은 그 사람을 보았지만, 검은 복면을 쓰고 있어 본모습을 볼 수가 없었다.

숲속에 매복이 있다는 건 용비야도 알고 있었지만 별로 신경 쓰지 않았다. 이 습격자가 숲에서 뛰어나와 그들의 등 뒤를 노리기엔 꽤 거리가 멀었기 때문이었다. 그런데 용비야는 살기가 바짝 접근한 다음에야 그 움직임을 느꼈다.

이 습격자는 의심할 바 없이 보통 인물이 아니었다!

여아성 사람은 이미 떠났는데, 대체 어디서 온 고수가 단목요와 결탁해 용비야의 적이 되려는 걸까?

한운석이 손에 있는 독침을 살그머니 쏘려는 순간, 습격자가 냉소를 터트렸다.

"왕비마마, 검에는 눈이 없지만 이 늙은이에게는 아직 눈이 있다네. 그래도 움직이면 무슨 일이 벌어질지 모르네!"

그 사람은 한운석이 겁을 먹을 줄 알았지만, 뜻밖에도 한운석은 아주 차분하게 탄식을 지었다.

"아아, 그렇군. 다 늙어서 부끄러운 줄도 모르고 기습을 하는데 본 왕비가 뭘 할 수 있겠느냐? 어쩔 수 없지!"

"이……!"

습격자가 화를 내며 움직이려 하자 용비야가 차갑게 경고했다.

"무슨 일이 벌어질지 모른다!"

습격자도 함부로 움직일 수가 없었다. 세 사람은 그렇게 서로를 견제하고 대치하고 침묵했다.

단목요는 끊임없이 피가 흐르는 상처를 누른 채 바닥에 늘어져 있었지만 그래도 긴장한 눈으로 그 장면을 바라보며 숨을 죽였다.

허연 안개가 자욱한 숲도, 파란 물이 뚝뚝 떨어질 듯 선명한 호수도, 하나같이 고요했다. 세상천지가 다 조용했다.

사느냐 죽느냐 단 일검, 단 한순간에 달려 있었다.

한운석과 용비야 역시 신경이 곤두서 있었지만, 기실 습격자와 단목요는 더욱더 긴장한 상태였다.

쌍방이 서로 견제하느라 우열을 판가름할 수 없는 것처럼 보여도 사실은 용비야가 우세했기 때문이었다. 다만 그는 한운석을 버리지 못하는 것뿐이었다. 그렇지만 않으면 그는 얼마든지 단 일검으로 습격자를 죽일 수 있었다.

갑자기 단목요가 소리를 질렀다.

"사형, 죽이세요! 그 사람은 창구자예요! 그 사람을 죽이고 우리 둘 다 오늘 일은 없었던 거로 해요. 저도 사부님껜 한마디도 하지 않을게요!"

그 말대로 습격한 사람은 바로 창구자였다.

단목요가 한운석을 죽여 달라며 그를 청해 온 것이었다. 본디 단목요의 계획은 빈틈 하나 없이 훌륭했다. 하지만 용비야가 자신을 죽이려고 할 줄은, 창구자가 그 순간 가만히 있을 줄은 전혀 예상하지 못했다.

용비야의 입꼬리에 냉소가 피어올랐다. 그는 습격자가 창구자라는 것을 진작 알고 있었다. 여아성이 소요성과 협력할 일은 결코 없었고, 그렇다면 이 세상에서 기척도 없이 그의 등을 기습할 수 있는 사람은 사부를 제외하면 창구자뿐이었다.

용비야는 단목요는 신경 쓰지 않고 차갑게 말했다.

"죽을지 살지 사숙께서 직접 결정하십시오."

"당연히 살아야지! 이 사숙은 죽음을 제일 무서워한단다. 허허허."

창구자가 복면을 벗으며 허허 웃었다. 말은 그랬지만 그도 속으로는 깜짝 놀랐다. 용비야가 자신의 기습을 눈치채다니 예상 밖이었다. 헤어진 지 얼마 되지도 않았는데, 당시 그런 중상을 입고도 이렇게까지 무공이 정진한 것도 놀라웠다.

"정말 무서우시다면 무서워하는 모습을 보이셔야겠지요."

용비야는 누워서 창구자를 올려다보는 자세였지만 말투에는 여전히 패기가 넘쳤다.

말로 득을 보기는커녕 공연히 한 방 먹기만 한 창구자는 짜증스럽게 말했다.

"내가 셋을 셀 테니 동시에 검을 거두자!"

"함께 세시죠."

용비야가 차갑게 말했다. 창구자 혼자 세게 하면 시간을 장악하는 주도권을 넘기는 것과 마찬가지여서 용비야 자신과 한운석은 수동적으로 되어야 했다.

함께 검을 거두는 것은 대치 상태를 끝내는 것이기도 하지만, 새로운 대결의 시작이기도 했다. 터럭 한 올의 실수도 용납할 수 없었다.

용비야와 창구자 둘 다 품은 생각이 있었고, 한운석도 암암리에 독침을 준비했다. 한쪽에서 그 광경을 바라보는 단목요의 긴장은 최고조에 이르러, 자신이 계속 눈물을 흘리고 있다는 것조차 깨닫지 못했다. 그녀는 이제 어떻게 해야 할까?

양쪽 모두에게 잘못했으니 누가 그녀를 구해 줄까? 단목요는 죽고 싶지 않았다!

"하나!"

외침과 함께 용비야의 검이 눈부신 빛을 발했고, 창구자의 검날은 윙윙 소리를 내며 떨렸다. 한운석은 지금 위치에서 볼 수 있는 창구자의 모든 급소를 단단히 지켜보았고, 단목요는 젖 먹던 힘까지 끌어올려 한 손으로 상처를 누르고 다른 손으로 땅을 짚으며 일어나려고 했다.

"둘!"

용비야의 검날에서 흘러나오던 빛이 순식간에 검 끝에 모였고, 창구자의 검날은 격렬하게 떨리다가 갑자기 동작을 멈췄다. 한운석은 공격할 급소를 선택했고, 단목요는 이제 몸을 일으켜 꿇어앉아 있었다.

이제 곧 셋을 셀 것이고, 용비야와 창구자는 즉시 검을 거둔 뒤 곧바로 새로운 싸움을 시작할 것이다. 막상막하의 실력을 갖춘 사람 간의 싸움에서는 기선을 제압하는 쪽이 승리자였다!

모두가 '셋'을 세기를 기다리고 있었다. 용비야와 창구자조차 상대방을 기다리고, 승부를 결정지을 순간을 기다렸다.

"셋!"

용비야와 창구자는 약속대로 일제히 검을 거뒀다! 창구자는 복부의 위협이 사라지자 곧바로 다시 검을 찔렀다. 살기가 흘러넘쳤다. 반면 한운석을 위협하던 검도 사라졌으니, 용비야는 즉시 그녀를 끌어당겨 함께 바닥으로 떨어졌다.

용비야가 쥔 검은 끝에 강력한 힘이 모여 있었다. 그는 단목요를 향해 검을 던지는 동시에 긴 다리를 들어 올려 양발로 창구자의 검날을 잡았다. 뜻밖에도 창구자는 검을 버리고 한운석이 날린 독침을 피한 뒤, 획획 공중제비를 돌아 위로 날아오르면서 단목요를 공격한 용비야의 검을 걷어찼다.

용비야는 즉시 몸을 일으키면서 채찍을 휘둘러 단목요의 허리를 휘감았다. 하지만 창구자도 동시에 단목요의 팔을 잡았다.

두 사람은 또 대치 상태에 빠졌다.

용비야는 단목요를 죽이려고 했고 창구자는 단목요를 살리려고 했다.

하지만 단목요는 그들이 오랫동안 대치할 만큼 가치가 있지 않았다.

용비야의 채찍이 단단히 죄어들자 그러잖아도 피가 멈추지 않던 그녀의 상처에서는 아예 폭포처럼 피가 쏟아졌다.

그녀는 얼굴이고 단전이고 생각할 틈도 없이 울며 외쳤다.

"놔요. 둘 다 놓으라고요! 사부님께서는 당신들을 절대 용서하지 않을 거예요! 살려 줘……. 살려 주세요, 사부님……!"

한운석은 용비야 뒤에 서서 가만히 눈을 좁히며 창구자의 이마를 조준했다. 이곳에서 창구자를 처리할 수 있다면 천산행은 훨씬 순조로울 터였다.

그러나 한운석의 독침이 날아간 순간, 느닷없이 미도에서 돌멩이 하나가 튀어나와 정확하게 독침을 때려 맞췄다.

"누구냐!"

용비야는 깜짝 놀랐다. 그의 집중이 흐트러지자 창구자는 단목요를 홱 끌어당기더니 그녀를 데리고 미도로 달아났다. 한운석은 망설이지 않고 미도의 안개에 독을 뿌렸다.

안개같이 넓은 영역에 쓸 수 있는 것은 치명적인 독약이 아니었지만, 창구자와 단목요를 꼼짝 못하게 붙들어 맬 수는 있었다. 일단 그들을 붙잡아 둔 뒤 방법을 찾아 진 속에서 그들을 찾아내더라도 늦지 않았다.

방금 벌어진 모든 일은 무척 갑작스러웠고, 한순간에 죽을 수도 있었다. 하지만 한운석은 뒤늦게 겁먹지도 않았고 당황하지도 않았다.

그녀는 태연하고 차분하고 냉정했다. 미도를 바라보는 그녀의 표정은 무척 엄숙해서 용비야마저 쉽사리 방해할 수 없을 정도였다.

그녀는 미도의 진 안에서 창구자와 단목요를 찾아낼 방법을 생각하고 있었다.

창구자와 단목요가 어디에서 발이 묶였는지 확인할 방법이 없지만, 발이 묶이고 중독되어 미도에서 빠져나가지 못한다는 것은 확실했다.

그녀는 방법을 고민하는 한편 기다렸다.

용비야도 말없이 기다렸다. 뜻밖에도 한운석이 갑자기 고개를 홱 돌려 그를 바라보며 기겁한 얼굴로 외쳤다.

"용비야, 누가 독을 제거했어요!"

"뭐라고?"

용비야 역시 깜짝 놀랐다.

"누군가 해독했다고요. 미도의 안개 속에 있던 독이 모두 사라졌어요! 그들에게 조력자가 더 있어요. 게다가 독술의 고수예요!"

한운석은 그렇게 설명하며 다시 독을 뿌렸다.

하지만 상대는 마치 그녀를 노리고 온 것처럼, 그녀가 독을 쓰면 금방 해독해 버리곤 했다. 그렇게 몇 번 반복하자 한운석도 포기했다. 계속해 봤자 헛수고이기 때문이었다.

"군역사일까요?"

한운석이 중얼거렸다.

"그런 것 같지는 않다."

용비야는 고개를 돌려 조금 전에 날아들었던 돌멩이를 바라보았다. 저렇게 먼 거리에서 한 치 오차도 없이 정확하게 독침을 맞춰 떨어뜨릴 정도면 보통 실력이 아니었다.

군역사의 무공이 크게 정진했다면 모를까, 그렇지 않다면 그자일 가능성은 없었다.

용비야는 눈동자에 복잡한 빛을 띠며 차분하게 말했다.

"군역사를 구해 간 사람이군……."

"그자의 사부로군요……."

한운석도 복잡한 표정이 되었다.

그들은 여태 어주도에서 군역사를 구해 간 사람이 누군지 확인하지 못했지만, 용의자는 한 명뿐이었다. 바로 백독문 전임 문주이자 군역사의 사부였다.

백독문에 잠입한 약성의 첩자는 얼마 전에 피살되어, 그에 관한 일은 지금까지 진전이 없었다.

"단목요는 인맥이 참 어마어마하군요!"

한운석이 냉소를 지으며 말했다.

용비야는 뭔가 고민하는 것 같은 얼굴로 한쪽에 혼절해 있는 의태비를 바라보았다.

그때, 한운석은 미도에 다시 독 안개가 생겨난 것을 감지했다. 상대가 독을 쓴 것이 분명했다. 그녀는 가만히 중얼거렸다.

"용비야, 서들은 우리를 여기 가둬 놓고 죽일 생각이에요!"

대단히 강력한 적수

상대가 미도의 안개에 독을 푼 것은 창구자와 단목요가 이미 미도에서 빠져나갔다는 의미였다. 상대는 독 안개로 그들을 가둬 두려는 것이었다.

단순히 독술만 비교하면 한운석도 제법 자신이 있었다. 누가 뭐래도 그녀는 해독시스템과 독 저장 공간을 가지고 있었으니까. 하지만 미도에는 진이 펼쳐져 있었다. 그녀는 상대가 펼친 독 안개를 깨뜨려야 할 뿐 아니라 길 안내자를 찾아 용비야와 함께 미도를 빠져나가야 했다.

똑같이 독모기 떼를 이용하든 아니면 다른 독충을 이용하든, 일단 도중에 상대의 방해를 받으면 그녀와 용비야는 미도 속에서 길을 잃어 큰 골치를 앓아야 했다.

용비야도 오는 길에는 그녀 한 사람만 보호하면 되었지만, 지금은 의태비까지 보호해야 했다.

미도에 펼쳐진 진이 그녀와 용비야의 공통 약점이라는 것은 인정하지 않을 수 없었다. 그러니 한운석은 조심하고 또 조심해야 했다.

"일단 잠깐 놀아 주면서 상대를 시험해 볼게요."

한운석이 진지하게 말했다.

용비야는 그녀를 믿어 주며 고개를 끄덕였다.

한운석은 즉시 상대가 뿌린 독을 해독한 다음 독 저장 공간에 있는 독 연못에서 안개 속에 뿌릴 수 있는 새로운 독약을 꺼냈다. 천환千幻이라고 하는 독이었다. 천환에 중독되면 온갖 끔찍한 환상이 눈앞에 나타나 결국 제풀에 놀라 죽게 되어 있었다.

천환은 독 연못에서 만들어진 새로운 독약이고, 한운석도 최근에야 해약을 얻었다. 상대가 이 독을 깨뜨릴 만큼 대단한지 궁금했다.

하지만 이어진 사태는 한운석을 깜짝 놀라게 했다.

상대는 겨우 차 한 잔 마실 시간 안에 천환을 해독했다!

새로운 독약이라고 해서 꼭 독을 만든 사람만 해독할 수 있는 건 아니었다. 다른 사람도 해독할 수 있지만 시간이 조금 필요했고, 어떤 것은 수십 년 연구해도 해독하지 못할 수도 있었다.

그런데 차 한 잔 마실 시간 안에 새로운 독약을 깨뜨리다니, 얼마나 강력한가!

한운석은 부득불 자신을 돌아보게 되었다. 해독시스템이 없다면 자신은 천환을 해독하는 데 얼마나 걸릴까? 아주 오래 걸리진 않겠지만, 그렇다고 차 한 잔 마실 시간 안에 해독할 수는 없었다!

상대의 능력이 군역사보다 뛰어날 줄은 알았지만, 이 정도로 대단할 줄이야! 상대는 대체 어디서 온 누구일까?

그녀가 눈을 크게 뜨고 용비야를 바라보자, 용비야는 고개를 갸웃했다.

"왜 그러느냐?"

한운석은 대답하지 않고 계속 독 연못에서 만든 새 독약을 꺼내 썼다. 하지만 상황은 그대로였다. 차 한 잔 마실 시간이면 독은 깔끔하게 사라졌다.

한운석은 공격을 멈추고 한참 동안 생각하다가 마침내 '식골 飾骨'이라는 독을 꺼냈다. 이 식골은 바로 그녀가 군역사의 어깨에 썼던 해약이 없는 독이었다.

상대가 군역사의 사부라면 식골을 깨뜨리지 못할 게 분명했다. 그렇지 않았다면 군역사의 어깨는 벌써 나았을 테니까.

지난번 약성에서 군역사를 봤을 때 그자의 어깨를 살폈더니 아직 독이 남아 있었다.

다행스럽게도 식골은 안개 속에 퍼뜨릴 수 있는 독이었다.

한운석은 전에 식골의 해약을 한 첩 만들었지만 내다 버려서 지금은 가지고 있지 않았다. 식골을 쓰려는 지금, 실수로 자신이 다칠 수는 없어서 먼저 해약을 만들 약재가 해독시스템에 충분히 있는지 확인해야 했다.

다행스럽게도 식골 해약은 금방 만들어졌다. 이렇게 해서 그녀는 과감하게 미도의 안개 속에 식골을 뿌렸다.

차 한 잔 마실 시간이 흘렀다.

식골은 아직 제거되지 않았지만, 그렇다고 해서 꼭 승리라고 할 수 없다는 것을 아는 한운석은 조용히 기다렸다.

식골은 앞에 썼던 독약보다 훨씬 깨뜨리기 어려운 독이었다.

용비야는 구체적인 상황을 몰랐지만 그녀가 미간에 진지하고 엄숙한 표정을 띠고 있는 것을 보자 방해하지 않고 한쪽에서 묵묵히 기다려 주었다.

한운석의 기다림은 장장 반 시진이나 이어졌다.

안개 속의 식골은 여전했다.

한운석은 잠시 망설이다가 용비야에게 상세한 상황을 이야
기해 주었다.

"이젠 어떻게 미도를 빠져나갈지 생각해도 될 것 같아요."

"더 기다려 보자."

용비야는 여전히 신중했다.

한운석은 고개를 끄덕였다. 그렇게 해서 반 시진이 더 흐른
뒤 불행한 일이 벌어졌다.

식골이 제거된 것이었다!

상대는 한 시진 만에 해약을 만들어 냈다.

설마, 저자는 군역사의 사부가 아닌 걸까?

한운석은 다시 한 번 용비야를 돌아보았다. 도저히 믿을 수
없어서 눈동자가 튀어나올 것처럼 눈을 크게 뜨고 있었다.

지난번 약성에서 군역사를 봤을 때 일부러 확인했지만, 그자
의 어깨에는 여전히 식골이 남아 있었다.

한 발 양보해서 군역사의 사부가 최근에야 식골을 깨뜨리는
법을 알게 되었다 하더라도 구태여 한 시진이나 기다렸다가 해
약을 쓸 필요는 없었다!

"백독문 사람이 아니냐?"

용비야도 의아한 얼굴이었다.

한운석은 고개를 끄덕였다.

"군역사의 사부가 아니라면 누굴까요?"

이 놀라운 솜씨에 한운석과 용비야는 동시에 한 사람을 떠올렸다. 한운석이 중얼거렸다.

"독종의 잔당?"

이 세상에서 독종 사람과 백독문 사람, 그리고 한운석을 제외하면 저렇게 무서운 독술을 지닌 사람이 또 있을까?

"용비야, 혹시…… 내 친아버지가 아직 살아 있을까요? 독종의 잔당은 대체 몇 사람일까요? 어디에 숨어 있을까요?"

천심부인의 죽음은 수상하기 짝이 없어서 아무래도 의심을 지울 수 없었다!

사실 용비야도 계속 사람을 시켜 독종의 잔당을 조사해 왔지만, 애석하게도 연심부인이 제공한 실마리 외에는 여태 아무 소식이 없었다.

독종은 백독문보다 더 조사하기 어려웠다.

용비야는 공호를 돌아보며 무슨 말인가 하려는 듯했지만, 한운석이 화난 소리로 외쳤다.

"이대로 굴복할 순 없어요!"

어쨌든 공호를 떠나려면 반드시 미도를 지나야 했다. 한운석은 무슨 일이 있어도 이겨야 한다고 스스로 다짐했다.

그녀는 계속 독을 썼다.

용비야 역시 좀 더 상대를 시험해 보는 것도 좋다고 생각했다.

그때 미도 밖에서는 창구자가 단목요를 데리고 달아나고 있었다.

창구자는 기문둔갑술에 익숙해서 미도에서 빠져나오기는 손바닥 뒤집듯 쉬웠다. 하지만 자신과 단목요가 중독될 뻔했다는 사실은 몰랐고, 누군가 남몰래 한운석의 독 안개를 깨뜨려 주었다는 것은 더욱 알지 못했다.

한참 달아나 용비야와 한운석이 쫓아오지 않는 것을 확인하자, 그는 그제야 단목요를 놓아주었다.

단목요는 거의 숨이 끊어져 가고 있었다. 어서 응급치료하지 않으면 여기까지 데려온 게 물거품이 될 상황이었다.

단목요는 마지막 의지의 끈을 붙잡고서, 창구자가 자신에게 약을 먹이고 자신의 상처를 지혈하고 싸매 주는 것을 지켜보았다.

피가 멈추고 약 기운이 몸에 퍼지자 단목요도 가까스로 힘이 났고 머릿속도 훨씬 맑아졌다. 황급히 운기행공을 해 봤으나 내공은 단 한 줌도 남아 있지 않았다.

어떻게 이런…….

"안 돼……!"

늙어 버린 그녀의 얼굴이 놀람과 두려움에 더욱더 끔찍하게 일그러졌다.

"이……, 이럴 순 없어……."

다시 한 번 시도했지만 이번에도 내공을 쓸 수 없기는 마찬가지였다.

"내 단전이……, 내 무공이……."

그녀는 믿을 수 없는 눈으로 창구자를 응시했다. 창구자는 싸늘한 웃음을 흘렸다.

"목숨이라도 부지한 것도 다행인데 뭘 더 바라느냐? 요요, 이번에는 이 사숙에게 진심으로 고마워해야 할 게다!"

"다……, 당신 일부러!"

마침내 그녀도 깨달았다. 분노로 얼굴이 뜨겁게 달아올랐지만 싸울 힘조차 나지 않았다.

창구자는 냉소했다.

"요요, 앞으로 너는 이 사숙을 도와 이검심李劍心을 잘 보살펴야 한다!"

이검심은 바로 천산검종의 장문인인 검종 노인의 본명이었다. 천산 사람들은 모두 그에게 사존師尊이라는 경칭을 썼고, 그 밖의 사람들은 모두 검종 노인이라고 높여 불렀다.

오직 창구자만이 뒤에서 이렇게 이름을 불렀다.

그가 단목요를 따라서 온 것은 확실히 이 기회에 용비야와 한운석을 죽여 없애기 위해서였다. 하지만 막상 이곳에 오자 갑자기 생각이 바뀌었다. 용비야와 한운석을 죽이는 것뿐 아니라 용비야의 손을 빌려 단목요를 해치려고 마음먹은 것이었다. 그래서 상황을 잘 살피며 본래 계획을 변경했다.

그는 용비야가 단목요에게 해를 입힌 다음 도와주러 나서기로 했다. 일단 무공을 잃은 단목요는 별수 없이 그에게 의지할 수밖에 없었다.

여태껏 단목요는 장문인의 총애만 믿고 감히 그에게 이런저런 조건을 걸었고, 심지어 당문과의 혼사 처리 문제에서는 공연히 당리만 유리하게 만들어 주었다. 하지만 이제 쓸모없는 몸이 되었으니 그에게 이래라저래라 할 자격이 사라진 셈이었다.

"비열한!"

단목요가 화난 소리로 비난했다.

창구자는 일어나서 차갑게 말했다.

"요요, 이 사숙이 목숨을 걸고 구해 주었는데 은혜를 원수로 갚는구나. 네 사부야말로 '비열한'이라는 말에 딱 어울리는 사람이란다……."

말을 마친 그는 돌아서서 걸어갔다.

단목요를 이곳에 버려 두겠다는 의미였다! 중상을 입은 단목요를 아무도 없는 들판에 던져 두는 건 죽으라는 말이나 다름없었다.

단목요는 화도 나고 억울하기도 했다. 자신이 이런 처지에 빠지다니, 상상조차 해 본 적이 없는 일이었다. 그녀는 몹시 억울했지만 창구자에게 부탁하지 않으면 죽는 길밖에 없었다.

그녀는 곧 소리를 질렀다.

"사숙, 제가 잘못했어요! 저를 천산으로 데려가 주시기만 하면 뭐든 시키는 대로 할게요."

지금은 참는 수밖에 없었다. 천산으로 돌아가면 사부는 어떻게든 그녀를 도와줄 것이고, 무공도 되찾을 수 있을 게 분명했다.

그제야 창구자가 돌아왔다. 그는 당장 단목요를 일으켜 세우는 대신 차갑게 물었다.

"여아성 사람 외에 다른 조력자가 있느냐?"

"없어요."

단목요가 사실대로 대답했다.

"그럼 그 돌멩이는 누가 던진 것이냐?"

창구자는 아무리 생각해도 그걸 알 수가 없었다.

돌멩이를 던진 사람은 보통 실력자가 아닌 데다 필시 기문둔 갑술에도 능했다. 이치대로라면 그들을 구해 줬으니 당연히 모습을 드러내야 했다.

그렇지만 그와 단목요가 미도를 빠져나온 지금도 나타난 사람은 없었다.

"저도 몰라요."

거의 죽을 뻔했던 단목요는 애초에 그 문제를 생각할 시간조차 없었고, 지금도 갈피가 잡히지 않았다.

"냉월 부인이 청한 조력자가 아닐까요?"

그녀는 이렇게 추측했다.

"그자는 보통 인물이 아니다. 나중에 냉월 부인에게 물어보도록 해라."

창구자는 진지하게 분부했다. 반드시 그자가 누군지 알아내야 했다. 그자는 필시 그가 무림을 제패하는 데 큰 걸림돌이 될 터였다!

단목요가 알겠다고 하자 창구자는 그제야 그녀를 일으켰다. 그의 손이 단목요의 가느다란 허리를 껴안았고 얼굴에는 엉큼한 웃음이 떠올랐다.

"사숙!"

단목요는 목이 턱 막혔지만 슬프게도 밀어낼 수가 없었다. 창구자의 호색함은 그녀도 무척 잘 알고 있었다.

"사숙, 용건이 있으시면…… 천천히…… 이야기하면 안 될까요?"

단목요가 애원했다.

창구자는 손을 치우기는커녕 도리어 더욱 힘껏 끌어안았다.

"이 사숙에게 말해 보려무나. 어떻게 네 사부의 시중을 들었더냐?"

"그런 게 아니에요!"

단목요는 대로했다.

사부가 그녀를 예뻐하기는 했지만, 딸처럼 예뻐했을 뿐 두 사람 사이는 더할 나위 없이 결백했다.

"아니라고?"

창구자는 믿지 않았다.

"사부님이 어떤 분이신지 사숙님도 아시잖아요?"

단목요는 진지하게 말했다.

"으하하, 아니라면 더 좋구나. 앞으로는 이 사숙의 시중만 들도록 해라."

창구자는 큰 소리로 웃어댔다.

"네 얼굴이야 이 꼴이 됐지만 몸매는…… 아직 마음에 드는구나."

씁쓸한 기분이 치고 올라오자 단목요는 코끝이 빨개지고 눈이 알알해져 그 자리에서 무너질 것만 같았다. 그녀가 힘껏 밀어내자 창구자가 갑자기 목소리를 굳혔다.

"나는 널 천산 기슭에서 죽여 버릴 수도 있다. 못 믿겠느냐?"

그 말에 단목요는 더는 반항하지 못한 채 창구자에게 안겨 더러운 손이 몸을 더듬도록 허락할 수밖에 없었다.

그녀는 무력하게 흐느꼈다. 지금 자신을 안은 사람이 창구자가 아니라 사형이라면 얼마나, 정말이지 얼마나 좋을까!

'사형, 요요를 구해 줘요……. 절 좀 구해 주세요!'

속으로 외치고 또 외쳤지만, 안타깝게도 용비야는 들을 수가 없었다. 설사 들었다 해도 구해 주지 않았을 것이다.

그때 용비야는 한운석 옆에 서 있었다. 지금 그들이 마주하고 있는 적은 무척 강력했다!

그 사람은 바로…….

인어의 눈물, 집루

한운석의 이 강력한 적은 다름 아닌 군역사의 사부이자 백독문 전임 문주였던 백언청이었다.

그와 어린 제자 백옥교는 미도의 안개 속이 아니라 길 입구의 커다란 청석 위에 앉아 있었다.

백옥교는 사부가 운공대륙 최고의 독술사라는 것을 알고 있었고, 설령 최근 독술계에서 이름을 날린 한운석이라 해도 결코 사부의 적수가 될 수는 없다고 굳게 믿었다.

하지만 오늘, 그 생각이 싹 바뀌었다.

지금 거듭거듭 벌어지는 일들이 그녀가 한운석을 과소평가했다는 것을 여실히 증명해 주었다. 젊디젊은 나이에 저만한 능력을 갖춘 한운석은 그녀와 사형을 훨씬 넘어선 천재였다.

동시에 백옥교는 자신이 사부를 훨씬 더 과소평가했다는 것도 깨달았다.

한운석은 수많은 독을 썼는데, 백옥교가 알아본 것은 사형이 어깨에 당한 독뿐이고 나머지는 하나같이 처음 보는 것들이었다.

하지만 사부는 한운석이 쓰는 독약을 잘 아는지 별로 고민하지도 않고 해독했다.

차 한 잔 마실 시간은 사부가 방법을 고민한 시간이 아니라 그녀에게 독성을 설명해 준 시간이었다.

백옥교는 사부의 독술이 대체 얼마나 대단한 경지에 이르렀는지 생각할 여유도 없었다. 그녀가 궁금한 것은 단 두 가지였는데, 그중 하나는 아무것도 가져오지 않은 사부가 어디서 약재를 구해 해약을 만들었느냐는 것이었다.

심지어 그녀는 사부가 해약을 꺼내 해독하는 것조차 보지 못했다. 그저 사부가 미도 안으로 몇 발짝 들어가기만 하면 안개 속에 있던 독성이 순식간에 사라져 버리곤 했다.

또 하나 궁금한 것은 사형이 당한 독이었다. 사형은 풍습 같은 독에 당해 지금까지 시달려 왔고, 사부는 줄곧 해약을 연구해 왔지만 여태 만들어 내지 못했다.

조금 전 한운석이 그 독을 썼을 때 사부는 한 시진을 소비했지만, 해약을 연구하기 위해서가 아니라 한숨 자기 위해서였다. 사부가 잠에서 깨어나 미도 안으로 들어가자 안개 속에 있던 독은 순식간에 사라졌다.

이건 대체 어떻게 된 걸까?

그 후에도 한운석은 계속 독을 썼고 사부는 계속 해독했다.

백옥교는 도저히 참지 못하고 조용히 물었다.

"사부님……, 혹시 이제는……, 사형이 어깨에 당한 독도 제거해 주실 수 있지 않으세요?"

백옥교는 궁금한 것이 너무나 많았지만 이 질문보다 더 중요한 건 없었다.

아무리 생각해도 알 수가 없었다. 설마 사부는 한 시진 잠든 사이 해독 방법을 찾아낸 것일까?

사형이 그 독에 시달린 지 벌써 2년, 날씨가 추워질 때마다 독이 발작했고 그 정도가 점점 더 심각해지고 있었다. 사형은 사부가 그 일을 신경 쓰고 있다고 굳게 믿었고, 그래서 여태껏 사부에게 해약을 만들었는지 캐묻지 않았다.

백옥교는 그가 죽을 만큼 고통스러워하는 것을 볼 때마다 몹시 마음이 아팠다.

"그럴 수는 없다."

백언청은 사실대로 대답했다.

백옥교는 놀랐다.

"하지만 방금……."

"독을 제거하는 방법이 해독밖에 없다고 누가 그러더냐?"

백언청은 엄하게 반문했다.

"제가 어리석었어요……."

백옥교는 더욱더 알 수 없었지만 즉시 고개를 숙이고 더는 묻지 못했다. 한 번만 더 물었다간 사부가 절대 가만있지 않으리란 것을 알고 있었다.

백옥교는 순순히 기다렸고, 백언청과 한운석은 몇 차례 더 겨뤘다. 백언청은 저도 모르게 혼잣말을 중얼거렸다.

"만독지수는 필시 저 아이 손에 있겠구나."

만독지수?

백옥교는 깜짝 놀랐다. 만독지수는 약재 숲에서 갑자기 모습을 감췄다는 독 연못이잖아? 그녀도 지난번에 사형에게 들은 적이 있었다.

만독지수는 새로운 독약을 수없이 만들어 낼 수 있었다. 알다시피 사형은 오랫동안 그 독 연못을 찾고 있었다.

얼마 지나지 않아 백언청은 독 안개가 퍼지도록 놔둔 채 다시 청석으로 돌아와 앉았다. 약간 지친 것 같았다.

백옥교가 재빨리 물통을 내밀었다.

"사부님, 조금 쉬세요."

"허허, 수십 년 만에 적수를 만났더니 아무래도 피곤하구나."

백언청이 감개무량하게 말했다.

한운석이 이번에 안개 속에 푼 독은 군역사가 중독된 독과 같은 등급이었다. 조금 전에 그가 한 시진 잠든 것은 용비야와 한운석을 교란하려고 일부러 시간을 끈 것이었는데 지금은 정말 휴식이 필요했다.

헤아려 보면 그와 한운석이 겨룬 지 벌써 반나절이나 됐으니, 확실히 기력 소모가 많았다!

"사부님, 우선 푹 쉬세요. 제가 지킬게요. 장담하지만 한운석은 독모기 떼를 쓰지 못할 거예요."

백옥교가 진지하게 말했다.

설사 한운석이 독 안개를 겁내지 않는다 해도 미도의 진을 빠져나갈 방도가 없었다. 백옥교가 주위에 독을 뿌린 덕에 주변 백 리 안에 있는 독모기 떼는 짧은 시간 안에는 절대 가까이 올 수 없게 되었기 때문이었다.

게다가 한운석이 독모기 떼가 아니라 다른 독충을 불러들이더라도 백옥교에게는 훼방을 놓을 방법이 있었다.

백언청은 말없이 눈을 감았다. 사실 그는 오늘 한운석을 시험하려고 왔을 뿐 정말 그녀를 어떻게 할 생각은 아니었다. 더욱이 용비야의 능력만 봐도 그가 그들을 손봐 줄 수 있다는 보장이 없었다.

경거망동하면 얻는 것보다 잃는 것이 많았다.

우선 충분히 휴식을 취한 다음 다시 한운석과 몇 차례 겨뤄 볼까 싶었다. 그 여자가 쓰는 독은 하나하나 놀랍기 짝이 없었다!

백언청은 쉬고 있었지만 한운석은 여전히 정신이 말짱했다.

방금 쓴 독이 차 한 잔 마실 시간이 지나도 사라지지 않자 그녀는 나지막하게 말했다.

"용비야, 이 독과 식골은 등급이 같아요. 상대가 해약을 만들어 내는데 또 한 시진이나 걸리진 않겠죠?"

자신이 없는 상황이라 용비야도 대답하기가 어려웠다.

"아니면, 등급이 더 높은 독을 시험해 볼까요?"

한운석이 진지하게 물었다.

그녀에게는 식골보다 등급이 높은 독이 많았으나 새로운 독은 한두 가지뿐이어서 부득이한 때가 아니면 쓰지 않았다.

"그럴 필요 없다. 미도에는 독 안개뿐만 아니라 진도 있다. 예상 밖의 변수가 너무 많으니 미도로 가지 않는 편이 제일 좋다."

용비야는 모험하는 것을 좋아했고 모험할 용기도 있었다. 하지만 한운석을 데리고 있을 때는 늘 위험지수가 가장 낮은 방법을 택했다.

저렇게 독술이 뛰어난 사람을 상대하는 일은 앞서 냉월 부인이 매복시킨 사람들과는 비교도 할 수 없을 만큼 위험했다. 적은 숨어 있고 그들은 훤히 드러나 있으니 뭘 해도 피해는 그들 몫이었다.

용비야는 진지하게 말했다.

"너는 계속 독을 썼고 저자는 계속 해독했다. 네 능력이 너무 많이 노출되었으니 계속 놀아 줄 필요는 없다."

"미도가 아니면, 다른 길이라도 있어요?"

한운석은 힘없이 물었다.

뜻밖에도 용비야가 대답했다.

"그래. 다른 출구가 있다."

용비야의 표정으로 보아 농담 같지 않았다. 그가 이런 상황에서 쓸데없이 농담할 사람도 아니지만, 그래도 한운석은 믿을 수가 없었다.

주변은 온통 숲이고 안개가 짙어 제 손가락도 구분하기 힘들었다. 반면 미도 쪽의 안개는 그나마 이어진 길을 볼 수는 있었다. 꼬맹이를 고북월 곁에 두고 온 것이 후회스러울 따름이었다. 꼬맹이가 있었다면 그들을 데리고 미도의 진을 뚫고 나갈 수 있었을지도 몰랐다.

"어디에요?"

한운석은 고개를 갸웃하며 물었다.

용비야는 바닥에 앉아 신발을 벗었다. 한운석은 보면 볼수록 더 혼란스러워졌다. 처음에 그녀는 용비야의 몸이 튼튼해서 복사뼈에도 힘이 잔뜩 들어가 있다고 생각했지만, 곧 그의 복사뼈에 연푸른색 돌이 박혀 있는 것을 깨달았다.

"그건……."

한운석은 믿을 수가 없었다. 용비야와 함께 지낸 지 그렇게 오래되었는데, 그의 발에 저런 보물이 숨겨져 있는 줄은 전혀 몰랐다. 저 돌의 광택으로 보아 진귀함은 그녀가 가진 하얀 옥정석 못지않을 것 같았다.

그가 그녀에게 말해 주지 않았던 이것은 한 번도 세상에 나타난 적 없었던 푸른 옥정석이었다.

용비야가 푸른 옥정석을 빼내자 복사뼈에서는 금세 새빨간 피가 배어 나왔다. 한운석은 그제야 이것이 여자들이 쓰는 귀고리와 크기가 비슷하다는 것을 알았다. 하지만 용비야는 복사뼈에 구멍을 뚫은 게 아니라 살에 직접 옥정석을 박아 넣은 것이었다. 그래서 빼내는 순간 상처에서 피가 흘렀다.

한운석은 허둥지둥 소독수와 천을 꺼냈지만, 용비야는 벌써 버선을 신은 후였다.

"서두르지 말고 일단 상처부터 처리해요."

한운석이 만류했다.

"이런 사소한 문제는 굳이……."

"당신 몸에 난 상처는 그 무엇이든, 내겐 절대로 사소한 문제가 아니라고요!"

한운석은 강압적으로 외치며 용비야를 잡아 눌렀다. 그녀는 그의 바짓단을 걷어 올리고 버선을 벗긴 다음 꼼꼼하게 상처를 소독한 뒤 천으로 싸기 시작했다.

용비야는 고분고분 앉아서 한운석의 진지한 얼굴을 바라보다가 저도 모르게 그녀의 턱을 잡아 천천히 들어 올렸다.

한운석이 그 손을 뿌리쳤다.

"가만히 있어요!"

그녀는 상처를 싸매고 단단히 묶은 뒤 다시 버선과 신발을 신겨 주었다.

처리가 끝나고 그녀가 고개를 들자마자 용비야가 물었다.

"이제 가만히 있지 않아도 되느냐?"

한운석은 참지 못하고 웃음을 터트렸다. 그녀가 대답하기도 전에 용비야가 그녀의 턱을 들어 올리고 그 입술을 살짝 깨문 다음, 그녀를 잡아당겨 일으켰다.

한운석은 아무렇지 않은 척하고 싶었지만, 저도 모르게 입술을 앙다물었다. 물론 그녀는 곧 용비야의 손에 있는 푸른 옥정석에 관심을 돌렸다.

"이게 뭐예요? 우리를 여기서 빠져나가게 해 줄 수 있어요?"

그녀가 호기심 조로 물었다.

용비야가 푸른 옥정석을 손바닥 가운데 올려놓았다. 옥정석의 반들반들한 광택은 최상급 진주만 했고, 크기는 작지만 옅은 푸른빛이 상쾌하고 확 트인 느낌을 주어서 오래 보고 있으면 하늘이나 바다같이 끝없이 광활한 것을 떠올리게 했다.

무슨 마력이라도 있는지 한운석은 그 속에 깊이 빠져들었다.

용비야가 물었다.

"무엇 같으냐?"

"눈……물."

한운석이 단언했다.

"눈물방울 같아요."

"바로 눈물이다. 인어의 눈물 중 하나로 '집루執淚'라고 불리지."

용비야가 설명해 주었다.

한운석은 깜짝 놀랐다.

"백리씨 집안의 물건이에요?"

인어족에는 여러 갈래가 있는데 백리씨 집안이 그중 하나였다. 그들은 육지에서도 사람처럼 생활할 수 있고 물에 들어가면 자연스레 인어의 특성이 나타나곤 했다.

"백리씨 집안은 인어족 중에서도 눈물 인어족이다. 평소 흘린 눈물이 모두 집루가 되는 것은 아니고, 목숨을 잃는 순간 해결하지 못한 마음속의 집념이 눈물이 되어 흐를 때야 집루가 된다. 집념이 강할수록 집루에 담긴 힘도 커지지."

용비야는 담담하게 말했다.

그가 가진 이 집루는 부황이 모비에게 주고, 모비가 또 그에게 준 것이었다. 지난날 인어족 선조는 동진 황족이 목숨을 살려 준 은혜에 감사하는 뜻으로 이를 황실에 바쳤다. 역사상 인어족이 얻은 것 중에 가장 강력한 힘을 지닌 집루였다.

"어떤 힘이 있죠?"

한운석은 무척 충격적이었다. 백리씨 집안 사람들은 그녀가 아는 인어와는 무척이나 달랐다. 이 집루가 그들이 공호를 떠나는 것과 어떤 관계가 있을까?

용비야는 그녀를 공호 옆으로 데려가 들고 있던 집루를 공호에 던졌다.

"저것은 인어족이 지금까지 얻었던 것 중 가장 강력한 집루다. 물에 넣으면 가까운 수계에 있는 눈물 인어족이 그 존재를 감지하고 이곳으로 찾아오게 된다."

용비야는 공호 가운데의 조그만 호수를 바라보며 담담하게 말을 이었다.

"이 공호는 호수 안에 또 호수가 있어서 멀리서 보면 구멍을 뚫어 놓은 것처럼 보이지. 본 왕의 추측이 틀리지 않았다면 저 안쪽 호수 밑은 필시 다른 수계와 이어져 있을 것이다."

"그 말은…… 인어족이 집루를 감지하기만 하면 수로를 통해 이곳으로 올 수 있다는 건가요?"

마침내 한운석도 용비야가 뭘 하려는지 알았다.

용비야는 고개를 끄덕였다. 그는 미도공호가 무엇인지 알고 있지만 직접 와 본 적은 없었다. 이곳 호수가 바깥 수계와 이어져 있다는 걸 미리 알았더라면 애초에 미도의 진을 통과하지도 않았을 것이다.

백언청과 백옥교는 여전히 길 입구에서 기다리고 있었다. 그 사이 용비야의 집루가 구원병을 불러 줄까?

그래, 그래, 틀림없구나

호수에 던져진 집루는 곧 깊이를 알 수 없는 물속에 푹 잠겨 소리도 없이 사라졌다.

반 시진이 지났다.

미도의 독은 아직 제거되지 않았고, 용비야와 한운석은 묵묵히 지켜보며 기다렸다. 주변은 조용했고 조금씩 조금씩 시간만 흘렀다.

바로 그때였다!

호수에 물결이 이는가 싶더니, 뒤이어 호수 한가운데에서 푸르른 파도가 굽이굽이 솟구쳐 가장자리로 밀려왔다. 파도가 한 번 칠 때마다 인어병 한 명이 튀어나왔는데, 개중에서도 가장 높이 솟은 파도에서 나온 사람은 바로 백리원륭이었다.

지난번 천녕국 도성에서 빠져나갈 때는 한밤중이어서 한운석은 그들을 자세히 보지 못했다.

그 때문에 인어족의 본모습을 똑똑히 본 것은 이번이 처음이었다. 그녀는 참지 못하고 탄성을 내뱉었다.

"아름다워!"

확실히 아름다웠다.

그들은 평상시보다 이목구비가 훨씬 뚜렷해진 데다 귀는 용의 지느러미처럼 양쪽으로 오똑 서서 존귀함과 위엄을 자랑하

392

고 있었다. 팔꿈치에도 지느러미가 나 있는데 무척 날카로워서 무기로 쓸 수 있을 것 같았고, 온몸에는 연파랑 비늘이 갑옷처럼 덮여 환하게 빛을 내고 있었다.

그들은 진정한 귀족이었다.

물 위로 떠오른 그들은 마치 물속의 가장 존귀한 무사 같았다. 그들은 용비야와 한운석에게 공손하게 예를 올렸다.

"소장이 늦었습니다. 부디 용서해 주십시오, 전하!"

백리원룡은 몹시 황공한 얼굴이었다. 만부득이한 순간이 아니면 진왕 전하가 집루를 쓰지 않았으리란 것을 그는 잘 알고 있었다.

그래서 집루를 감지하자마자 인어병을 소환해 가장 빠른 속도로 공호의 입구를 찾아 잠수해 온 것이었다.

"이곳은 오래 머물 곳이 못 된다. 철수해라!"

용비야가 차갑게 말했다.

한운석은 미처 사태를 파악하기도 전에 용비야에게 안겨 물속에 풍덩 빠졌다. 물에 들어가자 인어족 특유의 푸른빛이 그들을 감싸 보호했다. 이 빛 속에서는 자유롭게 숨 쉴 수 있고 평지처럼 걸을 수도 있었다.

인어병들이 뭍에 올라가 의태비와 중독되어 쓰러진 여아성 살수들도 모조리 데려왔다.

인어병이 앞장서서 길을 열었고 백리원룡은 몸소 용비야와 한운석 곁을 지켰다. 그들의 모습은 금세 호수 속으로 사라졌다. 푸른빛이 사라지자 공호는 다시 평소의 초록빛으로 돌아갔다.

마치 아무 일도 없었던 것처럼 흔적조차 남지 않았다.

반 시진이 지난 후, 백언청이 천천히 눈을 떴다. 이번에도 그는 미도로 한 발짝 들어섰고 해약을 쓰지도 않았는데 미도의 독이 완전히 사라졌다.

벌써 몇 번이나 봤지만, 백옥교는 여전히 저도 모르게 목을 움츠렸다. 사부의 능력은 두려움이 일만큼 대단했다.

독이 사라졌다.

백언청은 그제야 본래 자리로 돌아왔지만 곧 이상한 것을 깨달았다.

"그들이 달아났다!"

백옥교도 놀라서 벌떡 일어났다.

"그럴 리가요! 제가 계속 지켜보고 있었는걸요, 사부님! 그런데 무슨 수로 달아나겠어요!"

"한운석이 다시 독을 쓰지 않고 있으니 달아난 게 분명하다."

백언청이 중얼거렸다.

"사부님, 한운석도 지쳐서 쉬는 건지도 몰라요. 어쩌면 독약을 다 써 버렸을 수도 있고요."

백옥교가 말했다.

백언청은 곧바로 안개에 독을 뿌렸다. 한참을 기다렸지만 독은 사라질 기미가 없었다.

"달아난 게 틀림없다!"

백언청은 완전히 확신했다.

"사부님, 한운석이 해독하지 못한 것일지도……."

백옥교의 말이 끝나기도 전에 백언청은 자신이 뿌린 독을 해독하고 성큼성큼 미도로 들어섰다. 백옥교도 황급히 뒤따랐다. 용기가 없어 말리지는 못했지만 속으로는 도저히 인정할 수가 없었다.

미도공호로 통하는 길은 하나뿐이고 그녀는 반 시진 동안 이곳을 감시했다. 설마 한운석과 용비야가 그녀 눈앞에서 달아났을까?

사부를 따라 미도를 통과해 공호를 보게 된 다음에야 그녀도 완전히 승복했다.

널따란 공호 주변에는 아무도 없었다.

그들은 어디로 갔을까?

백옥교는 짐작할 수가 없었지만, 백언청은 별로 놀라지 않았다. 한참 동안 공호를 뚫어지게 바라보던 그가 입꼬리로 냉소를 지으며 중얼거렸다.

"그래, 그래……. 틀림없구나! 덕분에 힘들이지 않고 알아냈다, 하하하."

백옥교는 알 듯 말 듯했다. 백언청은 기분이 좋아 보였지만, 그녀는 잠시 망설인 끝에 역시 쓸데없이 입을 놀리지 않기로 했다.

백언청은 확실히 기분이 좋아서 백옥교를 돌아보고 웃으며 말했다.

"얘야, 돌아가자. 네 사형이 서신을 보냈을 것이다."

스승과 제자 두 사람은 역시 미도를 이용해 그곳을 떠났다. 그러나 멀리 가기도 전에 냉월 부인이 냉상상을 데리고 나타 났다.

"노백老白(백언청을 친근하게 부르는 말), 한참 찾았는데 여기 있 었군! 어서 상아를 구해 주시오."

냉월 부인은 백언청이 부근에 있다는 것을 알고 있었지만 아무리 찾아도 만날 수가 없자 위험을 무릅쓰고 다시 미도로 돌아가던 차였다. 그런데 다행히 길에서 그들의 마차와 마주친 것이었다.

백언청이 쳐다보자 냉월 부인은 서둘러 혼절한 냉상상을 데 려와 맥을 짚어 보라며 그에게 다가갔다. 하지만 애석하게도 백옥교가 가로막았다.

냉월 부인이 꾸짖으려는데, 백옥교가 재빨리 움직여 냉상상 의 몸에서 중독된 부위를 찾아냈다. 무척 가느다란 침구멍이 었다.

이를 본 백언청은 아무 말이 없었고, 냉월 부인도 백옥교가 이리저리 살피도록 내버려 둘 수밖에 없었다.

백옥교는 비수를 꺼내더니 추호의 망설임도 없이 그 구멍 위에 십자를 그어 상처를 넓히고, 자석으로 피범벅 된 살 속에 박힌 독침을 뽑아내려고 했다.

그런데 웬걸, 한참 동안 자석을 움직여 봐도 독침을 빼낼 수 가 없었다.

백옥교는 무척 놀랐다.

"사부님, 진왕비는 어마어마하게 사치스럽네요. 순금으로 된 독침이어서 자석으로 빨아 당길 수가 없어요!"

의료용 침이든 독침이든 뭉뚱그려서 금침이라고 부르지만, 여기서 '금'은 통칭일 뿐이었다.

금침이라고 불러도 순금이 아니라 대부분 철이 대량 섞여 있어서 자석으로 빨아 당길 수 있었다. 순금으로 만든 금침은 아주 드물고 특히 암기로 쓰는 일은 아예 없었다. 아마 한운석이 처음일 것이다.

"하하, 재미있구나."

백언청은 마차 안에서 책을 읽으며 무척 한가롭게 굴었다. 냉월 부인은 초조했다.

"빨아 당기지 못하면 어떻게 해야 하오?"

백언청은 말이 없었고 백옥교도 조용했다. 그녀는 망설임 없이 비수로 상처를 푹 찔러 피가 철철 흐르도록 헤집으며 살에 깊이 들어간 독침을 빼냈다. 아주 노련한 솜씨였다.

백옥교는 종종 사형을 가엾어 하곤 했지만, 본성은 모질기 짝이 없었다.

냉상상은 혼절한 상태에서도 통증을 이기지 못해 눈을 번쩍 떴다가 한참만에야 다시 감았다. 아무리 살수 출신이라지만 냉월 부인조차 그 모습을 보고 찬 숨을 들이켰다.

"백옥교, 방자하구나!"

백옥교는 냉월 부인을 무시하고, 독침의 냄새를 맡았다가 다시 피비린내 나는 상처에 대고 코를 킁킁거리면서 혼잣말을 중얼거렸다.

"해독하기가 어렵지는 않겠군."

그녀는 곧 해약을 만들어 냉상상의 상처에 대충 뿌렸다.

"이 약을 가져가서 상처에 뿌리지 말고 하루에 세 번씩 먹여요."

"지혈해라!"

냉월 부인이 버럭 소리를 질렀다. 백언청만 아니면 진작 이 못된 계집을 죽였을 것이다.

백옥교는 바늘과 실을 꺼내 옷을 꿰매듯 살을 봉합했다. 냉상상이 날카롭게 비명을 지르더니, 채 깨어나기도 전에 또다시 통증으로 혼절했다.

"살수라는 사람이 왜 이렇게 약해요?"

백옥교가 가소로운 목소리로 놀렸다.

냉월 부인은 차갑게 그녀를 바라보다가 백옥교가 봉합을 끝내자 기다렸다는 듯이 따귀를 올려붙였다.

"못된 계집, 한 번만 더 허튼소리를 하면 여아성으로 끌고 가겠다!"

백옥교가 눈에 살기를 번뜩이며 반격하려는 순간, 백언청이 가볍게 헛기침을 했다. 그러자 백옥교도 어쩔 수 없이 이를 악물고 억울함을 삼킬 수밖에 없었다.

"상아의 독은 제거된 것이오?"

냉월 부인이 물었다.

"왜, 이 늙은이 제자의 실력을 못 믿는 것인가?"

백언청이 차갑게 물었다.

냉월 부인은 차마 경솔하게 굴 수 없었다.

"고맙소."

백언청은 그제야 냉월 부인에게 마차에 오르라는 눈짓을 했다. 냉월 부인은 냉상상을 데리고 올라가 자리에 앉았다.

백옥교는 억울해 죽을 것 같았지만 어쩔 수 없이 고분고분 마차를 몰았다.

"노백, 한운석은 지난날 당신이 썼던 방식으로 미도의 진법을 깨뜨렸소. 그 계집의 독술은…… 누가 가르친 것이오?"

냉월 부인이 호기심 어린 소리로 물었다.

백언청은 수염을 쓰다듬으며 대답하지 않았지만, 사실은 냉월 부인보다 더 흥미를 느끼고 있었다.

냉월 부인과 백언청이 비록 친구이긴 하지만, 한편으로는 주종 관계이기도 해서 냉월 부인 역시 너무 함부로 굴 수는 없었다. 백언청이 대답이 없자 그녀도 차마 캐묻지 못했다.

오랜 침묵 끝에 비로소 백언청이 태연하게 말했다.

"단목요 쪽은 잘 해결했는가?"

"안심하시오. 단목요는 죽더라도 한마디도 하지 못할 것이오. 어쨌든 같은 배를 탄 사이니까."

냉월 부인은 진지하게 말했다.

"의태비는?"

백언청이 또 물었다.

"그것도 안심해도 좋소. 그 여자는 다시 깨어나지 못할 것이오."

냉월 부인은 웃었다.

백언청은 아주 만족했다. 그는 냉월 부인의 손을 잡고 가볍게 두드렸다.

"참 잘했네."

본래는 천안국 태황태후가 의태비를 납치하라고 한 것인데, 백언청이 이 일을 알고 냉월 부인에게 의태비를 납치하게 한 다음 단목요와 거래해서 용비야에게 협박장을 보내라고 했다.

그렇게 하면 용비야도 태황태후를 의심하지 않을 것이고, 자신의 신분이 노출될 걱정도 없었다.

"노백, 의태비가 뭐라고 했소?"

냉월 부인은 호기심이 생겨 물었다.

그녀는 백언청의 계획만 알고 있지, 백언청이 의태비의 입에서 무슨 이야기를 듣고자 하는지는 몰랐다. 그날 의태비를 심문한 사람은 백언청이었고, 그 외에는 아무도 진상을 알지 못했다.

백언청은 곧 냉월 부인의 손을 놓았다.

"그 부분은 알 필요 없네."

냉월 부인은 탄식을 지었다.

"아아, 안타깝군. 한운석은 죽이지도 못하고 도리어 단목요만 상했으니."

"옥교, 네가 졌으니 돌아가면 한 달 용돈을 공제하겠다."

백언청은 껄껄 웃음을 터트렸다. 이곳에 오기 전에 그는 냉월 부인이 한운석을 죽일 수 있을지 없을지를 두고 백옥교와 내기를 했다.

"예!"

백옥교는 더욱더 억울했지만, 얼굴만 굳힐 뿐 울지는 않았다. 그녀 같은 사람이 이런 일로 울 리 있을까?

"노백, 그 계집을 죽이지 않을 생각이오? 그 계집은 능력이 대단하오. 남겨 두면 나중에 필시 큰 화가 될 것이오!"

냉월 부인이 진지하게 일깨워 주었다.

"나중의 일일세."

백언청은 허허 웃었다.

"허허, 단목요가 다쳤으니 검종 노인은 자연히 용비야에게 따지겠지. 자네는 안심해도 좋네."

"검종 노인이 용비야에게 따지기 전에 그놈이 먼저 여아성을 건드릴까 걱정이오. 여아성의 고수 서른 명 중에…… 남은 건 두세 명뿐이오."

냉월 부인의 말투가 무거워졌다.

이번 싸움에서 용비야를 죽였다면 여아성의 명성이 크게 높아졌을 텐데, 정말 아쉬웠다!

"왜? 겁이 나는가?"

백언청이 웃으며 물었다.

"허허, 겁이 날 정도는 아니오."

냉월 부인이 억지를 부리는 게 아니라 여아성은 아직 든든한 저력이 있었다.

백언청은 무척 만족스러워했다.

"자네 모녀를 여아성으로 호송해 주겠네."

냉월 부인은 무척 기쁜 나머지 온갖 우울함도 싹 사라졌다. 백언청에게 마음이 쏠리지 않는 건 아니지만, 애석하게도 백언청과 그녀는 언제나 거리를 유지했다.

그들이 탄 마차는 천천히 앞으로 나아갔다. 그리고 그때 용비야와 한운석은 이미 뭍으로 돌아와 있었다. 공호에서 한참 떨어진 곳으로, 공호에서부터 이곳까지 오는 물길은 무척 깊고 멀어서 통과하기 쉽지 않았다.

"드디어 안전해졌군요."

한운석이 한숨을 쉬며 말했다.

"백리원룡, 돌아가서 준비하고 있게. 사흘 후 출발해 동정군東靖郡으로 우회하겠네."

용비야가 차가운 목소리로 말했다.

백리원룡은 깜짝 놀랐다. 본래는 월말에 출발할 계획 아니었나? 월말까지는 아직 열흘 정도 남아 있었다.

그리고 동정군으로 우회하다니? 그쪽은 여아성으로 가는 방향이었다!

의심은 꼭 필요하다

진왕 전하는 동정군으로 우회해서 천산으로 가겠다고 했고, 동정군은 여아성으로 갈 때 반드시 거쳐야 하는 곳이었다.

"전하, 여아성으로 가실 겁니까?"

백리원륭이 물었다.

"감히 진왕부에 잠입해 사람을 납치한 자는 그가 누구든 절대 가만둘 수 없다."

용비야가 차갑게 말했다.

한운석은 한쪽에 서서 아무 말도 하지 않았다. 용비야가 냉월 부인에게 빚을 받으러 가겠다고 하지 않았다면 그녀가 권했을 것이다. 누가 뭐래도 이 일에 연루된 사람은 단목요와 냉월 부인만이 아니라 그 독술의 고수까지 있었다.

"예. 돌아가면 즉시 준비하겠습니다."

군인인 백리원륭은 초서풍과는 달라서 설령 의심스러운 부분이 있어도 절대복종했다.

영남군으로 돌아간 후 용비야는 하룻밤 고민하다가 결국 출발 시각을 미뤘다. 천안국에 간 초서풍이 돌아올 때까지 기다려야 했다.

"여봐라, 초서풍에게 비합전서를 보내 모용완여를 데리고 돌아오라고 전해라. 수단 방법을 가리지 않고 당장 돌아오라고."

그가 차갑게 명령을 내렸다.

"당신……."

한운석은 이해가 가지 않았다.

"이번 일은 단순하지 않다."

용비야는 담담하게 말했다.

겉보기엔 단목요가 주모자로서 그를 협박하기 위해 의태비를 납치한 것 같지만, 그는 어쩐지 그렇게 단순하지 않은 느낌이 들었다.

"어디가 단순하지 않다는 거죠?"

한운석이 진지하게 물었다.

"단목요는 아둔하지만 냉월 부인은 의태비를 미도공호에 데려갈 정도로 어리석지 않다."

용비야는 담담하게 말했다.

당시 그는 창구자의 기척을 느끼지 못했지만, 숲에 천산검종의 여검객 몇 명이 숨어 있다는 것은 느낄 수 있었다. 그러나 의태비도 숲속에 있으리라곤 생각지 못했다.

의태비가 그곳에 있는 줄 알았다면 단목요와 그렇게 오랫동안 쓸데없는 이야기를 나눌 필요도 없었다.

그 말에 한운석도 깨달은 것이 있었다. 그녀는 탄복해 마지 않으며 용비야를 향해 엄지를 치켜세웠다.

그런 세부적인 것까지 헤아리다니, 이 인간은 의원인 그녀보다 더 세심했다.

그의 말마따나 단목요는 아둔했지만, 냉월 부인은 그렇지 않왔다. 단목요의 목적은 현한보검이 아니라, 한운석을 죽이고 용비야에게 자신의 내상을 치료하게 만드는 것이었다. 그런데 어쩌자고 순진하게 그 자리에 인질을 데려왔을까?

용비야 같은 고수 앞에서는 어떻게든 방어책 하나 정도는 남겨 둬야 했다!

"그렇다면 저들이 일부러 의태비를 우리에게 돌려주려고 했을 수도 있다는 거군요?"

한운석이 고개를 갸웃하며 말했다.

"어째서 돌려주려고 했을까요?"

한운석은 잠시 생각하다가 다시 물었다.

"우리가 뭘 오해하게 만들려던 걸까요? 분명히 무슨 음모가 있어요!"

용비야는 사랑스러운 듯 그녀의 앞머리를 쓰다듬었다. 갈수록 이 여자와 토론하는 것이 재미있었다. 이 여자는 영리해서 한번 깨달으면 그가 애써 설명해 줄 필요가 없었다.

"추측일 뿐이다. 모용완여를 데려오는 것이 가장 안전하다. 진실이 무엇인지는 의태비만 알고 있으니까."

진실이 무엇이든 용비야가 신경 쓰는 것은 한 가지였다. 의태비가 그가 천녕국 황족 핏줄이 아니라는 비밀을 누설했는가, 아닌가.

의태비에게 사실을 털어놓게 하려면 모용완여가 열쇠였다.

그때 날은 이미 밝아 있었다.

아침 식사를 하고 나자 조 할멈이 들어와 보고했다.

"전하, 왕비마마. 의태비께서 아직 깨어나지 않으셨습니다."

돌아오는 길에 한운석이 의태비의 몸을 검사했는데, 중독되지도 않았고 다친 데도 없고 병이 난 것도 아니고 모두 정상이었다. 그래서 그녀는 의태비가 놀라 혼절한 줄 알고 하룻밤 정도 지나면 깨어나겠다 싶어 돌아오자마자 조 할멈에게 지켜보게 했다.

"깨어나지 않았다고? 그럴 리가?"

한운석은 불안해졌다.

"내가 가서 보겠네."

용비야도 따라왔다. 의태비의 처소는 예전대로 불당 뒤쪽 방이었다. 가만히 침상에 누워 있는 그녀는 마치 잠든 사람처럼 몹시 편안해 보였다.

한운석은 다시 한 번 꼼꼼하게 검사했지만 여전히 이상을 발견할 수 없었다. 하지만 이상이 없는 것이 가장 이상한 점이었다. 그녀는 즉시 판단을 내렸다.

"용비야, 아무래도 고북월을 불러와야겠어요."

고북월이 와서 의태비를 검사했지만, 한운석과 마찬가지로 전혀 이상한 것을 알아내지 못했다.

"얼마나 혼절해 계셨습니까?"

그가 진지하게 물었다.

"어제 정오에 만났을 때부터 혼절해 있었어요. 그전에는 어땠는지 확인할 수가 없어요."

한운석이 대답했다.

"좀 더 기다려 보시지요. 오늘 밤에도 깨어나지 않으시면 문제가 큽니다."

고북월은 복잡한 눈빛으로 말을 이었다.

"오늘은 제가 태비마마를 지키겠습니다. 그래야 상황을 관찰하기 좋습니다."

"그럼 네게 맡기겠다."

용비야가 그렇게 말하고 한운석을 데리고 나갔다. 자신이 천녕국 황족 핏줄이 아니라는 사실을 고북월에게 알리고 싶지 않았다.

언젠가는 신분을 공개해야 하지만, 아직은 때가 아니었다.

말로는 아무리 해도 똑똑히 해명할 수 없는 일도 있었다. 그럴 때는 행동으로 보여 줘야만 다른 이들을 설득할 수 있었다. 천산행도 위험천만한데 골칫거리를 더 많이 만들고 싶지 않았다.

처음에는 추측에 불과했지만, 지금은 한운석도 무척 확신했다.

"의태비가 혼절한 건 분명 누군가가 수작을 부린 거예요. 분명히 의태비 입에서 뭔가 알아낸 거예요!"

용비야는 눈을 내리뜨고 고개를 숙인 채 천천히 걸었다.

"용비야, 이건 틀림없는 계략이에요! 틀림없어요!"

한운석이 다시 한 번 진지하게 말했다.

그제야 용비야가 입을 열었다.

"중요한 것은 그 계략을 꾸민 사람이 누군가 하는 것이다."

의태비가 깨어나지 않으면 설령 이것이 계략인 줄 알았다 해도 그들로선 아무것도 확신할 수 없었다.

천안국의 태황태후와는 무관할 텐데, 그의 출신을 의심하는 사람은 대체 누구일까? 어쩌다 의심하게 됐을까?

용비야는 대체 무엇이 문제인지, 어디서 이야기가 새어나가 의심을 불러일으켰는지, 도무지 짐작이 가지 않았다.

지금은 잠시 기다리는 수밖에 없었다.

며칠 후, 초서풍이 모용완여를 데리고 돌아왔다. 하지만 의태비는 여전히 깨어나지 않았고 고북월도 속수무책이었다.

고북월은 이렇게 말했다.

"이런 증상이면 필시 머리를 다쳤을 텐데, 저로서는 알아낼 수가 없습니다."

"알아낼 수가 있기는 한 것이냐? 얼마나 걸리느냐?"

용비야가 물었다.

"확실히 말씀드릴 수 없습니다."

고북월은 사실대로 말했다.

용비야는 잠시 망설이다가 차분하게 말했다.

"이 일은 네게 맡길 테니 약귀당 일은 잠시 목령아에게 넘기고 불당에서 지내도록 해라."

인사불성이 된 두 모녀를 바라보는 한운석은 마음속에서 감개가 무럭무럭 일었다. 지난날 처음 진왕부에 왔을 때 그녀는 이 모녀에게 수없이 괴롭힘을 당했다. 그런데 하늘의 장난일까, 이 두 사람이 이런 결과를 맞이할 줄은 한운석도 예상하지 못했다. 아마 그들 자신도 이런 말로를 전혀 예상하지 못했을 것이다.

"모든 것은 전하께서 시킨 대로 하겠습니다."

고북월의 말속에는 다른 뜻도 있었다. 용비야가 고북월을 불당에서 지내게 한 또 하나의 이유는 그와 비밀 시위가 편리하게 접촉하게 하기 위해서였다.

세 나라의 싸움이 아직 진행 중이고, 초천은 쪽 상황을 계속 주시해야 했다.

초서풍은 모용완여를 데려오면서 다른 소식도 가져왔다.

"전하, 군역사가 동오족에 갔습니다. 아마 말을 사들이려는 것 같습니다. 북려국 태자와 둘째 황자도 동행했습니다."

"태자와 둘째 황자까지 동행했다고?"

용비야는 냉소를 터트리더니 다시 물었다.

"어깨에 당한 독은 제거했다더냐?"

"그 점은 알아내지 못했습니다."

초서풍은 몹시 난처했다. 그는 북려국이 동오족에 사람을 보냈다는 소식을 얻기 위해 부하를 여럿 잃었다.

그런데 군역사의 부하조차 모르는 식골 문제를 외부인인 그가 무슨 수로 조사할 수 있을까?

용비야는 말없이 손에 든 《칠귀족지》에서 풍족의 설명이 있는 부분을 펼쳤다.

백리원룡과 초서풍은 그의 양쪽에 서 있어서, 머리말에 적힌 풍족에 관한 기록을 똑똑히 볼 수 있었다.

풍족. 천문과 지리, 기문둔갑을 잘 알며, 바람을 부리는 어풍

술馭風術에 능숙하다. 바람을 빌려 진을 치고 함정을 파고 병사를 움직인다.

이 글을 본 순간 두 사람은 동시에 서로를 바라보았다. 풍족이 천문에 능하고 날씨를 예측할 수 있기에 지난날 곡창지대가 모두 풍족을 따랐다는 것이 그들이 아는 전부였다. 그런데 천문뿐만 아니라 그런 능력까지 있었다니.

"기문둔갑, 어풍술……."

용비야는 생각에 잠긴 듯 중얼거렸다.

한참 후 비로소 그가 차갑게 말했다.

"백리원룡, 언제든 출병해 북상할 수 있게 준비하도록."

"예!"

백리원룡은 명령에 절대복종했다.

"전하, 천산에 가시는 것은 잠시 미루시는 게 어떻겠습니까? 올가을은 다사다난한 시기가 될 것 같습니다!"

초서풍이 권했다.

"가지 않으면 일이 더 많아진다."

용비야는 차갑게 대답했다.

미도공호에서 창구자는 분명히 숲에 잠복해 있으면서도 단목요가 중상을 입은 다음에야 나섰다. 이는 의심할 바 없이 단목요를 단단히 옭아매겠다는 속셈이었다. 실심풍의 발작이 잦아지는 이때 그가 찾아가지 않으면 사부가 위험할 수도 있었다.

더욱이 창구자와 단목요는 여아성과 결탁했을 뿐 아니라 그 독술의 고수까지 끌어들였다. 조정의 힘이 강호에 영향을 미친 것인지, 아니면 강호의 힘이 조정에 손을 뻗은 것인지, 깊이 생각해 볼 가치가 있었다.

둘 중 어느 쪽이든 강호 세력을 장악하는 것이 중요함을 알 수 있는 일이었다.

일단 창구자가 유리해져 강호 세력이 전면적으로 조정 싸움에 개입하면, 그가 몇 년을 들여 꾸며 놓은 계략이 어지러워질 터였다.

이번 천산행은 무슨 일이 있어도 피할 수 없었다.

"그럼 저도 가서 준비하겠습니다!"

하지만 초서풍은 미처 물러가기도 전에 용비야에게 거절당했다.

"서동림만 데려갈 테니 너는 남아라. 고북월의 안전을 네게 맡기겠다. 착오가 있으면 책임을 묻겠다!"

"전하!"

초서풍은 마음이 급해졌다.

하지만 아무리 그래도 소용없었다. 용비야는 그의 반응을 무시하고 또 차갑게 물었다.

"여아성에는 선물을 보냈느냐?"

"보냈습니다……."

초서풍은 힘없이 대답했다.

"당리 쪽은 어떠냐?"

용비야가 또 물었다.

"듣자니 영정을 데리고 여행을 갔다고 합니다. 그 뭐라더라……."

초서풍은 한참 고민한 끝에 단어를 떠올렸다.

"혼례 후 밀월여행인지 뭔지라고 하더군요. 전하, 당 소주께서 이런 방법으로 당문에서 달아나시려는 게 아닌지 모르겠습니다!"

초서풍은 여자의 환심을 사는 이런 이야기는 전하가 자세히 묻지 않으리라고 생각했지만, 뜻밖에도 전하는 계속 물었다.

"얼마나?"

"한 달입니다. 꿀처럼 달콤한 한 달이라고 '꿀 밀, 달 월' 자를 써서 밀월이라고 했습니다."

초서풍이 자세히 설명해 주자, 옆에 있던 백리원륭은 민망해서 어쩔 줄을 몰랐다.

"전하, 부디 몸조심하십시오. 소장은 전하께서 돌아오시기를 기다리겠습니다!"

그는 공손하게 군례를 올린 다음 재빨리 자리를 떴다.

"전하, 서동림 그 녀석은 천산에 가 본 적이 없습니다. 하물며 도중에 여아성에도 들르시지 않습니까. 그러니……."

초서풍의 말이 끝나기도 전에 용비야가 일어나 밖으로 나갔다.

그는 긴 복도 모퉁이까지 걸어갔다가 멈춰 서서 운한각을 바라보았다. 운한각은 여전히 어두컴컴했다. 내일이면 출발해야 하니 지금쯤 한운석은 약귀당에 있을 터였다. 그는 돌아가면

상을 내리겠다고 했는데, 그녀가 여태 묻지 않는 것을 보면 잊어버린 모양이었다.

용비야는 어이없는 얼굴로 웃었다. 그는 한운석을 찾으러 약귀당에 가는 대신 불당으로 향했다.

고북월이 온 덕분인지는 몰라도, 썰렁하디 썰렁하던 불당은 무척 평온해져 있었고 등불조차 훨씬 따스하게 느껴졌다.

용비야가 도착했을 때 고북월은 방석 위에 책상다리를 하고 앉아 불상을 올려다보고 있었다.

야윈 옆얼굴이 등불을 받아 고독한 윤곽을 그려내는 가운데 언제나 평화로운 그의 눈동자는 경건함으로 가득했다. 용비야가 등 뒤까지 다가갔는데도 그는 알아차리지 못했다.

"너도 불교를 믿느냐?"

용비야가 차갑게 물었다.

내 운명은 하늘이 아니라 내가 정한다

용비야의 방문이 갑작스럽긴 했으나 고북월은 역시 놀라지 않았다. 그는 일어나서 읍을 하고 겸손하고 우아하게 말했다.

"진왕 전하, 이 깊은 밤에 무슨 중요한 일이라도 있으십니까?"

"너도 불교를 믿느냐? 뭘 빌었느냐?"

용비야가 다시 물었다.

"저는⋯⋯."

고북월은 잠시 생각하더니 장난스럽게 대답했다.

"내생을 빌었지요."

"이생이 끝나지도 않았는데 서둘러 내생을 빌 필요가 어디 있느냐?"

용비야가 물었다.

고북월은 웃으며 대답했다.

"불조佛祖께서는, 이생에 겪은 고난은 내생에 모두 해탈할 것이니 그 고난을 참고 견디라 말씀하셨습니다."

용비야는 냉소를 지었다.

"그런 말로 혹세무민하는 불교를 너도 믿느냐?"

"저는 불교를 믿지 않습니다. 운명을 믿을 뿐이지요."

이렇게 씁쓸한 말도 고북월은 웃으면서 입 밖에 냈다. 내생이 있다면 그는 고씨 집안이나 영족과 얽히지 않고 그 자신으

414

로서만 살기를 바랐다.

"전하께서는 운명을 믿으십니까?"

그가 담담하게 물었다.

"운명?"

용비야는 평소에도 그런 말을 하찮게 여겼다.

"내 운명은 하늘이 아니라 내가 정한다. 본 왕은 아무것도 믿지 않는다. 자신을 믿을 뿐이다!"

그가 운명을 믿는다면, 운명에 순응한다면, 한운석은 어떻게 해야 할까?

그의 운명은 동진이 아니라, 한운석이었다!

"본 왕은 내일 영남군을 떠난다."

용비야가 말했다.

"제가 도움 될 곳이 있다면 얼마든지 분부하십시오."

고북월은 무척 진지했다. 지난번 한운석이 와서 많은 부탁을 했으니 용비야가 찾아올 것도 알고 있었다.

뜻밖에도 용비야는 중남도독부 일은 맡기지 않고 단 한 가지만 분부했다.

"중추절까지 본 왕이 천산을 떠나지 못하면 네가 본 왕을 대신해 한운석을 수호해라."

이 말에 평생 흔들림 없었던 고북월의 심장이 쿵 하고 떨어져 내리며 지독한 통증을 일으켰다.

그도 운명을 믿고 싶지 않았지만, 아무리 피하고 또 피해도 운명을 벗어날 수는 없었다!

심장이 아무리 아파도 그는 여전히 침착했고, 씁쓸한 말을 하면서도 그랬듯 여전히 미소를 지었다.

"진왕 전하, '수호'라니 무슨 말씀입니까? 저는 거의 폐인이고 더욱이 초 시위의 보호를 받아야 합니다. 전하께서 하신 분부는 제가 감당할 수 없습니다."

그는 진지하게 말했다.

"그녀가 너를 믿는 한, 너는 감당할 수 있다."

용비야는 확신하듯 말했다.

"본 왕이 돌아올 때까지 그녀가 영남군을 떠나지 못하게 지키기만 하면 된다."

고북월도 그 말을 알아들었다. 중추절쯤이면 전란이 벌어진 세 나라에는 곡식이 떨어질 것이고, 중남도독부는 반드시 움직일 것이다. 용비야가 돌아오지 못하면 한운석은 그 성격상 모든 일을 책임지려고 할 것이고, 심지어 몸을 아끼지 않고 적진 깊숙이 뛰어들 것이 뻔했다.

한운석을 영남군에 붙잡아 두기는 쉬워 보이지만, 사실은 그녀를 설득해야 할 뿐 아니라 그녀를 도와 운공대륙의 정세를 손바닥 들여다보듯 파악할 능력도 갖춰야 했다.

중남도독부에는 병력도 물자도 부족하지 않았지만, 용비야를 만족시키고 그가 세운 계획을 깊이 이해할 만한 책사는 부족했다.

틀림없이 용비야도 한운석처럼 고북월을 선택한 것이었다.

고북월은 추호도 망설이지 않았다.

"그 일이라면 사양하지 않겠습니다! 전하의 이번 출행이 순조롭기를 빌겠습니다."

천산의 상황은 사실 고북월도 알고 있었다. 그는 세상일을 두루 알고 세상일을 도모할 능력도 있었다. 그 모든 것이 그의 마음속에 있지만 한 번도 드러내지 않은 것뿐이었다.

용비야는 고개를 끄덕이고 돌아서서 떠났다.

그가 오늘 밤 한 일은 만에 하나의 상황에 대비하기 위해서였다. 천산에 가더라도 반드시 중추절 전에 내려올 수 있도록 전력을 다할 생각이었다.

그때 한운석은 막 약귀당을 나서는 중이었다.

"주인님, 저도 데려가세요. 말 잘 들을게요."

소소옥은 방에서부터 대문까지 따라오며 애원했으나, 백리명향은 '몸조심하세요'라는 말만 하고 다른 말은 없었다.

소소옥에게 대답해 주는 것조차 귀찮아진 한운석은 손을 휘저으며 그 말을 끊었다.

"주인님, 이렇게 빌게요. 네……?"

"시끄러워 죽겠네. 새로 온 약재는 등급 약재 중에서도 일품이라고. 어서 가서 정리하지 못해?"

목령아가 말하며 소소옥의 뒷덜미를 낚아채 직접 끌어냈다.

소소옥은 가련하기 짝이 없는 얼굴로 한운석을 향해 애원의 눈길을 던졌다. 한운석은 그런 그녀에게 진지하게 말했다.

"고 의원은 한동안 시간이 없을 테니 넌 명향과 함께 약귀당에 남아 돕도록 해."

"예."

백리명향은 공손하게 몸을 숙였고, 결국 포기하게 된 소소옥은 뚱하게 대답했다.

한운석이 떠난 후 목령아는 직접 소소옥을 방으로 데려갔지만, 안타깝게도 소소옥은 얼마 못 가 목령아가 한눈 판 사이 살그머니 빠져나가 마차를 뒤쫓았다.

하지만 마차 속도가 점점 빨라져 아무리 해도 따라잡을 수가 없었다. 아무리 소소옥이라도 진왕부까지 쫓아갈 용기는 없었다. 그녀가 가장 두려워하는 사람은 진왕 전하였다. 자신이 왕비마마 곁에 딱 붙어 있는 것을 진왕 전하가 알면 무슨 일이 벌어질지 상상만으로도 끔찍했다.

소소옥은 잔뜩 실망한 채 고개를 푹 숙이고 돌아갔다. 그런데 뜻밖에도 우연히 낯익은 그림자를 발견했다.

"혁련 부인?"

그녀는 고개를 갸웃했다.

자세히 살펴보려고 했더니 그림자는 어느새 골목으로 사라져 버렸다.

"이렇게 늦은 시간에 어딜 가는 거람?"

소소옥이 곧장 뒤따라갔지만, 아쉽게도 골목 끝에 이르자 더는 혁련 부인을 볼 수 없었다.

"어디로 갔지?"

그녀는 의아해하며 고개를 들어 주변의 집 지붕을 살폈다.

한참 바라보던 그녀가 고개를 외로 꼬아 어깨에 얹어 쉬면서 중얼거렸다.

"지붕 위로 날아갔나? 혁련 부인이 날 수 있는 거야?"

그래서 그녀는 곧장 지붕 위로 뛰어올랐다. 하지만 주위는 그림자 하나 없이 텅 비어 있었다.

그녀는 지붕 위에 앉아 또 혼잣말했다.

"잘못 본 건가?"

하지만 곧 그 생각을 부정했다.

"분명히 혁련 부인이었어!"

그녀는 한참 생각을 되짚어 보고는 주저했다.

"그랬나?"

결국 소소옥 자신조차 혼란에 빠졌다. 그녀는 다음에 한씨 저택을 찾아가 직접 혁련 부인을 떠보면 사람을 잘못 본 건지, 아니면 정말 혁련 부인이 나쁜 짓을 했는지 알 수 있으리라 생각했다.

어떻게 떠볼 것인지는 금방 생각해 낼 수 있었다.

밤이 점점 깊어지자 큰길에서 들리던 마지막 소란도 잦아들었다. 마치 온 세상이 꿈나라에 빠져든 것 같았다.

운한각에 등불이 켜지고 한운석은 누각 창가에 섰다. 이 자리에 선 게 얼마나 오랜만인지 자신조차 기억이 나지 않을 지경이었다. 이곳에 서면 용비야의 침궁 등불을 볼 수 있었다.

언제나처럼 그의 방에도 아직 등불이 꺼지지 않고 있었다.

서 있는 게 습관이 된 듯 잠이 오지 않아서, 그녀는 숫제 차를 끓여 천천히 마시며 창틀에 기대어 별을 구경했다.

하늘 가득 별이 총총한 게 여름 분위기가 물씬 느껴졌다.

그때 용비야도 잠자리에 들지 않고 서재에 있었다. 책상에 놓인 《칠귀족지》는 풍족을 설명한 부분이 펼쳐진 채 흑단목 서진에 눌려 있었다.

그는 의자에 앉아, 몸을 뒤로 젖혀 긴 다리를 창틀에 올리고 양손으로 뒷머리를 받쳤다.

이 각도는 한운석의 운한각 창문을 보기에 딱 좋았고, 덕분에 고운 그녀의 모습을 볼 수 있었다.

이 비밀을 한운석은 아직 몰랐다. 물론, 오래전 수없이 많은 밤 그녀가 용비야의 침궁을 바라보고 있을 때 용비야 역시 멀리서 그녀를 바라보며 그녀의 출신을 두고 생각에 잠겨 있었던 것도 알지 못했다.

진왕부에 돌아오는 일이 극히 드물던 진왕 전하가 그즈음에는 거의 매일 밤 왕부에서 묵었다는 것을 아는 사람은 오직 초서풍뿐이었다.

한운석은 용비야를 좋아하면서 얼마나 오랜 시간을 썼을까?

용비야는 한운석을 좋아하면서 셀 수 없이 많은 불면의 밤을 보냈다…….

얼마나 오래 서 있었는지 몰라도 마침내 침상으로 돌아간 한운석은 눕자마자 잠이 들었다. 꿈결 속에서 어렴풋이 누군가 얼굴을 만지는 느낌이 들었다.

몽롱하게 눈을 뜨자 용비야가 서서 그녀의 뺨을 살며시 어루만지고 있었다.

"어젯밤에 뭘 했느냐? 아직도 일어나지 못하다니."

그가 높은 곳에서 그녀를 내려다보며 살폈다. 사실은 그도 어젯밤 그녀가 창문을 닫은 후에야 잠이 들었다. 그녀가 뭘 했는지 그는 모두 알고 있었다.

한운석은 화들짝 놀라 창밖을 바라보았고, 그제야 하늘이 희미하게 밝아진 것을 알았다. 그들은 비밀스레 떠나기로 했기 때문에 일찍 일어나야 했다.

한운석은 몸을 일으키려다가 황급히 이불을 붙잡았다. 그녀가 입을 열기도 전에 용비야가 먼저 눈치채고 돌아서서 누각을 내려갔다.

"준비하고 내려오너라. 아래에서 아침 식사를 하자."

한운석은 그가 층계로 올라온 줄로만 알고, 미리 알리지 않은 조 할멈에게 속으로 투덜거렸다.

하지만 용비야가 층계를 내려가자 조 할멈도 화들짝 놀랐다. 설마 진왕 전하가 어젯밤 창문을 넘어 들어오셨나?

참 이상한 주인들이었다. 그 넓은 침궁에, 그 널찍하고 커다란 둥근 침상을 놔두고 하필이면 이 조그마한 누각의 일인용 침상에서 거사를 치르시다니, 무슨 괴벽인지!

한운석이 씻고 내려갔을 때 그녀를 바라보는 조 할멈의 눈빛은 묘하기 짝이 없었다. 한운석은 영문을 몰랐다.

"무슨 일이 있는가?"

한운석이 의아해하며 물었다.

"아니요, 아닙니다."

조 할멈은 웃으며 고개를 저었다.

"그럼 왜 그렇게 보는 건가?"

한운석이 또 물었다.

"왕비마마의 기색이 좋아 보이셔서 그러지요. 하지만 그래도 보신은 하셔야겠습니다."

조 할멈이 키득거리며 말했다.

"기색이 좋다면서 무슨 보신?"

푹 고아 낸 암탉을 떠올리자 한운석은 아침을 먹을 식욕마저 싹 사라졌다.

"그야 몸보신이지요. 전하께서 한창나이신지라 정력이 왕성하시지 않습니까."

조 할멈이 나지막하게 말했다.

"그게 내 몸보신과 무슨 상……."

한운석은 반쯤 말하다가 퍼뜩 깨달았다. 그녀는 두 눈을 가늘게 뜨고 조 할멈을 야단치려고 했지만, 용비야가 나타나자 갑자기 기가 죽어 어쩔 수 없이 아무 일 없었던 척했다.

"전하, 마차가 뒷문에서 기다리고 있습니다. 가는 길에 쓰실 식량과 이부자리는 이 늙은이가 서동림과 고 씨에게 잘 전해 두었지요. 동정군의 강물이 불었으니 배를 띄울 수 있으실 겁니다. 오늘 출발하시면 7일 안에는 반드시 여아성에 도착하시겠지요."

조 할멈도 차마 두 사람을 방해하지 못해 보고를 마친 즉시 물러갔다.

"방금 무슨 이야기를 했느냐?"

용비야가 물었다.

"아무것도 아니에요."

한운석으로선 무슨 일이 있어도 말할 수 없었다. 그녀는 묵묵히 식사하면서 저도 모르게 흘끔흘끔 용비야를 쳐다보았다. 방금 조 할멈이 했던 말이 자꾸만 머릿속에 떠올랐다.

한창나이, 왕성한 정력…….

이 인간이……, 정말 그럴까?

분명히 식사에만 집중하던 용비야가 불쑥 물었다.

"뭘 그렇게 보느냐?"

"아니에요……. 어젯밤 푹 자지 못해서 그래요."

방금 생각한 질문을 던질 용기는 더더욱 없었다.

솔직히, 물을 필요도 없었다. 그런지 아닌지는 앞으로 직접 체험하게 될 테니까.

아침을 먹은 뒤 그들이 뒷문으로 나가자 고북월이 바퀴 달린 의자에 앉아 기다리고 있었다.

온통 새하얀 옷을 입은 그는 아침 햇살을 받아 마치 신선처럼 아름답고 티끌 하나 없이 깨끗했다.

"진왕 전하, 왕비마마. 무사히 다녀오십시오!"

그는 진심으로 기원했다.

그리고 널찍한 소매 속에서 아직 잠들어 있는 꼬맹이를 꺼냈다.

"왕비마마, 꼬맹이는 두고 가지 마십시오. 이 아이는 맹장 한 사람에 필적하는 힘이 있습니다."

꼬맹이는 운석 엄마와 용 아빠가 천산에 가는 것을 몰랐다. 몽롱하게 잠에서 깨어난 녀석은 운석 엄마를 봤다가 공자를 봤다 하다가 마지막으로 용 아빠에게 시선을 돌렸다.

예전처럼 깜짝 놀라 온몸의 털이 삐죽 곤두설 정도는 아니지만, 녀석은 여전히 꼬리를 말며 재빨리 운석 엄마의 소매 속으로 달아나려고 했다. 그러다가 무심코 마차를 발견하고 운석 엄마가 출행을 간다는 것을 알아차렸다.

공자와 헤어지기는 아쉽지만 운석 엄마 곁에 있어야 했다. 녀석의 첫 번째 사명은 운석 엄마를 보호하는 것이니까!

꼬맹이는 고북월을 향해 손을 흔들었고, 이를 본 고북월은 웃음을 터트리며 똑같이 손을 흔들어 주었다. 고북월의 웃음을 보자 꼬맹이는 세상이 끝날 때까지 계속 이렇게 손을 흔들어 주고 싶었다.

하지만 용 아빠가 겁이 나서 차마 오래 그러지는 못하고 재빨리 진료 주머니 속에 숨었다.

떠나기 전, 한운석은 진지하게 말했다.

"고북월, 우리가 돌아올 때도 당신이 여기서 우릴 맞아 줬으면 좋겠어요. 일어서서요!"

"아닙니다."

고북월도 진지하게 말했다.

"저는 성문 앞에 서서 기다리겠습니다. 반드시 무사히 돌아
오십시오!"

진왕 전하의 상 (1)

출발 후 용비야가 한운석에게 물었다.

"본 왕에게 상을 달라고 하지 않을 생각이냐?"

그에게 상을 받는 것은 무한한 영광인데, 유독 이 여자는 까맣게 잊어버린 양 그가 직접 일깨워 줘야 했다.

진왕을 애모하는 세상의 수많은 여자가 이 사실을 알면, 아마도 한운석은 시샘과 질투의 눈빛에 몇 번이나 죽었을 것이다.

바빠서 정말 깜빡했던 한운석이지만 영리하게 대답했다.

"진왕 전하의 한마디는 천금보다 무거우니, 상을 주신다고 했으면 반드시 주시겠죠. 신첩이 달라고 조르면 전하의 말씀을 의심하는 셈 아니겠어요?"

용비야는 그녀의 말솜씨를 잘 알면서도 기어코 이렇게 '떠받들어 주는' 것이 좋았다. 그는 사랑스러운 듯 그녀의 앞머리를 쓰다듬으며 큰 소리로 웃었다.

"후한 상을 내릴 테니 기다려라."

"얼마나 후한 상인데요?"

한운석도 마음이 끌렸다.

사실 그녀는 벌써 용비야의 사랑에 응석받이가 되어 있었다. 이 세상에서 그녀의 눈에 찰 만한 상은 용비야가 주는 것이 유일할지도 몰랐다.

"아주 후한 상이지. 참고 기다려라."

용비야도 마침내 그녀의 구미를 당길 기회를 손에 넣었다. 하지만 뜻밖에도 한운석은 캐묻지 않고 웃으며 말했다.

"좋아요, 기대할게요."

이게 끝?

사실 그녀가 이렇게 대답한 이유는, 호기심이 없어서가 아니라 그가 구미를 당겨 놓고 말하지 않을 것을 알아서였다.

궁금해서 안달복달하기보단 기다리는 게 나았다! 어쨌든 이 인간은 한 번도 그녀를 실망하게 한 적이 없었으니까.

한운석은 곧 용비야의 어깨에 기대 잠을 청했다. 자는 것처럼 보여도 사실은 열심히 수련하고 있었다.

내공을 익힐 때의 수련 방법과는 달리, 독 저장 공간을 수련할 때는 기력과 정신력을 써야 했다. 더욱이 독 저장 공간을 사용할 때도 기력과 정신력이 필요했다.

기실 그녀의 수련 속도는 지난날 독종의 직계 혈육 중 독 저장 공간을 활성화할 수 있는 사람들과 비교할 때 무척 빠른 수준이었다. 하지만 그녀는 아직 충분하지 않다고 생각했다.

미도공호에서 그 독술의 고수를 만난 뒤로 더욱더 강박을 느꼈다.

그 고수가 백독문 전임 문주든, 독종의 잔당이든, 아니면 그들이 모르는 독술계의 고수든, 어쨌든 소홀하게 생각할 수는 없었다.

다른 방면에서는 용비야에게 큰 도움이 되지 못해도 독 방면에서는 반드시, 무슨 일이 있어도 그를 안심하게 만들어 줘야 했다.

용비야는 고개를 돌려, 한 치의 호기심도 보이지 않고 금세 잠들어 버린 한운석을 바라보았다. 그의 얼굴 위로 어쩔 수 없는 무력감이 떠올랐다. 정말이지 이 여자 앞에선 어쩔 도리가 없었다.

쭉 북쪽으로 달린 끝에 한운석과 용비야는 곧 동정군에 도착했다. 동정군은 천안국에 속한 지역으로 천안국과 중남도독부의 동쪽 경계였다.

동정군에는 동서로 흐르는 커다란 강이 있었는데 그 강 이름은 동정하東靖河였다.

여아성에 갈 때 반드시 거쳐야 하는 곳은 동정군이라기보다, 사실은 이 동정하였다. 이 강을 따라 내려가면 강 중류 깊은 협곡 속에 있는 여아성에 쉽게 도착할 수 있기 때문이었다.

용비야는 일찌감치 큰 누선을 준비해 놓았다가 한운석과 함께 마차에서 내려 배로 갈아탔다. 마차도 배에 실었다.

물길을 따라 내려가는 동안 협곡의 풍경이 끝없이 펼쳐졌다.

한운석과 용비야는 갑판에 서서 도도하게 흐르는 강물과 장엄하게 솟은 산을 바라보았다. 그들은 약속이라도 한 것처럼 여아성이 아주 좋은 곳에 있다고 생각했다.

"용비야, 전에 와 본 적 있어요?"

한운석이 물었다.

"없다."

그래서 그는 오기 전에 부하를 보내 갈 길을 확인하고 배를 준비하게 했다. 설사 와 본 적이 없다 해도 모든 것이 그의 마음속에 들어 있었다.

"숭산의 험한 고개에 깊이 숨은 성이라니, 병사를 기르기에 딱 좋겠군요."

한운석이 진지하게 말했다.

여아성과 소요성은 살수와 용병이 모여드는 곳이었다. 여아성은 여자를 높이 치고 남자를 경시하는 반면 소요성은 정반대로 남자를 중시하고 여자를 하찮게 여겼다. 두 성 모두 숨은 고수가 즐비했다. 혼자 다니며 그 어떤 조직에도 속하지 않는 살수가 있는가 하면, 큰 세력을 형성한 살수 집안도 있었다. 두 성의 주인인 냉씨와 제씨는 바로 운공대륙 역사상 가장 오래된 살수 집안이었다.

한운석은 용비야가 충분한 준비 없이 함부로 이곳에 오지는 않았으리라 생각했다.

그런데도 용비야가 그녀를 데리고 여아성 성문 앞에 이르렀을 때 용비야가 해 둔 준비를 보자, 펄쩍 뛸 듯이 놀랐다.

높이 솟은 웅장한 성문은 꼭 닫혀 있었고, 그 성문 앞에 시체 수십 구가 세 줄로 줄지어 누워 있었다.

이 시체들은 바로 미도공호에서 데려온 여아성 살수들이었다.

시체 뒤에는 세 무리의 인마가 있었다. 두 무리는 모두 흑의경장을 입어 누가 봐도 조직이 있는 게 분명했고, 나머지 한 무리는 질서도 없고 옷도 제각각이어서 함께 온 것처럼 보이지만 사실은 뿔뿔이 흩어져 있었다.

성루 위에는 냉월 부인을 필두로 하는 무리가 서서 성 밖의 인마 세 무리와 대치하고 있었다.

상황을 자세히 살펴본 한운석은 더욱더 충격 받았다.

저 흑의 경장을 한 무리의 내력을 알아차린 것이었다. 왼쪽 무리는 바로 용비야의 비밀 시위 중에서도 가장 사나운 검객들이었다. 대략 쉰 명가량으로 모두 용비야가 천산 제자 중에 골라 직접 키운 자들이었다. 그중 대장 격인 열 사람은 지난번 단목요를 상대할 때 한운석도 본 적이 있었는데, 하나같이 천산 검종에서 손꼽는 이들이었다.

오른쪽의 인마는 대략 서른 명 정도였다. 똑같은 흑의 경장이지만 그들이 입은 옷의 등에 그려진 것은 놀랍게도 소요성 제씨 집안의 표식이었다! 한운석은 한 번 만난 적 있는 제요천을 한눈에 알아보았다.

저자는 소요성 성주 후계자이고 실력도 범상치 않았다. 하지만 그가 무리 속에서 서 있는 위치는 아주 앞은 아니고 기껏해야 중간쯤이었다. 이는 소요성에서 온 서른 명 중에 적어도 반은, 그 실력이나 지위가 제요천보다 높다는 말이었다.

가장 앞에 선 사람이 평범하게 차려입지 않았다면, 한운석은 소요성 성주가 몸소 온 것으로 오해할 뻔했다.

"당신이 소요성과 손잡았군요!"

한운석이 믿을 수 없는 목소리로 말했다.

"아니, 그들을 고용한 것이다."

용비야가 말했다.

손을 잡으면 이익을 양보하고 전과를 나눠야 하지만, 고용하면 그 대가만 지불하면 되었다.

"소요성 제씨 집안의 삼인자인 장로와 적자들, 그리고 몇몇 살수 집안의 장로가 모두 왔다. 이번 싸움은 아주 근사할 것이다."

용비야는 기분이 좋은 듯 웃으며 말했다.

"고용이라……"

한운석도 이곳에 와서 제법 다양한 일을 겪은 편이지만, 용비야의 큰 씀씀이는 아무래도 충격적이었다.

이 인간, 소요성의 정예 살수를 고용해서 여아성을 공격할 생각을 하다니!

여아성과 소요성은 서로 대립 관계지만 실제로 싸운 적은 한 번도 없었고, 소요성 성주를 설득해 여아성을 공격하도록 만들 만큼 파격적인 능력을 지닌 사람도 여태 없었다.

알다시피 두 성이 싸움을 벌이면, 살수와 용병계가 발칵 뒤집히는 것은 물론 무림 전체에도 영향을 미쳤다.

그러나 꼼꼼히 뜯어볼 때 소요성을 고용할 만한 사람은 용비야밖에 없었다.

이 거래는 비용이 문제가 아니었다. 관건은 고용자의 실력이었다. 소요성은 진작 여아성을 없애고 살수계를 쟁패하고자 했으나 자신들의 힘만으로는 여아성과 평수를 이룰 정도밖에 되지 않았다. 용비야처럼 강력한 고용인이 나타나 거금을 주는 동시에 힘까지 보탠다고 하면, 소요성이 기꺼이 받아들이지 않을 이유가 있을까?

용비야 입장에서는 고용이지만, 소요성 성주 입장에서는 손을 잡는 일이었다.

"나머지는 어떤 사람들이죠?"

한운석이 소리 죽여 물었다.

"강호인들이다. 여아성은 그간 적잖은 사람들에게 미움을 샀고 그자들이 이번 기회에 복수하려는 것이다."

용비야가 대답했다.

한운석은 용비야가 언제 강호에 소식을 전했는지도 몰랐다. 그녀가 웃으며 말했다.

"은자를 좀 아꼈네요."

쌍방이 서로 대치하는 중이지만, 여아성은 감히 문을 열어 응전할 시도도 하지 못했다. 양쪽의 실력 차이가 현저하다는 것을 알 수 있는 반응이었다.

처음에 한운석은 여아성이 일부러 시간을 끈다고 생각했지만 지금 보니 그런 것 같지는 않았다.

그녀는 용비야의 이름이 운공대륙 살수 역사상 길이길이 남을 것으로 생각했다! 그가 살수는 아니지만 머지않아 살수계의 역사를 바꿔 놓을 테니까.

마차가 천천히 다가가자 세 무리의 인마가 알아서 길을 터주었다. 사람들의 이목을 받으며, 용비야는 몸소 한운석을 안고 마차에서 내렸다.

그 순간 세 무리가 모두 그들을 향해 예를 올렸다. 비밀 시위들은 한쪽 무릎을 꿇었고, 소요성 사람과 강호인들은 두 손을 모아 몹시 공손하고 예의 바르게 읍을 했다.

성루에서는 몸이 나은 냉상상이 이 장면과 한운석을 보고 있었다. 그녀는 철저히 절망한 지 오래였다. 3년 전만 해도 아무도 쳐다보지 않던 한운석은, 이제 냉상상이 질투하고 부러워할 자격조차 없을 만큼 뛰어나고 존귀한 사람이 되어 있었다. 그리고 저 남자. 오늘 그가 복수하러 왔다는 사실만으로도 그녀는 이미 견딜 수가 없었다.

용비야는 손을 내저어 비밀 시위들을 일어나게 했고, 소요성 사람과 강호인들에게는 고개를 끄덕여 보였다. 반례는 없었다. 그는 본래 겸손한 구석이라곤 없는 사람이었고, 하물며 그럴 만한 힘도 있었다.

그는 고개를 들어 성문 위에 있는 냉월 부인을 바라보며 차갑게 물었다.

"그래, 나와서 시체를 수습할 생각도 없느냐?"

냉월 부인도 용비야가 복수를 하러 올 줄 진작 알고 있었지만, 소요성 사람을 고용하고 또 저렇게 많은 사람을 데려올 줄은 꿈에서도 생각지 못했다.

솔직히 말해, 오만하고 자존심 높은 냉월 부인도 용비야가 마차에서 내리는 순간 당황하기 시작했다.

용비야가 왔다는 것은 대치 상태가 끝나고 저들이 성을 공격한다는 의미임을, 그녀도 알고 있었다.

"냉월 부인, 이들은 모두 냉씨 집안에 목숨을 바친 자들이

오. 그런데 시체조차 수습해 주지 않다니 그러고도 한 성의 주인이라 할 수 있소?"

이렇게 말한 사람은 소요성 사람으로, 소요성 장로회 수장이자 강호에서는 제노삼齊老三이라 불리는 제씨 집안 셋째 나리였다.

"하하하, 소요성이 언제부터 진왕부의 개가 되었느냐? 축하해야겠군!"

냉월 부인이 싸늘하게 말했다. 비록 속으로는 두려웠지만 겉으로는 한 치도 물러서지 않았다.

"고용인의 돈을 받고 대신 목숨을 거는 것뿐이오. 냉월 부인도 같은 일을 하면서 어찌 그렇게 듣기 흉한 말을 하시오? 거참, 창녀가 열녀문이라도 세우겠다는 말이구려."

제노삼이 껄껄 웃음을 터트렸다.

"제노삼!"

냉월 부인은 대로했다.

"용기가 있으면 내려와 보시오!"

제노삼이 연신 도발했다.

그때 복수하러 온 강호인들도 차례차례 소리를 지르며 비난했다.

"냉월, 내려와서 죽음을 받아라! 오늘 이 늙은이가 청운문青雲門의 죽은 형제들을 위해 복수해 주마!"

"냉월, 용기가 있으면 나와라! 우리 장청산長青山 대제자를 죽였으니 반드시 목숨으로 갚아야 할 것이다!"

"냉월, 5년 전에 있었던 청설산장聽雪山莊의 살인 사건을 기억하겠지? 오늘 너를 죽여 큰누님 가족의 복수를 하고 강호의 해악을 제거하겠다!"

들고 있던 한운석의 입꼬리에 비웃음이 피어올랐다. 조정이든 강호든, 겉만 번지르르한 정의는 늘 있었다.

오늘 이들은 용비야와 소요성의 세력에 힘입어 복수하러 와 놓고 구구절절 정의를 부르짖고 있었다. 지금 하려는 일은 그저 앙갚음일 뿐인데도 기어코 '정의'라는 이름을 내걸려고 했다.

이 자리에서 살육이 벌어지고 수많은 사상자가 나도, 이 이야기가 전해지면 강호의 그 누구도 비난하기는커녕 칭송만 해댈 것이다.

정의란 무엇일까?

실력이 곧 정의고, 승리가 곧 정의였다. 진실은 숨길 수 있고 역사도 곡해할 수 있지만, 이기고 짐이야말로 진실이었다.

세상의 현실이 이러니 바꿀 수는 없지만 노력할 수는 있었다. 노력해서 강자가 되면 언젠가는 모든 규칙을 지배할 수 있었다.

한운석은 정말 행운아였다. 옆에 있는 이 남자에게 그만한 힘이 있었으니까.

용비야는 저 강호인들처럼 약하지 않았다. 그는 차갑게 말했다.

"냉월, 본 왕은 복수하러 왔다. 나와서 일대일 대결을 할 테냐, 아니면…… 본 왕이 성을 도륙해야겠느냐!"

진왕 전하의 상 (2)

그 자리에 있는 모두가 찬 숨을 들이켰고, 소요성 사람들마 저 충격에 몸을 떨었다. 성문 위도 시끌시끌해졌고 냉월 부인 의 안색은 새까맣게 변했다.

성을 도륙해?

얼마나 잔인한 일인가!

한운석도 깜짝 놀랐다. 하지만 이게 바로 용비야의 방식이 었다.

여정을 바꿔 가며 이곳까지 온 이상 그는 절대로 인정을 베 풀 리 없었다.

성을 도륙하는 것은 잔인하지만, 저 성안에 있는 사람 중 잔 인하지 않은 사람이 있을까?

저 중에 눈 하나 까딱하지 않고 사람을 죽이는 살수가 아닌 사람이 있을까? 저 중에 한 집안을 모조리 죽이는 참혹한 짓을 벌이지 않은 사람이 있을까? 저 중에 충효와 인의, 예의, 수치 를 아는 사람이 있을까?

저들의 삶의 신조는 단 하나뿐이었다. 돈을 받으면 사람을 죽인다.

한운석은 의원이지만 저런 무리에게 자비를 베풀 마음은 없 었다. 이곳에 오기 전에 그녀는 동정심을 마음 한구석에 단단히 묶어 놓았다.

강호의 일은 강호의 규칙으로 해결해야 했다!

용비야는 잔인했지만, 이런 잔인함을 누구보다 좋아하는 소요성 사람들은 즉각 호응했다. 제노삼이 껄껄 웃으며 말했다.

"냉월 부인이 언제부터 목을 움츠린 자라가 되었을까?"

가식적인 강호인들 역시 용비야 쪽에 섰다.

"저들은 강호의 해악이다. 저 소굴을 철저히 망가뜨리지 않으면 반드시 다시 일어날 것이다!"

"진왕 전하는 참으로 영명하십니다. 오늘 여아성을 무너뜨려 본보기로 삼으면 방문좌도나 사교邪教 무리들이 두려워서 벌벌 떨 것입니다."

이 말에 소요성 사람들이 불만스러워했으나 다행히 제노삼이 억눌렀다. 그렇지 않으면 먼저 내분이 일어나 웃음거리가 되었을 것이다.

이런 경고를 받은 냉월 부인은 더 화를 참지 못했다.

"용비야, 너무 건방 떨지 마라. 이 내가 정말로 너희를 두려워하는 줄 아느냐?"

그녀 곁에 있던 살수 집안의 우두머리 예닐곱 명이 일제히 외쳤다.

"성주, 저희가 목숨 걸고 지켜 그 누구도 이 성문 안에 한 발짝도 들여놓지 못하게 하겠습니다!"

냉월 부인은 무리를 이끌고 내려가려고 했지만, 냉상상이 붙잡으며 나지막이 말했다.

"어머니, 충동질에 넘어가시면 안 됩니다. 저들은 힘을 믿고 약자를 괴롭히러 왔으니 분명히 준비되어 있을 거예요!"

어쩌면 냉상상은 상대가 진왕이기 때문에 분노하지 않았고, 그래서 이성적일 수 있었는지도 몰랐다.

여아성은 약하지 않았다. 미도공호의 싸움에서 고수 반을 잃었지만 그래도 여아성은 약하지 않았다. 다만 용비야는 소요성 사람과 무림 고수 한 무리를 데려왔기 때문에 그 실력은 여아성보다 훨씬 강했다.

이건 거짓 없는 사실이자, 무시할 수 없는 현실이었다.

옆에 있던 대소저 냉빙릉冷冰凌도 나지막이 말했다.

"어머니, 지금은 감정적으로 대응할 때가 아닙니다. 머리를 써야 합니다!"

냉월 부인도 그제야 화를 가라앉혔다. 비록 내키지는 않지만 현실을 직시해야만 했다. 지금 그녀에게는 단 하나의 선택, 일대일 대결밖에 남지 않았다.

이번 일은 그녀 자신에게서 비롯된 것이었다. 만약 그녀가 백언청의 제안을 거절했다면 여아성이 이런 재앙을 맞이하지는 않았을 것이다.

성주로서, 반드시 그 결과를 책임져야 했다.

미도공호에서 용비야와 겨뤄 본 적이 있지만 진정한 일대일 대결이라고 할 수는 없었다. 처음부터 단목요와 한운석이 참여했고 그 후 한운석이 그녀의 쌍벽검을 깨뜨렸다.

그녀는 용비야보다 한운석이 훨씬 원망스러웠다!

일대일 대결에서 여전히 쌍벽검을 쓰지 못한다면 용비야를 상대로 승산은 없었다.

어떻게 해야 할까?

어떻게 머리를 써야 할까?

냉월 부인은 망설였고 용비야의 인내심에는 한계가 있었다. 그는 길게 묻지 않고 곧바로 검을 뽑아 들었다. 이를 본 세 무리의 사람들, 백 명이 넘는 고수들이 일제히 무기를 꺼냈다.

일순, 분위기는 활시위를 팽팽하게 당긴 것처럼 긴박해졌다.

다급해진 냉월 부인이 큰 소리로 말했다.

"용비야, 일대일 대결을 받아들이겠다. 승부는 어떻게 정할 테냐?"

용비야는 냉소했다.

"이미 말했듯이 본 왕은 복수하러 왔지 결투하러 온 것이 아니다. 그런데 승부를 정하다니? 네가 죽으면 여아성은 본 왕의 소유가 되고, 본 왕의 복수도 끝이다."

냉월 부인은 누가 뭐래도 한 성의 주인이고, 누가 뭐래도 냉씨 집안의 가주였다! 이런 협박에 굴하면 외부인은 말할 것도 없고 여아성 사람조차 그녀를 깔보게 될 터였다.

살수에게 승부란 없었다. 오직 사느냐 죽느냐 뿐이었다.

그녀는 잠시도 망설이지 않고 쌍벽검을 뽑아 성문 밖으로 날아 내려가 차갑게 대답했다.

"좋다! 오늘 네가 죽거나 아니면 이 몸이 죽겠구나!"

"마차에 올라가서 상을 기다려라."

용비야가 나지막하게 한운석에게 말하며 손을 놓아주었다.

상?

여아성 말이야?

한운석의 심장이 절로 쿵쿵 뛰었다. 도저히 믿어지지 않았다. 무공의 '무' 자도 모르는 그녀인데 여아성을 선물로 주겠다니?

너무…… 파격적이잖아?

그녀가 허둥거리며 자석을 꺼내자 이를 본 냉월 부인의 손이 떨렸다. 그러나 용비야는 거절했다.

"필요 없다."

그의 눈동자에 어린 오만함을 보자 한운석은 더욱 긴장하고 흥분했다.

"좋아요, 그럼 상을 기다리고 있을게요."

그녀는 자석을 진료 주머니에 넣고 순순히 마차로 돌아갔다. 곧바로 비밀 시위대가 다가와 마차를 보호했다.

용비야가 자석을 거절하자 냉월 부인은 다행으로 여기는 한편 감탄해 마지않았다. 확실히 용비야는 인물이었다.

물론 자신감도 솟구쳤다. 쌍벽검을 쓸 수 있다면 용비야라 해도 두렵지 않았다.

용비야가 아무리 대단해도 결국은 후생이었다. 내공에서든 싸움 경험에서든, 그녀같이 오랜 강호살이를 한 숙련된 살수에게는 한참 미치지 못했다.

용비야가 정말 냉월 부인과 일대일 대결을 하려 들자 주위에 있는 사람들은 불안해졌다.

참다못한 제노삼이 외쳤다.

"진왕, 개인의 솜씨를 뽐낼 자리가 아니오!"

"그렇소. 설마하니 우리 소요성의 고수들을 불러 놓고 구경만 하라는 말이오? 이 무슨 뜻이오?"

"진왕 전하, 이번 일은 일대일 대결로 판가름할 수 없습니다. 모두가 이렇게 왔는데 빈손으로 돌아갈 수는 없지 않습니까!"

불만이 담긴 소리들은 하나같이 용비야가 이기지 못한다고 말하고 있었다.

제요천은 소요성 성주에게 용비야와 한운석을 요주의 인물 명단에 넣자고 제안한 적이 있었다. 그는 용비야의 솜씨를 익히 겪었지만, 그래도 용비야가 냉월 부인을 이길 것으로 믿지는 않았다.

강호인이라면 누구나 오대 고수의 무공은 검종 이검심, 천산의 대장로 창구자, 당문 전임 문주 당자진, 소요성 성주 제종림, 여아성 성주 냉월 부인 순이라는 것을 알고 있었다.

젊은이들 사이에서는 용비야가 발군이지만, 전대 인물들과 비교하면 손에 꼽을 정도는 아니었다.

"진왕 전하, 우리는 복수를 하러 온 사람들입니다. 그런데 일대일 대결이라니요? 모두 함께 공격합시다!"

"그렇소. 냉월 저 늙은 요녀는 무림 동도를 수없이 죽였소. 오늘 우리가 힘을 합치면 분명히 저 요녀를 죽일 수 있소."

강호인들까지 분분히 나섰다. 한운석은 비록 여아성을 좋아하지 않았지만 저들의 낯짝은 더더욱 꼴불견이었다. 저들은 지금 냉월 부인 한 사람을 포위 공격하겠다고 떠들고 있었다!

　도리어 소요성 사람들이 좀 더 정의로웠다. 입으로는 불만을 토로하지만 그래도 직접 나서지는 않았기 때문이었다.

　용비야는 검을 가로로 들고 강호인들의 앞을 가로막았다.

　"감히 함부로 나서는 자는 본 왕의 검이 몰라보더라도 탓하지 마라!"

　농담이 아니었다. 그 말이 끝남과 동시에 그가 검을 힘껏 내리찍자, 검광이 눈부시게 번뜩이면서 땅에 깊숙하게 금이 갔다. 놀란 강호인들은 우르르 뒤로 물러났.

　냉월 부인과 소요성 사람들도 놀랐다. 용비야의 내공이 저토록 웅후하다니 뜻밖이었다. 그제야 그들은 자신들이 용비야를 얕봤다는 것을 깨달았다. 특히 바로 얼마 전에 용비야와 겨뤄 본 적 있는 냉월 부인은 미도공호의 싸움에서 용비야가 한운석과 협공하기만 하고 전력을 다하지 않았다는 것을 알 수 있었다.

　저 새파란 젊은이는 대체 얼마나 강한 것일까?

　냉월 부인도 더는 적을 얕볼 수 없어 양손으로 검을 잡아 쌍벽검을 빼냈다. 용비야는 검을 들고 천천히 다가오더니 그녀를 똑바로 겨눴다.

　그 순간 장내가 조용해졌다. 한운석도 마차에 앉아 긴장한 얼굴로 바라보았다.

　별안간, 용비야와 냉월 부인이 동시에 검을 앞으로 뻗어 상대를 찔렀다. '쨍' 하는 굉음과 함께 검 두 자루가 맞부딪쳤다.

　두 검은 동시에 강렬한 빛을 쏟아냈지만 용비야의 검광이 냉월 부인의 검광을 짓누르는 것을 누구나 볼 수 있었다. 곧 용비야의 검이 냉월 부인을 제압했고, 버티던 냉월 부인의 양손도 결국 얼굴 바로 앞까지 밀려났다.

하지만 쌍벽검의 다른 쪽 검이 용비야의 뒤에서 그의 등을 향해 힘차게 날아들었다.

이런 상황에서는 용비야도 피할 수밖에 없었다. 그리고 그가 피하는 순간 냉월 부인은 승세를 타고 반격할 게 분명했다. 냉월 부인이 빠르게 움직이기만 하면 용비야가 절대적으로 위험했다.

고수의 싸움에서 승부는 단 몇 초식 만에 결정되곤 했다.

뒤에서 날아든 검이 거의 등에 닿을 정도가 되자 모든 사람의 이목이 그쪽으로 쏠렸다. 모두 긴장해서 숨 쉬는 것조차 잊을 지경이었다.

그런데 그 위기일발의 순간, 용비야의 등에서 갑작스레 강력한 진기가 폭발하며 손대지도 않고 검을 쳐냈다.

세상에!

냉월 부인을 바짝 몰아붙이고 있는데도 내공을 다 써 버리지 않았던 걸까? 저 상황에서 저렇게 무시무시한 진기를 터트릴 수 있다니!

이 광경을 보자 그곳에 있던 사람 중 놀라지 않은 이가 없고, 몸서리치지 않는 이가 없었다.

요 몇 년간 저 남자의 내공은 대체 얼마나 정진한 걸까? 너무나도 뜻밖의 일이었다!

고수의 대결에서 초식은 부차적인 것이고 진짜 중요한 것은 내공이었다! 용비야가 오늘 보여 준 내공은 두말할 것 없이 전대 고수들 순위에 들어갈 만했다.

그렇다면 그가 냉월 부인을 이길 수 있을까?

냉월 부인은 완전히 제압당했고, 쌍벽검의 다른 쪽 검을 불러들일 수도 없게 되었다. 제압당해서 아무 수작도 부릴 수 없는 지금 그녀가 할 수 있는 것은 억지로 버티며 착실하게 용비야와 내공을 겨루는 것뿐이었다.

그녀도 용비야의 내공에 놀라긴 했지만, 여전히 용비야의 내공이 자신보다 강하다고는 믿지 않았다.

그런데 갑자기 용비야가 더욱 바짝 밀어붙이자 그녀의 몸이 뒤로 밀리기 시작했다.

그들 사이에는 검 두 자루의 거리밖에 남아 있지 않았다. 용비야의 검이 그녀의 검을 누르고 그녀의 검날은 이미 그녀의 몸에 닿아 있어서, 용비야가 계속 힘을 주면 그녀는 제 검에 목숨을 잃을 처지였다.

냉월 부인의 등이 축축하게 젖었고 얼굴에도 땀방울이 송골송골 맺혔다. 그녀는 이미 가진 내공을 전부 끌어올려 버티고 있었지만, 용비야는 얼음장 같은 표정에 호흡도 편안해서 누가 봐도 전력을 다하지 않는다는 것을 알 수 있었다.

모두 눈을 휘둥그레 뜨고 지켜보는 가운데 용비야가 소리 죽여 말했다.

"냉월, 본 왕이 마지막 기회를 주겠다. 너를 고용해 의태비를 납치한 자가 대체 누구인지 말해라!"

냉월 부인은 화들짝 놀랐다. 백언청이 그처럼 주도면밀하게 꾸몄는데도 용비야의 의심을 살 줄이야.

"어떻게 하겠느냐?"

용비야가 또 물었다.

"말하지 않겠다!"

냉월 부인은 절대로 백언청을 배신할 수 없었다.

용비야는 냉소를 지었다.

"과연 네가 배후의 주모자였군."

냉월 부인은 그제야 덫에 걸렸음을 알았다. 용비야는 미도공호에서 벌어진 일의 진상뿐만 아니라 그녀까지 의심하고 있었다.

안 돼!

차라리 죽을망정 용비야의 손에 떨어지고 싶지는 않았다. 그녀의 목숨은 백언청의 것이고 무슨 일이 있어도 그를 배신할 수 없었다.

냉월 부인은 용비야를 당해 낼 수 없는 것을 알자 마음을 모질게 먹었다. 대항을 포기하고 검으로 자결하려는 것이었다.

그렇지만……

진왕 전하의 상 (3)

냉월 부인은 자결하려고 했지만 용비야가 그럴 기회를 주지 않았다.

물론 냉월 부인의 검날이 가장 가까이 있었지만 그래도 용비야의 검이 한발 빨랐다. 용비야는 모두가 보는 앞에서 단번에 검으로 그녀의 목을 꿰뚫었다.

냉월 부인은 믿을 수가 없었다. 자신이 마지막 존엄성마저 지키지 못하게 될 줄은 생각조차 못 한 일이었다. 그러나 더 뜻밖인 것은 백언청이 정말로 자신을 구하지 않았다는 사실이었다.

힘없이 무너지는 그녀는 눈을 휘둥그레 뜨고 있었다. 죽어도 눈을 감을 수가 없었다.

지금껏 그녀는 여아성 전체에서 가장 냉정한 사람이 자신이라고 생각해 왔다. 그러나 그런 그녀가 진정으로 냉정해진 것은 바로 지금 이 순간인지도 몰랐다. 그녀는 후회했다. 여아성에 크나큰 재앙을 가져온 것이 몹시 후회스러웠다.

용비야는 쓰러지는 냉월 부인을 내버려 둔 채 사람들에게 몸을 돌리고 차갑게 말했다.

"이것이 진왕부에 잠입해 납치극을 벌인 자의 최후다!"

한순간 장내에 정적이 감돌았다.

지금 펼쳐진 이 장면을, 그 누가 믿을 수 있을까?

놀랍게도 용비야는 단 삼 초 만에 냉월 부인을 죽였다. 냉월 부인은 처음부터 끝까지 고작 한 초를 펼쳤을 뿐이었다.

거의 모두가 오늘의 싸움은 대혼전이 될 것이고 며칠에 걸쳐 격투를 벌일 것으로 예상했다. 누구도 이런 결과는 상상하지 못했다.

냉월 부인은 한 성의 주인이요, 살수계의 철의 여인이었다. 그런데 차 한 잔 마실 시간도 안 되는 사이 한 젊은이의 검에 목숨을 잃었다.

사람들이 이 사실을 어떻게 받아들일 수 있을까?

여아성 사람은 말할 것도 없고, 성 밖에 있는 다른 이들도 믿을 수가 없었다.

냉월 부인이 이렇게 죽다니! 용비야가 저렇게 강력한 내공을 가졌다니! 그들로서는 믿을 수가 없었다. 그들은 속으로 같은 질문을 던졌다.

'용비야가 언제 이렇게 강해졌지?'

그러게!

용비야는 언제 이렇게 강해졌을까? 세상 사람들은 정계에서의 그의 움직임에만 주목했고, 요 몇 년간 그의 무공을 관심 있게 지켜본 사람은 거의 없었다.

그가 천산검종의 마지막 제자라는 것마저 잊은 사람이 천지였다! 그러나 그는 이렇게 강했다.

용비야의 진짜 실력은 고수 명단에서 몇 번째 자리를 차지해야 옳을까?

소요성 성주 제종림, 당문의 전임 문주 당자진, 심지어 천산의 창구자인들 그의 적수가 될 수 있을까?

주위는 오래, 아주 오랫동안 정적에 휩싸였고, 아무도 함부로 움직이지 못했다.

주위가 조용하든 시끄럽든 용비야는 신경 쓰지 않았다. 그는 검을 들어 여아성 성문을 겨누며 차갑게 말했다.

"성안에 있는 자들은 들어라. 본 왕의 검에 항복하는 자는 살려 주겠다! 불복하는 자는 죽는다!"

그러자 놀라 입을 떡 벌리고 있던 성문 위의 살수들도 정신을 차리고 소란을 피웠다.

냉씨 자매들이 큰 소리로 울부짖었다. 냉빙릉이 제일 먼저 움직였고, 냉상상과 다른 동생들도 곧장 뒤를 따라 성문 아래로 뛰어내리며 복수를 외쳤다.

"용비야, 죽여 주마!"

"용비야, 감히 어머니를 죽이다니 어디 죽을 때까지 싸워 보자!"

"용비야, 여아성은 절대로 널 가만두지 않을 것이다!"

용비야는 단 일 초로 우두머리인 냉빙릉을 제압했다. 그의 검이 냉빙릉의 목에 닿자 다른 이들은 감히 움직이지 못했다.

아무리 흥분해도 현실 앞에서는 이성적이 되고, 아무리 비통해도 죽음 앞에서는 냉정해질 수밖에 없었다.

승자가 왕이요 패자는 역적, 이기면 삶이요 지면 죽음. 이것이 살수의 숙명이었다. 그들은 졌다. 그래서 힘없이 고개를 떨어뜨리며 원망의 말도 하지 못했다.

"여봐라, 모두 압송해라!"

용비야의 명령이 떨어지자 비밀 시위 몇 명이 즉시 다가와 냉씨 자매들을 데려갔다. 그런데 그때, 갑자기 냉상상이 큰 소리로 외쳤다.

"용비야! 할 말이 있다!"

그녀가 왜 저럴까? 그녀에게 무슨 할 말이 있을까?

일순 모든 사람이 그쪽을 바라보았다. 용비야도 마찬가지였다.

냉상상은 웃음이 났다. 이 지경이 되어서야 그녀가 불렀을 때 그가 돌아봐 준 것이었다.

"용비야, 내생에는 다시 만나지 말기를 바랄 뿐이다!"

그녀는 이 말을 남기고 검으로 목을 그었다. 몸이 바닥에 풀썩 쓰러지면서 생명이 빠져나갔다.

어머니를 죽인 원한은 영원했고, 그를 사랑하는 것도 영원했다. 내생에 다시 만나지 말아야만 사랑하면서도 바랄 수 없는 괴로움에서 벗어날 수 있었다.

"넷째야!"

냉빙릉이 목이 터지라 외치며 달려가려고 했지만 비밀 시위가 가로막았다. 다른 동생들은 무정하기 짝이 없게도 동요하지 않고 여전히 고개를 숙이고 있었다.

그저 시간 차이일 뿐 자신들의 최후도 똑같다는 것을, 그들은 알고 있었다.

어머니가 대체 누구의 사주로 의태비를 납치했는지 그들은 아직도 몰랐다. 용비야가 그들을 잡아가는 것도 그 해답을 얻기 위해서가 분명했다.

그들은 용비야에게 답을 줄 수 없었고, 그러니 남은 길은 죽음뿐이었다.

주변에 있던 적잖은 이들은 그제야 냉상상이 용비야에게 정을 품고 있었음을 알고 탄식을 지었다. 애석하게도 용비야는 두 번 다시 그녀에게 눈길을 주지 않고 여전히 성루만 올려다보았다.

용비야, 아아, 용비야. 당신은 알까? 이 세상에 얼마나 많은 여자가 당신을 몹시도 사랑하고 있는지.

마차 안의 한운석은 용비야의 훤칠하고 우뚝한 뒷모습을 바라보았다. 저렇게 차가운 남자가 자신의 지아비라는 것이 도무지 믿기지 않았다.

갑자기 용비야가 큰 소리로 물었다.

"너희들은 어떻게 하겠느냐?"

그 말이 떨어지자 노부인 두 명이 동시에 아래로 뛰어내렸다. 그들은 땅에 내려서자마자 한쪽 무릎을 꿇었다.

"여아성 류劉씨는 진왕 전하께 충성을 바치겠습니다!"

"여아성 강姜씨는 진왕 전하께 충성을 바치겠습니다!"

"좋다!"

용비야가 큰 소리로 말했다.

성루 위에 선 다른 가주들은 서로를 바라보았지만, 그것도 잠시뿐 곧 아래로 내려가 몸소 성문을 연 다음 일자로 늘어서서 무릎 꿇고 용비야에게 투항했다.

시류를 아는 자가 영웅이라고 했다. 하물며 살수는 누구보다 무정하고 누구보다 냉정했다.

일대일 대결에서 그들은 용비야를 당할 수 없고, 단체 전투를 하면 여아성 전체가 도륙될 위험이 있었다.

그들에게는 투항이 가장 현명한 선택이었다.

물론 투항하지 않은 이들도 있었다. 그러나 그들 역시 용비야와 일대일로 싸울 용기가 없어 냉월 부인이 쓰러지는 순간 몰래 여아성에서 달아나 버렸다.

성문은 이미 열렸고 대부분은 투항을 선택했다. 용비야도 만족스러운 눈빛을 띠더니, 비로소 돌아서서 한운석에게로 한 걸음 한 걸음 다가갔다.

한운석은 가만히 그를 쳐다보았다. 두 사람의 거리는 멀지 않았지만 그녀는 마치 그가 운명의 저 끝에서 서로 다른 두 세상을 한 걸음 한 걸음 건너 자신을 향해 다가오는 듯한 느낌을 받았다.

마침내 그가 그녀 앞에 이르렀다.

그가 말고삐를 잡아당기며 웃었다.

"가자. 본 왕의 선물을 보여 주마."

한운석도 웃었다. 뭐라고 설명할 수 없는 감정이 가슴속을 가득 채웠다. 이처럼 어마어마하고 이처럼 놀라운 선물이라니.

다음번에 그가 또 상을 주겠다고 하면 태연할 수나 있을까?

모두가 바라보는 가운데, 한운석은 마차를 탄 채 용비야가 몸소 이끄는 말을 따라 여아성으로, 그가 그녀에게 준 성으로 다가갔다.

한운석은 이런 느낌이 무척이나 좋았다. 그를 따라 세상이 끝날 때까지 천하를 두루 돌아다니는 착각을 일으키기 때문이었다. 하지만 곧 누군가 그들을 방해했다.

"진왕 전하께서 복수하셨으니 우리도 복수한 셈이오! 형제들, 우리도 들어갑시다!"

"하하하, 냉월의 죽음으로는 부족하오. 여아성 왕씨는 우리 청운문에 아직 세 목숨의 빚이 남아 있소!"

"빚을 졌으면 반드시 갚아야지. 형제들, 복수할 기회가 왔네! 가세!"

강호인 무리가 차례차례 무기를 꺼내 들고 성큼성큼 성문으로 들어갔다. 여아성에는 크고 작은 살수 집안이 적어도 십여 개 있었는데 냉씨 집안의 보호가 사라진 지금, 그들은 저 강호의 고수들을 물리칠 능력이 없었다.

그 순간 투항한 집안의 무인들이 벌떡 일어나 성문 앞을 막아섰다.

"남의 위기를 틈타 해코지하는 자가 무슨 영웅호걸이냐?"

누군가 화난 소리로 꾸짖었다.

"허, 살수가 영웅호걸을 논하다니! 그럼 우리는 목숨은 목숨으로 갚는 법이라고 대답해 줘야겠군!"

누군가 웃으며 대꾸했다.

"너희가 그러고도 정파냐? 위선자들!"

누군가 또 욕했다.

강호인들이 왁자글 웃음을 터트렸다.

"설마하니 사람이 죽어도 모른 척해야만 정파란 말이냐?"

"돈을 받을 실력이 있는 자만이 그 돈을 쓸 자격이 있는 게다!"

"정파? 오냐, 내 오늘 여아성을 깡그리 몰살시켜 하늘 대신 정의를 지키겠다!"

한운석의 좋았던 기분은 엉망진창이 되고 말았다. 소위 정파라는 자들을 보면 볼수록 구역질이 났다.

냉월 부인이 죽지 않았다면 저들이 감히 저렇게 오만을 떨수 있을까?

한운석이 나서려는데, 갑자기 용비야가 들고 있던 검을 휙던졌다. 검은 강호인들과 여아성 가주들 사이에 떨어졌다.

순간 온갖 시끄러운 말소리가 뚝 그쳤다.

여아성의 가주들이 용비야를 바라보았다. 하고 싶은 말이 있는 것 같았지만 아무도 입을 떼지 않았다.

강호인들 역시 차례차례 용비야를 돌아보았다.

"진왕 전하께서 계속 저희를 위해 나서 주시겠다면 강호에는 큰 복입니다!"

"여아성은 악행을 일삼아 몇 년간 수없이 많은 사람을 죽였습니다. 한데 오늘 진왕 전하 덕분에 냉씨 집안이 무너졌군요."

"진왕 전하, 저희를 위해 정의를 밝혀 주셔야 합니다!"

용비야의 실력을 본 그들은 훨씬 더 공손한 태도로 비위를 맞췄다.

용비야는 눈을 차갑게 식히며 그들 한 사람 한 사람을 훑어보았다. 그가 입을 열기 직전, 한운석이 일어나 차갑게 물었다.

"조금 전 진왕 전하께서 말씀하셨소. 냉월이 죽으면 여아성은 전하의 소유라고. 그대들은…… 듣지 못했소?"

그 말이 떨어지자 강호인들이 서로서로 마주 보았고, 개중 누군가가 눈치 없이 물었다.

"진왕비, 그게 무슨 뜻입니까?"

"진왕 전하께서는 여아성을 본 왕비에게 하사하시겠다 하셨소. 오늘부터 여아성은 진왕비 소유니, 사람이든 풀이든 나무든 성안에 있는 것을 건드리려는 자는 본 왕비가 가진 독에 허락을 받아야 할 것이오!"

"그것은…….."

"진왕비…….."

"진왕 전하, 이러시면…… 우리의 복수는 어떻게…….."

강호인들은 하나같이 깜짝 놀랐고, 여아성의 투항자들 역시 크게 충격을 받았다. 그들은 용비야와 한운석이 이 기회에 강호의 정파 세력이라는 무리에 영합하기 위해 여아성의 큰 실수 집안 몇 곳을 넘겨주리라 여겼다.

그런데 뜻밖에도 한운석은 저렇게 패기 넘치는 태도로 그들을 보호했다.

그때 강호인 중 한 노인이 걸어 나와 화난 목소리로 말했다.

"진왕 전하, 어떻게 이런……. 우리에게 설명을 해 주셔야겠소!"

"진왕비가 이미 말하지 않았느냐. 오늘부터 여아성의 적은 곧 본 왕의 적이다."

용비야는 그렇게 말한 후 싸늘하게 말했다.

"성에 들어갈 것인지 아니면 떠날 것인지 편한 대로 해라!"

"진왕, 여아성은 넘겨줄 수 있소. 하지만 여아성이 저지른 수많은 사건은 반드시 오늘 마무리 지어야 하오. 그렇지 않으면……."

노인의 말이 끝나기도 전에 용비야가 손을 쑥 내밀어 허공에서 주먹을 쥐었다. 땅에 박혔던 검이 횡 날아와 그의 손에 잡혔다.

"그렇지 않으면, 무엇이냐?"

노인은 헉하고 찬 숨을 들이켜며 속으로 외쳤다.

'어마어마한 내공이구나!'

그렇지 않으면 어떻게 할까?

이 노인이 용비야를 어떻게 해 볼 수나 있을까?

그는 별수 없이 씩씩거리며 돌아서서 떠나갔다. 계속 남아 있어 봤자 용비야에게 쫓겨나기밖에 더할까?

이 광경에 다른 사람들도 불만스러웠지만 감히 뭐라고 따지지 못한 채 노인을 따라 떠나갔다.

소요성 사람들은 처음부터 끝까지 아무 말하지 않았다. 그들이 강호인들보다 더 영리했다.

강호는 본질적으로 무력으로 말하는 곳이었다.

용비야 앞에서 그들은 이미 할 말이 없었다.

"진왕, 소요성은 아무런 힘도 쓰지 않았는데 사례금을 물리시겠소?"

제노삼이 장난스러운 말투로 물었다.

천생배필, 백년해로

제노삼의 이 농담은, 용비야에게 소요성이 세상 물정을 잘 안다는 사실을 알려 주었다.

"훗, 돌아가거든 성주에게 이번 거래가 그만한 값어치가 있었는지 물어보시오!"

용비야가 말했다.

"좋소이다. 반드시 말을 전하겠소!"

제노삼은 아주 공손하게 읍을 한 뒤 무리를 이끌고 떠났다. 무리 중 적지 않은 사람들이 불만을 품었지만 제노삼이 억누르자 따를 수밖에 없었다.

여아성에서 벗어나자마자 제요천이 처음으로 입을 열었다.

"셋째 숙부님, 이대로 용비야만 이익을 보게 놔두시려는 건 아니겠지요? 그자의 무공이 그처럼 뛰어난데 여아성의 세력까지 흡수했으니 훗날 우리 소요성을 억누르려 하지 않겠습니까?"

소요성이 용비야와의 거래를 받아들인 것은 이 기회에 여아성을 무너뜨리기 위해서였다. 하지만 지금 무너진 것은 냉씨 집안뿐이고 여아성의 세력은 그대로였다.

여아성이 무너지기는커녕 그 세력이 용비야라는 거물의 손에 들어갔으니, 소요성의 경쟁자가 여아성에서 용비야로 바뀐 것이나 다름없었다. 소요성이 큰 손해를 봤는데 이 거래에 무슨 값어치가 있을까.

"네가 그자와 싸울 수 있느냐?"

제노삼이 반문했다.

제요천은 입꼬리를 실룩이며 대답할 말을 찾지 못했다.

"싸워 이길 수 없으면 굴복해야지!"

제노삼은 그렇게 말하며 엄숙한 얼굴로 수염을 쓰다듬었다.

이 모습을 본 다른 사람들도 감히 입을 열지 못했다.

제노삼은 운이 나빴다는 투로 태연하게 말했지만 사실 그 마음속은 이미 위기감으로 가득 차 있었다.

아직도 꿈을 꾸는 기분이었다. 용비야와 냉월 부인의 대결은 꿈 같았다. 믿을 수 없는 꿈.

냉월 부인의 무공 순위는 소요성 성주 다음이지만, 사실 두 사람의 실력은 엇비슷했다. 하지만 오늘 용비야가 보여 준 실력은 분명히 냉월 부인을 훨씬 뛰어넘었다.

만약 오늘 용비야와 싸운 사람이 냉월 부인이 아니라 소요성 성주였다면 결과가 어땠을까 생각해 보지 않을 수 없었다.

용비야가 여아성을 집어삼킬 능력이 있다면 소요성을 집어 삼킬 능력도 있다는 말이었다. 그들로서는 어떻게든 방비할 수 밖에 없었다!

제요천은 비록 할 말이 없었지만, 속으로는 돌아가서 아버지와 머리를 맞대고 용비야와 한운석의 약점을 연구해야겠다고 생각했다.

지난번 한운석이 그의 거대 박쥐를 멸살하고 해약 값으로 거

458

금을 뜯어간 일도, 그는 아직 기억하고 있었다.

강호인들이 떠나고 소요성 사람들까지 떠나자 성문 앞에는 용비야 일행만 남았다.

한운석은 여전히 마차에 앉아 있었고, 용비야는 누구보다 충성스러운 한운석의 호위무사처럼 한 손에 검을, 다른 손에 말고삐를 잡고 성문 안으로 한 걸음 한 걸음 들어갔다.

성문 입구를 막고 있던 여아성 가주들이 황급히 길을 비켰다. 천천히 다가오는 마차를 쳐다보는 그들의 눈동자에는 용비야를 향한 경외심과 한운석을 향한 고마움 외에 부러움마저 담겨 있었다.

자칭 정의의 수호자라던 무리보다 이 부부야말로 진정 정의로웠다. 그들의 기개는 누구도 따를 수 없었다.

그들은 냉씨 집안보다 진왕과 진왕비에게 더 충성하고 싶었다.

성에 들어간 후 용비야는 몸소 마차를 몰아 한운석을 냉씨 저택으로 데려갔다. 이곳은 여아성의 중심이었다.

냉씨 집안의 사람은 죽거나 달아났고, 투항한 사람은 없었다. 그 문 앞을 꽉 채우고 선 여아성 각 세력 중에는 한 집안의 가주도 있고 단독 활동하는 살수도 있었다.

그들이 떠나지 않은 것은 충성하겠다는 의미였다.

용비야는 한운석을 마차에서 내려준 뒤 그들은 거들떠보지도 않고 진지한 목소리로 한운석에게 물었다.

"이 집이 어떠냐?"

"남이 쓰던 집은 싫어요."

사실 한운석도 깔끔한 성품이어서 사람이든 물건이든 중고는 좋아하지 않았다.

"오냐!"

용비야는 곧 곁에 선 비밀 시위에게 분부했다.

"허물고 새로 지어라."

비밀 시위가 대답하기도 전에 모여 있던 사람들이 앞다투어 서로 하겠다고 나섰다.

"됐다. 집 짓는 일에 자네들을 동원하면 인재를 썩히는 일 아니겠느냐?"

한운석이 웃으며 말했다.

사람들은 한운석을 위해 일하는 것은 영광이라고 대답했다.

한운석은 입꼬리에 냉소를 띠고 싸늘한 눈빛으로 모여 있는 이들을 한 사람 한 사람 훑어보았다. 사람들은 차츰차츰 입을 다물고 더는 떠들지 못했다.

이 자리에 있는 이들은 가주 아니면 제법 이름이 알려진 살수들이었다. 온갖 풍랑을 겪은 그들이지만 아무리 고민해도 한운석의 속마음은 짐작할 수가 없었다.

용비야 역시 아무 말 없이 한운석의 차갑고 엄숙한 표정을 바라보았다. 이 여자가 갈수록 윗사람다운 풍모를 갖춰가는 것이 무척 만족스러웠다.

마침내 한운석이 차갑게 입을 열었다.

"그래, 철의 여인들도 알랑방귀 뀌는 능력이 있는 모양이지?

본 왕비는 살수들은 오로지 실력으로만 말하는 줄 알았는데!"

이 말에 사람들은 하나같이 민망한 표정이 되었다. 지금 한운석은 그들이 실력도 없으면서 알랑방귀만 뀐다고 비웃고 있었다.

솔직히 그들이 알랑방귀를 뀐 것은 맞았다. 마음이 불안했기 때문이었다.

그들은 진왕 전하가 여아성을 통째로 이 여자에게 줄 줄은 몰랐다. 이 여자가 어떤 방식으로 여아성을 다스릴지도 몰랐고, 특히 이 여자가 어느 집안을 선택하려는지, 어느 살수를 주로 지원하려는지 전혀 몰랐다. 그래서 일단 알랑거리며 호감을 살 수밖에 없었다.

"본 왕비에게는 그런 겉치레는 필요 없다. 실력만 있으면 누구든 본 왕비의 마음에 들 수 있지."

정적이 내려앉은 가운데 한운석은 한 층 한 층 층계를 올라 냉씨 집안의 높직한 대문 앞에 서서 차갑게 말했다.

"오늘부터 여아성은 바깥의 살인 청부를 모두 중단하겠다. 본 왕비는 이 여아성을 용병으로 개조할 생각이다. 본 왕비가 자네들을 기르고 독술을 가르칠 테니 자네들은 본 왕비를 위해 일하기만 하면 된다. 흥미가 없는 자는 당장 떠나도 좋고, 흥미가 있는 자는 남아라!"

'용병'이라는 말에 모인 사람들은 모두 흥분해서 뜨거운 피가 끓어올랐고, 뒤이어 '독술'이라는 말에는 더욱 감격했다. 그들은 서로서로 눈빛을 주고받으며 더없이 기뻐했고, 떠나는 사람은 한 명도 없었다.

사실 그들은 진왕 전하를 위해 일하고 싶은 마음이 컸다. 아무래도 독술만 알고 무공은 전혀 모르는 한운석은 눈에 차지 않아서였다. 그런데 이 여자가 '용병'이라는 말을 할 줄이야.

여아성과 소요성이 하는 살수업은 오랜 시간이 지나면서 사람은 많아지고 일이 줄어드는 추세였다. 고용인들이 갈수록 까다로워지고 사례금은 갈수록 적어졌다. 냉씨 집안도 제씨 집안도, 한때는 용병 집단을 꾸리고 전문 용병 부대를 길러 새로운 길을 모색하려 했다.

살수가 할 수 있는 일은 단 한 가지, 사람을 죽이고 돈을 받는 것뿐이었다.

반면 용병은 길이 많았다. 각종 어려운 임무나 도전을 받을 수도 있고, 정변에 참여하거나 급선봉을 맡을 수도 있고, 정보 수집, 인질 구출, 보호 업무 같은 것을 할 수도 있었다.

하지만 애석하게도 사람을 죽이는 일 외에 다른 방면에서는, 아무도 그들을 믿어 주지 않았다. 두 성의 용병 집단은 거래를 따지 못해 결국 해산했다.

그런데 한운석이 용병을 생각해 냈을 줄이야! 그녀는 진왕부의 여주인이자, 중남도독부의 여주인이었다! 그녀가 여아성을 용병으로 삼으면, 할 일이 없어 걱정할 필요가 있을까?

그야말로 최고였다!

한순간 모든 사람이 읍을 하며 진왕비에게 충성을 바칠 뜻을 표했다. 이번에는 알랑방귀가 아니라 진심에서 우러나온 것이었다.

"모두 돌아가라. 오후에 상세한 병종을 공개할 테니 각자 지원하되 단독으로 지원해도 좋고 가족이 함께 지원해도 좋다. 기다리고 있겠다."

한운석은 진지하게 말했다.

사람들은 기쁜 얼굴로 준비하러 물러갔다. 여아성은 확실히 점거됐고, 달아난 냉씨 집안 잔당을 제외한 성안에 있는 다른 사람은 아무도 비통해하거나 복수를 부르짖지 않았다. 성 전체가 새로 태어난 양 새로운 생명력이 넘쳤다.

사람들이 흩어진 후 남은 것은 눈이 휘둥그레진 비밀 시위들 뿐이었다. 그들도 진왕비가 남들과 다르고 독술도 비범하다는 것을 늘 알고 있었지만, 젊은 여자, 그것도 무공의 '무' 자도 모르는 그녀의 입에서 '용병'이나 '병종'이라는 단어가 나오자 너무나도 뜻밖이었다.

진왕 전하가 무력으로 여아성을 손에 넣었다면, 왕비마마는 지력으로 살수들의 마음을 정복했다고 할 수 있었다. 옆에 서 있는 서동림은 한운석이 기른 독 비밀 시위의 우두머리였다. 지금은 독 비밀 시위가 고작 십여 명밖에 되지 않지만, 그는 얼마 지나지 않아 왕비마마가 진왕 전하의 비밀 시위대에 대항할 만한 병력을 가지게 되리라는 예감이 들었다.

"왕비마마, 어떤 병종을 꾸릴 계획이십니까?"

서동림은 도저히 호기심을 누를 수가 없었다.

뜻밖에도 한운석은 진료 주머니에서 공책 한 권을 꺼내더니 한 장을 찢어 서동림에게 건넸다.

"거기 자세히 적혀 있으니 정리해서 공표해라."

서동림은 더욱더 눈이 커졌다. 왕비마마가 벌써 준비하고 계셨다니.

사실 한운석은 이럴 줄 알고 준비한 것이 아니라 항상 개인 용병단을 꾸릴 준비를 하고 있었다. 그녀는 현대에 있을 때 아프리카 밀림이나 남미의 열대우림에서 벌어진 전쟁에 몇 차례인가 의료 지원을 나가 야외 전투 중에 실수로 중독된 용병들을 응급 구조한 경험이 있었다. 그래서 그 분야를 어느 정도 알고 있었다.

마침 운공대륙에는 이런 조직이 부족했는데, 용비야가 여아성을 손에 넣어 노련한 살수들을 대량으로 휘하에 거뒀으니 이용하기에 딱 좋았다.

그녀는 분업이 확실한 용병대 몇 갈래를 조직할 생각이었다. 이를테면 정보 수집 전문, 인질 구출 전문, 선봉 전투 전문 같은 병종을 꾸리는 것이었다. 이들은 무공의 기본이 튼튼하니, 전문 지식수준만 높이면 석 달도 못 돼 임무를 수행할 수 있을 것이다.

서동림의 손이 막 종이를 잡으려는데 용비야가 휙 낚아챘다. 그는 슬쩍 훑어본 후 서동림에게 돌려주지 않고 손을 내저어 비밀 시위들을 물렸다.

그는 아무 의견도 제시하지 않았고 표정 변화도 없었지만, 이미 그 손이 그를 배신하고 있었다. 그의 손은 또다시 저도 모르게 한운석의 앞머리를 쓰다듬었다.

이 동작을 할 때마다 그의 눈동자는 오로지 사랑으로 가득 차 있었다. 이 동작은 매번 그가 이 여자에게 무척 만족해하고 있다는 것을 말해 주었다!

그는 한운석의 어깨를 감싸고 냉씨 저택으로 들어가며 웃었다.

"아무래도 며칠 더 묵어야겠구나."

"용병 건은 일찍부터 계획을 세워 뒀어요. 이따가 서동림에게 자세히 알려 주며 직접 진행하라고 할 거예요. 우린 더 미루지 말고 내일 출발해요. 천산에 가는 게 중요하잖아요!"

한운석은 무척 진지했다.

용비야가 걸음을 멈추고 그녀를 바라보았다.

"한운석, 네가 본 왕에게 시집온 것은 천생배필이기 때문이다!"

한운석은 멈칫했지만 곧 웃음을 지어 보였다.

"진왕 전하, 지금 신첩을 칭찬하시는 건가요? 아니면 자랑하시는 건가요?"

용비야는 지독히도 진지한 얼굴로 그녀의 앞머리를 정리해 주며 말했다.

"한운석, 본 왕은 농담하지 않는다."

그의 삶에서 한운석을 대신할 여자를 다시 찾을 수는 없을 것이다.

배필이란 눈에도 들어야 하고 마음에도 들어야 했다.

앞머리를 다 정리하고 나자 한운석의 맑은 눈동자가 더욱 환하게 반짝였다.

"천생배필이면 당연히 백년해로해야죠. 용비야 당신, 평생토록 날 사랑해야 해요."

용비야는 말없이 그녀의 가느다란 허리를 잡아 휙 끌어당겨 입을 맞췄다!

여아성 문제는 아무도 예상하지 못한 결과로 깔끔하게 끝났고 용비야와 한운석은 여아성에 묵었다.

이튿날, 한운석은 용비야의 도움으로 여아성의 모든 일을 빠르게 처리했다. 그 후 마차가 여아성 서문을 통해 느릿느릿 나가면서 그들은 정식으로 천산으로 향하는 여정에 올랐다.

성 밖의 숲속에서 눈동자 두 쌍이 내내 그들을 지켜보고 있다는 것도 모른 채……. 그 눈동자의 주인은 누구일까?

두 사람은 누구일까

여아성 밖에서 멀어지는 용비야의 마차를 지켜보는 사람은 다름 아닌 당리와 영정이었다.

그 두 사람은 어제도 이곳에 있었고, 성문 앞에서 벌어진 모든 장면을 똑똑히 보았다.

영정은 턱이 빠질 정도로 놀라며, 그제야 자신이 용비야와 한운석의 능력을 너무 얕봤다는 것을 깨달았다. 그리고 당리는……. 당리는 보면 볼수록 몸이 들썩들썩했다. 저렇게 멋지고 패기 넘치는 장면에 왜, 어째서, 무엇 때문에 자신을 빼놓은 걸까!

종일 영정과 함께 있으면서도 그는 늘 용비야와 한운석의 소식을 듣고 있었기에 의태비가 납치된 일도, 그들이 여아성에 가는 일도 알고 있었다.

그래서 일부러 여정을 바꿔 우연히 마주친 것처럼 꾸몄다.

용비야와 냉월 부인의 결투와 한운석이 패기 넘치게 강호인들을 물리치는 장면을 보면서, 그는 용비야 곁에서 함께 으스대고 싶어 몸이 들썩들썩했다. 하지만 안타깝게도 그럴 수가 없었다.

지금 그는 용비야와 아무 왕래도 없는 척할 수밖에 없는 처지였다.

사실 그도 곧바로 떠나는 대신 용비야 일행을 따라 천산으로 가고 싶은 마음이 굴뚝같았지만, 어제 용비야가 성으로 들어가는 것을 본 다음에는 어쩔 수 없이 그만 가자고 영정을 재촉했다.

그런데 웬걸, 영정이 끝까지 남아서 지켜보자고 고집을 부렸다.

더는 마차의 모습이 보이지 않게 되자, 영정도 그제야 당리를 돌아보았다.

"당리, 저 두 사람이 왜 바로 떠나는 거지? 어디로 가는 거야?"

"내가 어떻게 알아?"

당리가 말하며 영정의 손을 잡아끌었다.

"가자. 맛있는 거 사 줄게."

영정은 즉시 그의 손을 뿌리치며 사납게 경고했다.

"한 번만 더 내 몸에 손대기만 해!"

여행을 떠나기 전 그녀는 당리에게 세 가지 약속을 받아냈는데, 그 첫 번째가 몸에 손대지 않겠다는 것이었다.

당리는 그녀가 화를 내건 말건 히죽 웃었다.

"걱정돼서 그랬어. 걱정 때문에 마음이 급해지면 깜빡깜빡하잖아."

영정은 그를 훑어보며 냉소했다.

"뭐가 걱정돼?"

"네가 배고플까 봐! 너무 오래 따뜻한 음식을 못 먹어서 배앓이라도 하면 어떡해!"

당리는 영정의 눈을 들여다보며 몹시 진지하게 말했다.

"정아, 이번 출행으로 네 몸이 상하면 이 지아비는 평생 미안하게 생각할 거야."

영정은 그의 이런 말투를 참을 만큼 참았다.

"누가 정아라고 부르랬어? 그렇게 부르지 마!"

"그럼 정정이라고 부를까? 이 지아비 생각이 어때?"

당리가 진지하게 물었다.

"이……!"

영정은 분명 배가 고팠지만, 밥을 먹을 필요가 없었다. 당리가 몇 마디만 하면 화가 치밀어 저절로 배가 불렀기 때문이었다.

영정의 얼굴이 화가 나서 시퍼레지자 당리는 입꼬리를 슬그머니 올렸다. 그의 임무는 1년 안에 영정을 사로잡고 그녀가 가진 무기상을 손에 넣는 것이었다. 하지만 이따금 이 못된 여자의 화를 돋우는 것이 무척 즐거웠다.

"당리, 지아비 소리 좀 그만할 수 없어? 귀찮지도 않아?"

영정이 다시 따져 물었다.

당리가 단 한마디만 해도 '부적절한 단어'를 몇 개나 골라낼 수 있었다.

"난 네 지아비잖아."

당리는 억울한 표정으로 영정을 바라보면서, 일부러 귀여운 척 눈까지 끔뻑끔뻑했다.

영정은 온몸에 닭살이 돋았다. 당리가 또 뭔가 말하려고 하자 그녀는 더 호칭 문제로 이러쿵저러쿵하고 싶지 않아 재빨리 화제를 돌렸다.

"당신, 용비야와 개인적으로 사이가 좋다지 않았어? 저들이 어디로 가는지 몰라?"

"나와 용비야는……."

당리는 일부러 뜸을 들였다. 영정은 긴장했다. 그녀는 늘 당리와 용비야가 진짜 어떤 사이인지 확실히 알아낼 기회를 찾고 있었다.

그런데 웬걸, 아무리 기다려도 당리는 말이 없었다.

"당신과 용비야가 뭐?"

참다못한 영정이 물었다.

사실 평소 그녀라면, 당리가 일부러 감질나게 만들고 있다는 것을 한눈에 알아차렸을 것이다. 하지만 애석하게도 지금은 그렇지 못했다. 당리는 최근 잠잘 때 외에는 거의 온종일 그녀에게 붙어 있었고, 때로는 보호라는 명목으로 밤에도 그녀의 방 지붕을 지키곤 했다. 그녀는 이 남자 때문에 정신착란을 일으키기 직전이어서 예전의 냉정함과 총명함은 진작 사라지고 없었다.

"나하고 용비야는……, 휴……."

당리가 힘없이 한숨을 내쉬었다.

영정은 또 긴장해서 저도 모르게 먼저 그에게 바짝 다가가 기다렸다.

잔뜩 긴장한 그녀의 모습을 보자 당리는 그만 참지 못하고 웃음을 터트렸다. 언제나 강하고 노련한 이 여자에게도 이런 귀여운 모습이 있을 줄이야.

마침내 영정도 놀림당한 것을 알게 되었다.

그녀는 즉시 얼굴을 굳히고 벌떡 일어나 걸어갔다. 당리에게 따지는 것도 귀찮았다. 당리가 원한 것도 바로 이런 반응이었다.

저 못된 여자가 나와 용비야의 관계를 알고 싶은 모양인데? 하하하, 그럼 잔뜩 구미만 당겨 놓고 거짓말로 둘러대야지.

영정이 말을 묶어 둔 곳에 도착해 돌아보니 당리는 아직도 멀리 있었다. 그녀는 무척 기뻐하며 훌쩍 말 등에 오른 다음 다른 말의 고삐를 자르고 그 엉덩이를 힘껏 걷어찼다. 당리의 말은 깜짝 놀라 마구 달아났다.

저자는 꿀 떨어지는 혼인 후 한 달 여행이니 뭐니 했지만, 혼자 다니는 것도 여행은 여행이었다. 그를 따돌리면 가까이 있는 무기상을 둘러볼 수도 있어서 딱 좋았다.

후후, 당리, 안녕!

영정은 아무 망설임 없이 말을 몰아 숲속을 나는 듯이 달려 갔다. 당리가 쫓아왔을 때 그녀의 모습은 이미 사라진 후였다.

잘려 바닥에 떨어진 말고삐를 보자 당리는 어떻게 된 일인지 알아차리고 차갑게 웃었다.

"못된 여자 같으니!"

그는 주변 지형을 둘러본 뒤 경공을 펼쳐 지름길을 통해 금방 영정을 따라잡았다. 영정을 말에서 끌어 내릴 수도 있었지만, 그는 보란 듯이 속도를 늦추고 헐떡거리며 뒤를 쫓는 척했다.

"정정! 날 버리지 마! 정정, 이 지아비를 기다려 줘야지!"

"……."

"정정, 산길이 험하니 제멋대로 굴지 말고 그만 돌아와."

"……."

"정정, 기다려 줘. 정정……, 말 좀 들어, 응?"

영정은 오로지 앞만 보고 달렸는데, 그렇게 산을 두 개 지나자 자신도 말도 지쳤다. 뜻밖에도 당리는 아직도 쫓아오고 있었다.

뒤를 돌아본 그녀는 그제야 당리가 경공을 쓰는 게 아니라 뛰고 있다는 것을 알았다. 산 두 개를 지날 때까지 발힘만 써서 쫓아온 것이었다.

저 인간…….

저 멀리 달려오는 낯익은 모습을 바라보는 그녀의 차가운 눈빛은 언제부턴가 복잡해져 있었다.

조금만 가면 내리막길이어서 빠르게 달리면 당리는 절대로 쫓아오지 못할 것이다. 하지만 영정은 포기한 듯 더는 달리지 않았다. 그녀는 두 눈 빤히 뜨고 당리가 쫓아오기를 기다렸다.

그녀는 말 등에 높이 앉아 오만한 태도로 헉헉거리는 당리를 내려다보았다.

"연극이군. 또 거짓말!"

당리의 무공이 얼마나 높은지는 혼례 전에 이미 조사해 보았다. 이 인간은 일부러 경공을 쓰지 않은 것이다.

당리는 완전히 지쳐서 한 손으로 말머리를 잡았다. 그는 거칠어진 숨을 고르면서도 부인만 아는 바보처럼 히죽거렸다.

"정정, 재밌지?"

그녀가 재미있어하면 얼마든지 연극을 해 보이겠다는 의미가 담긴 말이었다.

영정은 그를 응시했다. 그의 이마에 송골송골 맺힌 땀이며 다소 퍼레진 얼굴, 배를 어루만지는 손을 바라보자니, 무슨 까닭인지 갑자기 화가 치밀었다. 그녀는 등자에서 발을 빼 당리의 얼굴을 향해 힘껏 차올렸다.

"재미없어!"

당리가 일부러 그랬는지 아니면 진짜 피할 겨를이 없어서였는지 몰라도, 영정의 발은 정확하게 그의 얼굴에 명중했고 그는 벌러덩 넘어졌다.

영정의 심장이 덜컹했다. 당연히 그가 피할 줄 알았는데, 너무나 뜻밖의 상황이었다!

땅에 널브러진 당리는 한 손으로 얼굴을 덮었다. 그는 평생 누군가에게 얼굴을 맞아 본 적이 없었다. 특히 여자에게는.

이건 정말이지 치욕이었다!

그는 영정을 바라보며 꼼짝하지 않았다. 그 고요함 때문에 어쩐지 그가…… 지독히도 무섭게 느껴졌다.

영정은 뜻밖의 상황에 당황했지만 아직은 차분했다. 그녀는 당리가 처다보건 말건 해볼 테면 해보란 듯이 기다렸다. 누가 뭐래도 이번에는 당리가 자초한 일이었다. 그녀는 당리에게 경공을 쓰지 않고 쫓아와서 재미있게 해 달라고 요구한 적도 없고, 하물며 재미있지도 않았다.

영정은 당리의 분노를 받아 낼 준비가 되어 있었다. 하지만 당리는 움직이지 않고 계속 그녀를 응시하기만 했다.

영정도 처음에는 당당하게 마주 보았지만, 시간이 갈수록 그가 점점 더 무서워지는 것 같아 슬그머니 겁이 났다.

그녀도 무공을 약간 할 줄 알지만 당리에게는 훨씬 못 미치는 데다 이 인간의 몸은 암기투성이였다. 만에 하나 이 황량한 곳에서 이 인간이 무슨 짓을 하려 들면 천지신명에게 빌어도 도와줄 사람이 없었다!

그는 대체 뭘 하려는 걸까?

이럴 땐 어떻게 해야 할까?

결국 영정이 먼저 입을 열었다.

"당리, 당신……."

"움직이지 마!"

갑자기 당리가 차갑게 말했다.

영정은 깜짝 놀라 정말 그 자리에 얼어붙었다. 지금까지 함께 지내면서 당리가 이렇게 큰 소리를 친 건 이번이 처음이었다. 정말이지 지독하게 흉악하고 지독하게 무서웠다!

당리가 암기 몇 개를 꺼내자 영정은 더욱 놀랐다. 이 인간이 뭘 하려는 거지?

장사꾼인 그녀는 나아갈 때와 물러날 때를 잘 알고 세상 물정에도 익숙했다. 속풀이를 하자고 함부로 자기 목숨을 바칠 성품은 아니었다. 알다시피 그녀가 걷어찬 것은 그의 얼굴이 아니라 남자의 자존심이었다!

"당리, 내가 잘못……."

영정의 말이 끝나기도 전에 당리가 힘차게 암표를 던졌다.

암표는 채 막을 틈도 없이 영정에게 날아들었다.

"꺄악⋯⋯!"

영정은 놀라서 눈을 감고 비명을 질렀다. 내가 오늘 이 숲에서 죽는구나 싶었는데, 그녀를 맞이한 것은 저승사자가 아니라 당리의 품이었다.

당리는 그녀를 품에 안고 몸을 높이 솟구쳤다. 거의 동시에 등 뒤에서 거대한 이무기 한 마리가 튀어나와 영정의 말을 한입에 집어삼켰다.

영정이 눈을 떴을 때, 이무기의 꼬리가 그들을 향해 날아들었지만 당리가 방금 던진 암표가 이무기 꼬리를 때렸다.

그는 영정을 꽉 끌어안고 나뭇가지를 밟아 그 힘으로 멀찍이 날아가 꼬리 공격을 피했다.

거대 이무기는 두 번째 공격을 시도했지만 갑자기 꼬리에서 힘이 빠졌다. 당리의 암표에 독이 있었던 것이다. 하지만 이무기는 재빨리 머리를 돌려 그들을 향해 시뻘건 입을 쩍 벌렸다.

"쳐 죽일 놈!"

화난 당리가 욕을 퍼붓자 사납기 짝이 없었다.

사실 그는 저 짐승이 말을 잡아먹고 나면 적어도 움직임이 조금 둔해질 것으로 여겼다. 그래서 독 암표로 그 꼬리를 기습했는데, 뜻밖에도 머리는 아직도 재빨랐다.

당리는 한 손으로 영정을 안고 다른 손으로 암표를 던졌다. 거대 이무기는 몸집이 커서 둔중해 보였지만 사실은 무척 민첩해서 암표를 피해냈다.

게다가 꼬리에 스며든 독도 효과가 오래가지 않았던 모양이었다. 녀석이 느닷없이 거대한 꼬리를 휘두르자 당리도 미처 막을 수가 없었다.

당리의 암기와 암기에 묻힌 독은 모두 사람을 상대하는 용도여서 사람보다 몇 배는 강한 거대 이무기를 상대하는 데는 부족해도 너무 부족했다!

녀석의 약점을 찾아내 암기로 급소를 공격하지 않으면 이번 싸움은 끝장이었다. 한참 애를 써 봤지만 당리는 끝내 이무기의 약점을 찾아내지 못했고, 별수 없이 제일 똑똑한 방법, 도망치는 것을 택했다!

도망칠 때도 그는 방심하지 않고 영정을 안은 채 단숨에 산하나를 지난 다음에야 쉬려고 걸음을 멈췄다. 영정을 놓아준 그는 그 자리에 주저앉았다. 탈진할 지경이었다.

경공도 쓰지 않고 산 두 개를 지난 데다 격전까지 벌였으니 정말 피곤했다.

영정은 가만히, 아주 가만히 그런 그를 바라보았다…….

넌 내 아내야

얼마 지나지 않아 당리도 기운을 차리고 영정을 향해 싱긋 웃었다.

"이 지아비는 말이야, 사실은 이무기를 죽이고 그 간으로 우리 정정 몸보신을 시켜 줄까 했어. 그런데 이제 보니 그건 못하겠군."

그녀에게 웃음을 짓다니, 그렇다면 방금 얼굴을 걷어차인 일은 신경 쓰지 않는 걸까?

영정은 여전히 말없이 그를 바라보고 있었다. 무슨 생각을 하는지 몰라도 그녀는 저도 모르게 입술을 깨물었다.

당리는 숨을 헐떡이고 땀투성이가 되었으면서도 요망한 웃음을 지었다. 그는 혀끝을 입꼬리에 살짝 갖다 대고 흥미로운 눈길로 그녀, 정확히 말하면 그녀의 입술을 바라보았다. 이 여자가 저런 귀여운 동작을 하는 건 거의 본 적이 없었다.

영정은 곧 그의 이상한 눈빛을 알아채고 그의 시선을 따라 아래를 내려다보았다. 그가 뭘 보고 있는지 알 수가 없었다.

"당신, 뭘……."

그녀가 뭘 보냐고 물으려는 순간, 뜻밖에도 당리가 불쑥 다가오더니 고개를 옆으로 숙이고 그녀의 입술을 훔쳤다.

영정과 그는 이미 하룻밤을 보냈다. 더구나 당시 당리는 약

의 효과 덕분에 아주 격렬하고 열정적이었다. 그런데도 그가
이렇게 입맞춤을 하자 영정은 놀라 얼어붙었다.

믿을 수가 없어 눈이 휘둥그레졌다. 머릿속이 텅 비어 생각
이란 걸 할 수도 없었지만, 이 남자의 입술이 무척 뜨거운 것만
은 또렷하게 느껴졌다!

분명히 밀어내야 했지만, 그녀는 그 점은 생각지도 못하고
바보처럼 넋이 나간 채 꼼짝도 하지 않았다.

사실 당리 자신도 속으로 깜짝 놀랐다.

말로는 온종일 희롱을 일삼았지만 정말 그럴 생각은 전혀 없
었다. 평생 이 '아내'를 건드리지 않겠다고 속으로 맹세한 지 오
래였으니까. 그런데, 지금은…… 머리가 어떻게 되기라도 했나?

왜 이런 빌어먹을 충동이!

에라, 모르겠다. 희롱한 셈 치고 얼른 놓아주면 그만이지 뭐.

하지만 빌어먹게도 도저히 놓아줄 마음이 들지 않았다. 이
여자의 입술은 너무나도 부드러웠다! 그가 자제심을 잃고 힘껏
입술을 빨자, 영정은 놀란 듯 즉시 뒤로 물러나려고 했다. 다급
해진 당리가 황급히 쫓아가 더욱 깊숙이 입맞춤했다. 마치 한
번 놓치면 다시는 맛볼 수 없는 진미라도 되는 것처럼.

"읍……, 읍…….."

영정이 발버둥을 쳤다. 가만히 있으면 좋았으련만, 일단 움
직이자 도리어 뼛속 깊이 숨겨진 당리의 못된 마음에 더욱 불
을 지폈다.

어차피 이 달콤한 맛을 포기할 수 없다면 차라리 끝까지 해

버리자!

어차피 건드렸으니 차라리 끝까지 건드려 버리자!

어쨌든 이 여자는 그와 합법적으로 혼례를 치렀고, 그에게 먼저 수작을 부린 것도 이 여자였다.

그날의 빚은, 이만하면 충분히 참아 준 셈이었다!

당리는 한 손으로 영정이 휘두르는 손을 낚아채고, 다른 손으로 그녀의 목을 휘감아 품에 단단히 가뒀다. 영정이 고개를 돌리려고 하자 그는 숫제 그녀의 머리를 껴안고 힘차게…… 깊숙이 입을 맞췄다.

이건 입맞춤이라기보다는 토색질에 가까웠다. 그 격렬한 동작에 영정은 반항할 여지조차 찾지 못하고 받아들일 수밖에 없었다.

입 맞추고 또 입 맞추는 동안 빚이니 자존심이니 하는 것들은 어느새 당리의 머릿속에서 저 멀리 사라지고, 억제할 수 없는 감정만 남았다. 영정은 정말이지 너무나도 아름다웠다.

지난번에 보낸 밤도 이렇게 달콤했을 텐데, 어째서 그때는 영정이 갓 피어난 꽃송이처럼 달콤함을 잔뜩 머금고 있다는 걸 몰랐을까? 이런데 어떻게 멈출 수 있을까?

영정은 겉보기엔 노련한 것 같지만 사실은 풋내기여서 당리의 이런 희롱을 견뎌 낼 재간이 없었다. 두 사람은 번개처럼 타올라 곧 서로에게 푹 빠졌다.

그들 둘 다 대충 타협하는 사람도 아니고, 강요한다고 억지로 말을 들을 사람은 더욱더 아니었다. 그런데 뜻밖에도 이런 식으로 서로에게 타협했다. 필시 그만한 이유가 있을 테지만, 아직 인지하지 못한 것뿐이었다.

격정의 시간이 지난 뒤 당리는 영정을 꼭 안고 자신의 겉옷으로 그녀를 단단히 감쌌다.

영정은 온몸에 힘이 하나도 없었지만, 그래도 정신은 말짱했다. 방금 무슨 일이 벌어졌는지 알 수 있을 만큼은 말짱했다. 이번에는 당리도 제정신이었고, 그 즐거움을 똑똑히 기억했다.

두 사람은 완전히 지쳐 수풀 위에 누워 있었다. 영정은 눈을 감았지만 당리는 눈을 뜨고 끝없이 펼쳐진 푸른 하늘을 바라보았다. 이마는 땀투성이에다 숨결도 아직 가라앉지 않았다.

오랜 침묵 끝에 마침내 영정이 입을 열었다.

"다 했어?"

"뭐가?"

당리는 어리둥절했다.

"다 했으면 놔. 진 빚은 갚았으니까."

영정이 차갑게 말했다. 그녀는 벌써 속으로 자신을 괴롭히고 있었다. 방금 왜 그렇게 타협했느냐고 자신을 고문하고 있었다.

그제야 꿈결 속에서 깨어난 당리가 와락 몸을 돌려 다시 한 번 몸으로 영정을 눌렀다.

"정정, 방금 이 지아비의 솜씨가 만족스럽지 못한 모양인데……."

"당리!"

영정은 분노에 차서 소리 질렀다.

"입 닥쳐!"

"아이쿠, 그래. 내가 말실수한 거야. 흥분하지 마, 정정."

당리가 악당처럼 웃었다.

"그러니까, 방금 이 지아비의 솜씨가 흡족하지 않았던 모양이지?"

말투부터 야릇한데 만족이든 흡족이든 무슨 차이가 있을까?

"비켜!"

영정은 그를 밀어내려고 했지만 애석하게도 정말 힘이 하나도 없었다. 그냥 여기서 잠들어 버리고 싶을 정도였다.

"정정, 잠시 안고 있게 해 줘. 당신이 아주 따뜻하단 말이야."

당리는 그렇게 말하며 영정을 꼭 끌어안았다. 그를 뿌리치지 못한 영정은 놀랍게도 머리를 그의 어깨에 묻고 사정없이 깨물었다.

아야야!

당리는 아파서 입꼬리를 부르르 떨면서도 꾹 참으면서, 그녀가 물건 말건 소리 죽여 귓가에 속삭였다.

"정정, 걱정하지 마. 이 지아비는 무슨 일이 있어도 널 아껴주고 사랑해 줄 거야. 절대 섭섭하게 하지 않아."

"그런 감언이설은 집어치워. 다 즐겼으니 그만 놓아주지 그래?"

영정이 차갑게 말했다.

"정정, 날 못 믿어?"

당리가 억울한 목소리로 물었다.

"당리, 내 앞에서 연극은 그만해."

영정이 경멸스럽다는 투로 말했다.

사실 당문을 떠나기 전까지 당 부인은 수차례나 그녀를 괴롭혔고 그때마다 당리가 두둔해 주었다. 영정은 그 일을 마음에 새기진 않았지만 적어도 직접 보아 알고는 있었다. 확실히 당문에 시집온 날부터 지금까지, 그녀가 섭섭했던 일은 한 번도 없었다.

"정정, 지난번 일은…… 누가 잘하고 누가 잘못했는지 따질 생각 없어. 그냥 인연이라고 생각할 뿐이야. 대체 어떻게 해야 날 믿어 줄 거야?"

당리가 초조하게 물었다.

영정은 복잡한 눈빛을 지은 채 잠시 주저하다가 말했다.

"당신은 당문 문주지. 만약 당문의 암기를 모두 내게 준다면 믿겠어!"

"그건……."

당리는 곤란한 표정이었지만 사실 속으로는 냉소를 금치 못했다. 결국 영정이 꼬리를 드러낸 것이었다.

"거짓말쟁이!"

영정은 당리가 망설이는 틈을 타 그를 확 밀어내고, 당리의 상반신이 훤히 드러나든 말든 그의 겉옷을 끌어당겨 몸에 둘둘 말았다.

"난 거짓말쟁이가 아니야!"

당리는 진지하게 말했다.

"내가 당문 문주이긴 하지만, 당문에서 손에 꼽는 암기는 아버지가 손수 관리하시고 설계도는 장로회 손에 있어. 사실대로 말하면 난 그저……. 쳇! 모르겠어, 정정? 난 그저 유명무실한 문주라고."

"운공상인협회와 인척이니 뭐니 하며 날 홀대하지 않겠다더니?"

영정이 비웃었다.

"이제 보니 내가 앉은 이 문주 부인이라는 자리야말로 유명무실한 것이었어."

이 말에 당리는 한숨을 푹 쉬고 입을 다물었다.

영정이 한쪽 다리로 그의 다리를 툭 찼다.

"말해 봐. 입만 열면 날 섭섭하게 하지 않겠다면서? 역시 난 당문 역사상 가장 답답하게 사는 문주 부인이겠군!"

당리가 말이 없자 영정은 가볍게 코웃음을 치고 돌아서서 걸어갔다.

"정정!"

당리는 진지한 목소리로 불렀다.

"아직 날 믿을 마음이 있다면 당장 돌아가자. 당문에 가서 우리가 가져야 할 것들을 쟁취하는 거야!"

영정은 대답은커녕 고개조차 돌리지 않고 앞으로 걸어갔다.

당리가 성큼성큼 쫓아갔다.

"정정, 넌 내 아내야!"

영정은 그를 며칠 애태운 다음 못 이긴 척 돌아설 계획이었지만, 이 말을 듣자 귀신에 홀린 듯 돌아보았고 당리의 진실한 눈동자와 딱 마주쳤다.

"정정, 넌 내 아내잖아. 네가 날 믿지 않으면 누가 믿어? 내가 널 믿지 않으면 또 누가 널 믿겠어? 우리 아버지가 문주 자리에서 물러나신 건 단지 내 체면을 세워 주기 위해서만이 아니야. 당문의 내분은 네가 생각하는 것처럼 단순하지 않다고. 나와 함께 돌아가자, 응? 널 위해 싸울 기회를 줘!"

당리는 얼굴은 몹시 진지했지만, 속으로는 배꼽을 잡으며 웃고 있었다.

자신이 이렇게 거짓말을 잘 하는 걸 전엔 왜 몰랐을까? 이 거짓말로 영정을 구워삶을 수 있다면, 아마 세상의 온갖 미녀들을 다 굴복시킬 수 있을 터였다. 물론, 형수는 빼고.

그는 영정이 이 이야기를 꺼내기를 오랫동안 기다렸고, 당문 쪽에서도 아버지와 어머니가 언제든 연극에 합류할 준비를 충분히 해 놓고 있었다.

영정은 당문의 암기를 원했고, 그들은 그녀의 무기상을 원했다!

영정은 마지못한 얼굴로 말했다.

"알았어. 한 번 기회를 줄게. 확실히 말해 두지만, 당신이 당문의 암기를 손에 넣지 못하면 1년 후에 나와 함께 운공상인협회에 가서 살아야 해!"

1년이면 오라버니가 돌아오지 말라고 한 기한도 끝이니, 친정으로 돌아갈 방법은 얼마든지 있었다. 사실 그녀는 이제 당리를 데리고 운공상인협회에 돌아갈 필요가 없었다. 혼인이 성사되었으니 운공상인협회의 누구도 그녀를 다른 남자에게 시집보내려고 할 수 없었다.

하지만 그녀는 기어코 이 시끄러운 멍청이를 데리고 돌아가 실컷 괴롭혀 줄 생각이었다!

당리를 보면서, 영정은 속으로 남몰래 맹세했다. 1년 후, 당리를 이용해 당문의 하급 암기를 손에 넣어 운공상인협회 무기상을 발전시키는 것은 물론, 당리를 운공상인협회로 데려가겠다고.

두 사람이 합의를 마치자 당리는 무척 기뻐하며 영정에게 성큼성큼 다가왔고, 영정도 조금 친절해진 태도로 그에게 겉옷을 돌려주었다.

그런데 당리가 거절했다.

"당신이 입어. 산바람이 차갑잖아. 업혀. 업어서 데려갈게."

그들은 말 두 필을 모두 잃었고, 이곳에서 나루터까지는 꽤 거리가 있었다. 그러잖아도 지쳐 있던 영정에게는 더 바랄 것 없는 제안이어서 그녀는 곧 당리의 등에 뛰어올랐다.

그제야 그의 어깨에 난 잇자국에서 피가 흐르는 게 눈에 띄었다. 그녀가 그에게 남겨준 징표였다.

"마음 놓고 자. 배에 오르면 깨워서 맛있는 음식을 줄게."

좋아서 어쩔 줄 모르는 당리의 목소리는 정말이지 푹 빠져들 것 같았다.

영정은 대답하지 않고 찬웃음을 지었다. 그녀는 끝내 잠들지 않았다. 당리를 못 믿어서가 아니라 그의 어깨에 난 상처를 보자 갑자기 잠이 오지 않아서였다.

결국 그녀는 손수건을 꺼내 조심조심 피를 닦아 주었다.

당리와 영정의 무기 싸움이 시작되려 하는 이때, 용비야와 한운석은 서둘러 천산으로 향하고 있었다.

그들은 밤낮없이 달렸고 가는 동안 용비야는 두 가지 일만 했다. 하나는 여러 가지 바쁜 일을 처리하는 것이고, 다른 하나는 한운석에게 천산 내부의 파벌 싸움을 설명해 주는 것이었다.

한운석도 두 가지 일만 했다. 하나는 용비야에게 천산 상황을 듣는 것이고, 다른 하나는 자면서 독 저장 공간을 수련하는 것이었다.

그렇게 열흘 넘게 달렸더니 정말로 계획한 날짜 안에 천산 기슭에 도착했다.

천산은 연이어 늘어선 산맥의 총칭이자, 그 산맥 중에서 가장 높은 봉우리의 이름이었다.

천산산맥의 천산이 바로 천산검종의 소재지였다.

이 산맥은 모두 다섯 개의 산으로 이루어져 있는데, 남쪽에서부터 북쪽으로 가면서 계단처럼 점점 높아졌고 북쪽 끝에 있는 다섯 번째 산이 바로 천산이었다.

용비야의 마차는 첫 번째 산꼭대기에 멈췄다. 한운석은 마차에서 내리자마자 눈앞에 펼쳐진 경관에 압도되었다.

보이는 것은……

대체 어떤 느낌일까

한운석은 마차에서 내리자마자 눈앞에 펼쳐진 경관에 압도되었다.

천산에 대해서는 늘 신비로운 인상을 받고 있었지만, 그 천산산맥 첫 번째 산꼭대기에 서서 끈끈히 이어지며 우뚝 솟은 높은 먼 산을 바라보자 저도 모르게 경외심이 솟았다.

첩첩이 솟은 다섯 개의 산은 마치 하늘로 오르는 계단처럼 갈수록 높아져, 이 산을 밟고 오르면 하늘의 문 앞에 도달할 수 있을 것만 같았다.

한운석과 용비야가 있는 첫 번째 산을 제외한 다른 산들은 정상에 눈이 쌓여 있고, 멀찍이 보이는 하얀 눈과 푸른 하늘이 어우러진 모습이 깨끗하면서도 성스러운 느낌을 주었다.

한운석은 그 하얀 눈과 푸른 하늘을 한참 동안 조망하다가 겨우 정신을 차렸다.

깨끗하고 성스러운 깊은 산속이라 할지라도, 이 천산검종에는 어둡고 위험한 일이 얼마나 많이 숨어 있을까?

이 세상 어디를 가든, 아름다움 밑에 더러움이 숨겨져 있기는 똑같았다. 연약한 사람은 그 더러움 속에 빠져 죽고, 충분히 강하지 못한 사람은 그 더러움과 어우러져 함께 흘러가는 게 고작이었다. 오직 강한 사람만이 그 속에 뛰어들고도 더러움이 묻지 않는 저력과 그 속에서도 깨끗해질 수 있는 밑천이 있었다.

진지한 얼굴로 풍경을 살펴보던 한운석은 높은 산과 산 사이가 한참 떨어져 있다는 것을 깨달았다. 걸어서 가려면 네 산을 모두 넘어야 천산 기슭에 도착할 수 있는데, 그 말은 곧 산을 네 번 오르락내리락해야만 진짜 천산에 오를 기회가 생긴다는 말과 같았다.

산과 산 사이의 거리나 도중에 만날 위험은 차치하더라도, 아직도 눈이 쌓여 있는 네 산의 꼭대기에 올라갈 수 있을지도 확신할 수 없었다.

그러니 천산에 오르기 위해 걸어서 산을 넘는 방법은 쓸 수 없었다. 설사 용비야 같은 경공의 고수도 산과 산을 날아서 뛰어넘는 것은 불가능했다.

산은 높고 위험해서 학도 날아 넘지 못하고 원숭이도 기어오를 곳이 없을 정도였다.

천산에 오르려면 천산이 세상 사람들에게 열어 준 단 하나의 길을 이용하는 것뿐이었다.

한운석은 곧 첫 번째 산과 두 번째 산 사이에 가로놓인 대나무 현수교에 눈을 돌렸다. 첫 번째 산꼭대기에서부터 산간의 거대한 골짜기를 건너 곧장 두 번째 산허리로 통하는 다리였다.

그녀는 용비야를 돌아보며 물었다.

"저 길뿐이군요?"

"가장 빠른 길이다."

용비야는 담담하게 대답했다. 고되지만 않으면 산을 돌아서

갈 수도 있지만 무슨 위험이 있을지 모르는 데다 산길을 걷기도 어려워서 천산 꼭대기에 도달하기까지 한 달은 걸릴 터였다.

"가서 보자."

아직은 거리가 조금 떨어져 있어서 한운석은 현수교의 일부만 볼 수 있었고 구체적으로 어떤 상태인지는 알지 못했다.

용비야가 그녀를 데리고 산 반대편으로 돌아갔더니 현수교 입구가 보였다. 그 입구는 쇠사슬로 봉쇄되어 있고 흰옷을 입은 수비병 두 명이 양쪽에서 지키고 있었다. 현수교 끝 멀지 않은 곳에는 사당 같이 생긴 조그마한 전각이 있는데, 교대 근무하는 초소였다.

천산은 오르기 힘든 곳인데도 수비가 무척 엄했다.

한운석은 가까이 가서 현수교를 자세히 살펴보고 깨달았다. 두 산 사이에 걸쳐진 이 다리는 정말이지…… 끔찍했다!

이건 다리라고 할 수도 없었다. 기껏 해 봤자 밧줄을 묶은 대통에 불과했다!

밧줄 두 개가 역삼각형을 이루며 발 딛는 대통에 묶여 있고, 양쪽에는 손잡이랍시고 서로 평행한 밧줄이 있는 게 전부였다. 무엇보다 중요한 것은 대통이 몹시 가늘다는 것이었다. 발하나 놓는 게 고작이어서 두 사람이 나란히 걸을 수도 없었다.

이 현수교를 건너려면 저 대통을 밟고 양쪽의 밧줄을 잡고서 한 발 한 발 걸어가야 했는데, 다리 위에 안전장치라곤 아무것도 없었다.

갑자기 바람이 휭 불자 현수교 전체가 흔들흔들했다. 골짜기는 바람이 강하고 현수교는 또 무척 길어서 사람이 몇 명 올라 서 있어도 통째로 흔들릴 것 같았다.

이 모습을 보자 한운석의 눈빛이 복잡해졌다.

다리 끝에 선 수비병은 용비야를 알아보지 못하는지, 그들이 다가가자 즉시 가로막았다.

수비병이 뭐라고 하기 전에 용비야가 백옥석으로 만든 영패를 꺼내 보였다. 영패 윗면에는 피같이 빨간색으로 '종崇'이라는 글자가 적혀 있었다.

그 영패를 보자 두 수비병은 안색이 싹 변한 채 즉시 물러나 예를 갖추었다.

"야 사형께 인사 올립니다!"

용비야는 벌써 수년간 천산에 오지 않아 새로 온 수비병은 그를 알아보지 못했다. 하지만 이 백옥석 영패는 반드시 알아 볼 수 있었다.

천산은 옥석으로 만든 영패에 깊은 의미를 부여했는데 그 색 이 곧 등급이었다. 검종 노인과 천산 사대 장로가 가진 무색의 옥석 영패를 제외하면 하얀색이 최고 등급으로, 검종 노인과 사대 장로의 직계 제자들만 가질 수 있었다.

옥석 영패에 적힌 글자는 곧 파벌이었다. '종'이라는 글자는 검종 노인을 의미하고, 이는 장문 직속 파벌이었다.

그러니 용비야가 가진 백옥석 영패는 그가 검종 노인 바로 밑에 속한 제자라는 뜻이었다. 검종 노인에게 제자는 용비야와 단목요밖에 없다는 것을 천산 사람이라면 남녀노소 없이 모두 알고 있었다.

백옥석 영패에는 '종' 외에 '심心', '경經', '검劍', '계戒'라는 글자가 적혀 있기도 했는데, 이는 각각 쇄심원鎖心院, 장경각藏經閣, 장검각藏劍閣, 계율원戒律院이라는 의미였다.

이 네 곳은 천산 사대 장로가 통솔했다. 그중 대장로인 창구자가 통솔하는 것은 쇄심원인데, 천산검종의 내공심법인 범천심법을 관리하는 곳이었다.

천산에는 검법이 여럿 있었지만 심법은 단 하나뿐이었다. 천산검법을 익히려면 반드시 범천심법을 수련해야 했다. 다만 범천심법을 수련하는 사람은 대체로 봉인을 받아 수련에 나쁜 영향을 주는 몸속의 기운을 영구 봉쇄해야 했다.

창구자의 쇄심원은 범천심법뿐만 아니라 이 쇄심봉인도 관리하고 있었다.

검종 노인의 직속 제자 외에 다른 천산의 제자들은 검술을 익히기 전에 우선 쇄심원에 1, 2년 머물며 봉인을 받은 다음 범천심법 수련을 시작해야 했다.

내공심법은 검술의 뿌리인 만큼, 쇄심원이 천산에서 어떤 지위에 있는지는 말할 필요도 없었다. 부득이한 상황이 아니라면 아무도 천산 쇄심원 사람에게 미움을 사고 싶어 하지 않았다. 특히 천산의 모든 제자는 더욱더 창구자를 떠받들었고 감히 불손한 행동을 하는 자는 아무도 없었다.

쇄심원 자체 세력도 세력이지만, 창구자의 무공이 높은 데다 검종 노인이 1년 내내 문파의 일에 신경 쓰지 않은 덕분에

근 10여 년간 창구자의 세력은 다른 세 장로와는 비교할 수 없을 정도로 커졌다. 심지어 창구자는 가끔 장문의 권한 대행으로 문파의 큰일을 결정하기도 했다.

수비병 둘은 용비야의 신분을 확인했지만 한운석은 누군지 몰랐다. 용비야가 한운석의 손을 잡은 것을 보자 그들은 그녀를 뭐라고 불러야 할지, 어떤 예를 올려야 할지 몰라 주저했다.

그때, 옆에 있는 전각에서 그림자가 하나가 휙 날아왔다. 속도가 어찌나 빠른지 마치 바람 같았다.

한운석이 나타난 사람을 똑똑히 보기도 전에 앵앵거리는 목소리가 들려왔다.

"야 사형, 드디어 돌아오셨네요. 아이 참, 흔아欣兒가 얼마나 보고 싶어 했는지 몰라요."

한운석이 용비야를 사형이라고 부르는 여자를 만난 것은 단목요 이후 이번이 두 번째였다. 단목요와는 무관한 사람이지만, 그래도 한운석은 그 호칭이 귀에 거슬렸다!

그녀는 눈앞의 여자를 훑어보았다. '흔아'라는 이 여자는 몸집이 왜소하고 얼굴은 곱상한데, 용비야를 보는 두 눈동자가 유난히 환하게 반짝이고 있었다. 그녀의 허리에 매달린 백옥석 영패에는 '검' 자가 쓰여 있었다. 장검각 제자로 신분이 제법 높은 여자였다.

한운석이 흔아를 훑어보는 사이 흔아도 한운석을 훑어보았고 마지막에는 용비야와 손가락을 얽은 그녀의 손에 시선을 주었다.

여자에게는 결코 숨길 수 없는 감정이 있었다. 질투! 흔아도 예외는 아니어서 당장이라도 눈동자에서 질투가 넘쳐흐를 것 같았다.

용비야는 흔아라는 이 여자가 누군지 기억하지도 못하는지 쳐다보지도 않았다. 그래도 흔아는 웃으며 말했다.

"야 사형, 무공을 모르는 사람은 천산에 올라갈 수 없는데."

비록 1년 내내 천산에 머물고는 있지만, 천산의 여제자들은 한시도 용비야에 관한 소식을 놓친 적이 없었다. 특히 그의 옆에 있는 여자에 대해서는 온갖 방법을 동원해서 수소문하고 알아보았다.

한운석이라는 이 여자는 무공은 하나도 모르고 방문좌도의 독술만 조금 할 줄 아는 게 고작인데 무슨 자격으로 용비야의 총애를 받게 되었을까? 사악한 수작을 부려 용비야를 유혹했는지도 모를 일이었다!

용비야의 여자가 되는 것은 온 세상 여자들의 적이 되는 것이었다.

숱한 어려움을 겪은 한운석은 일찌감치 그 적의에 익숙해졌고, 이제는 그 적의를 즐기기 시작했다.

"무공을 익히는 건 얼마나 힘들고 무식한 일인지 몰라요. 아이 참, 멀쩡한 여자가 왜 할 일 없이 무공을 익힐까? 공연히 남자같이 변해 혼삿길이나 망치지."

한운석은 일부러 용비야에게 팔짱을 끼고 그에게 바짝 기대고는, 앵앵거리는 흔아의 목소리를 흉내 내 계속 말했다.

"몰라요, 난 무공 안 배울래요. 어차피 당신이 영원히 내 곁에서 날 사랑해 주고…… 예뻐해 주고…… 보호해 줄 텐데, 뭐."

그녀는 손가락을 세우고 나른한 눈으로 바라보며 느릿느릿 말을 이었다.

"아무도 내 손가락 하나조차 건드리지 못하게 말이에요."

한운석과 말싸움을 하려 들면 그 독설에 처참하게 당할 뿐이었다!

흔아는 콧김까지 뿜을 정도로 화가 나 반박하려고 했지만, 뜻밖에도 용비야가 그만 내리려고 하는 한운석의 손을 붙잡아 그 손가락을 살짝 입에 물었다.

차갑고 오만한 진왕 전하가 여자에게 이런 행동을 하다니! 그의 입술이 여자에게 닿다니, 어떻게 이럴 수가? 흔아는 믿고 싶지 않았지만, 용비야의 저 동작이 주체할 수 없을 정도로 좋았다. 용비야가 내 손가락도 깨물어 주면 얼마나 좋을까! 그건 대체 어떤 느낌일까?

대체 어떤 느낌이냐고?

전류가 흐르는 것처럼 저릿저릿한 느낌이 한운석의 손가락에서부터 온몸으로 퍼져나갔다. 그가 금방 놓아주었기 망정이지, 그렇지 않았다면 흐느적대며 그의 품속에 녹아 버렸을지도 몰랐다.

"사슬을 풀지 않고 뭘 하느냐?"

용비야가 수비병을 향해 차갑게 물었다.

두 수비병 역시 용비야의 방금 그 동작에 놀라 얼어붙었다가 그제야 정신을 차리고 허겁지겁 쇠사슬을 풀어 용비야와 한운석이 현수교로 올라가게 해 주었다.

용비야는 마부 고 씨를 전각에서 기다리게 한 다음 서동림만 딸려 천산으로 향했다. 적을 얕보는 게 아니라 천산에도 그의 세력이 있기 때문이었다.

서동림은 다리 끝에서 발을 굴러 허공으로 몸을 날린 다음 경공을 이용해 날아가며 길을 열었다. 그제야 한운석도 이 현수교가 사실은 걸어서 건너는 용도가 아니라, 단순히 도약할 힘을 빌리는 용도임을 알게 되었다.

보아하니 흔아가 무공을 못 하는 사람은 천산에 올라가지 못한다고 비웃은 것도 일리가 있었다. 그래도 그녀에겐 용비야가 있으니 겁나지 않았다!

"꽉 잡아라."

용비야는 기분이 좋은지, 말로는 그녀더러 붙잡으라면서 실제로는 자신이 그녀를 꼭 껴안았다. 그는 발끝으로 땅을 차 허공으로 날아갔다. 시원시원하고 멋들어진 움직임이었다.

그가 가 버렸는데도 흔아는 여전히 휘둥그레진 눈으로 멍하니 바라보고 있었다. 당연하지만 흔아는 곁가지에 불과했고, 복숭아꽃이라 할 수 있는 진짜 훼방꾼이 저 앞에서 한운석을 기다리고 있었다.

용비야 일행이 산기슭에 도착했을 때부터 천산 산꼭대기의 거물들은 이미 소식을 들어 알고 있었다.

한운석은 현수교를 무사히 건널 수 있을까?

어째서 그랬을 리 없을까

산간 거리는 첫 번째 산과 두 번째 산이 가장 멀었다. 용비야 같은 고수도 다리를 건너는 동안 대여섯 번 발 구름을 해야 할 정도였다.

하지만, 이곳 경치가 너무 아름다워서 한운석이 천천히 구경할 수 있도록 용비야가 일부러 속도를 늦춘 탓도 있었다.

처음으로 용비야의 품에 안겨 바람을 가르며 날던 때만 해도 놀랍고 무서웠던 한운석이지만, 이제는 익숙해져 있었다. 높은 곳이 무섭지 않은 게 아니라, 자신을 안고 있는 이 남자가 무슨 일이 있어도 보호해 주리라고 믿기 때문이었다.

"용비야, 당신이 처음 날 안고 날아갔을 때는 정말 겁이 났어요."

한운석이 말했다.

"뭐가 말이냐?"

용비야가 물었다.

"당신이 기분 나쁘다고 날 떨어뜨릴까 봐요."

한운석이 대답했다.

용비야는 움찔했지만, 곧 껄껄 웃음을 터트렸다.

"본 왕이 그럴 리가?"

"그럴 리가 있죠."

한운석이 단언하며 덧붙였다.

"그땐 분명히 그랬을 거예요!"

"그럼 지금은? 지금도 그럴까?"

용비야가 또 물었다.

"절대 그럴 리 없어요."

한운석은 이번에도 단언했다.

용비야는 고개를 끄덕이며 아무 대답하지 않았다. 하지만 한참 시간이 지난 다음 갑자기 불쑥 말했다.

"한운석, 사실 그때도 그랬을 리 없다. 절대."

한운석은 그 말에 동의하지 않았다. 그녀는 당시 그가 얼마나 냉정하고 차갑고 모질었는지 기억하고 있었다. 쓸데없는 말을 한마디라도 하면 그때마다 성가신 듯 대놓고 모른 척하던 사람이 그였다.

한운석이 따지려 드는데 뜻밖에도 용비야가 물었다.

"어째서 그랬을 리 없는지 아느냐?"

"몰라요."

한운석은 이유를 들은 다음 반박하려고 했다.

그런데 뜻밖에도 용비야는 웃으며 가만히 탄식했다.

"본 왕도 모르겠다. 어쨌든 널 떨어뜨리지는 않았을 것이다."

왜냐면…….

왜냐면 그때부터 그녀를 좋아했으니까?

용비야, 당신은 언제부터 내가 좋아진 거야? 나보다…… 더 먼저였을까?

"이상하네요, 이유가 뭘까?"

한운석은 가볍게 한숨을 쉬면서 무의식적으로 그를 꼭 안았다.

그때 앞서가던 서동림이 갑자기 그들을 돌아보았다.

"주인님, 누군가 앞을 가로막고 있습니다. 여자입니다."

서동림은 한운석의 비밀 시위였으니 이 말은 분명히 한운석에게 한 말이었다.

"4월이 다 지났는데 웬 복숭아꽃이 이리 많을까?"

한운석이 탄식을 섞어 말했다.

복숭아꽃이란 미녀를 비유하는 말이니 그 뜻은 더없이 명확했지만, 애석하게도 서동림은 알아듣지 못했다. 그가 진지하게 대답했다.

"왕비마마, 천산은 다른 곳보다 기온이 낮아 복숭아꽃이 늦게 핍니다. 지금쯤이면 한창 필 때지요."

"그렇군. 얼마나 많이 피었느냐?"

한운석이 느긋하게 물었다.

"온 산에 가득합니다. 저 앞에 도착하면 보실 수 있을 겁니다. 산허리 여기저기가 불긋불긋한 게 꼭 꽃의 바다가 펼쳐진 듯해서 참 아름답군요."

서동림은 흥분해서 대답했다.

한운석은 무척 만족스러운지 웃기만 하고 더는 말하지 않았다.

한마디 더 하려던 서동림은 그만 용비야의 차가운 눈빛과 딱 마주쳤다. 자신이 뭘 잘못했는지는 몰라도 뭔가 잘못한 것이 있는 게 분명했다.

그는 부르르 몸서리를 치며 허겁지겁 옆으로 물러난 뒤 더는 입을 열지 못했다.

용비야는 한운석을 안고 대나무 현수교를 밟으며 계속 앞으로 나아갈 뿐, 방금 서동림이 한 보고는 신경 쓰지 않았다.

사실 그가 천산에 오고 싶어 하지 않는 이유 중 하나가 바로 이 성가신 천산 여제자들이었다.

얼마 가지 않아 저 앞 허공에 선 여자 한 명이 보였다. 그녀가 입은 연노랑 긴 치마는 길이가 석 자나 되어 치렁치렁 늘어졌고, 손에 든 얇은 천으로 된 어깨걸이는 팔랑팔랑 나부끼고 있었다. 또 머리카락은 정수리 위로 높이 올려 묶고 연노란색 보석으로 치장해 아름답고 존귀해 보였다.

허공에 둥둥 떠서 긴 치맛자락을 늘어뜨리고 까만 머리카락을 사르르 날리는 그녀의 모습은 마치 인간 세상에 내려온 선녀 같았다. 그녀가 몸에 두른 것은 하나같이 아름답고 장신구의 조화도 더없이 훌륭했지만, 공교롭게도 얼굴이 몹시 추했다.

외모가 평범해도 화장을 하고 옷이나 장신구로 치장해 보완할 수 있는 사람도 있는 반면, 아무리 꾸며도 외모의 부족함을 숨길 수 없는 사람도 있었다.

한운석은 저 긴 치마가 참 아깝다는 생각이 들었다.

"저 복숭아꽃은 누구죠?"

한운석이 나지막하게 물었다.

용비야는 누가 봐도 저 여자가 안중에도 없는 얼굴을 한 채 한운석을 안고 계속 날아갔다.

"창효영이다."

한운석은 어딘지 귀에 익은 이름이라고 생각했지만 누군지 당장 떠오르지 않았다. 하지만 물어보고 싶지도 않았다. 중요하지도 않은 이름을 알아내서 뭐 하려고?

용비야와 한운석이 가까이 오는데도 창효영은 전혀 관심이 없어 보였다. 하지만 그들이 옆을 지나치는 순간, 차가운 소리로 입을 열었다.

"용비야, 무공을 모르는 사람이 천산에 오르려면 반드시 제 발로 한 발 한 발 현수교를 건너야 해요. 잊었어요?"

용비야는 대답하지 않고 계속 나아갔다. 별안간 창효영이 검을 쑥 뽑자, 다리 아래쪽 깊은 낭떠러지에서 검을 든 여자 몇 명이 날아오르더니 일자로 늘어서서 용비야의 앞을 가로막았다.

"꺼져라!"

용비야가 차갑게 말했다.

"싫다면요?"

창효영은 반문했다.

용비야가 공격하려는데, 갑자기 강력한 검기가 밀어닥치며 쉰이 넘은 노파가 검을 들고 날아왔다. 한운석은 노파의 허리에 매달린 옥패에 눈길을 주었다. 투명한 옥석 영패였다.

검종 노인을 제외하면 사대 장로만이 투명한 옥석 영패를 가지고 있었고, 사대 장로 가운데 계율원을 관장하는 사장로 유幽

노파만 여자였다.

유 노파가 나타나자 창효영은 몹시 기뻐했다.

"유 사숙, 야 사형이 문규를 어겼는데 아버지를 모셔 와야 할 까요?"

용비야를 혼내 주려는 것 같지만 진짜 목적은 한운석을 골탕 먹이려는 것이었다!

용비야가 문규를 지킬 수밖에 없도록 만들면, 한운석은 반드시 제 발로 현수교를 건너 천산에 올라가야 했다.

무공을 모르면, 여자는 말할 것도 없고 남자라 해도 이 현수 교를 지나기란 불가능했다. 시도해 봤자 낭떠러지로 추락하거나 놀라 죽을 뿐이었다.

"쇄심원이 문규를 담당하는 것도 아닌데 네 아비를 불러 어쩌자는 게냐?"

유 노파가 쌀쌀하게 되물었다.

표정이 엄숙하고 말투도 조리 정연해서 거역을 용납하지 않는 위엄이 느껴졌다. 천산의 파벌 싸움에서, 그녀는 어느 쪽으로도 기울지 않은 중립이었다.

지금은 누군가에게 용비야가 문규를 어겼다는 고발을 듣고 직접 달려온 것이었다.

"유 사숙님 말씀이 옳습니다. 제가 경솔했습니다."

창효영은 그렇게 말하고 옆으로 물러났다. 사실 계율원에 용비야를 고발한 사람은 다름 아닌 그녀의 부하였다.

창효영은 천산의 적잖은 사업을 장악하고 있었고 대장로의 딸이기도 해서 천산 내 젊은이들 가운데 제법 콧대가 높았다. 하지만 최근 1, 2년간 혼사 때문에 체면이 깎여 함부로 바깥출입을 하지 못하고 있었다.

용비야가 한운석을 데리고 천산에 온다는 걸 몰랐다면 오늘도 이렇게 쉽게 모습을 드러내지 않았을 것이다.

비록 당시에는 순순히 아버지의 명령에 따라 당리와 정혼하긴 했지만, 사실 그녀가 진짜 좋아하는 사람은 역시 용비야였다. 하지만 아버지와 용비야가 언젠가 둘 중 한 사람이 쓰러질 때까지 싸우게 되리란 것을 알기에 그 감정을 마음속에 묻을 수밖에 없었다.

이번 생에는 용비야를 얻을 수 없는 운명이었고, 그녀도 받아들였다.

하지만 용비야가 다른 여자를 데리고 천산에 오르는 것을 두 눈 뻔히 뜨고 지켜보라니, 그럴 수는 없었다!

천산은 창씨 집안의 근거지였다. 결코 한운석을 곱게 들여보낼 수는 없었다.

한운석을 훑어본 유 노파의 눈에 희미하게 경멸이 비쳤다. 그녀는 이렇게 쓸모없는 여자를, 남자의 짐이 되는 것 말고는 아무것도 못 하는 여자를 가장 싫어했다.

무공도 못 하면서 천산에는 뭐하러 왔을까?

물론, 그녀도 용비야의 개인사에 참견할 권리는 없었다. 그 문제는 용비야의 사부가 따질 일이고, 그녀 자신은 문규만 관리할 뿐이었다.

유 노파가 쌀쌀하게 말했다.

"비야, 아직 반도 건너지 않았으니 데리고 돌아가 제 발로 건너게 해라. 그러면 아무 일 없던 것으로 해 주마. 계속 고집을 피우다가 우리 계율원이 네 사부의 체면을 봐주지 않았다고 원망하지 말고."

당연히 용비야도 문규를 잘 알고 있었다. 단지 이들이 한운석이 무공을 못 한다는 사실까지 조사해 두었다고는 생각하지 못했던 것뿐이었다.

계율원은 파벌 싸움에 간섭하지 않았고 유 노파 역시 공정 무사한 사람이었다. 계율원을 차지하기가 쉽지 않아도 최소한 미움을 사지는 말아야 했다.

더구나 문규가 그렇고 유 노파가 직접 나섰으니, 공공연히 규칙을 어겼다간 천산에 오르기도 전에 흠을 잡힐 판이었다.

억지로 뚫고 가는 것은 현명한 방법이 아니지만, 한운석에게 위험한 일을 시키는 것은 더더욱 불가능했다.

용비야는 망설임 없이 진기를 움직여 한운석의 몸에 내공을 주입했다. 사실 한운석은 무공을 익히지 못하는 몸이 아니라 오히려 그 반대였다. 그녀의 타고난 자질은 단목요보다 배로 뛰어났다. 심지어 봉인 없이도 천산검종의 내공을 바로 받아들일 수 있을 정도였다. 내공만 생기면, 그녀의 자질로 보아 그가 알려 주는 검법 두어 초쯤 금방 배울 게 분명했다.

이 방법은 내공을 많이 소모해야 하지만, 그는 얼마든지 희생할 생각이었다.

주위를 에워싼 사람들은 이 광경을 보고 대경실색했다. 용비야가 선택한 방법이 너무 위험했기 때문이었다.

"비야, 미쳤느냐? 그 여자는 내공의 기초도 없고 봉인을 받지도 않았다. 함부로 내공을 불어넣으면 틀림없이 주화입마 될게야!"

유 노파가 꾸짖었다.

그 말을 듣자 한운석도 용비야가 뭘 하려는지 알아차리고 황급히 그의 손을 밀어냈다.

"용비야, 됐어요!"

"괜찮다. 가만있어라."

용비야가 나지막하게 말했다.

"됐다니까요!"

한운석은 그의 손을 꽉 잡고 소리 죽여 말했다.

"설사 주화입마 되지 않는다 해도 당신이 내공을 허비하는 건 싫어요. 조금이라도요!"

이번 천산행에서 그는 많고도 많은 일을 마주해야 했다. 그런 그에게 조금이라도 짐이 되는 것은 결코 허락할 수 없었다. 그녀는 그를 도우러 온 것이었다!

반드시 중추절 전에 그와 함께 산에서 내려가야 했다!

용비야가 더 달래 보려는데 한운석이 차갑게 말했다.

"고집을 피우면 차라리 산기슭에서 당신을 기다리겠어요! 믿어 줘요. 난 갈 수 있어요."

"상의할 필요도 없는 일이다."

용비야는 물러서지 않고 차가운 말투로 대답했다.

한운석은 그의 손을 잡아 깍지를 꼈다.

"용비야, 난 당신을 믿어요. 당신은 예전에도 날 떨어뜨렸을 리가 없고, 지금도 마찬가지예요. 당신이 내 손을 잡고 다리를 건너요. 함께 가는 거예요, 네?"

한운석의 눈동자에는 강단과 고집만이 아니라 믿음까지 담겨 있었다. 용비야도 그 강단과 고집은 무시할지언정 자신을 향한 그녀의 믿음을 무시할 재간은 없었다.

마침내 그가 고개를 끄덕였다.

"좋다. 내가 함께 가마."

그는 유 노파와 창효영에게는 눈길도 주지 않고 한운석을 안은 채 몸을 돌려 다리 시작 지점으로 날아갔다.

한운석이 저렇게 용감할 줄 몰랐던 유 노파는 그녀에 대한 인상을 약간 수정했다. 아주 약간에 불과했지만.

"여봐라, 가서 지켜보아라. 저 여자는 반드시 제 발로 한 발 한 발 다리를 건너야 한다."

유 노파가 쌀쌀하게 분부했다. 용비야가 한 말은 지키는 사람이라는 건 믿지만, 한운석은 믿지 않아서였다.

저 여자는 바람만 불어도 쓰러질 것처럼 연약해 보이니, 현수교 위에 서기만 해도 울음을 터트릴지 모를 일이었다!

"예!"

시녀 몇 명이 명령을 받고 날아갔고, 유 노파는 현수교 가운데 서서 기다렸다.

"유 사숙, 저도 가서 지켜보겠습니다!"

창효영이 허둥지둥 쫓아갔다. 한운석이 웃음거리가 되는 것을 얼른 보고 싶어 죽을 지경이었다!

당신이 고생하는 건 싫어

한운석과 용비야는 대나무 현수교 입구로 돌아갔다. 그들이 땅에 내려서기 무섭게 멀리서 창효영과 여제자 한 무리가 날아왔다. 흔아라고 하는 여자는 이 광경을 보는 즉시 어떻게 된 것인지 눈치챘다.

그녀도 현수교의 문규를 핑계로 한운석을 괴롭히고 싶었지만 아무래도 용비야가 두려워 시도하지 못했던 것이다.

천산의 여제자 대부분은 용비야를 연모하면서도 두려워했다. 하지만 창효영은 달랐다. 창효영은 대장로의 무남독녀 외딸이고 쇄심원의 대소저였다. 천산의 젊은이 중에서 단목요를 제외하고는 아무도 그녀에게 대들지 못했다.

쇄심원이라는 든든한 버팀목이 있기에 창효영은 남들과 달리 용비야를 꺼리지 않았다.

좋은 소문은 얼마 못 가도 나쁜 소문은 천 리를 간다더니, 창효영 일행이 땅에 내려서기도 전에 사방팔방에서 적잖은 제자들이 모여들었다. 그런데 놀랍게도 하나같이 여제자들이었다!

그들 모두 재미난 구경을 하러 온 게 분명했다.

고운 자태에 복숭아꽃처럼 예쁜 얼굴을 하고 선녀처럼 훨훨 날아오는 여제자들을 하나하나 바라보는 동안 한운석의 얼굴이 살짝 어두워졌다.

용비야는 침묵하며 계속 한운석의 안색을 살폈다. 그의 시선은 한시도 그녀의 얼굴에서 떠나지 않았고 입은 꾹 다문 채였다. 어떻게 된 건지는 몰라도 하여간 상태가 썩 좋지는 않았다.

문득 한운석이 시선을 들어 그를 바라보자 용비야는 즉시 시선을 피했다.

"서동림, 저 앞에도 복숭아꽃이 가득하지만 이곳도 못지않구나!"

한운석이 나지막하게 탄식했다. 목소리는 작지만 딱 용비야에게 들릴 정도는 되었다.

서동림이 아무리 아둔해도 이 말 속에 담긴 질투는 알아차렸다. 눈치 없이 잘못을 저질렀던 그는 우물쭈물하며 차마 대답하지 못했다.

"서동림, 그렇지 않느냐?"

한운석이 다시 물었다.

서동림은 고개를 푹 숙였다. 쥐구멍이라도 있으면 들어가고 싶은 심정이었다. 그와 다른 비밀 시위들은 지금껏 진왕 전하와 왕비마마를 곁에서 모시는 초서풍을 무척 부러워했다. 그런데 직접 겪어보고 나니 그 자리가 얼마나 고생스러운지 알 수 있었다!

한 주인에게 잘 보이자니 다른 주인에게 죄를 지을 수밖에 없는 진퇴양난. 정말이지 비극이었다.

"서동림, 내가 묻고 있지 않느냐?"

갑자기 한운석이 목소리를 높였다.

서동림은 화들짝 놀랐고, 용비야 역시 곧바로 그녀를 돌아보았다. 마치 한운석이 부른 게 서동림이 아니라 자신이라도 되는 것처럼.

쭈뼛거리며 진왕 전하를 흘낏 바라보던 서동림은, 놀랍게도 그 눈동자에서 난처함과 긴장을 발견했다.

결국, 서동림도 깨달았다. 사실 왕비마마는 그가 아니라 진왕 전하에게 묻고 있다는 것을. 그가 취할 수 있는 가장 안전한 방법은 바로 침묵을 지키는 것이었다.

과연 한운석은 더는 서동림을 추궁하지 않고 질문을 담은 눈길로 용비야를 응시했다.

용비야는 즉시 시선을 피하며 그녀의 손을 잡고 부드럽게 말했다.

"내가 데리고 건너가 주마."

"용비야, 찔리죠?"

한운석이 나지막이 말했다.

"아니다."

용비야가 나쁜 일을 한 것도 아닌데 찔릴 이유가 있을까?

"그럼 왜 날 쳐다보지도 못해요?"

한운석이 다시 물었다.

용비야가 그녀와 시선을 맞췄다.

"긴장했어요?"

한운석이 또 물었다.

"아니."

용비야는 부인했다.

"긴장했네요, 뭘!"

한운석마저 알아볼 수 있을 정도였다.

용비야는 그녀의 앞머리를 쓰다듬으면서, 손으로 그 예리한 눈길을 가리고 물었다.

"신경 쓰이느냐?"

"그래요!"

한운석이 당당하게 인정하자 용비야의 손이 멈칫했다. 한운석은 웃음을 터트렸다.

용비야는 그런 그녀를 바라보며 어떻게 해야 좋을지 몰랐다. 그녀가 정말 기분이 나쁜 건지 아니면 나쁜 척하는 건지, 정말 신경 쓰이는 건지 아니면 장난을 치는 건지, 도무지 알 수가 없었다.

어떤 부분에서는, 그도 그녀의 마음이나 감정을 헤아릴 수가 없었다.

그가 그만큼 영리하지 못하기 때문일까? 아니면 여자란 늘 이렇게 변화무쌍하기 때문일까?

그는 눈을 찡그리고 한운석의 영악한 눈동자를 들여다보다가 따라 웃었다. 그 웃음에는 약간의 무력감, 그리고 사랑이 담겨 있었다.

"용비야, 만약 내가 무사히 이 다리를 건너면 상을 줘요, 알겠죠?"

한운석이 그에게 상을 요구한 건 이번이 처음이었다.

"반드시 건널 것이다."

용비야는 확신했다.

"뭘 원하는지 말해 봐라."

"건넌 다음에 말해 줄게요."

한운석은 신비스러운 표정을 지어 보였다.

그때 창효영 일행이 도착해 현수교 옆 절벽 위에 차례차례 내려섰다.

"자매들, 진왕비가 배짱이 두둑해서 직접 이 다리를 건너가 겠다는구나. 우리가 격려해 줘야지!"

창효영이 큰 소리로 말했다.

이 말이 떨어지자 주변에서 야유가 터져 나왔다. 겉으로는 창효영의 말을 비웃는 것 같지만 사실상 비웃음의 대상은 한운석이었다.

창효영은 무척 만족해하며 또 말했다.

"아아, 물론 여태 아무도 건넌 사람이 없지. 그래도 진왕비가 저렇게 자신만만해하니 다 같이 격려해 줘. 오늘 새로운 기록을 세울지도 모르잖니!"

돌아온 것은 조금 전보다 더 큰 야유였다. 아무도 한운석이 다리를 건널 수 있다고 믿지 않는 게 분명했다.

이런 도발쯤이야 한운석에겐 우습기만 했다. 그녀는 전혀 영향을 받지 않았고 용비야는 아예 그 여자들을 없는 사람 취급했다.

그들은 주위를 에워싼 사람들을 신경 쓰지 않고, 서로 손을 잡고 현수교로 걸어갔다. 용비야가 먼저 다리 위에 올라서서 한운석을 마주 보았다. 뒤로 걸어갈 생각이었다.

이렇게 되자 구경꾼들은 알아서 조용해졌다. 창효영도 긴장한 채 급히 주의를 시켰다.

"야 사형, 무공을 쓰는 것도 금지예요!"

무공을 모르는 사람은 반드시 제 발로 한 발 한 발 현수교를 건너야 하고, 그 사람을 돕는 이도 무공을 쓸 수 없었다.

용비야도 당연히 알고 있었다. 그런 규칙만 아니라면, 그가 진기를 운용해 다리에 한쪽 발을 올리기만 해도 다리가 튼튼하게 고정되어 아무리 바람이 불어도 절대 흔들리지 않게 되었을 것이다. 그렇게만 해도 한운석은 순조롭게 다리를 건널 수 있었다.

이 대나무 현수교를 건너는 가장 큰 어려움은, 다리를 고정할 것이 없어서 반드시 자신의 힘으로 균형을 잡아야 하며, 균형을 잡아야만 계속 나아갈 수 있다는 것이었다. 게다가 한 발 한 발 옮길 때마다 균형에 신경 써야 했다.

대통 양쪽을 묶은 밧줄은 엉성했고 손잡이용 밧줄도 느슨해서, 입구에서부터 다리 끝까지 균형을 잡고 걷기란 몹시 어려운 일이었다!

용비야라 해도 균형을 잡는 데 힘을 많이 들여야 했다. 그가 올라서서 무게중심을 아래로 옮겨 대통에 힘을 가하자 대통을 묶은 밧줄이 팽팽해졌다. 그는 손잡이를 잡지 않고 양손을 앞뒤로 뻗어 균형을 잡았다.

"내 손을 잡아라. 양쪽 밧줄은 건드리지 말고."

그가 나지막이 말했다.

한운석은 용비야가 어떻게 균형을 잡는지 살폈다. 오롯이 가진 힘만 쓰고 무공은 전혀 사용하지 않는 방법이었다.

그녀는 일단 손을 뻗어 용비야의 손을 잡은 다음 대통 위에 한 발을 올리고 다른 발은 여전히 땅에 댄 채 무게를 실었다.

단번에 용비야의 손바닥에 밴 땀이 느껴졌다. 이 남자는 겨우 한 걸음 옮겼을 뿐인데도 균형 잡는 것이 무척 힘들어 보였다.

그녀까지 올라서면 그가 그녀의 균형과 무게까지 짊어져야 했다. 다리가 이렇게 긴데, 이런 식으로 얼마나 걸어가야 끝에 도착할 수 있을까?

용비야의 잔뜩 찡그린 눈과 귀밑머리에 맺힌 땀을 보자 한운석은 도저히 다른 쪽 발을 올릴 수가 없었다.

이런 건 싫었다!

그가 이렇게 고생하는 건 싫었다.

"올라오너라. 겁내지 말고."

용비야가 말했다. 재촉이 아니라 위로였다.

한운석은 미간에 깊은 주름을 만들며 망설였다.

"설마, 그 정도로 벌써 겁내는 거야? 한운석, 그래서 건널 수 있겠어?"

창효영은 자신이 한운석을 과대평가했다고 생각했다. 다리 위에 올라가는 순간 울음을 터트릴 줄 알았는데, 한운석은 숫제 올라가지도 못하고 있었다.

"겁나면 안 가면 돼. 괜히 사람들 시간만 빼앗지 말고."

"야 사형이 보호해 준다는데도 올라가지도 못해? 호호호."

"그러니 무공을 못 하지. 겁쟁이는 무공을 익힐 수가 없거든. 하하하!"

주변의 비웃음 소리가 점점 커졌으나 용비야는 여전히 참을성 있게 말했다.

"괜찮다. 날 믿어라. 기껏해야 균형을 잃을 뿐이고, 그러면 내가 널 안고 날아가마. 규칙을 어기면 그뿐이다."

한운석은 그래도 움직이지 않고 용비야의 발밑만 응시했다. 꼭 넋이 나간 사람 같았다.

주위의 웃음소리는 갈수록 커졌다. 용비야는 한운석에게 발휘할 인내심이 충분했지만, 억지로 강요하고 싶지는 않았다.

발밑은 끝이 보이지 않는 심연이었다. 그 위를 걸어가는 것은 누구라도 두려워할 만했다.

그가 한운석의 손을 꼭 움켜잡으며 내공을 밀어 넣으려는 순간, 뜻밖에도 한운석이 먼저 힘을 주어 그 손을 홱 뿌리쳤다.

용비야는 처음으로 한운석이 이렇게 힘이 세다는 것을 깨달았다!

이 여자가 뭘 하려는 것일까?

"마음이 바뀌었어? 포기할 거야?"

창효영이 깔깔 웃었다. 그녀는 당연히 한운석이 건너지 못할 줄 알고 있었다.

처음 마주쳤을 때부터 지금까지, 한운석은 창효영이 무슨 말을 하건 전혀 신경 쓰지 않았고 지금도 예외는 아니었다. 그녀는 용비야를 잡아당겨 귓가에 조용히 속삭였다.

이 장면에 창효영은 몹시 민망해졌고 다른 여제자들도 얼굴을 빨갛게 물들였다. 창효영이 원망이 가득한 눈동자로 차갑게 물었다.

"야 사형, 건너지 않기로 했나요?"

애석하게도 용비야는 한운석의 귓속말에 진지하게 귀를 기울일 뿐이었다. 그가 웃는 것처럼 입꼬리를 살짝 올렸다.

세상에!

야 사형도 웃을 줄 알아? 웃으니까 정말 멋지잖아!

한운석이 야 사형에게 뭐라고 한 거지?

여제자들은 얼굴이 빨개지는 것도 잊고 호기심 어린 눈길로 그들을 바라보았다. 대체 무슨 이야긴데 야 사형이 웃기까지 했을까?

창효영의 눈동자에 어린 원망이 훨씬 짙어졌다. 마침내 그녀도 단목요가 그처럼 한운석에게 이를 갈아 댔던 이유를 알 수 있었다. 한운석에게는 예외가 너무 많았기 때문이었다!

하지만 그렇다고 해도 아무 소용없었다. 이 천산에서는 예외가 될 수 없었으니까. 현수교를 건너지 못하면 천산에 오를 수 없고, 천산에 오르지 못하면 장문인을 만날 수 없었다.

창효영도 단목요의 일을 아버지에게 들어 알고 있었다. 용비야가 뭘 하려고 돌아왔든 간에, 한운석을 장문인에게 소개하는 것이 그중 하나인 것은 분명했다. 장문인은 벌써 수년째 하산하지 않았고, 한운석 한 사람을 위해 하산할 일은 절대 없었다. 그녀는 용비야가 어떤 방법으로 한운석을 천산에 데려갈지 궁금했다.

어쨌든 오늘은 떠나지 않고 여기 남아 지켜볼 생각이었다.

한운석과 용비야가 귓속말을 끝내자, 용비야는 곧 하늘을 향해 신호탄을 쏘아 올렸다.

저건 또 뭐 하는 거지?

곧 사방팔방에서 흑의를 입은 천산 제자들이 날아왔다. 이번에 온 이들은 하나같이 남자로, 그 수는 앞서 온 여제자보다 훨씬 많았다.

이렇게 되자 사람들은 더욱더 궁금해졌다. 한운석이 용비야에게 저들을 부르라고 했을까? 뭐 하러?

흑의를 입은 제자들은 모두 천산의 빼어난 인재로, 나이는 젊고 무공이 무척 높았다. 더욱이 너나 할 것 없이 훤칠하고 준수해서 아무리 봐도 흠잡을 데 없는 미남자들이었다.

천산검종에서 손에 꼽는 남자 제자들은 거의 포함되어 있다 해도 틀린 말이 아니었다.

그들이 다리 입구로 오자 창효영을 비롯한 여자들은 곧 옆으로 밀려났고, 한운석은 세상에서 누구보다 귀한 공주처럼 멋진 왕자들에게 둘러싸이고 보호를 받았다.

주위에서 날아드는 시선은 사람을 죽일 수 있을 만큼 날카로웠지만, 한운석은 태연하게 받아넘기며 웃는 얼굴로 용비야에게 말했다.

"이제 건너요."

이 많은 사람을 불러 무슨 수로 다리를 건너려는 것일까?

잔말 말고 입 맞춰요

한운석은 용비야가 너무 고생하는 것이 마음 아팠다. 그래서 별수 없이 용비야의 빼어난 사제들을 불러 그의 고생을 나누기로 했다.

이걸 두고 사랑 때문에 이기적인 생각을 했다고 한다면, 그녀는 때려죽여도 인정할 수 없었다! 이건 분명히 슬기롭게 상황을 이겨낸 거라고!

용비야가 사제들을 가까이 불러 상황을 설명하자 모두 어떻게 하려는 건지 알아들었다.

그중에서 제일 힘센 사람이 방금 용비야가 한 것처럼 다리 위에 올라서서 한 손을 앞으로 뻗고 한 손은 뒤로 내밀어 균형을 잡자, 곧 다른 사람이 그의 손을 잡고 올라섰다. 다리 위에 두 발을 앞뒤로 짚고 일어서자 현수교가 크게 흔들렸지만 다행히 그 사람도 금방 균형을 잡았다.

지켜보던 한운석은 남몰래 무척 기뻐했다. 이렇게 사람 다리를 놓는 방식을 생각해 내 얼마나 다행인지. 그렇지 않았으면 그녀의 힘이나 균형감각으로는 다리에 올라서기 무섭게 떨어졌을 것이고, 용비야마저 이끌려 떨어졌을지도 모를 일이었다. 그랬다면 정말 웃음거리가 되었을 것이다.

두 번째 사람이 올라서서 균형을 잡자 세 번째 사람이 나섰다. 그는 다리에 오르지 않고 낭떠러지 옆에 서서 두 번째 사람이 앞으로 내민 손을 잡았다.

다리 위에 있던 두 사람은 세 번째 사람의 힘을 빌려 조심조심 뒤로 물러나 한 사람이 올라갈 공간을 만들었다. 그런 다음 세 번째 사람도 다리에 올라가 균형을 잡았다.

이렇게 계속하자 얼마 지나지 않아 현수교 위에는 멋진 남자 제자들이 그득하게 들어차 거의 다리 끝까지 쭉 늘어섰다. 그들은 각자 스스로 균형을 잡았고, 서로 맞잡은 손으로 앞 뒷사람이 똑바로 서도록 보조하는 동시에 전체 줄의 균형을 맞추는 데도 도움을 주었다.

유 노파가 허공으로 날아올라 그들에게 길을 내주었다. 그녀는 믿을 수 없는 얼굴로 고개를 설레설레 저었다.

"누가 생각해 낸 방법이냐? 참 영리하구나."

"한운석입니다, 사부님."

옆에 있던 제자가 사실대로 고했다.

유 노파는 더욱더 믿을 수 없는 얼굴이 되어 생각에 잠긴 듯 고개를 끄덕였다.

"용기와 지모를 갖추고 바깥의 변화에도 놀라지 않는 아이라. 허허, 비야의 눈에 든 것도 이상하지 않다."

"사부님, 야 사형은 어째서 한운석을 천산 제자로 만들지 않았을까요? 야 사형이 친히 추천하면 분명히 제자로 삼으려는 사람이 있었을 텐데요. 그러면 현수교쯤 못 건널까요?"

제자가 의아한 듯이 물었다.

"저 나이에 아직도 무공을 전혀 모르는 걸 보면 아무래도 무공을 수련하기에 적절하지 않은 게지."

유 노파의 추측도 영 일리가 없는 것은 아니었다. 누가 뭐래도 용비야의 여자가 무공을 모른다는 것은 말이 되지 않았다.

유 노파는 곧 그곳을 떴고, 현장에는 눈이 휘둥그레진 여제자들만 남았다. 그제야 그들도 어떻게 된 일인지 깨달았다. 조금 전 한운석이 용비야에게 귓속말을 하지 않았다면, 그들은 결코 이 방법을 생각해 낸 사람이 한운석이라고 생각하지 못했을 것이다.

인정하고 싶지는 않지만, 사실은 사실이었다. 한운석은 무척 영리했다.

창효영은 믿기지 않는 얼굴로 고개를 저었다. 필사적으로 머리를 굴리고 필사적으로 상황을 살피며 허점을 찾아내려 애써 봤지만, 애석하게도 한운석의 방법은 문규에 전혀 어긋나지 않았다.

문규에는, 천산에 무공을 배우러 온 사람은 길 안내를 받을 수 있으나 다른 이유로 온 사람은 무공을 모르면 반드시 제 발로 현수교를 한 발 한 발 건너야 하며 그 사람을 돕는 이 역시 무공을 사용해 다리를 건널 수 없다고 되어 있었다.

이런 규칙이 생긴 것은 한동안 수많은 사람이 매일같이 천산에 도움을 청하러 왔기 때문이었다. 당시 검종 장문인은 이런 사람들을 막기 위해 이 규칙을 만들고, 제 발로 현수교를 건넌 사람이 있으면 도움 요청을 받아들이겠다고 선언했다. 그날 이

후 다시는 누구도 천산에 도움을 청하러 오지 않았다.

그 규칙이 계속 이어져 내려와 오늘의 문규가 된 것이었다.

사실 천산검종은 옛날부터 속세의 분쟁에 끼어들지 않았다. 무공을 배운 사람이라 해도 이 현수교를 건너기가 쉽지 않았고, 한운석 역시 용비야가 데려와 주지 않았다면 이 현수교를 볼 기회조차 없었다.

창효영은 한참 동안 머리를 쥐어짰지만 끝내 허점을 찾아내지 못했다.

한운석이 생각한 것은 정말이지 끝내주는 방법이었다!

마침내 용비야도 다리에 올라 줄 제일 앞에 섰다. 그의 뒤에 있는 어린 사제는 차마 그 손을 잡을 수가 없어서 대신 그 어깨에 손을 올리고 힘을 줬다.

용비야는 똑바로 선 다음 한운석에게 손을 뻗었다. 마치 열정적인 초대를 보내듯 사랑이 담뿍 담긴 웃음을 지으면서.

그가 내민 커다란 손을 보자, 그곳에 있던 수많은 여자들은 온갖 상상에 빠져들었다. 헤아릴 수 없이 많은 밤, 꿈속에서 꽉 잡았던 그 손이 바로 저 손이었다. 하지만 그들 중 누구도 감히 나설 수가 없었다. 힘도 있고 세력도 있는 창효영조차 눈만 빤히 뜨고 지켜보는 것이 고작이었다.

한운석은 생긋 미소를 지으며, 가녀린 손을 용비야의 커다란 손 위에 우아하게 올려놓았다.

용비야는 그녀의 다른 쪽 손까지 잡아 다리 위로 이끌었다.

뒤에 있던 남자 제자들이 일제히 한걸음 물러나 다리 위에 공간을 만들어 주었고 한운석은 우아하게 대통을 딛고 올라섰다. 현수교 전체를 남자들이 든든하게 밟고 선 덕분에 그녀가 두 발을 모두 올려도 다리는 흔들리지 않았다.

이것이 첫걸음이었다.

곧이어 남자들은 또다시 일제히 물러나 공간을 만들었고 한운석은 역시 안전하게 앞으로 나아갔다.

너덧 걸음쯤 갔을 때 흔들림이 느껴졌지만, 절벽 위에 남아 있던 남자 제자가 재빨리 다리에 올라섰다. 그들은 앞서 그랬듯이 한 명씩 빈 곳을 차곡차곡 채워 다리 양쪽 끝이 흔들리지 않게 해 주었다.

이렇게 해서 기다란 줄은 끊임없이 다리 끝 쪽으로 움직였다. 줄을 이룬 사람은 모두 남자고 여자는 한운석 혼자로, 많은 남자 가운데에서 든든히 보호를 받았다.

그녀와 용비야는 서로 손을 잡고 마주 서서, 용비야가 한 발 물러서면 그녀가 한 발 쫓아가는 식으로 계속 걸어갔다.

발밑은 깊디깊은 낭떠러지고 양쪽에는 잡을 것조차 없었지만, 앞뒤에 천산검종의 일류 고수들이 늘어서 있고 곁에는 용비야가 있었다!

그러니 무엇이 두려울까?

걷고 또 걷던 한운석은 발걸음조차 가벼워지는 것을 느꼈다. 용비야에게 이끌려 한 발씩 물러서고 쫓아가노라니, 어쩐지 그와 함께 왈츠를 추고 싶은 기분이 들었다.

한운석과 용비야의 움직임은 아름답고 우아했고, 줄 전체는 웅장하고 화려했다.

구경거리를 찾아, 웃음거리를 찾아온 절벽 위의 여제자들은 눈 한번 깜빡이지 않고 그 광경을 바라보다가 문득 정신이 들었다. 눈앞에 펼쳐진 저 모든 것은 한바탕 꿈, 아름다우면서도 화려한 단꿈이었지만, 안타깝게도 그들은 그 꿈의 여주인공이 아니었다.

창효영도 넋 나간 얼굴로 바라보고 있었다. 설령 저 아름다운 꿈이 자신의 것이 아니라 해도, 그녀는 속절없이 그 속에 빠져들어 영원히 깨지 않기를 기도했다.

알고 보니 손에 넣지 못한 사랑이라도, 볼 수만 있다면 만족감을 느낄 수 있었다!

곧 모두가 그 아름다운 꿈에서 깨어났다. 한운석이 용비야와 다른 남자 제자들의 도움으로 안전하게 현수교를 건너 두 번째 산에 도착했기 때문이었다.

단꿈에서 깨어나자 사람들은 곧 현실로 돌아왔다. 한운석이 듬뿍 사랑받고 한껏 능력을 과시한 현실로.

계획이 어그러진 창효영이 씩씩거리며 허공으로 날아올라 쫓아왔다.

"한운석, 저 많은 남자를 동원해 놓고 네 실력이라고 할 수 있어? 용기가 있으면 나와 겨루자! 누구의 도움도 받지 않고 온전히 제힘만으로 누가 먼저 저 다리를 건너는지 보자고!"

창효영이 심각하게 말했다.

한운석은 그녀를 돌아보더니 문득 웃음을 터트렸다.

"내가 왜 당신과 겨뤄야 하지?"

"넌 남자들의 도움을 받았어. 정말 실력이 있다면 네 힘으로 해!"

창효영이 따졌다.

"내가 언제 실력 있다고 자랑이라도 했어?"

한운석은 일부러 어리둥절한 표정을 지어 보였다. 자존심 때문에 괜히 돌아가서 위험을 무릅쓰는 일 같은 건 할 생각이 없었다. 그녀는 진심으로 저 다리가 무서웠다. 저기서 떨어지면 아주 끔찍한 몰골로 죽을 게 뻔했다.

창효영은 말문이 막혔지만 그래도 부추겼다.

"너! 너 겁먹은 거지?"

한운석은 용비야의 손을 잡으며 진지하게 말했다.

"이 사람이 곁에 없으면 겁이 나긴 해."

어려서부터 남들에게 귀하디귀한 대접을 받아 온 창효영은 당리와의 혼사에서 모욕을 당한 것을 빼면, 이렇게 속 터질 일을 겪은 적이 없었다.

그녀는 순간적으로 울분을 참지 못해 버럭 욕을 퍼부었다.

"한운석, 수치도 모르는 계집!"

용비야가 나서려고 했으나 한운석이 막았다. 그녀는 여자 문제에 그가 끼어드는 것을 좋아하지 않았다.

욕을 들었는데도 그녀는 화를 내지 않고 재미있어하는 얼굴로 창효영을 훑어보았다. 그러다가 한참만에야 의미심장하게 입을 열었다.

"아……, 당신이 누군지 알겠어! 당문 소주의 약혼녀였지? 이름을 들어 본 적이 있어!"

뭐라고?

이제야 그녀가 누군지 알았다고? 창효영이라는 이름은 천산 밖에서도 제법 쟁쟁했다!

한운석의 이 한마디는 그야말로 모욕이었다.

창효영이 붉으락푸르락하는데 뜻밖에도 한운석이 다시 그녀를 흘낏 쳐다보며 중얼거렸다.

"천만다행이군. 당 소주가 당신을 맞아들이지 않아서 얼마나 다행인지……."

그녀는 일부러 말을 흐렸다. 바로 그 때문에 조롱기가 훨씬 짙었다. 창효영은 다 좋은데 조금 못생긴 것이 흠이고, 그 점은 모두가 알고 있었다.

당리가 혼인을 피해 달아난 이유는 창효영의 외모와는 상관없었지만, 한운석이 이렇게 말하자 그 자리에 있는 모든 사람은 당리가 창효영의 추한 외모를 싫어해 달아났다고 생각하게 되었다.

창효영은 화가 치밀어 울음이 터질 것 같았다.

"날 모욕하다니! 아버지께 말씀드릴 거야. 두고 봐!"

그녀는 힘차게 발을 구르더니 돌아서서 가 버렸다.

용비야의 눈동자에 무섭게 번뜩였다. 단목요와 창구자도 지금쯤 천산에 돌아왔을 것이다. 그는 두 사람이 사부 앞에서 무슨 연극을 꾸며 내는지 보려고 진작부터 기다리고 있었다!

한운석은 용비야와 함께 남자 제자들에게 고맙다고 인사했고 그들은 곧 물러갔다.

하지만 주위를 둘러싼 여제자들은 그래도 가려고 하지 않았다. 한운석이 무사히 다리를 건넜고 앞으로는 별다른 장애물이 없으니 한운석을 비웃어 주려고 그러는 건 아니었다. 단지 용비야를 두고 떠나기가 아쉬워서였다.

가까스로 용비야를 만났는데 가능하면 좀 더 보고 싶었다. 알다시피 용비야가 천산정에 오르고 나면 보고 싶어도 만나기가 쉽지 않았다. 천산정은 검종 장문인이 수행하는 곳으로 평범한 제자들은 함부로 드나들지 못했다.

"다리를 건넜으니 말해 봐라. 무슨 상을 받고 싶으냐?"

용비야는 상을 주는 일은 언제나 잊지 않았다.

그리고 이번에는 한운석도 잊지 않았다.

그녀는 아직 흩어지지 않은 구경꾼들을 쓱 둘러보더니 재빨리 돌아서서 용비야와 마주 섰다.

"받고 싶은 게 있으면 말⋯⋯."

용비야의 말이 끝나기도 전에 한운석이 불쑥 말했다.

"용비야, 잔말 말고 입 맞춰요!"

그녀가 요구하는 건 입맞춤이었다.

복숭아꽃 만발한 이 인간의 여복은 이미 그녀가 견딜 수 없는 수준에 이르러 있었고, 그래서 사람들 앞에서 소유권을 선포하고 싶었다!

용비야는 당황하며 한운석을 바라보았다. 한참 동안 그렇게 바라보던 그가 별안간 큰 소리로 웃음을 터트렸다.

사실 그는 예전처럼 조심스러워하고 부끄러워하는 그녀보다 이렇게 용감하고 솔직한 그녀가 더 좋았다.

용비야는 말 잘 듣는 사람처럼 일언반구도 없이 강압적으로 한운석의 턱을 낚아채 힘차게 입을 맞췄다. 입맞춤은 하면 할수록 깊어지고 하면 할수록 격렬해졌다.

절벽 끝에 걸린 현수교 옆에서 두 사람은 서로 부둥켜안고 격렬한 입맞춤을 나눴다. 이는 천산이 생긴 이래 가장 아름다운 풍경이었다. 너무 아름다워서 산에 가득 핀 복숭아꽃들마저 빛을 잃을 정도였다.

용비야는 알고 있을까?

한운석은 사실 무척 겁이 많은 사람이지만 그의 사랑 덕분에 이렇게 용감해졌다는 것을.

깊은 입맞춤으로 한운석의 몸이 나긋하게 풀어져 용비야의 품속에 늘어지자 그제야 용비야가 그녀를 놓아주었다.

이제 주위의 시선들은 중요하지 않았다. 중요한 것은 그들이 천산에 오른 뒤 마주치게 될 사건이었다.

〈천재소독비〉 15권에서 계속